丰子恺
译文集
第十三卷

丰陈宝　丰一吟
杨朝婴　杨子耘
丰羽

编

ZHEJIANG UNIVERSITY PRESS
浙江大学出版社

本卷说明

　　本卷收录丰子恺先生翻译的日本学者有关艺术类的著作三种,分别是黑田鹏信的《艺术概论》、上田敏的《现代艺术十二讲》、阿部重孝等的《艺术教育》。其中《艺术概论》由开明书店初版于一九二八年五月,本卷根据开明书店一九四八年八月第九版校订刊出;《现代艺术十二讲》由开明书店初版于一九二九年五月,本卷根据开明书店一九三〇年四月再版校订刊出;《艺术教育》根据上海大东书局一九三二年九月初版校订刊出。

本卷目录

艺术概论 …………………………………………………………… 001

现代艺术十二讲 ………………………………………………… 087

艺术教育 …………………………………………………………… 233

艺术概论

[日]黑田鹏信 著

丰子恺 译

译者序言

　　此稿原为立达学园西洋画科一年生译述。予因其书论艺术全般,以简明为旨,适于通俗人观览;又念中国似未有此类书籍出版,遂以讲义稿付印。唯原书中有数处援日本艺术方面之实例者,皆经予删易,卷首附图亦已改换。谨向著者及读者声明。又著者在著本书之前五年,即大正九年,尚有美学及艺术学概论之作,其书已由俞寄凡君翻译,商务印书馆出版。爱读黑田氏的著作者可并读之。

戊辰新年第三日,记于练溪舟中

目　录

第一章　艺术的本质 ……………………………… 011

　艺术为感情的发现 …………………………… 011

　美的感情的发现 ……………………………… 012

　须带客观性 …………………………………… 012

　须为假象 ……………………………………… 013

　须是无关心的 ………………………………… 013

　个性独创及时代精神与国民性的发现 ……… 014

　艺术的定义 …………………………………… 014

第二章　艺术的分类 ……………………………… 015

　分类的标准 …………………………………… 015

　从对自然的关系上分类 ……………………… 015

　从对实用的关系上分类 ……………………… 016

　以美为标准的分类 …………………………… 016

　依样式的分类 ………………………………… 016

　依感觉的分类 ………………………………… 017

　空间艺术及其细别 …………………………… 017

　时间艺术及其细别 …………………………… 019

　综合艺术及其细别 …………………………… 019

第三章　艺术的材料………………………………… 021

　　材料的三意义 ………………………………… 021

　　感觉材料的种类 ……………………………… 021

　　视觉形与色 …………………………………… 022

　　听觉音 ………………………………………… 023

　　视听以外的感觉 ……………………………… 023

　　物质的材料的种类 …………………………… 024

　　建筑的物质的材料 …………………………… 025

　　雕刻的物质的材料 …………………………… 026

　　绘画的物质的材料 …………………………… 026

　　工艺美术的物质的材料 ……………………… 026

　　时间艺术及综合艺术的物质的材料 ………… 027

　　材料是手段 …………………………………… 027

　　材料的表现 …………………………………… 027

第四章　艺术的内容………………………………… 029

　　作艺术的内容的自然 ………………………… 029

　　天体综合变化 ………………………………… 029

　　人体与人生 …………………………………… 030

　　超自然 ………………………………………… 030

　　建筑的内容 …………………………………… 031

　　雕刻的内容 …………………………………… 031

　　绘画的内容 …………………………………… 032

　　工艺美术的内容 ……………………………… 032

　　音乐与舞蹈的内容 …………………………… 033

演剧的内容 …………………………………… 033

文学的内容 …………………………………… 034

第五章　艺术的形式 …………………………… 035

形式的意义 …………………………………… 035

反复渐层 ……………………………………… 035

对称均衡 ……………………………………… 036

调和对比 ……………………………………… 037

比例节奏 ……………………………………… 038

统调单纯 ……………………………………… 039

形式原理 ……………………………………… 040

第六章　艺术的起源 …………………………… 042

模仿说 ………………………………………… 042

游戏说 ………………………………………… 043

表现说 ………………………………………… 044

装饰说 ………………………………………… 044

艺术冲动 ……………………………………… 045

美欲 …………………………………………… 045

国民性与时代精神 …………………………… 046

第七章　艺术的制作 …………………………… 048

内术品与外术品 ……………………………… 048

经验与记忆 …………………………………… 049

经验与模仿 …………………………………… 049

素材的变化 …………………………………… 050

艺术上的主义 ………………………………… 051

模仿与独创 ·························· 053

遗传教育及天才 ···················· 054

情感与感兴 ························· 056

受胎 ······························· 057

雏形与推敲 ························· 058

具体化与完成 ······················ 058

第八章　艺术的手法与样式 ·········· 060

技巧与手法 ························· 060

大家与流派 ························· 061

样式 ······························· 061

样式的变迁 ························· 062

第九章　艺术的鉴赏 ··············· 064

感觉 ······························· 064

感情 ······························· 065

感情移入 ··························· 067

美的判断 ··························· 067

美的批评 ··························· 069

绘画的鉴赏 ························· 071

雕刻的鉴赏 ························· 072

建筑的鉴赏 ························· 072

工艺美术的鉴赏 ···················· 073

音乐的鉴赏 ························· 074

文学的鉴赏 ························· 075

舞蹈的鉴赏 ························· 075

演剧的鉴赏 …………………………………… 076

第十章　艺术的效果 ……………………………… 077

知的效果 ……………………………………… 077

道德的效果 …………………………………… 078

感情的效果 …………………………………… 079

亲和力 ………………………………………… 080

快乐的向上 …………………………………… 081

理想的实现 …………………………………… 082

第十一章　余论 …………………………………… 083

美学与艺术学 ………………………………… 083

美与快感与艺术 ……………………………… 084

艺术各论 ……………………………………… 085

第一章　艺术的本质

艺术为感情的发现

要说艺术的大体，先要明白"艺术是什么？"即艺术的本质是什么？这是似易而实难的问题，不能简单答复。本书全部，实在就是对于这问题的答案。须得读完本书，方能会得。然在顺序上有先简单地说说的必要，故首立本章。现在先举例来说：譬如有一片美丽的自然风景，又有遭兵火之灾，骨肉离散，而哀哭着的人。描写这美的自然，就成为绘画；吟咏这悲哀，就成为诗歌。前者是以自然为题材的空间艺术，后者是以人事为题材的时间艺术。感到自然景色的美与骨肉离散的悲哀，是人的感情，绘画与诗歌，是其发现。故艺术可说是"感情的发现"。

感情是人的精神的活动的方面之一。此外还有理智和意志的两方面，并起来成为三个方面。这三方面虽然不绝地活动着，但大抵只是一方面的活动较强。即有时感情的方面较强，有时理智的方面较强，有时意志的方面较强。这些活动现于言语及动作时，成为感情的发现，理智的发现，意志的发现。艺术即感情的发现之一，科学与哲学是理智的发现，道德是意志的发现。

美的感情的发现

艺术是人类精神的感情的发现,但其感情必须是美的感情。美的感情,就是由于美学上所谓美的材料、形式与内容而起的感情。材料感情,是由形、色、音而生的感情,例如花的红色是美的,瓣的形状是美的,披雅娜(piano)的音是美的等感情。形式感情者,例如花的红与叶的青的对比是美的,花瓣的渐层的配列是美的等感情。内容感情者,就是由于自然与人生的一切状态及活动而起的感情。就自然说,例如西湖的山有优美之感,日没有崇高之感;就人说,例如再会的欢喜,离别的悲哀,又如humor 与 comique 的感情,都是美的感情。这等感情的表现,就是艺术。然而并非说美的感情的一切表现皆是艺术,美的感情的得为艺术的表现者,有种种条件。

须带客观性

其第一条件,是美的感情的表现须带客观性。仅是主观性的发现,不成为艺术。只有一人感到某种景色的美而描出它,不成为艺术。虽说均是人类,凡美的景色,必万人同感,即必有客观性;自己一人感得,自己一人得意而描写的艺术也有。这作品倘有其他一人的共鸣者,即可谓带客观性,不过狭小而已。倘万人认为不可解的,不能称为艺术。反之,能使古今东西的人感叹,有广大的客观性的,都是伟大艺术。只有少数人理解的艺术,是偏狭的,非常识的艺术。然新的艺术,无论在何国,何时代,最初当然不被人理解,即其客观性很狭。然伟大的艺术,在后世,在外国,均能被理解,终于有广大的客观性。例如东洋的古代名画,为现代的西洋人所理解。而给影响于西洋的后期印象派,便是其好例。伟大的艺术,一旦被人认识真价,其生命就永续。所谓"人生短,艺术长",就是这意思。

须为假象

第二条件,是须为假象,即不可为实在。例如实际的景色,虽然美丽,但不是艺术;要描在纸上,成为假象,始称为艺术。又如别离亲友而悲哀,不算艺术;要把悲哀变成诗歌,始成为艺术。这点用演剧来说明,最为便利:俳优在舞台上演出因兵火而亲子离散的光景,才成为艺术,但实际的事实,不能称为艺术。故曰非假象不能成艺术。美学家谓美亦非实在,必为假象,而唱"美的假象论"。但美在这点上究竟与艺术不同,美的自然实景,也是自然美,亲子离散的悲哀,也是人情美。其他的实在,也都不妨称为自然美或人情美,但艺术美则必须为假象。即艺术的感情的发现,必须是假象。

须是无关心的

第三条件,必须是无关心的,即康德的有名的"无关心论"。即必须从利害关系上全然脱离,例如描画,不可存心想卖画度生活。必以感情的发现为最终的目的,不可以利害为念。又如看画,倘有想买这画,或打算现在买入合算与否等利欲观念,就不是艺术鉴赏的态度。艺术品原也有市价,但这不是艺术本身的价值。故市价往往与艺术的优劣不成比例。对于金钱上的利害,必须完全无关心。食欲与色欲,是美的根底,帮助感情的发现,而为艺术制作的潜在力。例如对美的景色,饱暖的时候比冻饿的时候更加感到其美,而能作成更良好的画。又如美人为 model 的时候,在根本上有色欲的活动,然而全不妨事,反因此而感到美的力更强,能作出良好的绘画、雕刻。要之,无关心不是严格的意义。但如金钱上的利害等,则必须断绝。

个性独创及时代精神与国民性的发现

除上述外,又须带艺术家的个性,有独创的分子,而表现时代精神与国民性。普通的艺术品是艺术家一人制作的,是其个人的美的感情的发现,故当然带着个性,又有独创的分子。但倘只是模仿而全不带着个性,全无独创的分子,就没有艺术的价值。又艺术,在性质上有一个艺术家不能制作而必须多人合作的,例如建筑或大的壁画等,自然又有时代精神与国民性的表现。又在一个艺术家的作品中,这艺术家既为这时代的国民的一员,其艺术当然也是时代的产物,国民的产物,而表现着时代精神与国民性。

艺术的定义

以上所述,约言之,即艺术的定义:“艺术为美的感情的发现,其发现须带客观性,为假象的,为无关心的,又须带个性,含独创的分子,表现时代精神及国民性。”这简单的定义,或许有暧昧不明之嫌;然读完本书自可了解。

第二章　艺术的分类

分类的标准

艺术的分类,可有数种标准。依标准而有种种不同的分类法,即:

(一)从对自然的关系上分类;

(二)从对实用的关系上分类;

(三)以美为标准的分类;

(四)依样式的分类;

(五)依感觉的分类。

此外还有别的标准,现在且举这五种,其中最后的标准,是本书所采用的分类法,故详述之,余者均从简略说述。

从对自然的关系上分类

在艺术中,有可模仿自然的与不能模仿自然的两种。例如绘画雕刻,都是可模仿自然的,名曰模仿艺术。建筑与音乐,是不能模仿自然的,名曰非模仿艺术。诗文,其叙景者,是模仿的;但非模仿者居多。演剧、舞蹈、工艺美术,都是非模仿艺术。

从对实用的关系上分类

在艺术中,有远于实用的与近于实用的。前者称为自由艺术,如绘画、雕刻、诗文、音乐、演剧、舞蹈等属之;后者称为羁绊艺术,建筑与工艺美术等属之。自由就是离开实用的意义,羁绊是束缚于实用的意义。绘画雕刻,倘是原为建筑的装饰而作的,则为实用的,属于例外。但像展览会中的出品等,是完全离开实用的自由艺术。建筑中如纪念塔、凯旋门,也差不多不关实用,可说是自由艺术。工艺美术就是陶瓷器、漆器、染织物等,大都不离实用。他如庭园的培植,倘当作艺术,也当然是羁绊艺术。

以美为标准的分类

离实用即近于美,故与前项的标准相类似。以美为主的艺术,为正格的,故曰纯正美术。应用纯正美术于实用上的工艺美术,曰应用美术。绘画雕刻是纯正美术。但应用绘画雕刻的工艺美术,是应用美术。诗文、音乐、演剧,是纯正美术。建筑没有定论。旧艺术的建筑,必是纯正美术。

依样式的分类

在艺术中有样式的差别。即因国,因时代,因流派,因个人而异。最大的差异,是东西洋的区别,世界艺术因此二分为东洋艺术与西洋艺术。

更细分起来,东洋艺术中有埃及艺术、印度艺术、中国艺术、日本艺术。西洋艺术中有希腊艺术、罗马艺术、意大利艺术、英吉利艺术、德意志艺术、俄罗斯艺术等。但在其起源上,东洋艺术中的埃及艺术对于西洋艺术有很大的影响;同时西洋艺术中的希腊艺术,对于东洋艺术也有很多的感化。这是很有兴味的一事。即埃及、希腊或小亚细亚地方的艺术,是世界艺术的流源,从这分出来,一支为西洋艺术,一支为东洋艺术。到了现今,则东西艺术,又互相影响而交混。又有因东西各时代的式样的差异,而区别艺术的办法,然这是美术史的研究。

依感觉的分类

制作艺术,鉴赏艺术,都需要感觉,故可依感觉的种类而为艺术分类。感觉大别为时间感觉与空间感觉两种。用空间感觉的为空间艺术,用时间感觉的为时间艺术,用时间空间两感觉的,为综合艺术。空间艺术有建筑、雕刻、绘画、工艺美术四种。时间艺术有诗文及音乐二种。综合艺术有舞蹈与演剧二种。空间艺术依空间成立,时间艺术依时间而成立,综合艺术依时间空间两者而成立。以下分别详述之。

空间艺术及其细别

依空间感觉的,为空间艺术。空间中亦有平面与立体二种。立体中又有中实与中空二种。各自相应的空间感觉,即:对于平面为视觉;对于中实的立体为触觉;对于中空的立体为运动感觉。由这三种感觉发生绘画、雕刻、建筑的三种艺术。三者都是空间艺术。但绘画的空间是平面的，由于视觉；雕刻的空间，是中实（铸铜及木雕也有中空的，但作中实论）的立体，由于触觉；建筑的空间是中空的，由于运动感觉。雕刻在制作的时候，原是以触觉为主的，但总须借视觉之助。至于鉴赏的时候，就差不多只用视觉，触觉不过在视觉中再现，即把触觉翻译为视觉。建筑的内外部都有平面的分子，也有中实的立体分子，故并含有视觉与触觉。但是触觉普通也都是翻译为视觉而鉴赏的。

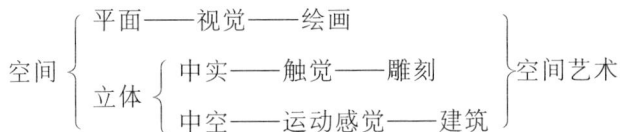

$$空间 \begin{cases} 平面——视觉——绘画 \\ 立体 \begin{cases} 中实——触觉——雕刻 \\ 中空——运动感觉——建筑 \end{cases} \end{cases} 空间艺术$$

又绘画、雕刻、建筑，要细别其种类，可以其材料、内容为标准。依材料分别，即：

绘画＝油画、水彩画、墨画、铅笔画、色粉笔画等；

雕刻＝木雕、石雕、铸铜、塑造、干漆等；

建筑＝木造、石造、砖造、铁骨砖造、钢筋混凝土造。

依题材分别，即：

绘画＝风景画、花鸟画、人物画、宗教画、风俗画、静物画；

雕刻＝宗教雕刻、人体雕刻、肖像雕刻、动物雕刻；

建筑＝宗教建筑、神殿建筑、宫殿建筑、公共建筑、住宅建筑。

纯正美术的空间艺术，有建筑、雕刻、绘画三种。应用美术的工艺美术也由空间成立。从其材料上分类起来，有土木、竹工、漆工、牙工、金工、陶工、染织工等。又雕刻绘画的极小型者，称为小艺术，也归入工艺美术中。例如纹章、牙雕、miniature 等是。

时间艺术及其细别

由于时间感觉的，为时间艺术。时间不似空间的可分种类，故感觉也只是听觉一种。但艺术有音乐与诗文的二种。音乐必由于听觉，诗文用耳听时是由于听觉。在纸上写成文字的文学则借用视觉；但这不过是一种手段，与绘画的由视觉鉴赏者全然不同。在绘画，是直接鉴赏纸上的色与形的；在诗文则不是鉴赏纸上的文字，而是吟咏其语句，即文字所表出的语句的意义。鉴赏文字的形状与墨色的，是鉴赏书法，则近于绘画，全属别问题了。音乐的细别，也有声乐与器乐。器乐中又有弦乐与管乐。又可因其以内容或形式为主而分别为内容音乐与形式音乐。内容音乐如歌剧的音乐，形式音乐如 sonata symphony 便是。又可分为东洋音乐与西洋音乐。诗文分诗与文。依形式可分为长诗、短诗、散文、小说（长篇、短篇）、戏曲（一幕剧、三幕剧、五幕剧等）。依内容可分为叙景诗、叙情诗、叙景文、叙情文、悲剧、喜剧等。

综合艺术及其细别

依空间感觉与时间感觉两种的，为综合艺术。即舞蹈与演剧二种。舞蹈是舞台踊场或庭中由人演出的，其自身以空间与时间为必要物，且必伴着时间艺术的音乐。舞蹈的空间，在观者是视觉，在舞蹈的人是运动感觉，但观者也间接感到运动感觉。演剧是由优伶在舞台或剧场建筑，或野外演出脚本的。又用伴着绘画的背景，又大都杂以音乐。优伶的科白，不但需要空间与时间，又伴着建筑、绘画、音乐诸艺术，故为艺术中最综合的,名之为"综合艺术",实甚相称。舞蹈与演剧,分东洋的与西洋的,又可分为以形式为主的与以内容为主的。东洋的舞蹈大都是内容的,西洋的舞蹈大都是形式的。演剧则在东西洋均可分为形式的与内容的两种。

第三章　艺术的材料

材料的三意义

说起艺术的材料,普通总以为指说建筑的材料为木、石、砖,雕刻的材料是青铜、大理石等。但这只是物质的材料。材料一语,此外还有两种意义。即其一,是鉴赏艺术,制作艺术时用为美感的材料的感觉,称为感觉材料。其二,例如绘画及诗文以自然或人事为材料,这也有称为题材的,但宁说是艺术的内容为妥。所以现在仅就感觉材料与物质的材料论述。关于题材,当作艺术的内容,在次节论述。

感觉材料的种类

感觉材料,在美学上就是作美的材料的感觉的对象物。作美的材料的感觉,主要的是视觉与听觉。其对象,在视觉是色与形,在听觉是音。感觉之中,在普通所谓五官的嗅觉、味觉、触觉以外,还有温觉、压觉、筋觉、运动感觉、一般感觉、有机感觉。但美的材料,以视听二觉为主,其他的不过是补助的。故视听二觉,称为高等感觉,又称为美的感觉。其他的感觉,虽然也有人说是与美无关系的,但补助的作用也有。视听二觉均可精确详细地分别。以这两种感觉为主而成立两种艺术——以视觉为主的绘画，以听觉为主的音乐。在别的艺术上，这两种感觉，也颇重要。故称为美的感觉，是当然之理。

视觉形与色

用视觉感得的是色与形。色是映于眼的网膜而感得的，形是因眼球的回转而感得的，两者的性质自然不同。色是太阳光线（或别的发光体的光线）碰着物体，一部分被吸收，一部分反射出来而生的。色的种类，在太阳光线通过三棱镜而分解的分光带（spectrum）上表现着。普通以七色代表，即紫、蓝、青、绿、黄、橙、赤，又有其中间色。或略称为紫、青、绿、黄、橙。又或用青、黄、赤三色代表。这三色称为原色。据说把这三色配合起来，可生出一切的色，三色版的原理就是在此。三色版普通先印黄，次印赤，最后加蓝。用三棱镜分解的色，始于紫而终于赤，赤之次又是紫，前后相结，可成为轮，名之曰色轮。色轮上配以六色，即如下图[1]。图中相对之色作成对比（contrast），相邻之色现出调和（harmony），又在紫赤之间与黄绿之间用线隔分，则赤橙黄一边的为暖色，为明色，为进的色；青紫绿一边的为寒色，为暗色，为退的色。又各色有明暗。这是为了色中所含的光的分量的多少的原故，多的时候明，少的时候暗。又与灰色交混，则成为一种浊的色。形比色简单，形由线成立，线有曲线与直线，无论何种形，都是直线与曲线的组合。但形在多数时候是伴着色的，色也在形中。故在艺术的材料上，色与形相伴而存在。例如春山的

---

[1] 原文如此。——编者注

画,便是在山的形中涂绿色。

听觉音

　　用听觉感得的是音。音是发音体的振动,传入空气,更入外耳的外听道,激动鼓膜,经过中耳,即耳室,而达于有听神经的内耳,因而感到音响的。振动数规则整齐的,为乐音;不规则的,为噪音。振动数少时成低音,多时成高音。振动数次相差某定数时发相类似的音,其间名为octave,把 octave 中间分为八个音,就是所谓音阶。同样高低的音因发音体而感觉不同的,为音色的差别。例如披雅娜与怀娥铃(violin)合奏而音色各异便是。还有音量,同样高低、同样音色的音,因量的多少而音量不同。一发音体上隔一 octave 的二个以上的音相调和,又在不同的发音体上,同高的音也调和。二部合唱,三部合唱,便是前者的例,三部合奏便是后者的例。音是必需时间的。音与音之间的运速名曰拍子,高低的音用一种拍子来连续的时候,生出节奏(rhythm)。拍子与节奏,在音乐上是重要物。舞蹈的动作与动作之间的缓急,也名为拍子。拍子在舞蹈也是重要物。

视听以外的感觉

　　视听以外的感觉,在雕刻以触觉,在舞蹈以运动感觉为重要。但用触觉感得的,像手触,肌接,或滑泽,或粗毛,都是漠然的;至于运动则更为漠然,又味觉或嗅觉,感得滋味与香气,也是漠然的。以这等为重要的艺术,是没有的。其他的感觉也都漠然,且主观的感觉居多,没有像视听二觉的为客观的。这等感觉在艺术上虽然也必要,但仅限于制作或鉴赏之际的作家或鉴赏家。在艺术的材料中,这等都不列入。

物质的材料的种类

艺术的物质的材料有种种,可分为植物的材料、矿物的材料与动物的材料。植物的材料中以木为最多。建筑雕刻、工艺美术等均盛用之。竹在建筑的一部分及工艺美术中也被使用。绘画上所用的纸、画布、颜料,也是植物的材料。矿物的材料中,石用于建筑及雕刻,青铜用于雕刻与工艺美术。近来建筑上所用的砖、铁、混凝土,也是矿物的材料。颜料中也多矿物性的材料。又陶瓷器的材料,当然也是矿物。动物的材料,第一是人。舞蹈与演剧,以人为主要材料,这是一种稍奇异的材料。象牙等,为工艺美术品的材料。工艺美术的绢织物、毛织物的材料,也是动物的。把以上所述简单地记录如下。

植物的材料:

> 木＝建筑、雕刻、工艺美术(木工)、绘画(纸);
> 竹＝建筑的细部、工艺美术(竹工);
> 草＝建筑、绘画(画布,颜料)。

矿物的材料:

> 石＝建筑、雕刻、绘画、(颜料)工艺美术;
> 土＝建筑、工艺美术(陶瓷器);

青铜＝雕刻、工艺美术（金工）；

金银＝雕刻、工艺美术（金工）；

铁＝建筑、工艺美术（金工）。

动物的材料：

人体＝演剧、舞蹈、音乐；

牙＝工艺美术（牙工）；

蚕羊＝工艺美术（染织工）。

再依美术的种类，列举其主要的材料如下。

在建筑，以木、石、砖、铁、混凝土，五者为主要材料。以木为材料的，是木造建筑。日本建筑中甚多。在西洋，住宅等也有用木造建筑的，但在日本更多。日本的公共建筑也都用木造。

建筑的物质的材料

以石为材料的，是石造建筑。希腊建筑是其好例。后来也各处通行了。砖建筑在西洋也颇多。铁有铁骨与铁筋。铁骨建筑是以铁为骨、以砖为肉的。即以铁作骨，用混凝土当作肉注入，用装饰砖作外皮。铁筋是以铁为筋，以混凝土为肉，或把铁筋配置在铁骨之间，用混凝土把骨与筋包住，外面都用装饰砖的。前者曰铁筋混凝土建筑，后者曰铁骨铁筋混凝土建筑。这等建筑耐地震，耐火，故最近都用作公共建筑。在材料构造上为最进步的建筑，但其内部也有用木材的。

雕刻的物质的材料

雕刻材料的,有木、青铜、石、塑、干漆等。木为中国及日本向来的佛像雕刻所常用,今日的雕刻也有用木者。青铜、纪念像、胸像及其他今日的雕刻多用之。旧式镀金的名金铜。日本飞鸟时代天平时代的佛像多用之。石,中国及印度现存石窟中的佛像皆用之。大理石多用于今日的西洋雕刻上。塑造与干漆,在佛像中也甚多用。金、银、铁、铜等以外的金属,用于雕刻上的极少。

绘画的物质的材料

绘画的物质的材料,是所描的地及地上所涂的颜料之类。地用纸、绢、综、帆布(canvas)板等。纸有画笺纸、宣纸、kent、whatman 等类。又壁画等则以壁为地。颜料类有水彩颜料、油画颜料、tempera(蛋画)、色粉笔(pastal)、铅笔等。

工艺美术的物质的材料

工艺美术的物质的颜料,因工艺美术的种类而有种种不同。金工用金、银、铜、铁、其他金属及合金。木工用桑、楢、白檀、紫檀、黑檀及其他木类。漆工以木或布为地,涂漆于其上。莳绘用金,螺钿陶瓷工用陶土,玻璃工用玻璃。染织、刺绣,用绢、麻、木棉。其他宝石、玉、牙、竹等,也多用为工艺美术的材料。

时间艺术及综合艺术的物质的材料

时间艺术的材料,与上述各空间艺术的材料异趣。音乐的物质的材料,在声乐是人的发声器,间接地说是人的身体全部;在器乐是琴、笛、披雅娜、怀娥铃,其他数十种乐器,以及人的身体——但这等材料都不是发声发音的本体;在音乐,也可说只有音是其材料。至于舞蹈,则明明是人的身体为材料的演剧是综合艺术。在演剧所用的建筑、绘画、工艺美术的材料以外,优伶也是材料。诗文则又异趣,是写在纸上的,故也可说纸与墨是其材料,文字也是符号,说话是直接的材料,人的身体是间接的材料。

材料是手段

艺术的物质的材料,大体如上。材料要不外乎是表现的手段,次节所述的内容,是其主体。材料是借用作表现主体的手段的。例如对春的郊原而描表其美时,用油绘描在画布上便成西洋画,用说话便成诗文。主体的是春日的郊原的风景的美。这是内容。以画布颜料为手段而成绘画,用说话为手段而成诗文,只是绘画上用的手段与诗文上用的手段不同而已,内容是同一的。

材料的表现

为描表春日的郊原的风景,选择任何种手段均可。但须注意者,因了选用作手段的材料,所作成的艺术品就受制限。用画布及油画颜料为材料,则成油绘;用纸与水彩颜料为材料,则成水彩画;用言语为材料,则成诗文。油绘、水彩画与诗文,遂呈完全不同的趣味。又举别的例来说,同一人的肖像、铜像、大理石像,与木像也全然异趣。这是因为各种材料各有其特殊的表现的原故。画布与纸,油画颜料与水彩画颜料,铜与大理石,其表现各异,因之,就发生了材料适宜不适宜的问题。例如大理石适于青年妇人的肖像,而不适于老的男人。这是作家所要顾虑的地方。又材料对于技巧、手法、样式,也有关系。例如大理石则宜细致的手法,木则宜粗大的手法。后再详述。

第四章　艺术的内容

作艺术的内容的自然

　　这里所谓内容,如前节所说,广义上也是一种材料。但亦可说是题材。艺术主内容,大部分为自然与人生。此外超自然也有若干。艺术的内容是以美为底的,故也不妨说其题材是自然美、人生美及超自然的美。自然分植物、动物、矿物。大多数的植物是可为艺术内容的。自草木的花的美,以至干、叶,均可为艺术的内容,动物中鸟、兽、鱼、贝、虫等,也都是艺术的内容。矿物有宝石、岩石、山水等,水有川、海、湖,又变为雨、雾、雪、云,而作艺术的内容。

天体综合变化

　　动物、植物、矿物,自然界尽于此三类。为艺术内容的,此外还有天体,综合的自然与变化的自然。天体即日、月、星等,都是艺术内容中所不可轻视的。像月等,尤其是诗文方面的重要的材料。以上的植动矿物,与天体中之一种,也可合成一个题材。例如一枝梅花,一只蝴蝶,或一粒小石,一个月亮,也都可成为绘画或诗文的内容。但艺术品大都是组合二种以上的事物，使之综合而作题材的。例如梅花枝上一只黄莺，菜花丛中一只蝴蝶。更广阔地综合起来，即以复杂的山水风景为内容。又这等自然变化的时候，也可有变化的题材。例如植物风景，都因四季而变化，一日之中，也有朝夕、昼夜的变化，都可为艺术的内容。春之野、夏之山、日出的海、日没的湖、夜的河上等，都是可作艺术内容的自然。艺术，也有直把这等自然作内容的，也有由艺术家加以变化——装饰化，或理想化，或拟人化——而以为内容的。当在他章详述。

人体与人生

　　其次，为艺术的内容的是人生。其中第一先举人体，人是动物之一种，是属于自然的。人体在绘画与雕刻，为重要的内容。例如所谓人物画、裸体画、人物雕刻、裸体雕刻，都是用人体为内容的。在雕刻尤以裸体为主要的内容。故人体在自然中，有特别列举的必要。人生，可分为个人、家庭和社会。个人的生活也可为内容。家庭与社会则为更重要的内容。小说、脚本、风俗画、历史画，是必须以社会为内容的。建筑也是以家庭或社会为内容的。住宅的内容为家庭，公共建筑的内容为社会。

超自然

　　自然与人生，都是以其过去及现在为艺术的内容的。未来的想象、空想、理想，也可为艺术的内容。例如在自然界，想象出黄金的树木，半兽半人的奇物来；在人生，想象出月球里的人类来，作为绘画或诗文的题材。这等都叫做超自然的内容。宗教的内容为超自然的主要部分。例如宗教画、佛像、神像，都可说是以超自然为内容的艺术。

以上是把艺术的内容分作自然、人生及超自然而说述的。今更依艺术的种类而分述如下。

建筑的内容

先就建筑说：建筑的内容，除宗教建筑的一部分为超自然以外，其他都是人生。在宗教建筑，只以供神佛为目的的佛殿，便是纯粹以超自然为内容的。拜殿、讲堂，以及其他使民众礼拜之用，或供说教之用的建筑，则已含有人生的内容。例如西洋的教会堂，显然是完全以人生为内容的。公共建筑的内容，为社会一般。其中如官厅、银行、公司、学校、图书馆、病院、车站、博物馆、美术馆、公共会场、剧场、商店等，都是以广泛的人生为内容的。住宅及别庄的建筑，则以家庭为内容，纪念塔、凯旋门，也是纪念社会上某种事件的，其内容也可说是人生。只有温室，以植物，即自然为内容。大概近世以前的建筑，是以宗教的内容为主的，近世以后的建筑，是以非宗教的内容为主的。

雕刻的内容

雕刻的内容，也是昔日以宗教即超自然为主，至近世变为非宗教，即人体、动物的。以宗教为内容的雕刻，是佛像、神像二者，种类均甚多。佛像有释迦、弥陀、观音、势至等。神像有埃及的、希腊的及东洋的。近世的非宗教的内容的雕刻中，肖像以外有种种裸体形，又有以希望、喜悦、悲哀等抽象的人类精神状态为内容的。人体以外,马、山羊、犬、猫等动物也常为雕刻的内容。

绘画的内容

绘画,也与建筑、雕刻同样,其内容在古昔是宗教的,即超自然的,至近世为非宗教的,即自然与人生的。所谓宗教的内容,就是描写佛像、基督像的,或关于宗教或基督教的事件的。在佛像中,自释迦、弥陀始,有其他种种。又有像涅槃,磔上的基督,最后的晚餐,或高僧的画传,神社佛寺的缘起等。这等画传及缘起,已成为历史的或风俗的内容,虽也含有超自然的分子,但普通的自然及人生的分子也含有着。纯粹的非宗教的内容,是自然的花鸟、山水风景、动物等。以人体为内容的,是肖像画、人物画。以人生为内容的,是风俗画与历史画。

工艺美术的内容

工艺美术多是应用美术,应用绘画的,其内容即绘画的内容,应用雕刻的,其内容即雕刻的内容。例如木工的盆上绘花,则内容为自然,陶器的瓶上画蝶,其内容也仍是自然。但工艺美术品,都是在人生有实用的效果的,故其内容都是人生。例如盆、花瓶或染织物,其模样虽用自然的内容,但用途总是像建筑的为人生的。不过工艺美术不像建筑的接触人类生活的根本,故在轻的意义上是以人生为内容的。

音乐与舞蹈的内容

音乐的材料音是抽象的,所以它的内容也是属于抽象的、微妙的、暧昧的。例如裴德芬(Beethoven)的月光曲,虽说内容是月光,但与绘画等所描写的月夜的景色大异其趣,全然没有具体的内容,而以抽象的感情为内容,微妙而暧昧。其有歌词者,当然有歌词的意义,但那是文学及诗的内容,音乐本身的内容,只是歌所含的感情。音的高低,拍子的长短,属于音乐的形式。在以形式为主的形式音乐,则内容差不多没有,勉强要说,内容是感情。内容音乐则以人生为内容,没有以自然为内容的。不过都不是具体的。(有具体地描写鸟鸣炮声的,为描写音乐,是下品的东西,不成为艺术。)

舞蹈,也有以内容为主的与以形式为主的。但内容为主的舞蹈也须依歌词辨别。形式为主的舞蹈只表示抽象的暧昧的意义,与音乐相似。

演剧的内容

演剧是建筑、绘画、音乐、舞蹈、诗、文学等的综合艺术,故其内容很复杂。这等艺术的内容的综合,就是演剧的内容,但演剧的主要的内容还在脚本,即戏曲,即不外乎是演剧中所含的文学的内容。故演剧的内容,以文学的内容为主,其所以异于文学者,在于借音乐、建筑、绘画等之助,而由伶人在空间演奏,作最生动的表现。戏曲,单鉴赏其文学与看实际的演奏,效果悬殊。往往有读起来不很有兴味的戏曲,由名伶在舞台上扮演,非常好看。

文学的内容

　　文学的题材,在一切艺术中最为广泛。自然与人生的一切皆为文学的内容。而在一作品中含有最广泛最复杂的内容的,也只有文学。例如长篇小说、戏曲等便是。仅以自然为内容的,在短形的诗歌、写生文等中也常有之。但长大的小说、戏曲等多以人生为主要的内容,而以自然为附属的内容。人生之中,又以爱——狭言之,两性间的恋爱——为最多取用。但恋爱的短形的文学的内容中也很多。文学中如果除了恋爱,就寂寞得很了。无论悲剧、喜剧、滑稽、讽刺,以恋爱为中心而作的皆甚多。在实际的人生中,恋爱也占着不小的部分;在文学的内容上,则比实际上更多。

第五章　艺术的形式

形式的意义

　　凡艺术必具备材料、内容(即题材)及形式。例如一座七级浮图,其所用物质的材料为木料,感觉的材料为朱漆、黑的瓦和七重的形,内容(即题材)为佛教伽蓝的重要的建筑物。所谓形式,就是在彩色为朱及黑的对比(contrast),在形为渐层的(graduation)为均衡的(balance)的诸点。这对比、渐层、均衡,是形式的法则。此外还有形式的原理。这形式的法则及原理,不限于艺术上,是一般的美的形式法则,为美学上最重要的条件。即为美的形式法则及原理,同时又为艺术的形式法则及原理。现在单称形式二字,就是普通意义上艺术的形的意义,例如绝句二十八字、律诗五十六字便是。现在先述形式法则及形式原理,次述普通的形式。

反复渐层

　　形式法则的第一种,是"反复"(repetition)。所谓反复,就是数个同色物或同形物的并列。在建筑上,反复的例甚多。窗、柱、装饰等,大都是反复的。绘画及雕刻,其装饰也都用反复。比较的细模样的染织物,其模样也都是反复的。反复原是指纵或横一方的。其纵横双方都反复的,名为散模样。但散模样也是反复之一种。在工艺美术中,反复的应用也甚多。在音乐上,也多应用反复。同一曲中大都反复着同样的节奏。舞蹈也多应用反复,三人或五人并列跳舞,全是反复的。反复是同形或同色的重复,其渐次变化,例如形渐大或渐小,色渐浓或渐淡时,即为"渐层"(graduation)。例如七级浮图,在形状上是从下层向上层逐渐缩小的建筑,便是渐层的好例。染织物模样上,也多用渐层的形状和色彩。音乐和诗文,亦用渐层法。

对称均衡

中央设一纵轴而左右完全同形的时候,名之为"对称"(symmetry)。像门的对称,是最普通的。建筑大概多对称的。左右有翼的建筑——西洋建筑中,其例甚多。我国的城楼、庙宇、宫殿,以及普通住宅,几乎全是对称的。不但一个建筑物内的对称,配置数个建筑的位置,也往往是对称的。例如东西塔、东西辕门、钟楼等,都是左右对立,而全体对称的。旧式的邸宅,总是以厅堂为中心而左右配置对屋。寺庙、剧场、会堂等的内容,普通也都是对称的。在雕刻,佛像、神像多用对称形。颜面与头部当然对称,就是手也多置在对称的位置。工艺美术的图案,也多用对称。树木等的桠枝,虽然实际上不是正确对称而生的,但图案化时多用对称。对称是以纵轴为中心的,水平轴两侧同样的,不是对称。因为实际上水平轴上下同形是很少的。在音乐与舞蹈中,也都有对称形式的。对称是以纵轴为中心而左右完全同形的意义。形不同而分量同的,不叫做对称,另名之曰"均衡"(balance)。天平秤空盘不载一物时,是对称形,倘用同重量而形不同的两物分置两盘,对称就打破,但均衡依然保住,秤仍不失其平衡。建筑的构图(composition)不用对称时,多用这均衡形式。一方的屋大,一方的塔高,以保住均衡。雕刻构图上也必用均衡。右手持重物时,左手必变曲或分开,以保左右的均衡。例如四金刚的各种姿势,便是一例。绘画上的构图,也必应用均衡的法则。在一幅之中,或两幅之间,三幅之间,一对屏风之间,均衡都是必要的。工艺美术的图案,不用对称,必用均衡。舞蹈是以人体为物质的材料的,人体的均衡颇为重要。均衡与对称同,也是以纵轴为中心的,水平轴的上下两方,不叫做均衡。那时候用的是比例法。

调和对比

色或形渐次变化的,名曰渐层。渐层中接近排列之二种色或形,其差异甚少,大都是"调和"的。例如同种的浓淡稍差时是调和的。无论何物,凡缘边用浓的同类色时,必然调和。又各色轮中邻接的二色,例如赤与橙、青与绿,是调和的。在形,也是稍微差异的时候调和的。如圆盆中放置圆的茶杯,圆的房室中用圆桌均属调和。又拿渐层中的远离着的二种或形并列起来,则与前正反对,作成"对比"(contrast)。例如极浓的色与极淡的色为对比。又色轮中相对的二色为对比,如赤与绿、紫与黄、青与橙便是。在形,极大与极小,或全然不同的形色也为对比。例如圆的盆中载方的器具便是。以上是色与形的调和与对比,在音则情形稍异。一音必有其倍音,两个音有共通的倍音时,就发生调和。披雅娜与怀娥铃发同高的音时,就生出共通的倍音来,而作成调和。又在同乐器上离开一 octave 的二音同时发出时,也生调和。二音同时发出,振动全然一致,听起来如同一音。调和的本来的字义就在于此。在色与形,二个并列时仍是二个。在音则二个并为一个。在音也有前后的关系,但那时候不称为调和与对比,而成为拍子与节奏。调和与对比等文字,在美学艺术学以外,通俗的也常常使用。例如二物并列的时候调和好不好,或成不成对比,是常用的话。这意义从美学上转化来的,也是对于色或形说的,或者并指色与形而说的,又指形与意义而说的也有。如衣服与襟的调和,房室与家具的调和,发与颜面的调和等。有人说有角的携物与女子不调和,便是此理。这在日常生活上是很重要的,颇可注意。

比例节奏

以上所说的形式法则,都是就二个以上的形或色时说的。在一个形中甲的部分与乙的部分之间的形式法则,称为"比例"(poportion)。举简单的例,如明信片、方形匣等的长边与短边之比便是。这称为"黄金律"(goldenlaw),是有名的一种形式法则,即长边与短边之比等于长短二边之和与长边之比。但在工艺美术上,则常依实用的目的而稍有差异。窗的幅与长的比,也依据建筑的轮廓及窗与窗的间隔。而在建筑,全体的高,即屋顶的高与全体的比例,更为重要。又二层以上的建筑,各层的高低的比例为重要。这比例在音乐上就是节奏。所谓"建筑是冰冻的音乐"一语在比例恰好的建筑中颇可适用。节奏就是音保持其间隔(拍子)而连续发出的意义,即适应于音的形式法则。舞蹈也须受节奏的支配,舞蹈便是节奏的运动(rhythmical movement)。比例在雕刻上也很重要。在神像、佛像,以及人体像上,其头部、身部、手、足等的比例,尤为重要。

东洋人穿西洋装都不好看，便是因为身部太长而足部太短之故。工艺美术品也多以比例为重。比例一语，常与均衡及调和相混用，但均衡是就左右的物的量而说的，比例是就一物的形部分的观察而说的，调和则是主就音与色而说的。

统调单纯

　　二个以上，尤其是多数的事物，具有一个共通点，统一着全体的调子的，名为"统调"。例如描新绿的田野的画，虽细部用种种的色，但由绿色统一全体。又如秋的森林的画，由茶褐色统调着。这绿色或茶褐色称为主调或基调。室内装饰及服装，也多取一种色为主调而统调着。例如壁纸的色、地板的色、窗挂的色、椅子的色，有二种以上相一致时，这一致的色就成为主调而调和全体。服饰则由衣服的地色统调。音乐也多在一曲中有为主的调子，其调子名为主调，统御全曲。所谓主调、基调等语，原是从音乐上来，而转用于色上的。在形，建筑的构图等大用的 dome 统御全体的形，也可说是统调。统调中的主调极端的强烈时，就变成差不多只有主调。例如描写新绿之野的绘画，倘用绿一色描，就变成只有主调的绿，其为单调。这"单纯"是形式法则之一。在色如单色，在线如直线或一定的曲线，在形如正方形或圆形等，都是单纯的。像墨画的一色的绘画的美，就是单纯美的主要理由之一。古代建筑的朴素的美，一则也是为了形的单纯的原故。在工艺美术等，形色的单纯也是一重要条件。

形式原理

以上所述为种种形式法则。其中除单纯的以外,其他复杂的必一贯地保有一种统一。换言之,即在多样中保有统一。因为其中有一原理,即"多样的统一",这称为"形式原理"。无论反复、渐层、对称、均衡、调和、对比、比例、节奏、统调,都不过是多样统一的一种情形,即形式原理的一种应用。形式原理是美学上重要的一点,也是艺术上的重要的一个条件。艺术的价值,一半因此而决定的。

更分就空间艺术、时间艺术、综合艺术的形式略论之。

空间艺术的形式

空间艺术之中,如建筑,因其目的而有种种的形式。宗教建筑中也因宗教的种类而有不同的形式。神殿、庙宇、住宅、茶室、城廓等,各有种种的形式。在雕刻中,圆雕、半肉雕、薄肉雕,是形式之差。又肖像的立像、半身像、胸像、佛像、座像,也是形式之差。在东洋的绘画有横额、立轴、绘卷、扇面等形式。工艺美术种类甚多,形式也甚多。例如桌的一物,也有多种形式。

时间艺术的形式

时间艺术中,诗、散文、戏曲,也是形式的差别。在诗中,像中国也有律诗、绝诗、古诗等的区别。戏曲有一幕的、三幕的、五幕的,戏曲中有长诗的形式的,有散文的形式的,音乐中,也有长短各种乐曲体裁,即其形式的差别。

综合艺术的形式

综合艺术中,演剧与戏曲相一致,有一幕剧、三幕剧、五幕剧等差别。又如舞蹈剧,也是一种形式。又内容与形式的关系,现在须附说一说,前面已说过物质的材料与内容的关系。形式是可以制限内容的,例如绝诗与排律,与长篇的小说,内容自然不同。小说的内容可装入绝诗中,绝诗的内容可引伸为小说,是无理由的话。就是同有短小形式的艺术,例如绝诗与古诗,其内容也非区别不可。在绘画与雕刻也同样,视题材如何,构图如何,而定其适于大画面或小画面。

第六章　艺术的起源

模仿说

在说艺术的制作及鉴赏之前,先就艺术的起源说一说。凡是起源,都是要追溯太古而考察的。没有可征的文献,而仅凭发掘品及其他的推理,故往往多暧昧点,出种种的说法。艺术的起源也是如此的,在古来的学者间,有许多说法。现在就其主要者述之。第一是模仿说。就是说艺术是从人的本能出发的。模仿一事,是人的本能,又冲动,均占有其很大的部分;艺术就是从此生出的。模仿在人的本能中占有大部分,试看小儿的生活——尤其是游戏——差不多统是模仿。在大人的生活中,也有种种现象,例如流行,便是从模仿而起的。即人类的生活,就是在现今,也是自小儿至大人,大部分为模仿本能所左右的。这是本能,在原始人自然也有。不,原始人非但也有,而且可确信其更多。试看小儿的生活多类似原始人之点,其模仿本能比大人更盛。因了原始人的强盛的模仿本能,而取自然与人生为题材,或描或刻,因此发生绘画与雕刻。绘画与雕刻,在现在也是多模仿自然的,故如前章所述,称为模仿艺术;推溯起源而考察起来,也以绘画雕刻由模仿本能产生一说为妥当。但建筑与音乐,是非模仿艺术,用模仿本能来说明其起源,就不充分了。故模仿说不足以说明一切种类的艺术的起源。但自希腊的柏拉图(Plato)、亚理斯多德(Aristotle)以来,宗此说者甚多,在今日也还是有力的一说。如德国的鲍谟格尔顿(Baumgarten)等,也是奉模仿说的。

游戏说

可以说明艺术的起源的第二说,是游戏冲动说,即游戏说。这也是主张从人的本能、冲动上出发的说法。游戏是人的本能及冲动,非常强烈。例如小儿,差不多其全生活是游戏。小儿的游戏的生活发展起来,就成为艺术的生活。例如小儿描画,就是成为绘画的;唱歌,就是成为音乐的;讲故事,就是成为文学的;学大人生活,就是成为演剧的;堆积木,就是成为建筑的;弄黏土,就是成为雕刻的;踊跃,就是成为舞蹈的。小儿的生活,有类似于现在的未开化人的地方,又有类似原始人的生活的地方。故未开化人、原始人所作的艺术发生于其游戏行动,原是不难想象的事。不但原始艺术,即在中世、近世,含有游戏的分子的艺术,东西洋均有不少。日本在德川时代,称小说家为"戏作者",就是说在玩耍的时间作出艺术。但在今日,艺术不是玩耍,艺术的生活不是玩耍的生活;却是伴着苦痛的痛切的生活。表面看来似乎游戏的制作家,其实在内面是积着苦心的。但即使在原始时代也并非一切艺术都是从游戏行动而生的。所以单用这一说来说明艺术的起源,依然有不充分之憾。游戏说由席勒(Schiller)倡始,经斯宾塞(Spencer)、布衍、格洛斯(Gross)与郎干(Lange)等也宗此说。

表现说

第三种说明艺术的起源的,是表现说。就是说人类有想表现感情的本能及冲动,为艺术的起源。艺术即是"美的感情的发现",这一说的道理就很明白了。人类自小儿时代就具有想表现感情的本能及冲动。欢喜了要笑,苦痛了要哭,即喜怒哀乐的表现。仅表现之于颜面,不能满足,又必由声音、言语、身体来表现。即由声音成为音乐,由言语成为文学,由身体成为舞蹈。其他建筑、雕刻、绘画、演剧等,也可由感情表现来说明。人的表现感情,虽是一人的事,但因为人作成社会,故必进而对他人、对社会表现自己的感情,这就是艺术制作的所因,即艺术的起源。这一说,艺术的起源的著者希伦(Hirn)所说最详。但仅用这表现说,仍不足以说明艺术的起源。

装饰说

第四种说明艺术的起源的是装饰说。装饰一事,也是人的本能、冲动,有强大的力。在小儿的生活中,未开化人的生活中,装饰都是不能忽视的一件大事;在原始时代,也明明先有身体的装饰,次有居住的装饰,次有用具的装饰。即装饰美术、工艺美术,主由于装饰本能、装饰冲动而发生,其起源也可用装饰说来说明。建筑在某程度内也是由装饰本能而来的,绘画与雕刻,为建筑的装饰上的必要物,故也可由装饰本能来说明其起源。又装饰一语,广义地解释起来,可看作艺术全体的、人生的装饰。即一切艺术是人生的装饰。这样,装饰本能就可说明艺术的起源。装饰说在席勒的游戏说中论述着。又格洛斯用模仿、表现、装饰的三冲动。勃郎(Blanc)也与游戏说一并主张。故用这装饰说单独说明艺术的起源，也是不充分的。

艺术冲动

以上所述，可说明艺术的起源的四说，各个独立时，都是不充分的。甲说对于某种艺术的起源可以说明，然而对于别种艺术不能说明；乙说关于一切种类的艺术的起源，然而不充分。因为许多的艺术，各有各别的起源、各别的发达，后来给以综合的名称曰艺术，所以这原是当然的事。然而美的感情的发现，是一切艺术所共通的，故可从这里探究各种艺术的起源。这感情的发现当作冲动论，就是"艺术冲动"。从人类的欲的方面说，就是"美欲"。所谓艺术冲动，原非单纯的冲动，由模仿、游戏、表现、装饰四冲动综合而成。这四冲动为艺术制作而活动时，名为艺术冲动。故艺术冲动似一元说，而其实是四冲动的多元说。例如小儿在白纸上画马，是为了一个艺术冲动而画的；但在小儿也可看作游戏、模仿、表现、装饰。一切艺术冲动，并不常常含有这四者，但至少必含有其中的一种以上。

美　欲

艺术的起源的一元的说明，在艺术冲动以外又有美欲。美欲，如字面所示，是求美的一种欲，与食欲、色欲，同为人类三欲之一。利欲等也无人不具，然这也是为了要满足三大欲而来的。又智识欲与道德欲，比起三大欲来，其力较弱。然这二欲是精神的欲。美欲也是精神的欲。即美欲、智识欲及道德欲，三者同类，食欲与色欲二者也同类。为了要生而起的食欲与要保存种族而起的色欲,是最基本的欲;同时也是劣等的欲。人类没有此二欲不能生存,然仅此二欲不能满足,必另求美欲、智识欲、道德欲。因了这三欲而人类的生活始向上,理想始发生。此三者为高等的欲。仅有劣等的欲,与动物同等;必有此高等的欲,始有人的价值。智识欲的目的是真,道德欲的目的是善,美欲的目的是美,真善美,即人间理想。此三欲为使人生进于理想的原动力。求真的智识欲的对象有科学,求善的道德欲的对象有道德,求美的美欲的对象有艺术。科学的起源用智识欲来说明,道德的起源用道德欲来说明,则艺术的起源也可用美欲来说明。美欲原不仅为艺术的起源,而为美的全部的起源。准艺术的盆栽自不必说,就是化装等,也以美欲为起源。不仅满足于食欲及色欲,而求肴馔的美观与美人,其起源也可用美欲来说明。然美欲所生的主要的东西,当然是艺术。为美欲的冲动的,就是艺术冲动。又模仿、表现、装饰的三冲动,也多起于美欲。即模仿美的东西,表现美的感情,要美而装饰便是。又游戏冲动,也与食欲、色欲、智识欲、道德欲等没有关系,而与美欲关系甚深。描画、折色纸,其间也有美欲活动着。这样想来,美欲是四冲动及艺术行动的原因,可以一元地说明艺术的起源,且为最根本的说明,又战争与宗教,与艺术的起源及发达有关系。例如在武器上施以艺术的意匠,因战争而甲民族的艺术影响于乙民族,又宗教的用具、信仰的对象,为艺术品者颇多。但战争与宗教不是直接的原因,不过美欲与艺术冲动是因了战争与宗教而发动的。

国民性与时代精神

国民性与时代精神与艺术的起源无直接关系,但一国的艺术,起初就是其国民性的发现。一时代的艺术,是其时代精神的发现。故在这里要简单说一说。所谓国民性,简言之就是国民的性格。犹之个人根性格,个人的组织的集合,即团体,也有团体的性格。人间社会中,小自家庭,大至民族,有种种团体。现在最著的团体,是国家。属于国家的国民的性格,是国民性。这国民性与个人的个性同样,是由遗传、教育、经验、境遇(地理的境遇)等作成的国民的风气、气质、趣味等的总称。个人的性格始终一贯,然亦因年龄、位置、境遇等的变化而稍有变化。同样,国民性也因了时代,其时代的国家位置、境遇等而变化,这称为时代精神。国民性有始终一贯的,然亦有因时代而变化的精神。个人的性格表现于个人的一举一动。同样,国民性及时代精神也表现于国民的政治、科学、宗教、哲学、艺术、商业、工业、农业、军事、风俗、习惯等,约言之,即国民的一切生活上。但这一切,不是同样地表现国民性与时代精神的。有的比较的显明,也有的比较的不显明,即世界的。又有的为具体的发现,有的为抽象的发现。例如科学,是国民性比较的不显著的,即世界的。反之,艺术、风俗、习惯最为显著。习惯主属抽象的发现,艺术则为具体的发现,风俗兼有两者。具体的发现最为惹目,故国民性及时代精神,在艺术上为最显著的发现。但须注意:艺术在本质上是国民性及时代精神的感情方面的发现。知的方面与意志的方面的发现,以哲学、科学、道德、政治为主。艺术为国民性及时代精神的具体的且感情的、最显著的发现,在美术史上随处可以证明。在第八章终列举着许多样式变迁的实例,现在不复赘述。艺术为国民性与时代精神的发现,反之,欲以艺术阐明国民性及时代精神的,则须研究美术史。

第七章　艺术的制作

内术品与外术品

前章所述,是艺术的起源在于美欲与艺术冲动。本章拟更就各艺术品分别说一说。各艺术品也是因美欲与艺术冲动而来的。现在要考查其心理的过程。艺术的制作,不必限于艺术家,凡小儿都是小画家、小音乐家、小优伶;就是普通的大人,也有时描画、写字,有时设计住宅、布置房室、研究盆栽。不过特别当做职业而没头于其中的,叫做艺术家。故现在以艺术家的制作为主而说述。艺术是美的感情的发现。美的感情起于艺术家的心中,因美欲而变成艺术冲动,发现而为客观的艺术品,这经过叫做制作。艺术品尚在艺术家的心中而未现于外部的时候,叫做"内术品";现于外部而成为艺术品的时候,叫做"外术品"。即制作的路程可大别为内术品与外术品。像即兴诗、席画等,内术品与外术品同时成就。但这是例外的。普通内术品的成就须历相当的时间,外术品的成就也须历相当的时间。像大建筑、壁画、长篇小说等,则内术品的成就需数个月或年余,外术品的成就更要长久的时日。

经验与记忆

　　试考察艺术家心中的内术品的成就的过程，可知其直接的动机，有时由于外部的刺激，有时从内部涌出。例如在严冬的寒夜，回想去年的时雨而咏歌，是由于外部的刺激的；又如想在这样的寒夜会见恋人而咏歌，则是从内部涌出的。无论因外部的刺激，或从内部涌出，在其处必唤起过去的经验。现在的人，负着现在以前的过去的经验的堆积。即过去的经验成了记忆而伏在人的心中，可用外部的刺激唤起，又从内部涌出。去冬逢到时雨的经验，寒夜访问恋人的经验，是记忆着，而可唤起或涌出的。无论经验何等丰富，倘不记忆，就没有用。记忆着，故可唤起或涌出，成为艺术的题材。但只唤起或涌出的经验，还是称为"素材"为妥。即记忆着的经验可为艺术的素材。也可说艺术的素材即记忆着的经验。艺术的素材，原不仅是记忆着的经验，即过去的经验，现在的经验也是其素材的主要部分。故从记忆唤起过去的经验的时候，大都又必需现在的经验。例如于严冬的寒夜回想去冬的时雨，也是现在的寒夜的经验与过去的时雨的经验的合并。

经验与模仿

　　现在的经验，是做成艺术的素材的主体。看见花，会到恋人，其现在的经验，皆直接作为艺术的素材。但过去的经验在其刹那间皆成为现在的经验，而现在的经验也刻刻在变成过去的经验。故所谓现在、过去，只是时的差别，在人，在艺术家，都以过去的经验为重要。这不但为艺术的素材而已,又作成人的,艺术家的素质。因了素质的不同而人或适于为艺术家,或适于为政治家,或适于为科学家。过去的经验对于人的重要,于此可明白了。但艺术制作的动机,大都是由于现在的经验的刺激,大都由现在的经验直接作成素材。而作为素材的现在的经验,是因模仿而立刻变成艺术的题材的。例如看见自然景色,而作写生画,如以人体为模范(model)而雕刻,或描写家庭的纠葛而成为小说,都是模仿现在的经验,以为题材,而成艺术品的。这是自然、人体、人生的模仿。此外既成的艺术品的模仿也很多。然完全照样的艺术品的模仿,除了为研究、为练习、为保存的描写以外,都是没有价值的。自然人生的模仿,有写实的作品、自然主义的作品的价值。艺术品的模仿,则除特殊情形以外,没有美的价值。现在的经验能直接成为题材而作模仿的对象。但仅由纯粹的现在的经验作题材的,比较的少,大都必伴着过去的经验的记忆。例如看见自然景色而描写它,普通必因以前所见过的景色的记忆而多少加以变更。两者混合而作题材的也有。于是有所谓"素材的变化"。

素材的变化

仅以过去及现在的经验为艺术的题材,范围狭小而无变化,故名为素材。必把这素材加以变化,方成为题材。其变化之一,叫做"想象化"。例如写生海的风景时,不看见船,而添描一船,就是想象其有船而描写的。东洋画多在室内由想象描出。西洋画描云及光线等易变的东西时,也用想象补充之。至于小说、戏曲,即使大体的人物、背景及梗概取自实际的经验,然描写的时候,都加想象。且普通大都是从想象来的。然想象无论何等加多,总是自然中或人生中所能有的事情;其不能有的,名为

"空想化"。例如描梅花而添写一莺,是想象;倘莺能言语,梅花化为蝴蝶,则为自然界中所不能有的事情,就是空想。人鱼等故事,是很好的空想化的例。童话、寓言,也大都是空想化的。在浪漫派的作物中,含有空想的分子也很多。所谓神秘的或如神话等,也是空想的产物。想象与空想的差异,有时难于辨别,但在实际上能有与不能有的一点上,大抵可以判定。当作人描写人以外的动物植物,例如前揭的莺能言语等例,也是空想之一种,名为"拟人法"。想象与空想,则无一定标准,全凭艺术家的自由;至于按一定的理想而变化素材,则名为"理想化"。例如描写人体或雕刻人体的时候,把短的足改长,使合于比例,就是以理想的人体为标准而行理想化。东洋的山水画,有"远景、中景、近景三者必备"之说,也是理想化之一种。佛像、神像,也是理想化的产物。所谓佛像具三十二相,明明是一种理想化。小说与戏曲含劝善惩恶之意,也是其事情的梗概的理想化。类似理想化而稍有不同的变化的方法,还有"装饰化",例如树木的枝本来左右不规则地生着的,把它整然地描成左右对称;色彩也不顾实际而按调和、对比、渐层法而描写,以形式法则为主变化素材。这是理想化之一种,也可称为"形式化"。在工艺美术、装饰美术中,屡行此法。所谓图案,大都也用此法,因此又名"图案化"。在有规则的图案中,都用图案化的意匠。这就是素材的装饰化。

艺术上的主义

　　素材的用法,与艺术上的主义有深切的关系。现在想把主要的艺术上的主义略加说明。第一,把素材照样表现的,即无论自然、人生,均照样描写的,名为"写实主义"(realism)。这是素材的照样的模仿,例如绘画、雕刻，在其模仿艺术的性质上，有相当的价值。又在别的艺术上，自然与人生的模仿，也都为其根柢，为别的主义的基础。又一切别的主义，多少必含有写实主义的分子。在这点上，这主义颇有价值。然这主义无论何等巧妙制作，总不能越出素材以上。即艺术在自然的下面，极言之，即艺术成为自然的奴隶了。于是就有不主张模仿自然人生，而表现自然人生的"真"于艺术中的主义，这就是"自然主义"（naturalism），这主义不事皮相的写实，而深深地穿透自然人生的"真"，有深刻的优点。然求"真"原来是知欲，"真"是科学的目的。艺术的目的是"美"。所以仅表现"真"，这就有见解的误谬。但艺术不能离真，离真入伪，艺术就堕落。即在艺术远离自然的时候，自然主义就是提倡接近自然的运动，有很大的价值。例如法兰西的左拉（Zola）、日本的田山花袋等的自然主义的小说，是显著的例。第三，把素材想象化、空想化的，叫做浪漫主义。无论自然、人生，加以丰富的想象，配以自由的空想，或梦幻的、空想的、浪漫的（romantic）表现。这种表现，倘忘却了其"诗的"一点，就变成荒唐无稽的、无价值的东西；然颇有极有趣味的艺术品。在彻底地求美的一点上，这不可谓非最适切的主义。在艺术过分倾向于科学，偏于道德的时候，提倡这诗的、梦幻的、美的高调的艺术，即浪漫主义，颇有理由。特拉克洛亚（Delacroix）的浪漫派绘画，是其著例。第四，把素材依理想而变化的，名为"理想主义"（idealism）。自然的形色，都依照理想，即依照形式法则而变化；人生则依照道德，即以善为目的而变化。所谓劝善惩恶主义的小说，便是理想主义的艺术之一。道德家所认容的艺术，就是这种。但当做艺术而论，这是与科学地表现"真"的自然主义同是偏颇的主义。第五，不从事于素材的变化，而以素材代表别的意义，例如描写破晓的山间的日升，以代表"希望"的意思。这名为"象征主义"（symbolism）。梅戴林克(Maeterlink)的戏曲《青鸟》(*Blue Bird*)，是以青鸟为幸福的象征而支配全戏曲的。凡用一种东西作某物的象征的，是象征主义的作品。又有以一小说或一戏曲的全部代表人生的，也可视为象征主义的一种。但丁的神曲，是其好例。沙翁的戏曲，即所谓象征大人生的。这种是超越素材的变化的大艺术品。还有"为艺术的艺术"主义与反对的"为人生的艺术"主义等。但与素材的变化无甚关系，是因艺术家的人生观、艺术观而分别的，故略而不述。

模仿与独创

现在所谓模仿，不是对于自然及人生的模仿，是对于艺术品的模仿。即艺术品的模仿及与之正反对的独创，是艺术制作上的重要的事，故现在特立一项而略述之。模仿是人的本能之一，是说明艺术的起源的一说，又写实主义的绘画雕刻，也是模仿素材而成的。但做了艺术家而模仿别的艺术品，除研究及保存等目的以外，是不许可的。在修业中，模仿古画或新的大家的作品原是必要的。又为了要保存，复制有价值的古美术品，在防备大火灾等情形之下，也是极有必要的。但如果要当做艺术家自己的作品而发表，则必要独创的。绝对的独创，也许不可能，但其主要点务必为独创的，至少某一点必须是独创的，否则就没有艺术品的价值。巧的模仿，不如拙的独创的有价值。但从鉴赏方面说来，拙的独创原不及巧的模仿。然这是用巧妙的模仿来代替原物，模仿作品在某程度内保有原物的艺术的价值，故有鉴赏的价值。倘不完全模仿，而或变形，或变色，或仅仅移用其模样于别的事物上，则在其变化与应用的方法上含有独创的分子。例如在西洋风的建筑的细部用东洋固有的装饰，或应用某名作于器物的装饰上,则在其应用上含有独创的分子,于是发生艺术的价值。例如把武梁石室的石像模写在六曲屏风上,或作别物的装饰,不能指其为纯粹的模仿。又在模仿与独创之间,还有所谓同化一事。把从他处取来的东西同化入它的艺术中,是加有独创分子的,决不是模仿。例如西洋的后期印象派,便是把东洋画风同化于西洋画中的。东洋——例如日本——也常有在东洋画中加入西洋画技法,而创造新的画风的作家。

遗传教育及天才

为艺术品的素材的,是艺术家的过去及现在的经验。其经验的堆积,是作成艺术家的素质的主要物。但所谓经验,是生后的事,在生以前,有所谓遗传。素质是很重要的。因素质而分别其适于为艺术家或不适于艺术家,因素质而决定其为大艺术家或小艺术家。然遗传也是重要的。父传子、子传孙的遗传,于肉体上、精神上都很显著。而系于遗传与生后的经验之间的,是在胎中的期间。这期间的胎教,也有几分效力。尤其是在像艺术的特殊性质的事上,胎教的效果更多。生后的经验中,最重要的是教育。教育决不是仅由学校施行的,也不是达了学龄而开始施行的。生出以后,立刻就有家庭教育,在家庭教育中注意艺术的方面而助长之。在小儿的期间,以游戏为主,在这时候大都即可认知其关于艺术制作的萌芽,已有教育的效果。又有所谓早教育的提倡,这也在艺术教育上最为必要,最多效果。例如音乐,在五六岁时就可使之自奏或听赏。小学校时代,当然以艺术教育为必要;中学校更可行专门的艺术教育。修了中学校而入专门的美术学校或音乐学校,其实已经是太迟。

在知情意三者中,当然以感情的教育为第一。感情的教育,必先使其感受性锐敏、微妙,使感情丰富、清美。知的教育也不可轻视。倘不在知上托根,大的艺术必不成功。意志也是必要的。意志倘不强固,不能成为优良的艺术家,不能完成大艺术。要之,大艺术家以感情为主,以知与意为副。即以情、知、意的圆满的发达,即人格的伟大为必要。艺术是人格的发现,没有人格的艺术是无用的。又在艺术家,还须有健全的肉体,同时又须有良好的工具。肉体的健全当然必要;工具则在建筑家、雕刻家、画家,优伶均极重要。又声乐家与优伶等,必须是大音量及美的声音的所有者。这是与生俱来的,非教育与练习所能致。于是有天才、能才、凡才的差别。又不论像肉声的肉体方面的事,在精神方面也有这差别。所谓天才,照字义说来,似非教育所能造成。但在天才中,也有遗传的、偶发的及由教育造成的。祖父母或父母中有大艺术家,而其子孙中有天才,是遗传的;不然,就是偶发的。既非遗传,又非偶发,平凡的孩子因受教育而发挥其天才的,就可说是内藏的天才因教育而发现。不及天才的,叫做能才,但其境界不甚明了。即天才与能才的差,不是质的差,而是量的差。天才的特色,是富于独创力与超越现代。独创在艺术上是最必要的,故天才所作的艺术品,必有价值。又因其超越现代,故必为先觉者、指导者,为现代的凡俗所不理解,甚至被视为狂人的也有。狂人与天才者,同是超越常轨的人,但狂者没有目的与理想,天才则怀抱目的与理想,在这点上是正反对的。天才往往不被现代所承认,到后代方被人赏识。在现代认识天才的,其人必也是天才或大批评家。批评是属于鉴赏的,关于批评家,容在后面详述。

情感与感兴

　　以过去及现在的经验做素材,照样模仿它或加以变化,而成为艺术的题材。然而在制作时,以情感为必要。情感,英语为 mood,德语为stinmung(日本人译为"气分"),今译为情感,实未充分表出其意义。即非艺术家,普通的人在小春和暖之日眺望景色,也必有想作诗、想唱歌的情感,这就是艺术制作的情感。起了这情感,方才能制作。也有在制作中生起这情感的。这情感生起的时间,因艺术家的人而定。有的人在朝晨,有的人在晚上,又有的人非在深夜不能起这情感。情感犹之空气,其中又可有一焦点。这焦点名为"感兴"。感兴是 inspiration 的译意,也不是适切的译语,有人译为"灵感",或音译为"烟士比里纯"。情感是稳和的,感兴是激烈的。在感兴之中,原也有和平的梦似的状态与激烈的感情高调的状态。前者称为阿普洛(Apollo)的,后者称为提奥尼索斯(Dionisus)的。以满满的水的状态譬喻艺术制作的情感时,阿普洛的感兴犹之投小石于水中,使起小波;冲天的大浪,是提奥尼索斯的感兴。艺术家中有此两种型,称为阿普洛的艺术家与提奥尼索斯的艺术家。又艺术家中,也有不待感兴,而由思考与反省制作的。这是智胜的艺术家,由思考以反省组织素材而制作艺术的。然其所作艺术品,所含智的分子甚多,为理智气的作品。这在艺术家中是少数的,其制作的路径也属于特殊情形。

受　胎

　　适于制作的感情生起的时候,感兴涌出来,就把素材想象化,或空想化,或理想化,而在艺术家的心中成就了团成一气的一个内术品。这宛似动物的精虫进入于卵中而发生一新动物的"受胎",在艺术上也叫做受胎。然受胎二字似过近于生物的,故也有不译意而直名为 conception的。试察看艺术品受胎的状况:由提奥尼索斯的感兴的时候,即很大的大作,也在瞬间受胎;由阿普洛的感兴,或只由情感,或由思考与反省的时候,即小的作品,其受胎也需要相当的时间。又无论何等激烈的提奥尼索斯的感兴,倘要作非常的大作,瞬间所成就的也只是大体的受胎,细部必另成为一一的感兴与思考。例如造大建筑或其壁画,作长篇小说的时候,大体的结构的受胎虽能在瞬间成就,但细部的受胎也要一月甚至一年。又艺术制作的情感发生,感兴涌起,不一定会受胎。有的受胎而终变为流产,有的受胎而产畸形儿,均与生物同样。受胎所成的是内术品,这是极大体的一块而已。犹之人类的胎儿自受胎起,须历九个月的时间,渐次成长而具有生物的形态。要使这内术品成为外术品,也需要相当的时日与手续。受胎之始所成就的,在建筑、雕刻、绘画,就是构图;在小说、戏曲,就是轮廓(outline),这是极大体的,细部的构图与详细点,后来渐渐作出。然这大体的构图与轮廓,是重要的,大作的价值,是由此而决定的。大体的构图与轮廓倘然好,即使细部差一点,也无大瑕。反之,大体的构图与轮廓倘然不好,即使细部精良,也没有艺术品的价值。这大体的构图与轮廓,是由受胎而得的,故受胎很重要。又这是因感兴而在瞬间作成的,故感兴也很重要。而在这大体的构图与轮廓中添加细的构图与细的轮廓,是从受胎后到成为外术品之间的事业。又受胎由思考与反省徐徐地发生的时候,则在大体的构图与轮廓之外,细部也同时成就。

雏形与推敲

既受胎而成为内术品,在要作成外术品之前,如果是大的艺术品,普通必先作雏形。例如绘画的大作,则先作小的 sketch。大的雕刻,则先在纸上画 sketch,用黏土作小模型。建筑也先作二百分之一大小的 sketch 图,更造一雏形。小说与戏曲,也先写梗概或大体的人物。这已是内术品成为外术品的第一步,但还不是真的外术品,是从内术品向外术品的移行。这雏形,除建筑的模型以外,皆极简单,不费多的时间,在制作的情感与感兴持续的期间内一气呵成地作出,往往反比真的作品有趣。例如绘画的稿子等,大都比本物更好。对于这雏形,普通必加推敲。推敲对于真的外术品也是要加的,但以在雏形中充分加推敲为宜。稿子仅可改写数回,实际上打数回稿子的也有,也有虽不加推敲,有几处瑕点,而仍是有趣的作品。然充分加推敲而无瑕的好作品也有。这一则由于艺术家的性质,二则由于作品的种类。加推敲一事,第一行于雏形,第二行于外术品。

具体化与完成

内术品是在艺术家心中成功的,是抽象的。故要把它做成外术品,必须具体化。雏形也是一种具体化,但尚未为真的艺术品。艺术中像时间艺术的音乐,外术品似也是抽象的。但其实这是具体的,可由文学推想而知:在诗人、小说家的脑中的时间是内术品,表现于言语文字上是一种具体化。文字也是具体的,这不过是表出言语的符号而已。音乐也如此,在音乐家脑中作成的曲,借了内声或乐器,成为音而表出,也是一种具体化。例如秋夕的悲哀的感情,用绘画的色与形来表现,用诗文的言语来表现,与用音乐的音来表现,趣味各不同,但都是悲哀的具体化。具体化是对艺术的物质的材料而行的,因其材料而各异其趣。例如油画与水彩画,木工与陶工,都是用手做的,但做法各不同,因而发生技巧的差异。又如建筑,造外术品的时候,艺术家自己不动手而只是监督,雕刻家也自己的手不沾油土,实材的作造均委之于工人之手。绘画家作大作时,也需用助手。唯诗与小说,则绝对没有这事,必须亲自把内术品作成外术品。音乐则作曲家自己演奏自己的作曲的很少,大都演奏他人的曲,与前者又异其趣。内术品成为外术品之后,通例必加对于细部的推敲。也有在感兴未消退的期间内由内术品变成外术品,无推敲的余地而完成良好的杰作的。然这宁可说是特别的例。大多数的制作,必在雏形上频加推敲,成外术品而更费推敲,而结局成立为杰作。这情形与天才的或为遗传的,或为教育的同样。造成杰作是共同的主眼,推敲与否,是不成问题的。无论何种制作,必达到更无推敲的余地的时候,而艺术品始完成。最后的完成,名为“告成”,为艺术制作上的最后的过程。“告成”也是一件重要的事,在罗斯金(Ruskin)的《近世画家》(*Modern Painters*)的第三卷中详论着。

第八章　艺术的手法与样式

技巧与手法

把内术品具体化,使成为外术品之际,其物质的材料的处理法叫做技巧(technique)。技巧因物质的材料的种类及人的身体的用法而有种种差别。即在绘画,有用铅笔的、有用水墨的、有用油绘的,技巧皆不同。在雕刻,大理石与铜与木的技巧法也全然不同。这是由物质的材料限定的。至于人的身体,则主由于手的用法而差异。例如从材料的方面说,普通对于大理石用细致的技巧,对于木用粗大的技巧;但艺术家的手的用法,则与之正反对,对于大理石也可施用粗大的技巧,对于木也可施用细致的技巧。长于技巧的人,叫做技巧家。技巧对于内容是枝末之事,故技巧家大都为人所鄙视。材料本来是一种手段,但技巧也不过是手段而已。材料各有其表现,故技巧也必有随伴着的表现。这表现非注重不可,故要选定材料,同时又要选定技巧。务使材料、技巧、内容三者一致。例如要表出柔软润腻的小儿或少女的肌肤,材料宜选大理石,技巧也宜取细致者。所谓"手法"(treatment),也是材料的处理法,与技巧大致相同,然多少有点差异。即手法一语,主用于建筑上,次用于雕刻上,后来在绘画、工艺美术上也使用。但在文学与音乐上,则称为"技巧"。技巧一语,普通都用于细处,手法一语,普通都用于大处。如云纤细的技巧,雄大的手法。又手法一语是新用的,技巧一语是从来的旧名词。

大家与流派

技巧与手法,都是物质的材料的处理法,故皆因材料而受一种制限。但也可因艺术家的手腕而得某程度内的自由。即甲艺术家用甲独得的手法,乙艺术家又用乙独得的手法。尤其是大家,能自由创造自己的手法。例如就中国画说,李思训独创着色的北宗画法,王维独创淡墨的南宗画法,而米元章有所谓"米点"的山水画法。后世画家,学习他们的手法。故天才的大家之后,必有同一手法的一班人,这叫做"流派"。且手法同一之后,题材自然也同一,于是流派的特色就强起来。流派,普通是由父传子,由师传弟子,即纵流的。横流于同时代的各地则成为新式样的原因。下述的样式,则普通不由一大家的力作出,而由手法、材料、构造、表现的一致而发生。

样　式

手法是随艺术家的自由的。但同国同时代的作家,虽无同门弟子或亲子的关系,在国民性与时代精神的关系上,普通也必取同样的手法。例如文艺复兴期的米侃朗琪洛(Michealangelo)、辽拿独(Leonard)、拉费尔(Raphaelo)等的作品中有其时代的一致手法。又如德意志人的绘画,都有像裴克林(Bocklin)的致密、苦重的手法。英国的泰纳(Turner)与康斯坦勃尔(Constable)的画,有共通的英国画风。在建筑更为明显,一国土、一时代的建筑中，必可看出一种共通的点。即一国、一时代的同种类的艺术，其材料、构造、手法相一致，因而表现也相一致。这样地作成一种特色的，名曰样式（style），例如希腊建筑，以石为材料，取楣式构造，有端正的手法，有单纯的美，在其发挥真的点上有所谓希腊式的一种样式。又有因大艺术家的独创而起样式的，已如前节所述。在样式之中，有的持续数世纪，通建筑、雕刻、绘画、工艺美术而一贯；有的仅及于某种艺术，仅行半世纪。像意大利所创的建筑式样，即所谓复兴式，自十六世纪达十八世纪，几乎盛行于全欧，到今日还在全世界保有若干的势力。而别的样式，也有全盛期不满三四十年者。又同一样式之中，也略有差异。例如意大利始创的复兴式，与末期的不同。又法兰西的与意大利的也不同。于是有初期复兴式与法兰西复兴式的区别。哥雪克式（Gothic）中，德国的与英国的也有多少的差异。

样式的变迁

样式发生的原因，一方由于材料、构造、手法、表现的一致，一方由于大艺术家的独特的手法。材料、构造、手法、表现等的一致，归根于国民性及时代精神。故因时代精神的变迁，而样式变化，又因大艺术家的出现，而样式亦变化。大艺术家以时代精神为背景而生，时代精神因大艺术家而变化。即所谓时代造英雄，同时英雄又造时代。就西洋建筑举实例来说：希腊建筑，前面已经说过，是石造楣式。到了罗马，则用砖与小石，始成为拱式。这是因材料不同，而构造变迁，因之表现也不同。希腊式发挥真与美。罗马式减弱真与美，而加强了可称为建筑上的善的实用的美。到了古代基督教建筑，实用的一点愈加强起来。在这式的前后，又有皮尚丁（Byzantium）式与回教建筑（Saracenic）的二式流行，为旁系的样式。古代基督教式受了皮尚丁式的影响而成为罗马耐斯克式（Romanesque），再次有哥雪克式的出现。罗马耐斯克式用半圆的 arch，有沉重的表现；哥雪克式则用 pointed arch，纵线强明，为发挥北美的建筑。西洋建筑始于希腊式，至哥雪克式而达了其所应到的地步。其后希腊、罗马的样式复兴，就流行所谓复兴式。其次是罢洛克式（Baroque），到了洛可可式（Rococo）式而发现了装饰过重的弊端。十八世纪告终，入了十九世纪，而希腊、罗马的 classic 复活，哥雪克式与复兴式也流行起来。到了二十世纪，有赛塞兴（Secessionism）等新式样出现。又有美国的摩天阁（sky scraper）式最近的表现派等出现着。这等最近诸式，还未成为一贯的样式。但因为其材料用铁骨、铁筋、混凝土，结果其构造也从积立构造变成铸物构造，手法也随之而变化。然表现比较的自由，还未能认识其一定的样式。

第九章　艺术的鉴赏

感　觉

　　艺术的制作,是先由艺术家的心中生出内术品,这内术品再向了外部而成为外术品,取自内向外的路径的。至于鉴赏之际,则鉴赏的人先从艺术的外部鉴赏,与制作时相反对,取自外向内的路径。而自外向内时先由感觉。这不限于艺术,即对于任何外物,我们总是先由感觉来感知的。

　　感觉的种类,原是因外物而异的。在艺术也是如此,因了艺术的种类而异感觉的种类。对于艺术有效用的感觉,第一是视觉。视觉的机关是眼,视觉所感的是色与形。视觉的特色,在于以空间中的、平面上的物为主,而把非平面的当做平面的观看。即在艺术上说,能用视觉完全鉴赏的,是绘画。工艺美术中,像染织物,是与绘画同样的;其他各种,凡有平面的,对于其平面也充分发挥其能力。例如箱的表面、建筑的表面、薄肉雕(relief)等,便是。圆雕、舞蹈、演剧等,在视觉是就其平面而鉴赏的。建筑与立体的工艺美术,在视觉也是就其平面而看的。所以这名为绘画的看法。第二种有效用于艺术鉴赏的感觉,是听觉。听觉的机关是耳。听觉所感的是音。听觉的特色在于时间的,由听觉感觉的艺术有音乐、诗文、演剧三者。有效用于艺术鉴赏的感觉，以视听二觉为主，此外还有触觉、运动感觉、一般感觉等。触觉的机关是手。但大多不用手接触，而由视觉代办，这叫做翻译为视觉。雕刻是起初以触觉为主而鉴赏的。但普通都用视觉鉴赏，即借助于翻译为视觉的触觉。建筑、工艺美术、演剧等，也借助于翻译为视觉的触觉。运动感觉的机关是筋肉。借此为鉴赏之助的艺术，是建筑、音乐、舞蹈、演剧等。一般感觉是一切艺术的鉴赏的辅助，但与建筑与演剧关系特别深。以上所述，可列表如下：

感觉 艺术	视　觉	听　觉	触觉（视觉）	运动感觉	一般感觉
绘　画	主	——	——	——	——
雕　刻	主		副	——	——
建　筑	主	——	副	副	副
工艺美术	主	——	副		
音　乐	——	主			
诗　文		主			
舞　蹈	主	——		副	
演　剧	主	主	副	副	副

还有温觉、嗅觉、味觉等，也与艺术鉴赏多少有点关系。

感　情

　　艺术鉴赏的最初的过程，是感觉，其次是感情。艺术鉴赏之际所起的感情，如第一章所述，有材料感情、形式感情、内容感情三者。材料感情就是对于艺术的感觉的材料而起的感情,即对于色、形、音的感情。看见桃花的红色与五角形的,是感觉;而感到这红色与五角形的美的,是感情,是材料感情。这红色的五角形的花生在绿色的叶中的时候,使人感到红与绿的对比的,是形式感情,即对于这对比的形式的感情。又对于这花的象征的意义的感情,是内容感情。就这三种感情的特色考察起来,材料感情多在最初时生起,大概是静的感情。因形而起的为最静,因音而起的感情,音在性质上是动的,因色而起的感情为中间的。但用强烈的色的近代的绘画及染织物,也有稍强的动的感情。形式感情为最静的,且批评的。在批评家比较地最早生起。在一般人则为迟起且最微弱的感情。内容感情在一般人大都起得很早,且很强。常人看绘画,辄先问所描写何物,而对于其物的意义发生感情。描着水仙花、红蜡烛、泥人的画,一般人看了,先想起这是除夕的画、新年的画,次看其色、其形。但在专门家,不管其除夕或新年,总先注目于其构图、设色、调子等。材料、形式、内容的三种感情缠为一团,叫做美的感情。但对于艺术而起的感情,不仅是美的感情。知的感情也起,道德的感情也起。例如认识其为桃花、水仙花、蜡烛,而起的感情,是知的感情。见燃烛送岁而认为善,是道德的感情。见裸体画而想起有害于风俗,也是道德的感情。因为艺术也是社会的一现象,故对于艺术作品下知的观察、道德的观察,原也不妨;但误认它们为美的感情,或把它们混入美的感情中,或下不正当的判断,是不可以的。一般的人,大都知的感情与道德的感情强盛,不但为其所左右,又往往用以批判艺术。

感情移入

我们对于艺术品,先得感觉,次起感情。例如见了红色的蔷薇花的画而起愉快的感情。起这感情的是我们,但我们似乎觉得对象的蔷薇花具有这感情。听了快活的进行曲,而起快感,起快感的是我们,但我们似乎觉得进行曲具有快活的感情。这就是把我们的感情移到蔷薇花及进行曲中。这叫做"感情移入"(einfülung)。德国美学大家李普斯(Theodor Lipps),是以这感情移入为基而立美学的体系的。日本阿部次郎的美学,也祖述李普斯的感情移入说。看似艺术的题材与内容所具有的感情,其实都不外乎是看的人的感情移入在其中的。例如描含悲的人物,起悲哀的感情的,是看画的我们,并非画本身具有感情,这就是把我们的感情移入于画中。且不但移入感情,又移入生命。笛的音具有听笛的我们的悲哀的感情,同时又具有生命,宛如人的泣诉。故在做艺术的内容的自然人生中,都有移入感情,赋与生命。我们的感情移入于艺术中,做了艺术的感情而二者融合,而达于艺术鉴赏的最高调。观剧正是好例:观剧的时候,我们的感情移入于剧中人中。剧中人的感情就是我们的感情,我们的感情,就是剧中人的感情。我们与剧中人往往浑然融合。

美的判断

感觉之后,起感情;感情移入之后,就有理智的活动起来了。艺术鉴赏,本可说是终于感情移入的。何以故?因为艺术原来是美的感情的发现,故鉴赏之际,由感觉起感情,移入其感情于艺术中,艺术鉴赏的重要的过程就已告终。然而人的精神现象,决不是这样简单的。第一,起感情的时间,不能说是全不混入理智的。在感情的活动之次,必有理智的活动起来。理智的活动起来以后,必然发生判断。判断有科学的判断,道德的判断,美的判断,市价的判断等差别。对于艺术,当然也以美的判断为主;然科学的判断与道德的判断也可以有。例如判断画中所描的植物或动物有无错误,是科学的判断;裸体画有害于风俗,是道德的判断。艺术作品也是社会的产物之一,像展览会等,更是广及于社会的,故也不得不加以科学的判断与道德的判断。唯误认这科学的判断或道德的判断为美的判断,或混入美的判断中,左右美的判断的价值,是断乎不许可的。这一点,要请科学者、官吏及一般民众特别留意。美的判断,可分为二:一是理解判断,一是价值判断。理解判断就是理解艺术的内容意义。在绘画,例如朝晨的画、夕暮的画;在小说,例如描写初恋,描写失恋,先要理解。这似是很浅易的事;然而像以神话为题材的绘画、象征主义的戏曲等,往往有人不能理解其含有何种内容意义。故这点理解是必要的。这原是对于无论何事都必要的判断,并非只在艺术上需要。但在艺术也是必要的,为美的判断的一部分。不是重要的,但是必要的。倘过于精密,就变成科学的判断,脱出美的判断的范围了。现在可略说一说:对于古代美术,这理解判断更为必要。即在这古代美术的内容为何意义以外,又有何年制作、何等古远、是真是伪等判断的必要。这等判断也很重要,不可错误;然这在美的判断上不是主要的,不过是第二次的而已。价值判断即美的价值判断,为美的判断的主要部分。因这判断而决定艺术作品的美的价值。怎样下美的价值的判断呢?这是以题材,即着想为开始,而分析地观看其题材与艺术的种类及物质的材料的关系,感觉的材料、形式、内容、手法、样式等一切美学上,艺术学上的要点,综合这诸点而下判断。例如一幅春晨的西湖的油画,第一,春晨的西湖作艺术的题材有何等的价值？春光中的西湖景色是否的确美丽而足有做艺术的题材的价值？这题材适于油画或中国画？如适于油画,其构图如何？其手法如何？其颜料的用法如何？——综合地考察其他一切诸点,而判断其美的价值。这能力的准备,以教育与经验为必要,能有天才更好。即倘有相当的教育与经验,对于艺术作品就比较地容易下价值判断；倘有天才,自然更为得手。即非天才,第一印象是很重要的,以后隔若干时重看二三回,每回看数十分钟,就能判断美的价值的大概。这当然关系于教育与经济的程度,程度高的人,能下确实的价值判断。但这到底不是神的判断,是人的判断,故其中当然难免有误。唯多数一致的判断,总是较确的。一个天才者的判断优于多数的凡庸人的判断,时间往往能证明。故待时也是一种方法。

美的批评

美的判断不过是鉴赏家心中所起的一种精神现象。然倘不听其藏在心中,而用言语或文字表出于外部时,就是美的批评。美的批评,本来是凡有美的判断的人谁都可做的,但以此为专门任务的人,特称为批评家。美的批评有三种,即印象批评、分析的批评、综合的批评。印象批评,就是按最初的第一印象而批评,不分解各种感觉,而直接以其清新、强烈、活跃的感觉为批评,原也自有其特色。但要批评家的教育与经验均充分时,这印象批评方可适确而有价值。尤其是天才的批评家,其印象批评最有价值。但亦必进而为分析的批评，更为综合的批评，方可成为完璧。分析的批评，如字面所示，是就题材、物质的材料、感觉的材料、形式、技巧、手法等而一一地批评的，又分量大的艺术，则就各细部分一一批评。如建筑与演剧，非作分析的批评不可。综合的批评，就是把已经分析的重新综合，而下批评，造出结论，而给以最后的美的价值判断。美的批评的效果，可分为二。其一为对于艺术家，即作家的效果；其二是对于一般社会的鉴赏者的效果。这两种效果，也可由同一的批评发生，然能分别为作家作批评，又为一般社会作批评，效果自然更多。在所谓一般社会之中，有少数的艺术爱好家，特可称为鉴赏家。对于这种人，为作家的而作批评较为有效。即假如称前者为高等批评，后者为通俗，则高等批评是为作家及鉴赏家而作的，通俗批评是为一般社会作的。高等批评是为艺术作家而作的，故可以养作家的头脑，可刺激之而使充分发挥其才能，又可为其粮食。通俗批评则对于一般社会为艺术鉴赏的指导，可使一般的艺术鉴赏力，即趣味向上，为社会教育也是很重要的。讲到批评，则前者难作，后者较易；奏效也对于作家的方面困难，而对于一般社会方面较易。常常有唱批评无用论的作家，这是因为高等批评困难，真有价值的批评很少的原故。倘是真有其实价值的批评，在作家其实不是无用，而常是有益的。要之，对于作家的批评，必须持有超乎作家之上的见识，故不容易。但倘是有天才的批评家，也不难发表指导作家的批评。对于一般社会的通俗批评，比较的容易，且指导也不难，批评的效果也多大。在无论何者，美的批评总是重要的。故批评家的任务，可谓重而且大了。

绘画的鉴赏

关于艺术鉴赏，已把从感觉到批评一般地说过，故以下拟就各种艺术简单地说明其特色。便宜上先从绘画说起：绘画，如前所已述，是空间艺术，其空间是平面的，故鉴赏时主用的感觉是视觉。视觉的特色，是可得比较的完全的第一印象。除像壁画等非常广大的绘画或绘卷轴之外，绘画都可以一览收得其全体的第一印象。第一印象的特色，在于感情不分化，而强烈活跃的清新的点，故竟有受强烈的印象而变成生理的刺激的。例如血涌，是实际地血集于颜面而使之变赤。这种情形，非第一印象不能有。绘画的感情一般是静的，然第一印象稍具有动的性质，第一印象于最初一次之后，不能再得，故这一点非常贵重。务须避去心情不好的时候，而在心情好的时候收得这第一印象。第一印象之后，立刻生起材料、形式、内容的三种感情。对于色彩强烈的绘画，材料感情先发生；对于形式的、图案的、装饰的绘画，形式感情先发生；对于描写事件的绘画，则内容感情先发生。在普通人，大概内容感情与材料感情强烈，在作家与批评家，则形式感情强烈。绘画的感情普通是静的，但注重笔力的画，例如北宋画等，也有动的感情。因物质的材料，例如油画、水彩画、水墨画等，而起适应于其表现的材料感情。对于物质的材料与题材不适合的，则起反感。例如在宣纸上用中国颜料描裸体画，普通必使人起反感。

雕刻的鉴赏

雕刻也是空间艺术。其空间是中实的立体。故制作之际,以触觉为主;鉴赏的时候,则由视觉味得触觉的再现,或把触觉翻译为视觉而味得。浮雕,位于雕刻与绘画之中间,尤其是薄肉浮,差不多与绘画同样,可仅由视觉鉴赏。用视觉鉴赏雕刻,称为雕刻的绘画的看法。即普通是以绘画的看法来鉴赏雕刻的。所差者,唯其视觉含着触觉的再现的意义。既用绘画的看法,当然也可有第一印象。而第一印象的特色,与绘画完全同样。其次,材料感情,因物质的材料而异。即对于大理石、木雕、铸铜、塑造、干漆,起不同的材料感情。例如罗丹(Rodin)的《接吻》(Kiss),大理石的与铸铜的,感情大不相同。普通人对于雕刻,也比较的形式感情强烈。例如均衡、比例等,皆容易惹目。因了颜面的表情、身体的姿势(pose)而感到对于其意义的内容感情。然雕刻倘非特别肉感的,其感情不会强烈。像 torso(胴部或胸部的一部分的雕刻,绘画中也用此名称)完全只有形式感情,只赏其形式美。雕刻的感情也是静的。

建筑的鉴赏

建筑也是空间艺术。其空间为中空的立体。但最初是平面的用视觉的绘画的看法。稍离开而看望建筑时,当然用这看法。故仍是先得第一印象,其特色也大体与绘画雕刻相同。这就是在绘画的看法中起形式感情。其次,接近建筑时,就把建筑当做中实的空间看,即当做雕刻看,则可用雕刻的看法。在这时候所起的感情主属于材料感情,也有形式感情。例如对于人造建筑的感情,对于砖造与石造的感情,又均衡与比例等形式感情,这时候也生起。但绘画的看法与雕刻的看法,不是建筑的主要的看法。建筑有离开了看的绘画的看法,走近来看的雕刻的看法,还有走进内部去看的,建筑自己的看法。在这时,就用到运动感觉,又加以有机感觉、一般感觉等,感情混合,住居的心情,使用的心情,均占重起来。走进内部时,也发生对于天井、壁面及其他部分的材料感情,对于其比例、均衡的形式感情。但这等材料与形式,给影响于一般感觉,与住居的心情与使用的心情发生关系。这住居的心情与使用的心情,在绘画与雕刻上是没有的。这是因为绘画与雕刻是自由艺术,而建筑是羁绊艺术的原故。而在羁绊艺术,实用是生活上的重要的事,实用如何调和于艺术上,是重大的一事。这便是建筑鉴赏上的住居的心情与使用的心情所以重要的原由。无论用何等珍奇的材料、何等美丽的装饰的住宅建筑,倘住居的心情不好,就没有用。但在普通情形,形式美与实用大概是一致的。例如室的开广与天井的高比例恰好,壁色与地板色调和的时候,住居的心情也必然快适。建筑的感情,普通是静的。但像哥雪克建筑,竖线强而高壮的,对之也起动的感情。

工艺美术的鉴赏

工艺美术是空间艺术的一种。同时又是羁绊艺术。其种类甚多,故其空间也有种种。除了全然平面的染织物以外,大概是中空或中实的立体。故平面的染织物,当然用绘画的看法;其他的种类,其具有平面的,其平面也用视觉来鉴赏;否则离开了看,也可用绘画的看法。又因为这是羁绊艺术,故实用的方面的使用的心情很重要。就是对于染织物,其触觉的快不快也是重要的。对于绘画，仅用眼看过就完结；对于染织物则仅用眼看尚不能说是充分的鉴赏。陶瓷器等，与雕刻有极近似之点，用视觉鉴赏时，也交混着触觉的再现。但这时候仅用视觉味得触觉的再现，还不满足，必须实际取于手中，而试抚摩，使用之。例如花瓶，必试插花看，茶杯，必试饮茶看，方得彻底鉴赏。但工艺美术也可在手触之前由眼受得其第一印象，这事也相当重要。对于物质的材料的材料感情，因材料而异；对于形，起形式感情。对于所应用的图案，则就色与形而各起材料感情与形式感情。工艺美术的感情也是静的。

音乐的鉴赏

音乐是时间艺术，故用听觉。然多少伴着运动感觉。例如进行曲、舞蹈曲等，听了当然起运动感觉。别的音乐，节奏也是生理地伴着运动感觉的。然在音乐，必需要时间，故绝对不能像空间艺术地由一览而获得第一印象。开始听的时候，不能说是第一印象。与绘画不同的音乐的第一印象，是从始到终听完一曲而最后获得的全曲的印象。由音的高低及音色起材料感情，对于人的肉声，则起特别强烈的材料感情，我们的感情同化于美的喉音的 charm 中。但在艺术上，以由形式，即拍子、节奏而起的感情为重要。尤其是形式音乐，所引起的感情以形式感情为主。内容感情在音乐是不重要的。唯在描写事件的内容音乐，则内容感情较强；然同时材料感情与形式感情仍是重要的。音乐的感情，大概可说是动的。

文学的鉴赏

文学也是时间艺术;但用听觉鉴赏的极少,大都以视觉为手段。这是因为文学由文字书写或印刷在纸上的原故。但本来是由口中说出而用耳听的,故在没有文字的时代,也有文学存在。后来发明文字,就用视觉为手段了。因此在文学,材料感情差不多没有,只有形式感情与内容感情,而主要的,是内容感情。对于诗起形式感情,有所谓巧妙的文章,也是由形式感情而说的;但主要的却是内容感情。所以即使翻译为他国语,只要其内容译得正确,他国人也可起同样的内容感情而鉴赏之。文学的内容,如前所述。范围最广,故其内容感情也有杂多的种种,不能一一列述。第一印象也是要读完了一篇诗或小说而始获得的,与音乐相似。文学的感情,大概是静的,间亦有动的。

舞蹈的鉴赏

舞蹈是综合艺术,是时间与空间两俱必要的艺术。其空间是活动的立体,犹之动的雕刻。但舞蹈是离开了鉴赏的,故可用视觉味得。但这又是时间艺术,故不能像雕刻地由一览而获得第一印象。又因为舞蹈必伴音乐,故听觉也为必要。对舞蹈自身,又伴运动感觉,在伴着舞蹈的音乐中也交混着运动感觉,且其运动感觉比在音乐更为重要。感情因舞蹈者的颜貌、发与皮肤的颜色,又衣裳的颜色,而起材料感情,因舞蹈者的形状、姿势而起形式感情,对于其有意义的,则起内容感情。然舞蹈虽说有意义的,也比较的暧昧,仍以形式感情为主,舞蹈全体是以形式感情为最重要的。所谓舞蹈剧,是舞蹈与演剧的混合,或位于二者中间的东西。但这也是由舞蹈及举动感得其形式,由说白与唱感得其内容的。对于伴着舞蹈的音乐,则起如前音乐项下所述的感情。舞蹈的感情,当然是动的。

演剧的鉴赏

演剧在综合艺术中也是最复杂的,包含着建筑、绘画、文学、音乐、舞蹈等。其空间也跨平面、立体两者。其文学通过优伶的说白,当做直接的言语而由听觉鉴赏,此外又作为优伶的科而由视觉味得。优伶与舞蹈者同是人,但意义不同。在舞蹈犹之动的雕刻;在演剧则是作文学,即脚本内容的人物,把写着的脚本的文字具体地且直接地由科与白来表现的,是优伶。讲到感觉、背景、用具,优伶的扮装、衣裳、科等,用视觉鉴赏;优伶的白及音乐,用听觉鉴赏,此外又借助于触觉、一般感觉等。所起的感情,则从背景、用具、优伶的扮装、衣裳、声、音乐的音等起材料感情;从优伶的科的型起形式感情,从脚本的内容起内容感情。然主要的是内容感情。无论悲剧、喜剧、时代剧等皆以其脚本为主,由脚本起内容感情。像以型为主的东洋旧剧,颇使人起形式感情;但也是勉强与内容感情相对立的。内容感情从脚本的内容发生,脚本的内容含着一切人生;故其种类繁多,最为丰富,人生的相,皆可在其中看见。第一印象也必自开始至演毕方可获得。演剧的感情,最为动的。倘脚本有趣而演法巧妙,则观客与优伶共笑、共怒、共泣,全与舞台上的世界同化,而起所谓ecstasy的状态。

第十章　艺术的效果

知的效果

艺术往往被人视为娱乐物，也有指为有害无益的。但真的艺术，对于人生有很大的效果。特索亚（Dessoir）在其所著《美学及一般艺术科学》的第四章中叙述艺术的职能，分为精神的、社会的、习俗的三种；然我拟分为知的、道德的、感情的三种。第一，知的效果，就是因艺术绍介而得知识的，甚多。例如一朵梅花、一只黄莺，在不曾见过的人，可由描写梅花与黄莺的画而获得其知识。所以在科学的说明中，用绘画的也很多。这所谓绘画，原应该称为图画。大都是没有艺术的价值的；但从有艺术的价值的绘画，也可得科学的知识。又从古画卷，可窥知当时的历史及风俗等。建筑及衣服等，可因此知其样式。又从诗与文学得知识的也很多，咏梅与莺的诗，描写梅与莺的文，可得梅与莺的知识。我们能知远国的事、古时代的事，也都由于文学。如前所述，为艺术的题材的，是自然人生的一切，故由艺术，得知自然人生的全部。试想我们从小说戏曲中所得知的人生的事，何等丰富！人生的深奥的底部也可探知，古昔的人生也可探知，遥远的西洋的人生也可探知。故为知的教育，用艺术也很多，且具有重大效力。倘从学校的教科书中除去绘画与文学，所残留的已极少了。故艺术的知的效果,非常广大。

道德的效果

其次为道德的效果。这可分为直接的效果与间接的效果。艺术的内容为道德的时候,鉴赏者直接因其内容生感激,受感化。例如表现忠臣、孝子或同情的绘画,即教观者以忠、孝或同情。故小学校中教修身的时候,示以这种绘画,可为促进儿童的德育之助。演剧也有很大的道德的效果。劝善惩恶的小说、戏剧、诗文,都含有道德的教训。然与其露骨地教训,不如由艺术的教训为容易使人愉快地感受。露骨的教训,有时反而买人的反感。艺术的内容的教训,换言之,用艺术的形式来包藏的教训,犹之用糖面来包蔽的"金鸡纳霜",使人入口甘美,故效果必多。以上是关于具有道德的内容的艺术的话。但完全没有道德的内容的艺术,也有间接的道德的效果。例如绘画,只描美的花、美的风景,又如只有美音的音乐,可使观者与听者起高尚的快感,涵养情操,不起邪念,在这等点上,不可谓非道德的效果。且在鉴赏这等艺术的时候,至少有远离世间的利欲的利益。头脑中充满利欲的人,因艺术而暂时脱离,就得安慰与休养,及趣味的修养。还有一事须注意,即艺术的内容,即使有不道德的分子,但这是假象的、美化的,故不为实际的毒害。例如裸体画等,看了多少要动人的色欲,然而因上述的关系,实际并无害处。不然,罗丹的《接吻》就不能任公众观览了。小说中、戏剧中,常有盗贼及淫女的描写,然看了小说戏剧而作盗贼、为娼女的,差不多没有。对于儿童,这等虽然不能说没有恶的影响,但在大人是决计不妨的。因为这是艺术的内容,是假象的,美化了的。况描写盗贼及淫女的戏剧与小说,并非全部皆是,有主从、亲主、夫妇、兄弟等义理人情美丽地组织在里面,不是全无道德的内容。就在这点上,已是有道德的效果了。

感情的效果

艺术是美的感情的发现,鉴赏时也主由于感情的力。故感情的效果,为艺术的效果的本体,最为力强。感情的效果有种种,第一可举的为兴奋,惹起兴奋的,主由于艺术的内容。小说、戏曲、音乐、演剧等,大都由其内容惹起鉴赏者的兴奋。例如读了描写因顽固的老人而恋爱不遂的小说,多数的青年必然兴奋。又看了演剧而泣、怒、喜,是常有的情形。音乐中的内容音乐,与观剧同样地可使人兴奋,同时形式音乐也由其形式使人兴奋。这与别的艺术的由内容使人兴奋而形式使人沉静,全然反对。在音乐的形式中,有节奏的一种东西,这节奏有能生理地使人兴奋的作用。例如进行曲、舞蹈曲等,并无何等的内容,而能给人以强烈的兴奋,是生理的作用。军队中利用这一点,用喇叭及军乐队鼓励疲劳的兵士,使听进行曲而继续开步。又呐喊之际,由喇叭的音来鼓舞士气。不但军队、学校的学生及其他团集的进行等,也用音乐,都是利用这兴奋力的。感觉材料也有为兴奋的原因的。例如绘画的材料的色与室内装饰的材料的色,倘强烈的色,也能使人兴奋。音乐的材料的音,在强烈的时候也能使人兴奋。后期印象派以后的绘画及大管弦合奏等,即是其例。第二种感情的效果,是沉静。使人兴奋的是艺术,使人沉静的也是艺术,这是极有兴味的事,也是艺术的效果的伟大的证据。使人沉静的,主由于艺术的形式,但材料与内容也有能使人沉静的。例如保住均衡的大建筑、十分调和的壁色等,能使人沉静。音乐中送葬曲等,其形式与材料相俟而给人以沉静之感。即在音本身中有给人沉静的感情的力。在色彩中，寒色系统中的青、蓝，也能使人沉静。凡兴奋与沉静，普通都交互出现。兴奋达于极点，其次必来沉静，是普通的顺序。用兴奋的极点来结末的小说，或在兴奋的极点闭幕的演剧，读了、观了之后，必归于沉静。又有在一艺术中，沉静与兴奋交互反复数次的。凡大的艺术大都如此。兴奋与沉静，在人生同是必要的事。艺术有此二者给与吾人，不可谓非艺术的灵妙的效果。就近例说，使孩子们快活而游戏的也是音乐，使孩子们入眠的也是音乐。

亲和力

兴奋与沉静之外，艺术的微妙的效果是给人以亲和力。艺术是美的感情的发现，故鉴赏的时候，甲与乙与丙同时接触同样的感情的发现，起同样的感情，而三人的感情融合。例如兴奋的时候，甲、乙、丙三人同时兴奋；沉静时也一同沉静。即四人、五人，也能同时起同感情。这就是在多数人之间起亲和之情。一切艺术，都能给人亲和力。绘画、雕刻、文学，比较的弱，建筑、音乐、演剧则最强。看同一绘画或雕刻的人，又读同一小说的人，处于互相亲和的倾向。而在同一建筑内的时候，这亲和力更强。建筑由其室内装饰及家具等统一在同一室内的人们的感情，而使之亲和。例如吃烟室、谈话室、食堂等，无论个人的住宅中或旅馆中，倘其调子与配合巧妙适当，一进其室，使人自然感到一种可亲的情调。音乐的亲和力更强。就其小者而论，即在一家庭中，披雅娜、怀娥铃、风琴、蓄音机，都能使一家团圞、亲和。更大则幼稚园，学校的一级，军队的一小队、一中队，也能由音乐亲和。进而至于一学校的全体学生，数校的学生,一大队、一联队的军队,更大而至于一都市的市民、一国的国民,也能亲和。演剧使观者共泣、共喜,使素不相识的人相交谈而终于为友,也是常有的事。这是因为在一剧场内,建筑的亲和力也同时作用着。在作社会生活、团体生活的人,亲和力当然是必要的。给与亲和力的是艺术。故艺术的效果,小至一家庭,大至一国家,无不遍及。

快乐的向上

艺术的效果,有知的、道德的、感情的。更有综合的效果,是使快乐的向上。人生的目的是什么? 从伦理的又哲学的说起来,非常困难,然要之,不外乎是欲度愉快的生活、理想的生活。又通俗一点说,是要得快乐。换言之,是要满足人所有的种种欲望。欲望满足,则能生快乐,而度愉快的生活了。在人的欲望之中,有食欲、色欲、利欲、知识欲、道德欲、美欲。利欲是金钱的欲,这不是最后的目的,是为了要满足食欲、色欲、知识欲而想得金钱的。食欲与色欲,为人类的根本的二大欲,在生活上是必要的。但人不能仅此满足。食欲与色欲满足时,得到快乐,但仅此不能满足,必更向知识欲、道德欲、美欲而进取。而知识欲、道德欲、美欲的满足的时候所生的快乐,比食欲、色欲满足的时候所生的快乐为高尚,此即人的快乐的向上。更有趣味的事,是食欲与色欲中也渐次混入美欲,终于美欲代替了食欲与色欲而起。这也是快乐的向上。美欲用什么来满足呢? 即用自然及人生的美,但最主要的是艺术。即美欲的大半是由艺术满足的。换言之,艺术是使人类的快乐向上的。知识欲与道德欲满足时所生的快乐,也是高尚的,但力很弱。食欲与色欲满足所生的快乐,力虽强,但不高尚。高尚而又力强的快乐,只有由艺术满足美欲时始能得到。例如得电气的知识或哀怜病人,原是高尚的快乐,然而力弱;吃美味的肴馔或有少女满足色欲,原是力强的快乐,然而不高尚。看名画、听美音乐、观名优的演剧,方得高尚而又力强的快乐。一向只在饮食上求快乐的人,倘一旦看了戏剧,必能发现不同的高尚而又力强的快乐。这就是快乐的向上。所谓快乐的向上,在一个人的生活上,在一国民的生活上,都是重大的事。故这是艺术的效果中之最大者。

理想的实现

人类的食欲与色欲,是生长上所必要的根本的欲望。但在其欲望之中,自有美欲交混进去,终于全然美化。而满足这美欲的,是艺术;但其目的是美。又在人间有知识欲与道德欲,知识欲由科学满足,其目的为真;道德欲由道德满足,而目的为善。这美与真与善,即人生的理想。简言之,真善美的理想,由科学、道德、艺术来实现。然则如何用艺术来满足美欲,实现美呢? 艺术因为美的感情的发现,故艺术品愈多,在世间实现的美也愈多。例如无论建筑、雕刻、绘画、工艺美术,凡可为艺术的,愈多产出,在我们周围实现的美也愈多。又诗及小说愈多作,好的音乐愈多奏,好的戏剧愈多演,我们的生活也愈美化,而美的实现愈多。故艺术把人生美化,同时科学把人生真化,道德把人生善化。于是艺术与科学、道德相待而把人生理想化,即把理想实现了。说这是艺术的效果,过于伟大,还是称为艺术的目的为适当。要之,艺术有伟大的效果,是无疑的事实。在开始曾说过艺术的效果中有知的、道德的、感情的话,这已是其能实现真善美的证据;进而有效于快乐的向上,更进而达到美的实现的大理想。

第十一章　余　　论

美学与艺术学

　　以上所述,从艺术的本质及于效果,《艺术概论》已经告终。然还有要说明的二三项目,拟当做余论附说在这里。其一是美学与艺术学的差异与关系。本书单名为《艺术概论》,但视为艺术学概论,亦属不妨。艺术学这名称,比较的新,特索亚发表其题名为《美学及一般艺术科学》的书的第一卷,是一九〇六年的事。艺术科学,就是把艺术当做科学的对象之一而研究,就是艺术学。美学的名称,较为稍古,一八五〇年鲍谟格尔顿开始著《美学》,是为最初。但论述"美"的学者,远从亚理斯多德、柏拉图开始,在希腊、罗马的时代已有美学的一部。所谓美学,当然就是以美为对象的学问。有三种,即(甲)以抽象的美为对象的,(乙)以对于美的东西时人所起的美感与美意识为对象的,(丙)以艺术为对象的。甲是哲学的美学。乙是心理学的美学,即科学的美学。丙也是心理学的又社会学的美学,但这以称为艺术学为妥当。要之,美学分为二,即哲学地以抽象的美为对象的——哲学的美学,与心理学地以美感及美意识为对象的——心理学的美学。前者为哲学的一部分,与艺术家是无关系的,与我们的日常生活是没交涉的。后者则与艺术家有深的关系,与我们的日常生活也有关系。近世美学，主属于后者的发展。即在古昔曾流行哲学的美学；近世以后，心理学的美学得势，直至今日。艺术学则又是最近的学问。

美与快感与艺术

前面曾说美学的对象中有美与美感（美意识）与艺术。此外还有以快感为对象的学者。就是说美感之后必起快感，而以美学为快感的学问。看了美的绘画，听了美的音乐，当然是起快感的。一切美感是伴着快感的。但一切快感，未必皆从美感而来。食欲、色欲的满足，知识欲、道德欲的满足，也可得到快感。故倘以美学为快感的学问，则食欲与知识欲也变成美欲的对象了。住宅的住居心情好与器物的使用心情好，是快感，这是住宅及器物的有美的价值的必要条件；但这与食欲及知识欲满足而生的快感，意义不同。故以快感为美学的对象，似不妥当。其次，以艺术为美学的对象，是有理由的。无论在质上、在量上，使人起美感的主体是艺术，故不妨以艺术为对象。更因为艺术的内容中包含一切自然与人生，且在美之外又有含丑的，故其为对象更为广大。但以艺术为对象的学问的名称，不如用艺术学为妥当。依我的意见，美学不但包含当做艺术的内容的自然与人生而已，应该直取一切自然及人生为对象，而包括一切我们的日常生活的美的方面。在我的别著《美学》及《艺术学概论》〔1〕中，广含着一切。

---

〔1〕 此书已由俞寄凡翻译，商务印书馆出版。——译者注

艺术各论

　　艺术概论，如文字所示，是概论；其次又必有艺术各论。所谓艺术各论，就是依艺术的分类，而分别详细其每种类。例如就空间艺术的建筑，而说明物质的材料、种类、目的、样式、流派、手法、细部、制作、鉴赏等，更添以起源、发达、历史的概略，就已足够。其次，雕刻、绘画、工艺美术、诗、文学、音乐、舞蹈、演剧各艺术，也就各项目同样地细说。然这著述，一种艺术的分量已经很多。如建筑论、诗论、文学论、演剧论等，必各待专门的研究，各可为一册书物。这样说来，艺术概论是一种贯通全部的总论、序论，而给人以对于各种艺术的概念的书物。

现代艺术十二讲

［日］上田敏 著

丰子恺 译

柳村遗稿题辞

　　重渡非故水，汤汤无少闲。世事亦如此，逝者不复还。忆我柳村子，文心何烂斒。陆玉期圃积，左赋欲洛颂。时人滞所学，望新乃拒关。重耳而轻目，焉得免昏顽。惟尔识高远，夐出方罫间。相逢各言志，美口兼和颜。一朝鬼瞰室，遽见颓泰山。丰姿宛在目，但叹造物悭。才拾随风玉，使人管窥斑。篇就题纸上，涕泗一潜潜。

森林太郎

序　言

　　立达学园开办西洋画科凡三年。今年暑假第一次毕业后，即行停办。我为此三班美术学生译述三种关于艺术知识之讲义：为一年级生述艺术概论，为二年级生述现代艺术，为三年级生述西洋美术史。一年级与三年级两种讲义稿，已蒙开明书店排印为《艺术概论》及《西洋美术史》两书，于两月前出版。今再将二年级讲义稿付印，即此《现代艺术十二讲》。

　　日本京都帝国大学文学教授上田敏先生曾为该大学一般学生演讲现代艺术，分十二回讲毕，由桑木严翼君速记其演讲稿。先生逝世后，其友人森林太郎君等欲保留先生在讲坛上之面影，将此速记稿加以修整，刊行为《现代的艺术》。今所译者即此书。上田先生对于各种艺术均有丰富之趣味与见识；此演讲系为理工科、医科学生及一部分公众而开，浅明而多兴味，与专门讲义异趣。又因上田先生系文学专家，对于文学兴味更深于别种艺术，故其论文学较别种艺术，尤为津津，且在论别种艺术中亦时时回顾文学。全书几以文学为中心。故此稿与其作美术学生讲义，实不如作一般读物之为适当也。

　　此中有数篇曾刊登《民铎》杂志及《贡献》杂志。又因原为立达学生讲义，故间有视情形而略加删节之处，不必直译原文。复有欲附志于此者：立达西洋画科仅有三年之生命。回想此中日月，三四教师与十余学生仅优游于杨柳栏杆边之小画室中(现改为中学教室),今已成为陈迹矣!我以此三种讲义稿刊行于世,聊示三年之遗念,几与森林太郎同其心、情,良可慨已!

戊辰重阳后二日记

目　　录

第一讲　现代的精神……………………………… 115

第二讲　现代生活的基调………………………… 125

第三讲　现代诸问题……………………………… 135

第四讲　现代诸问题与艺术……………………… 145

第五讲　现代的艺术……………………………… 155

第六讲　现代的文学……………………………… 168

第七讲　自然派小说……………………………… 180

第八讲　自然派以后的文学……………………… 188

第九讲　现代的绘画……………………………… 198

第十讲　印象派绘画……………………………… 204

第十一讲　印象派绘画(续)……………………… 214

第十二讲　现代的音乐…………………………… 225

插图目录

1. 铜器时代 ………………………………………… Rodin

2. 制帽女 …………………………………………… Rodin

3. 母之爱 …………………………………………… Carriére

4. 沙皮尼之女 ……………………………………… David

5. 鼠疫患者 ………………………………………… Gros

6. 自画 ……………………………………………… Delacroix

7. 集枯草的人 ……………………………………… Millet

8. 浪际之女 ………………………………………… Courbet

9. 风景 ……………………………………………… Manet

10. 草上的聚餐 …………………………………… Manet

11. 凡尼司 ………………………………………… Monet

12. 罗昂寺 ………………………………………… Monet

13. 藁堆 …………………………………………… Monet

14. 午膳 …………………………………………… Renoir

15. 负伤的女子 …………………………………… Renoir

16. 舞女 …………………………………………… Degas

17. 老舰 …………………………………………… Turner

18. 风景 …………………………………………… Signac

19. 舞 ……………………………………………… Seurat

20. 水浴 …………………………………………… Cézanne

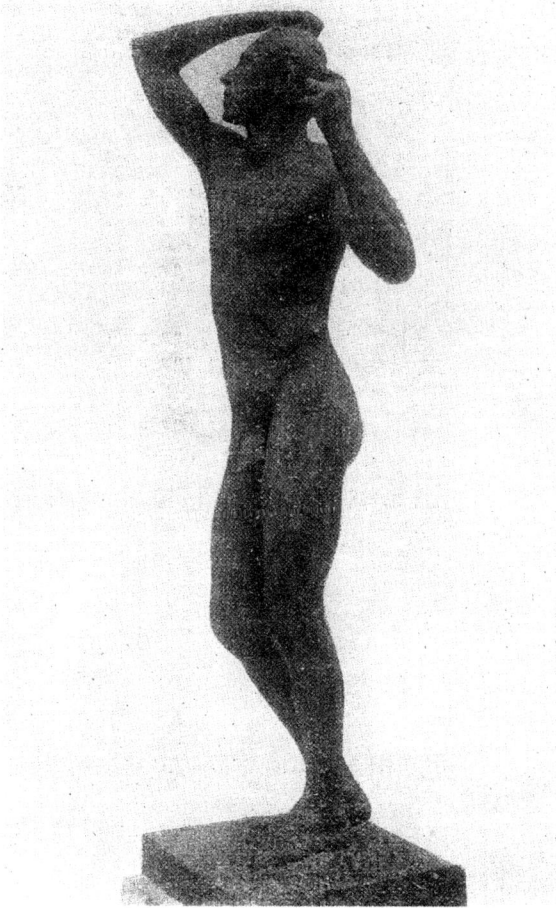

铜器时代　　　　　　　　　　　Rodin 作

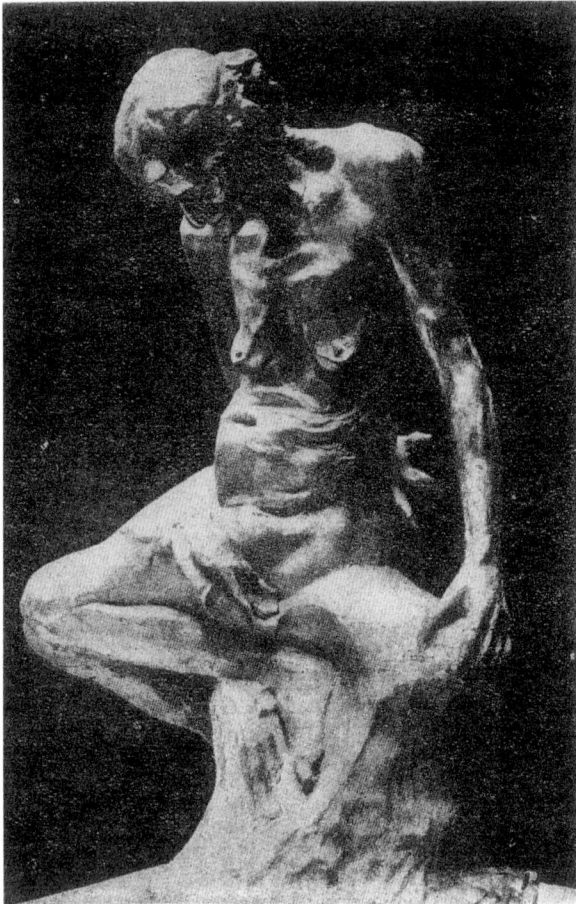

制帽女   Rodin 作

母之爱　　　　　　　　　　　　　　　　　　　Carriére 作

鼠疫患者　　　　　　　　　　　　　　　　Gros作

沙皮尼之女　　　　　　　　　　　　　　　　　　　Divd作

集枯草的人　　　　　　　　　　　　　　　　　Millct作

自画像　　　　　　　　　　　Delacroix 作

风景   Manet作

浪际之女   Courbet 作

凡尼司   Moner作

草地上的聚餐   Manct作

藁堆   Monet作

罗昂寺　　　　　　　　　　　Monet 作

负伤的女子   Renoir 作

午膳　　　　　　　　　　　　　　　Renoir 作

老舰   Turner作

舞女　　　　　　　　　　　　　　　　Degas 作

舞   Seurat 作

风景　　　　　　　　　　　　　　　　　　　　　Signac作

水浴   Cézanne 作

第一讲　现代的精神

现代的精神——"万物流转"——罗丹的"铜器时代"——现代人的态度——产苦——历史上所显示的思想的动摇——基督教的勃兴——Abélard——Francis 文艺复兴——宗教改革——法兰西革命——第三阶级跋扈时代——十九世纪的思想上的动乱——其原因——科学影响的两方面——思想上与经济上——批评的精神——科学与文学的接近——Maeterlink——Verhaeren

我现在想把现代欧罗巴的艺术略加说明，以介绍于诸君。

现代的艺术，其后面必然潜伏着现代的精神。所以要论现代的艺术，必须先费数讲，说明所谓现代精神是什么，所谓新精神或现代思潮——换言之，即现代人的心情——是甚样状态，然后论及艺术。

从前希腊的哲学者希拉克利托斯（Herakleitos）曾有"万物流转"（pantale）之说。他说天下万物，没有一日、一刻、一分或一秒的停滞，一切都流动着。这句话拿来论现代精神，非常适切。即我们自己不能理解自己，至少不能当作我们自己是固定的，统一的，我们自己流动着。这流动着的我们想要捉住自己，非常困难。因此现代精神的说明也很茫漠，要精确地判然地说出，是不可能的。但在这流转中，总有自己的精神存在着。即现代的社会里必有一种一般共通的调子。这调子自然很复杂，有不能一致的地方，有互相矛盾的地方。但像音乐上的"harmony"(谐和)的一种精神状态，自然存于我们的周围。这可称为"时代空气"。

我们看事物时，有欢喜把自己的特殊色彩加于一切事物而观看的倾向。同时我们又受周围的事物的影响而变化。所以我们都生活在同一的境遇中，呼吸同一的空气，而怀着同样的懊恼、同样的苦闷、同样的愿望和同样的理想。这等在今日作甚样的形状而表现呢？今日的时代精神，比别的各时代都特别难于正确说定。何以故？因为我们的状态是不断的疑与恼，而同时有一种的梦，一种的憧憬，一种的愿望。

用抽象的话来说这等茫漠的事，很不易明白，不如举个实例来说：我所见过的雕刻中，有一个很有趣的，就是称为现今欧罗巴诸国中的第一天才的罗丹(Rodin)所刻的像。这像题名为"铜器时代"(L'Age d'Airain)。即以石器时代之后的"铜器时代"为题名的石膏像。罗丹于一八七七年顷——正是与现在的我同样年龄的时候——作这作品。出于天才者之手的这作品，为罗丹的第二佳作，非常有名。这等身大的石膏像，是一个青年的裸体像。右手举起，放在头后面。左手作在肩的稍上方，握着拳头。据说最初作的时候，是左手拿一枝长的杖，右手抑住头而缒在杖上的。作得非常好，一八七七年之春，出品于沙隆(saloon)展览会时，观者都惊叹。但当时的雕刻界，过于狭隘，难于容纳这杰作。当时法兰西的雕刻界，墨守旧时的习惯，以意大利美术为模范，为标准，凡仿古的，就是唯一的美。故不欢喜这写实的毕肖自然的雕像。于是许多审查员纷纷议论，说这像雕得真好，但恐怕作者是用活人模特儿(model)而作的。意思就是说用生的人体箝入石膏内，取一模型，然后作成的。这种办法，原是当时很流行的，所以大家这样疑心罗丹。罗丹大为愤慨,提出辩解。但他当时只是一个无名的雕刻家,谁也不去睬他。恰巧有一天,当时有名的雕刻家保尔·裘波亚(Paul Dubois)访问罗丹的住家,实地看见罗丹的制作,佩服他的技俩,就告诉友人们,说罗丹实际有非常的手腕,不是用生模型的。又白其事于官厅。于是三年来无实的罪,终得昭雪,石膏像改造为铜像,出品于一八八二年春的沙隆展览会时,得三等赏,且其像由国家买入。这像一直保存在巴黎的罗森蒲尔(Luxembourg)的公园里。但我看见的时候,已经纳入罗森蒲尔的美术馆里去了。

我看了这像,觉得前面所说的所谓现代精神,非常明了地象征出着。即远古时代的人类——未曾发达的人类——现在从长夜的梦中醒觉来,而希望进化,想向着新的知识、有望的未来而进取。右手放在头后面,仿佛在掴出骨下的脑髓来,左手缒在杖上,仿佛表示"既然生而为人,总还想进化,飞跃"的一种心理。其他一切的筋肉状态,都很像是表示"我们现代人要求一转化!"的意思。

罗丹雕刻的照相版,现在世间已到处流传,希望诸君将来有机会一看这作品。现在的时代,即所谓"曙"。此后便是真的太阳升起来的时候。但现在还不能说"太阳已经升起来了"。我们总感觉得动着。向着哪里动? 向哪方进行? 却不懂得。但我们的动是的确的。我们的向了新的方向而动,是确实的事。即我们总感到有清新有望的感觉,感到我们生着。我们倘是生于这光荣的时代的人,绝不是墨守从前的传说,或安于现状的卑怯者。我们必须相信现在,怀疑过去,羁囚于旧思想的人,反而信过去而疑现在,便是大谬。现代的真的有深思的人,必定相信现代而怀疑过去。这便是旧时代的人与新时代的人的分歧点。诸君都是青年,故信现在而疑过去,是至当的。我们在这世间尽义务,这义务不是使死者复活的义务。死者已经死了。我们须得使生者直立。我们的天职，我们的存在的理由，便是现在。要能感到我们是今日的人，又是明日的人，方才有吟味昨日的文明的余裕。我们持有从古昔的人类传下来之丰富的遗产，这是已经持有了的，可不必再添造。此后我们对于祖先的义务，应是另造新的财产。这等心情，不但在现代的艺术上感到，就是在一切精神的活动及物质的活动上，也是感到的。所谓近代精神，视其事而有程度的差别，但总是向着某方向而动的。我们的眼突出着在我们的身体的前方。我们的运命制定我们希望未来，制定我们不希望昨日而希望明日。

这样说来，现代似乎是很光荣的幸福的时代了。然而世间没有可以不努力而成就的事。有所谓"产苦"的一语，就是说凡事物产生的时候，总有苦痛。现在还没有产出，而将要产出，所以是苦痛的。能忍耐这苦痛的，方是强健的人。懦弱的人，在现代没有用，他们只好当作骨董，他们只知坐食前人遗下来的财产。使这等人减少起来，是我们的义务。袖手坐食的人，我们只能敬而远之。虽然如此说，但我不是否定现代的骚扰。现代是正在有产苦的时候，正是所谓混乱的时代。现代的特色，是其为批判，削除昔人所作的规范、法则的时代。借德国哲学者的话来说，这是改作旧表的时代。旧表对我们是无益的。无益是有害的。所以我们在技术上，在道德上，在从来的习惯上，在哲学的议论上，都正在努力改写旧表。这与单纯的破坏不同。匡正旧时的错误，使这世间的错误少起来，是现今的学者的态度。诸君在学校学习，恐怕也是如此的吧！这努力与苦心，经受这产苦的人们的决心与觉悟，实在是可以感服的！

这等话原非仅指十九世纪末、二十世纪初而说，生命的树所植的地方，无处不开着花。只是我们不晓得罢了。

即从世界历史上说起来,比较的近的,基督纪元的时候,也是非常混乱的时代。罗马帝国先统一了西欧罗巴;仅乎如此,人心还不满足。故罗马的思想又见崩坠,新的基督教就起来。基督在现在正是很有势力;但在那时是奴隶的宗教,为罗马人所不信仰。然而这奴隶的宗教,终于成为罗马的国教,那生在马槽里的,这宗教的先祖,有的时候竟位在罗马皇帝之上,而支配天下了。又在东洋佛教盛行的时候,世界人心也向着东洋的半面而进动。现在姑且不说东洋方面,而单说西洋方面:其后又有种种变动,但下至纪元第十二世纪,欧罗巴人心就非常地摇动起来。这就是为了学者亚培拉尔特(Abelard)的出世。最初的基督教重信仰,但信仰以外也有神与人们的知力。从来的宗教家偏于守信仰,而排斥其他一切。这位学者开始主张宗教不是单重信仰而压服知力的。于是欧洲学生,群集于法兰西,来听他的讲义。此后经过百年,在意大利的亚西西(Assisi)又有弗郎西斯(Francis)上人出现。这人的见解与亚培拉尔特的种种不同,他主张要养成像小孩子的心,而信宗教。他教人信仰像福音书中所说的真的原始基督教,作教徒的清净的生活。这种旨意即为后世弗郎西斯派的基本,给欧洲人以很大的影响。其后到了十五、十六世纪,欧罗巴起了大变动,就是到了所谓"文艺复兴"(Renaissance)的时代,人们的精神一齐奋起了。在那时候,有亚美利加的发现,世界一周的实行,印刷术的发达,希腊拉丁文学的复活,同时又有近世科学的昌明等种种事业的兴起,又十六世纪起于德意志的宗教改革,也是一大动摇。再近的有十八世纪末的法兰西革命。简言之,这是中等社会的胜利。因了思想上的变化,经济上的原则,而中流社会在法兰西得了胜利。在从前,贵族僧侣为上级,第三阶级常常受他们的压制。到这时候,第三阶级忽然跃起,其结果十九世纪变成中等社会的跋扈时代,第三级民的专横时代。尤其是法兰西革命以后,在欧洲,英吉利势力,以及亚美利加势力,都向了工业商业的发达而极度地展进,就造成了今日的社会。

也有人说,中流社会跋扈时代的这十九世纪的社会组织,现在已经渐渐地崩坏了。这大概是人们的议论分歧吧。有的人说,现在要轮到第四阶级的胜利了,其次要轮到第五阶级,再次第六阶级,下面的阶级逐渐战胜起来了。究竟怎样,未来的事总无从晓得。总之今日是非常骚乱,而标准规范法则在变动的时候,宗教即使不亡,宗教的形式必须变易,道德的形式也必须变易。宗教、政治、道德,原是到世界完了也不会消灭的,但其形式必因时代而变易。所以论现代精神,必得先探索所以造成这样骚乱的世界的原因。其变化的情状应推为第一原因的,就是所谓科学,即自然科学的发达,尤其是今日所以起这种动乱的主要原因。所以倘然有人欢喜维持现状,保存旧态,则科学、物理学、生理学,或医学、进化论就是他们的敌人。倘然希求现状维持,或者不是希求现状维持,而是欢喜照旧,就非下一个命令,叫世界都取消所有的科学不可。为甚么呢?因为今日种种问题发生,可说全是有了科学的原故。

这科学的影响,又出现于两方面:

从里面说,是思想上的影响。从外面说,是经济上的影响。世人常称十九世纪为"批评的时代"。也有人称做"经济的时代"。这是很有深意的话。所谓批评的时代者,就是说他们对于甚么都要研究一下。从前的人,万事照样传授于子,子又照样传授于孙;现代的人则不然,必用试验管、显微镜,先怀着"这究竟是甚么东西"的疑问。这倾向不但在物质的学问上有之,在精神的学问上也是同样的。像实验心理等,就是其适例。总而言之,是充分地、认真地,从种种方面检查、批评。在哲学上也是同样。无论甚么,总归不欢喜照旧。这倾向有非常的影响于十九世纪的思想上。

经济上的影响如何？这主在于科学的应用的方面。从前由人力做出来的产物,现在都改用机械制造。现在已成为机械万能的时代。这机械万能于经济上有不小的影响。

先就第一的批评的精神,即科学及于思想的影响及现代的人们对于这事的态度,简单地说一说。

在东洋的封建时代,为政者也是以新知识的移入民间为可憎可怖的。欧洲也是如此。科学在初兴的时候就受很厉害的攻击。人们都说它不好,说它是人类的敌。因为有了它,而人类的信仰心灭却,道德衰颓。他们把一切祸源归罪于科学。

但这当然是偏见。凡世间起变动的时候,必定有一物蠢动于其地面之下。这物把已有的成功物毁灭。然而更美的,更可尊敬的,更成功的新物,便因此而生。这不限于今日,人类的历史,完全是如此的。法兰西革命,其实是从牛顿(Newton)为中心的理科说起来的。又如近时一八五○年的达尔文(Darwin)的科学的研究,产出进化论,于精神界也有显著的影响。

今日的世人对于这有力的科学究竟怎样看待？从前据说有一个千里眼出世,说哲学已无用,物理学已破产,把亚理斯多德以来的科学一切抛弃。但科学的地盘,其实不至如此其弱。科学不是急急的,不作炫耀的功绩。它慢慢地做去,实力地搜集事实,渐渐地堆积起来,以造成更成功更完全的事业。我们把科学当作朋友的时候,它实在是很可靠的朋友;但倘当它敌人,又实在是很可怕的敌人。

一九○一年,法兰西的科学者裴尔德洛(Berthelot)在宴会席上演说,大意谓此后科学当为人类精神及物质上的指导。科学的势力竟强大到这么地步！现在无论东西洋,从事于科学的人到处渐渐增多起来,完全是裴尔德洛这句话的明证。然而自古以来科学以外原有人类的精神的领域。这精神的领域,科学颇不容易在一朝之间征服它。不错。人类的物质上的事,原要仰求那科学的指导；至于精神上的事,则是这方面的领分。然而现在的科学渐渐地在侵占精神上的领分了。实在,我们研究文学的人稍稍懦弱一点,哲学者们尤寂寂无闻,宗教家也只管做梦。文学者对哲学、宗教,原是亲戚,看见自己的亲戚的苦闷,自己心境也不十分好。于是乎科学万能的呼声,如有所恃地张扬起来,其实内心是不堪危惧的。

对于科学的俗人看法如何？现在所谓俗人,乃指非学者的人。原来他们的思想极单纯,倘非黑白分明,他们就不会了解。即如从前的学者,尤其是科学者,常被他们当作一种狂人,而嘲笑、侮蔑。“他是学者先生！”这句话很可以表明他们对于科学的看法,窥知他们的心理。但现在恰好反对,他们赞扬科学万能了！因为要造军舰,没有科学就不行；没有军舰,对外国战争必致失败,我们的生命全然托庇于科学。故今日一般的人,尊重科学如同魔法师。其结果,世人就偏好理工科的学问。对理工科方面,俗人的评判都好——于是领域狭小而世间评判又不良的哲学者及从事于无形的学问的人,就不满足。法兰西批评家勃柳痕谛尔(Brunetiere)曾倡 Banqueroute de la Science(即科学的破产)之说。他竭力攻击科学,说科学对于种种事物,绝不能悉数说明,结果科学的银行就要破产。这二者,到现在还是各立营阵,在那里相争。然而理科方面全不着急,无论别人怎样说,它只管着实地堆积起事实来,慢慢地攻略过来。勃柳痕谛尔所说的科学的破产,是很有意思的话；但在科学,只觉其为门外汉的非难。为甚么呢？因为科学者并不曾说到一定要说明一切。

而且在现世，既没有认为科学说明了一切的人，也没有欢喜倡幼稚的浅薄的唯物论的人。所以现在科学的银行的小银票虽然不通用，但不是科学银行的罪，罪却在购买这银票的人。文学方面的人也轻蔑理科。结果科学、理科，都一直走向前面，到一种形而上学的理想上。所以近来有所谓 electron X 光线出世，这与向来的所谓科学不同，是很接近于形而上学的。总之，我们的所谓科学，其实只是以人的五官所得感知的知识为基础，而可用人的智力来追求原因，或组织地配列物与物的关系罢了。而在这个配列的过程中，大都必须托假定于从前的形而上学上。"科学常站在'假定'上面"，这不但是我们文学者的话，近今的朴昂卡来（Poincare）等都详细地说着。

于是在科学方面，倡幼稚的浅薄的议论的人渐渐少起来，同时文学者，尤其是狭浅的文学者的诗人中，重视科学的人却渐渐多起来了。故以前的宗教的形式虽然灭亡，以前哲学的形式虽然变易，又文学的形式虽然破坏，却更有许多不为所动的文学者。像比利时梅戴林克（Maeterlink），便是处处以近世科学的结论与研究为材料，而坦然地摆布着自己的议论。例如他说："人们虽然失却了一个美而大的信仰，然绝不至于失望。大而美的信仰的失去，正是我们生活着的证据，是我们活动着的证据。这不是可悲，却是可喜的。"还有同国人凡尔哈伦（Verhaeren）的诗，也一望而知是以近世科学的知识为根基而述自己的思想的。例如述人类的历史的诗中《打网者》（Les Cordiers）一诗，便是其例。

这是咏打网者傍晚在富郎独尔海岸上打网索的事的诗。那边的是"过去的网"，在手里的是"现在的网"，以后打下去的是"未来的网"。诗意是说这网索中含着人们的历史。他在过去中，描写殆近于无自觉的人任本能而飞跃活动的时代。在现在中,描写替代从前的所谓"信仰"的神秘的,现在的"机械力"的神秘。在未来中,描写现在的人心中的种种争斗调和融合起来,忽然生出一种圆满的希望,全诗就这样结束。即在未来,有达于天的一个阶梯,这在"今日的阶梯"上披着美丽的影。但这阶梯分为二,其一是梦的阶梯,其他是智的阶梯。"希望""学问"与这二阶梯,高高地达到天上。诗所咏的大致如此。此外还有《撞钟人》一诗,歌咏为了现今的人心的争斗而牺牲的人。诗意大致说,一个大殿堂里起了火,殿里的撞钟人,普通总是逃走了——但他并不逃。他尽力撞钟,使人们晓得这殿里起火。见危险而逃走,是卑怯的。他不怕自己受苦,然而一心顾虑世间。终于这殿堂被烧尽,这撞钟人被烧死在里面。世间的人就在这地方造起一个新的殿堂,以替代旧的。

世间像"真"那样美的事,实在更没有了! 就算是因科学而生出一种新的结果来,只要这是真,即使违背从前的思想,也是无妨的。人的声只要是正直就好。处处决心向真追求,原是人类本来应取之道。所以像要求真的心那样美的事,世间更没有了!

我们应该注意,现代的最进步的人们都是努力主义者。现代的人都活动着,生存着,始终为求真的憧憬及努力而活动着。这正是有真的生命的人。现今的时代初看似是矛盾的,其实绝不矛盾。只要不忘却努力一事,总能达到最后的希望。这是科学及于优胜的现代人的心的影响。

第二讲　现代生活的基调

现代生活的基调——action——Odysseus——现代哲学上所表示的倾向——pragmatism——Bergson 的哲学——流传与直感——偏智的弊害及其实例——Zeno 的难问题——现代诗人与哲学者的思想上的一致点——何谓经济时代——原因——机械所及于思想方面的影响——文艺与科学的接近——Kipling 作品"007"及"发现自己的船"——Wells——速力观念的发达——基例"二十世纪列车"——Mauretania 与 Lusitania

在前讲中曾经说过,现代是思想混乱的时代,已成了一种不知归所的样子。这有种种的原因。其主要的原因,在于科学的兴隆。把科学配合于人的一切生活上,结果就造成定命论或决定论,即否定自由意志,因而惹起厌世观,或酿破坏的思想。这在前讲中已经简单地说过。现代——最近十年或二十年之间——最伟大的人们,要摆脱这难关而进行,采用着怎样的态度? 无他,只有努力! 不顾一切地向前进取,不准退后。不要学非洲沙漠中的鸵鸟的痴态——被人追赶的时候,把头钻入草丛中,自以为已经隐匿着——一切都是 action,都是活动,都是努力。这种倾向在现今的诗人,例如比利时的凡尔哈伦一班人的作品中,明显地表现着这倾向,就是以活动为人的生命。"无为而生是没有意义"的思想,不仅凡尔哈伦有之,也不仅现代如此,实在是从古代希腊以来就有的倾向。例如《希腊神话》中所说久赴德洛耶(Troja)战争,经十年的艰难而归故乡的伊塔卡(Ithaca)王渥第肖斯(Odysseus)的勇气与忍耐,就是这种思想。

我们的知识,有欢喜埋却过去而建设新的未来的倾向。人类常常摆背水阵。把后面的桥尽行烧去,于是非力图前进不可。这不是从理智方面来的思想,而是从人的感情或比感情更必要的一种意念方面而来的人类的方针。我们坚信这方针,无论甚么事都望着前面进取。也许有人要说,这是诗人的思想,不是精密的议论。但无论用何等精密的知识来观察,绝不能否定这生活着的力。且极精密地考察,从理智方面说,结果仍是达到与这同样的结论。在现代哲学上,也有与这同样的思想。近来出现英美的所谓"实际主义"(pragmatism)的主张,多少与我现在所说的有点相似。特别从哲学方面肯定上述的凡尔哈伦的思想,而为之立证据的,是法国的哲学者——恐怕是世界的大哲学者——柏格森(Bergson)的哲学。一方面科学者自己也深究科学的根柢,而详细探索之后,也觉得科学本身已同世人的妄信一样,不是那样确实可靠的东西。极根本地从哲学上深究起来,科学也都是立在假定上的。这不是哲学者或文学者的话,是科学者自己的话。前讲中所提及的朴昂卡来,便是其中的一人。

这样说来,现代不仅文学如此,一切的思想界,都以这活力——不是单凭理论来思考的道理,是与活的人生相并行的活力,换言之,即创造着的,实现着的,成长着的,发生着的力——为人生的最后的肯定,最后的依归处。

柏格森的哲学,现在不能详细说述。但可一言以蔽之,即柏格森的思想,我以为是与前讲冒头所提出的希腊哲学者希拉克利托斯的思想相共同的。希拉克利托斯说 Pantale,即万物流转,柏格森也说人生不绝地回转,世间绝无固定的东西,万物都常常流动着。人的智力,只能懂得其生活状态的连续的一点。他们只晓得这物活着,那物活着,只看见他们自己活着的状态而不能知其全体。世界犹之电影片,看去是一种动作,其实是个个的场面的连续。由智力想出来的人生的生活,不只是极小的、断片的照相,是接合断片的知识而成的。因为回转得很快,故看去好像是连续的,其实只是全无联络的断片的集合。这便是柏格森哲学的根柢思想。又在人智力以外,还有直感。这不必借宗教、宗教家或神秘论者之说来说明,是我们日常使用的说话,又是实际感到的事实。智力大概是今日的人所尊重的。尊重固然不妨,但要晓得智力是人的一部的收缩。这话也许使人不懂,再用卑近一点的例来说,譬如我们的眼,原是很重要的东西;但要晓得这眼是近来生出来的,在一直从前的太古时代,我们还没有成人的形状的时候,我们或者用脑的一边来看物,也未可知。但因为后来觉得不便,于是渐渐收缩起来,缩小起来,终于固定在现在的眼的场所。人的智力也是与这同样的。而在这缩小了的智力的周围,有如房、如荫或月之晕的,前述的那种“直感”的缘边。所以柏格森说,人的智力所不能了解的,可由这如荫、如晕的东西来了解。

　　总之,仅用理智来思考事物,不是妥当的办法。在普通生活上原无甚关系;但极端地哲学地思考下去,就有种种困难发生,至于不可解决。纪元前五世纪,即距今约二千四百年前,希腊的哲学者剑诺(Zeno)曾提出一个有名的难问题,他说假如有一兔追一龟,兔无论跑得怎样快,终赶不上龟。普通人想起来,快的与慢的竞走,快的当然总有一日赶上慢的。但据剑诺说,经过无论几万年也不会赶上。为甚么道理呢? 兔要达到龟,必先经过两者之间的距离的中点。要达到这中点,又非经过从兔至中点之间的距离的中点不可。距离都可以二平分,至于无限,所以结果兔经过无论几百万年,决计赶不上龟。

剑诺还有一个难问:普通人都说"矢飞";但在理论上矢不能飞,而是常常停止的。即普通人以为矢飞,其实在某一定时间内矢必占领着一定的场所,不过许多幕相连续罢了。在一定的时间内占一定的场所,便是矢停止的意思。所以说矢运动,矢飞,都是错误的(笑)。

这就是偏重智力的结果的一例。故我们对于科学所教示普通的事理,诉于人的经验而可了解的现象,不妨当作一个现象看。照它的办法倘可得生活上的便利,不妨依照他;倘要调查,不妨调查研究一下。但倘过于滥用原因结果之理,以为甚么都可用智力来解决,甚么都可用科学来说明,便是大错了。这是现今的科学者自己也不取的态度。所以决定论,定命论,不是真实的议论。我们的精神生活中,有超乎自然法则、因果关系之上的一种创造的作用。这是柏格森的思想。

所以前回所述的诗人凡尔哈伦的思想,与冷静深刻地思考事物的哲学者的思想并无大差。且近世思想深刻的人,都是承认万物流转的。因此愈加造成我们的现代的世间了。倘然照从来的科学者之说,依原因而生结果,那就变成一切事都有前定,我们全无进取的意气了。这就是一种宿命论。明日死的,无论如何明日必死。生存百年的,无论如何必生存百年。其实世间并不然。我们可因事情而发愿,这愿便是使人生努力前进的一个行动。

这样看来,我们可不必为现代的思想界的紊乱而担心。或者此后有开花的新时代来到,也未可知。达到了这新时代,我们再等待其次的时代。人就是这样地向无限进行的吧!故欲有批评的精神,不妨把旧的破坏,然后重建新的。只有怯弱的人和自暴自弃的人,是现代的禁物。憎新而守旧的人,是现代的弱者。这种弱者,无论他年纪很轻,也已是"过去的老人",这世间不需要这种人,不如把他们埋葬了。青年应该一齐起来,破坏旧的,建设新的。有时未曾达到建设,而只止于破坏,但这也无妨。总之,努力是第一要点——这是前讲的自然的结论。以后想把这一点再稍加详细地说一说。

前面曾经说过,现在是批评的时代;同时在外面看来,又是物质的时代。现在要解说什么叫做经济时代。前面所谓批评时代,原是指思想界的变化的。这思想界的变化就与现在要说的经济时代发生了重大的关系。所以第一先要把这两者的关系与联络考察一下。

前面曾经说过,惹起批评的精神的是科学。其实诱发这经济上的变动的,也是科学。即"应用科学"的进步——欲应用人的知识以变易人的生活的表面的努力——发明了机械,因之我们的实生活就大起变化。从前并非完全没有机构;但自十九世纪末至二十世纪之间,机械的发达异常迅速,异常复杂,实在是一种奇迹。这都是科学应用于人类的实生活的结果。

我现在并不想缕述一个个的机械所及于经济界的影响。因为我对于这方面全是门外汉。我只能从文学的方面着眼,观察这等机械怎样给感化于现在的实生活,现在的人的感情与思想怎样活动着——就这两事简单地说一说。

关于这机械与文学的关系,现在有一件不能不说的事实,即机械的发明,几百年以前在文学上早已有预言的表示。

例如在十七世纪中叶在法国曾经有人预言风船(falloon)及蓄音器(phonograph)的发明。这就是法国文学者洛斯当(Rostand)的剧中所介绍的西拉诺·裴尔琪拉克(Cyrano Bergerac)。他是一个文武俱长的人。其事记在《月世界故事》(*Histoire Comiquedes Etats et Empires de La Lune*,1656)中。又那时出版的书物中,又预言着汽车等物。即十八世纪末有一个叫做梅尔轩(Mercier)的人,著一册书,叫做《纪元二千四百四十年》。大约是未来记之类的书。他在这书中采集以前所说的思想,把它们敷衍得更有趣,又想象出有奇异的作用的机械。又蒸气罐、汽船、汽车等,人都晓得是瓦特(Watt)和史蒂芬孙(Stephenson)所创行的;然十九世纪中叶有一个叫做哀谛昂·卡陪(Etienne Cabet)的人,曾著一书叫做《伊卡利旅行记》(*Voyage of Icarile*,1842)。书中记着潜航艇,即现在的 submarine 或飞行船(air-ship)等事。卡陪所说不但是潜航艇、飞行船,又预言今日各处埠头上所用的起重机及滑车,又预言一种电气线路之类的机械。卡陪的思想很有趣。据他说,向来的人们只是为了要快乐或多产物品而用机械,但现在不仅为快乐及生产,更进一步,工人自己不必出力,只要巡视工场里的机械,监督、指导一下,机械就自能工作。人不必费一点力,只要袖手旁观,在脑中支配机械就是了。现在并不是希望十分的人力减小为二分,而是希望全不费人力而以机械力行一切事。但在文学方面,因为专业不同,故很难容纳这机械的观念。其实就是现今的人,关于机械的事也大多数是全然不懂的。他们看了机械也不觉得有兴味。只有真的现代人,就不仅像从前地歌咏叙情诗中的事,他们见了煤烟弥漫的工场,或飞行机、机关车等,心中就会感动。然这是新人中的新人。到了十九世纪末,工业渐渐发达,就应用机械,各处建设工场。于是小说家跑到工场里,感到非常的惊奇。在那里仿佛有地文学中所说的古代地层中的化石的怪物出现,并畜着一大群的怪物。就中有一位有名的诗人,在他的书中记着参观工场的事。他说工场里都是可怕的东西,电气的卷轴仿佛发狂的舞蹈者,唧子气喘喘地乱跳,声音仿佛樵夫的斧在斫坚硬的**樫木**。他对于机械非常叹赏,描写得十分惊异。自此以后,机械一物在文学者中也被懂得了。例如左拉(Emile Zola)的小说,即一八九〇年作的小说 *La Bete Humaine*,描写着人为了遗传而犯罪恶的种种状况。同时又详细写着关于铁道的事。他描写铁道上发生的种种事故,关于机关车的描写尤其详细,像描写一个人一样。其次还有新的书,即英国小说家吉柏林(Rudyard Kipling)所作的题为《一日的工作》(*The Day's Work*)的短篇集。其中有关于名为"007"的机关车的话。又有关于一只新造的船行进水式,从英吉利航过大西洋到纽约的话,这新船刚行过进水式,还不能算一只真的船,她自己还没有觉悟自己,要航海到了纽约,方才成为一只船,根据这意思,这书题名为《自悟的船》(*The Ship That Found Herself*)。在普通人,总以为船是行过进水式就成为船的。但这不过是进水罢了,要实际当了船的职司,方才可说是真的船。放这船在苏格兰的造船所进水的时候,先在船的腹部打进一个三鞭酒瓶,然后出海。出海后渡过英吉利海峡,大浪打击船的两旁,船的横腹的板叫痛了。她愤愤不平地怒说道,以前待我很好,现在一出海,就有素不相识的波浪无理地来打击她的横腹。在后甲板上的钉又动怒起来,也愤愤不平地说,以前待我很好,现在为甚么加以这种无理的压迫,于是钉、板、柱、钢,都动乱起来。仔细想一想,方知这就是社会学者所谓"共存同荣",非互相帮助不可的。船的板是防波浪的,钉是固定这板的。各尽其职分,于是称为"船"的一个社会就造成,称为"船"的一个组织体就成立了。然后航过大西洋,渐渐达到纽约,就有许多的船鸣汽笛欢迎她。听到了这汽笛的声,她方始悟到自己是一只船——即所谓 found herself 话的大意如此。这是文学者的一种很深的思想,即起初只是死的物,是集合而成的机械,渐渐变成有生命的东西。近来这倾向的小说家很多。其中最著名的,是英吉利作家惠尔斯(H. G. Wells)。这人先在师范学校修习理科,后为伦敦大学的 examination coach。终于做了小说家,应用自己所怀抱的科学思想,作了许多小说。他关于脚踏车曾作一篇小说,记述着他对于各种机械的奇妙的思想。他说脚踏车发明以后,次造出 motor cycle,即自动脚踏车。motor cycle 像一种幼虫,即一种蛹,motor cycle 会像蚕蛹地变化,生了翼膀飞起来,便成为今日的飞行机与飞航船;走在地上,便成为今日的 automobile;又钻进海中,便成为今日的潜航艇。再由这等机械进化起来,造出种种奇妙的东西。

故可知现代的文学者,都把机械一事深深地印在头脑里了。敏感的诗人,对于现今社会里机械利用的结果之一的"速力"(speed),尤其关心。故昔人对于时间的思想,与今人对于时间的思想,非常不同,在文学上分明地表现着。不但是文学者,普通也都感得在亚美利加更可痛切地感到这情形。现今是机械应用的时代,是速力的时代,即 age of speed。无论何事,必求其快。例如有一个商买经纪人,设事务所在现今的纽约华尔街的摩天阁的第十五层里。这人于午后三时闭了事务所而出门,乘了一分间速度千英尺的升降机下来,一到下面,在路上就有汽车等着,伸手开汽车的门,走进车里,一坐下,汽车立刻驰向中央大车站(Great Central Station)。出事务所的时候是三点钟,则三点二十分已到车站,一到车站,不像别处地要等候火车,只要立刻买芝加哥的车票。其火车是世间最快的火车。在美国又不像别处地要轧票,买票后只要一直上车。走进车室,一看时计,只是三点二十二分(笑),火车要三点三十分开,还有八分钟的宝贵的时间。time is money,这宝贵的八分间绝不费之于吸烟等事。美国的火车,车室里装有轻便的电话机,这商人就在火车里打电话。一声 hello，就有自己的事务所里的书记出来应接。书记是 stenographer，即速记者，立刻拿了纸来，记录了其主人在火车中吩咐他的话。完结以后，一句"再会"，放下电话的时候，开车时刻已经迫近。脱了电话的线，列车就渐徐徐地开动了。美国的火车，开车时间一到，默默地开出，没有鸣汽笛或其他手续。于是乘这三时三十分的火车到芝加哥，把自己的事体充分做完了，再回纽约，明晨九时仍可照常到事务所办公。总之，可以用办公以外的时间到芝加哥去赶事。这不是夸张的虚言，在美国是很普通的事。讲到这列车的重量，很是奇特，重一百二十万磅，一次旅行，需煤四十五吨，机关车有七辆，每辆用一机关手。真是快车！一八九三年芝加哥开博览会的时候，纽约与芝加哥之间有两个铁道公司。纽约的中央铁道公司为做广告起见，想开一快车，于二十个钟头内从纽约开到芝加哥。结果总算成功。他方的芝加哥铁道公司，即彭西尔佛尼亚铁道公司的火车，要行二十三个钟头。这公司的火车所行的路是六十英里，实在是很短的。很短而需二十三个钟头者，是为了其间有谷有山，容易损坏钢轨，路非常难走。但因为要同纽约的中央铁道公司竞争，就用种种计划，费了六十万元美金，方得减少时间。减少时间多少呢？只有三分钟！即一分钟计值美金二十万元（合中国金四十万元）！但这样仍是不满足，再积了不少工夫，竞争的结果费了七千万元，终于造出十八小时的火车。现在彭西尔佛尼亚铁道公司的路线长九百零五英里，费时十八小时，每小时行五十一英里。纽约中央铁道公司的路线长九百六十八英里，费时十八小时，每小时速力五十三英里。行车很费苦心，二百五十吨的引擎，继续开行，至多不过百五十英里，过此以上，机关就要坏。所以要七个机关车，司机人也用七个。但七个人不是刻刻在那里做工的，每隔日作工三小时。超过这以上的劳作，就容易疲倦而误事。

这叫做 twenty century train,即"二十世纪列车"。这虽是亚美利加的事情,然其他的国也大都是这样的。一九一○年一月二日从伦敦出发。通过大西洋,横断亚美利加,至桑港,听说费时不上十日,真是非常的速力。现今世界一周的记录,是四十日,也快得很。巨浪滔天的大西洋,在现今的 Mauretania 或 Lusitania(注:此船已于此次欧战时为德国所炸沉)等重约四万吨的巨船,只费四日半的工夫即可走完。所以从芝加哥到巴黎,实在是很容易的事,只要有钱。其他汽车、飞行机等,也各有可惊的速度。

这样看来,昔人所未曾梦见的事,现在已有人发明了,我们真是幸运! 所以我对于机械,用了满腔的热忱来赞美。以上所述,是机械应用于产业方面的结果。这一看似乎是很好的现象,然而因这原故,社会组织上起了极大的变动。这就是下一讲将要说的所谓经济时代。

第三讲　现代诸问题

　　经济时代的光明方面——Maeterlink 与 D'Annuzio——科
学发达的壮观——经济时代的黑暗面——机械的影响——浅
近的一例——农业与工业——资本家对无产者——商工业组
织的世界化——物质的历史观——欧洲文明的三变化——
（一）信仰时代——（二）主知时代——（三）物质时代——物质
时代与分配问题——其他诸问题

　　在前讲中我已略述近代的科学的勃兴及其影响,又赞美机械的利益
与力。大意是今日的世界,是一切人都尚速力的时代。飞行机、汽车等
机械一齐进步,举了可惊的功绩。然这等机械的进步,一刻也不休止。
昨日的记录异于今日的记录。今日的记录又为明白的记录所破灭。一
切是机械的时代。一切是速力的世界。

　　比利时诗人梅戴林克的论文集《两种的花园》(Le Double Jardin)中
有一篇题名"在汽车中"的小品。现在我要将这小品介绍于诸君。读了
这文字,就可晓得今日的诗人、今日的思想家对于速力的问题作如何看
法。我们把空间毁灭下去,又在制胜时间。即人们天天在那里征服 time
与 space,这在诸君大约都已切实地懂得了。又意大利的诗人又小说家
丹奴焦(D'Annunzio)等,也常作关于飞行机的文学,我也想推荐给诸君。

这等记录原不过是机械的一面,即竞技的方面,其他现于实用方面的美及力强,自然也很多。这等凝集起来,造成近世的机械,在我们眼前展开了有世以来所未见的壮观! 我曾到纽约,立在街端的勃罗克林铁桥上,眺望纽约的市街,深为惊叹,觉得自己仿佛生在六千年以前,正在眺望那巴比伦盛时的王宫! 又如在看西米拉米斯所画的空中楼阁。其盛况实在是不可以言语形容。罗马曾经繁盛,希腊曾经美丽,但终不能与现代的壮观相比较,我一望纽约的都市,心中起了似悲哀又似欢喜的感情。这是机械文明的凝块,近世都会的壮观! 从小处说,说看到机关车、蒸汽机关的时候,我觉得其 piston 的运动,仿佛是一种有生命有精神的活物的动作,现今的机械都像有生命,有精神的。

我实在用了满腔的热情来赞美机械,然而凡物有光明的方面,同时必又有黑暗的方面。近世机械的发达,也有其黑暗面。今天拟就其黑暗面考察一下。

机械实在是可感谢的,实在是美的。但同时机械在近世社会内惹起了极大的革命。革命不限于政治上,非常的变化——根本的变化——都叫做革命。现代因机械而受了非常的恩惠,同时又发生了非常的困难问题。这等困难问题,是经济学者或社会主义的论者们所屡屡说起的,现在没有详述的必要。但拟采取一浅近的例来说一说,即前年某法学士提倡用新式的机械来制豆腐的事。据他说,用机械制豆腐,工本很省,至少三个铜板的豆腐只要卖两个铜板。但是这样一来,以前卖豆腐为业的人,就要发生生活问题。原来我们一方面希望文明的进步,又非常赞美近世文明的一面的机械的进步;但是在另一方面,对于旧的事物的灭亡,又觉得非常可惜。例如豆腐担,向来是很有趣味的。秋天的沉寂的下午,纸窗上的秋风微啸的时候墙外飘来"豆——腐""豆——腐"的声调,今人起一种微妙的感情。（笑）这是日本的豆腐担；我们的祖先的灵魂，实在寄托在这卖豆腐人的叫声中！现在改用机械造豆腐，用最经济的方法来销行豆腐，实用上固然便宜，可是豆腐的本来的趣味，就全被消杀了。总之，用机械造豆腐原是一件小事的改革，然而牵连着生活上或趣味上的其他种种的大问题。

机械的发明，不消说是从小的制造家促成大资本家的活动的。小的制造费三个铜板造出的东西，大规模地做起来只要两个铜板就行。在需要者方面原是便利的，然而从来的小营业家就感受困难了。资本家只要提供资本，自己不必劳动，袖手旁观，每年储蓄许多金钱。

于是富人渐渐富起来，贫人渐渐贫起来。这样下去，生产的方法上与分量上起了很大的变化，交通机关的便利与迅速，又给很大的影响于贸易状态，从来的经济学者所未曾梦见的问题，接踵地起来了。从来以农业为本的国，现在变成以工业为本了。例如德国，据人口调查与国势调查的报告，一八九五年的统计，国民中有百分之三五点七四是农人。十二年后，即一九〇七年的统计，忽已减为百分之二八点六五。工业方面，一八九五年为百分之三九点一二，今日已增为百分之四二点一五。不就比例上计算而从实际上的数目上计算，也有种种变化。例如一八九五年的农民人数为千八百八十万，现今则为千七百万。工业方面，前者为二千二十五万人，现在则为二千六百万人。实际的数目也变更了。这就是农业国渐变成工业国。这是很值得注意的一事。

在今日，对于经济学非常尊重。有许多学者主张人的问题，无论甚么都可从经济方面去解决。甚至有一个叫做爱洛伊推洛襄洛斯（Eleutheropulos）的人，著一部关于经济和哲学的书，发表他这种主张。对于这种主张，反对的也很多，他们都引用"人不仅是靠面包活的"的陈语来大肆攻击。道理固然不错，人也许不是仅靠面包生活的；然而倘没有面包，人就不能活。所以经济的变化在人的心理起了非常的变动，绝不是偶然的，这是大可研究的事。人们都说今日是黄金力伟大的时代。然很有反对这话的人。他们反诘："然则道德、宗教、文学、美术等都可轻忽的么？"据我说，这等固然要尊重，同时也要尊重黄金。因为黄金自身或许不是可尊重的东西，但是赖了它，人生的问题在某程度内得以充分解决；也有轻视黄金的势力，而说"丈夫三天不吃饭，突起肚子过高桥"。但这等不免是时代落后的人。现在我并不是提倡拜金主义，不过事实总是事实。撇开事实而凭空唱高调，或高谈德义，其实是牢骚的表示而已。我们碰到这方面有危险，应该向这方面去解决，遇危险而避去，是卑怯的态度。但这等话不必我多说，诸君想来都已从经验上理解了。自以为我们是 Norman Conquest 以来的望族或十字军时代以来的世家，而引为夸耀的欧罗巴的贵族，现在不是与芝加哥的富商的女儿结婚了么？欧洲的所谓暴富者，或日本的所谓"成金"（Narikin）都是新贵族。他们在近代是最强的人。从前在马上取天下的贵族，现在也非捧算盘不可了。尤其是在欧洲，十八世纪以前有所谓贵族、僧侣及第三级民，作成很好的三角塔形（piramid）；可是现在早已破坏了。现在分为二流，一方是储蓄资本的人，一方是为了资本家的储蓄而劳动的人，即资本家与雇工。现在的社会上分着这两个阶级。总之，今日的难问题，是资本家与无产者之间的交涉。

富真是难得的，真是可贵的。没有富人，社会的事业就做不成。大学办得这样，是托富人的福，学生大都是为了金钱而来学校受高等教育的。总而言之，今日的文明，今日的进步，不妨说大半由于富人的势力而来。但这是富人方面讲的话。从贫人方面说，他们对于这状态觉得很不愉快，很不利便。欧洲已变成富人与贫民的战场。这纠纷将来如何解除，是很难的问题，现在不能断言。因为诸君要晓得：凡世间的事，发生问题的时候，要简单地表示其问题是可以的，但要简单地答复其问题的解决，是困难的。有的人率然地说，既然富人很多，贫乏人也很多，何不并合起来，给平均一下！这是谁也会想到的办法；然而对于事物的思想未免太简单了。如果可以这样解决，以前的问题早已可解决了。先要充分明白，世事不是可以这样简单地办理的，然后诸君如果有这方面的志向，可去研究社会问题。这世间不是平面的，是立体的，故对世间的事物，也必须立体地考察。像这类的问题，最为复杂，所以要为之除弊、改良，非采极慎重的态度不可。

黄金一物，真是像华葛耐尔（Wagner）的乐剧中的《莱因的黄金》（Das Rheingold）的怪物。这剧的大意，是说莱因河中有黄金，这黄金出世，世中方才有祸。这道理真不错。这怎样可以补救？在我无论如何想不出方法；多少有一点的见解，容在后面再说。现在对于这问题——资本家与无资产者的问题——的切迫，拟先举一个例来说一说。

光就经济方面举一例：以下所说的主属于欧罗巴、亚美利加的事。但日本也是世界中的一国。既是世界中的一国，这等事单当作欧罗巴、亚美利加的事论，总不能安心。今日是世界扩张的时代。从前我国只是在这岛里酣睡深梦，欧罗巴也只在包围着初辟的土地的地中海旁边小小地活动而已。可是现在大不然了。现在是文明普遍于世界的时代。文明是资本，近世工商业的组织，靠了这资本的力，而遍行于未开的土地，现在总称这为文明的扩张。先从西洋古来的历史说起，欧罗巴的文明以地中海为中心而产生，发展而为希腊的文明。罗马的文明，后来成为亚拉伯人的文明。他们灭亡之后，近世欧罗巴诸国的文明，就兴起来了。

在其混乱之间，昔日兴盛的地方，现在有许多已变成荒芜之地。昔日丰饶的米索布达米亚，如今已变成沙漠。还有亚非利加北岸，在罗马时代是繁盛之地，现在也已变成沙漠了。世界有的部分虽然背弃文明，但文明仍是扩张下去。欧洲北方自不必说，亚非利加、亚细亚，也都参与近世文明。又一旦变成不毛之地而被舍弃了的米索布达米亚及亚非利加的东北海岸，近来也渐渐开通起来，罢格达特铁路次第告成，撒哈拉沙漠中开凿河流，渐成为谷田了。现今的世界这样急速地开通起来，全是托机械的福。现在恰像十六世纪的时代，十六世纪时，发现亚美利加新大陆，打通印度的路，又发现绕好望角而出太平洋的航路，真是非常闹热的时代。现代与那时候很相似。惟所异者，从前没有机械，所以即使发现新的国土，也不过增长一点地理的智识而已；现在有了机械，能够使其发现立刻有效用于人。即经济、商业、工业，都能侵入于新发现的土地，或与殖民地战争而侵入，或用和平手段而侵入，有时急激地，有时渐渐地，必使未开的国土与我们同化。这是欧罗巴人、亚美利加人的事业。就中也有为了这事业而灭亡的国，如印度、埃及便是。也有对于欧美人的这种侵略，受其刺激而急急自图其文明的更新的国，日本便是其适例吧。日本是受了世界的刺激而急急地改革其政治上、社会上、经济上的组织，结果重新在世界上占有基础的国。扩张的路有种种，欧美人的文明，渐渐走工商业的路，而向世界扩张。现在的土耳其斯坦、波斯、阿非利加尼斯坦，其地方都变了英人或俄人所关系的地面，中国也是如此。又如西伯利亚，人们已在预料它不久也将为世界的仓库了。在亚美利加，以前其西边有空地，曾发现金矿，发掘炭坑，文明扩张曾及于这地方。加拿大南北也如此。还有我们小时在地理教科书中学习的亚非利加，是很简单而容易记忆的地图，现在其内部事情完全改变了。一切都被科学地调查，不仅靠地理的力,今日竟在计划由好望角到开洛府的架空铁路的事了。自今以后,文明国人与亚非利加的未开化人的接触,将次第密切。刚戈自由国的建立,惹起了世界的大问题。

　　欧罗巴的所谓优等人种与亚非利加的所谓劣等人种的接触,惹起了种种的葛藤。这接触的结果,优等的欧美人与劣等的亚非利加人究竟孰得孰失?倒不容易答复。其实得失是不须问的。因为现在文明的工商业为中心而进行,是自然之势,人力无可奈何的。这样下去,工商业的范围愈加扩充,各国间的距离就愈加小起来。今日的人视印度洋或太平洋,与以前的人视大西洋或地中海相同。又南洋的无论哪一个岛角里,都有英吉利船、荷兰船、日本船的交通,处处有定期的航路了。从前用帆船费数个月绕南美洲的南端到太平洋;现在可由巴拿马运河一直到东洋了。从前的罗马人征服天下,多修道路,今日的欧美人则多筑铁路,即用铁路来征服天下。现在正在敷设罢格达特的铁路,这路成功后,由孟买、加尔谷塔至欧罗巴大陆,就有直接连结的陆路了。同它并行的西伯利亚铁路曾给我们以多大的便利,这也是同样地有利益的。此后欧美人的势力将越发增大起来。且在其反面还有欧美人的重要的目的,就是侵略之后,再把自己国内所制造的东西卖出去,土人一定会购用。使土人购用,就是导土人向开明,养土人的奢求心。土人也因此知道工商业是甚么样一回事,渐渐觉悟起来。结果从前的顾客,现在已变了竞争者。故欧美诸国间的竞争,实在厉害得很,现今的世界凡稍开化的地角,无处不有工商业的竞争了。例如距今四十年前,法兰西、瑞士、德意志、澳大利亚、意大利等国,都是农业国。现今则亚非利加、加拿大已变成农业国,大规模地、大廉价地输出大宗的米麦了。所以欧罗巴的住民虽然也有务农业的,但总不合算,结果农业就自然地衰落起来。又加利福尼亚出了葡萄酒,法兰西的葡萄酒销场大受影响。日本或印度起了工业,英、法、美的工业大受影响。东京、大阪、孟买、加尔谷塔等起了机织,英吉利就不能像从前地独占织物的利益。其他像日本的火柴排斥瑞典的火柴等,都是欧美人所没有想到的事。煤与煤油,因为亚美利加出产很丰,其余波及于日本,使日本的煤油大为跌价。所以在今日,一地方的事件,直接影响于世界各地的工商界。全世界的工商业,已成为一家的样子了。各国国民虽然互相防备,互相敌视,然仔细想一想,战争大可不必。造军舰,置常备军,是为了不战争而设的。就中有殖民地的国,如英吉利,始终是怕战争的。英吉利常常为其殖民地印度、埃及、澳洲挂念,深恐发生战争。因为殖民地有工商业的联络关系,一丝紊乱,就要带累全体。因这原故,现今的战争的原因与昔日大异。各国都谨慎小心地防止战争的发生。

现今各国之所以谨慎小心地防止战争者,并非怕胜负,实在是怕扰乱商业。负了原是不行的,但胜了也不行。所以非万不得已,总不战争。原因在哪里呢?这就是机械的恩惠,金钱的恩惠。故世间实在已因了机械而大起变相。所以有一部分的论者主张人类历史得从前经济方面充分说明,未必一定是无理之谈。这种论法叫做"物质的历史观",即 historical materialism。就是物质地观察历史。现在看欧罗巴的历史,其文明曾经过三段的变化。欧罗巴的文明,以希腊、罗马的文明为基础,从基督纪元以来的文明,可分为三段:第一是宗教思想非常隆盛的时代,第二是智力非常隆盛的时代,第三是现代,即既非宗教,又非智力,而是物质的方面非常发达的时代。即第一的宗教思想隆盛的时代,是信仰的时代。自基督出世至中世不但解决现世的种种问题,又有来世的思想宿在当时的人的头脑里。深思的人,都以为现世尽管苦恼,后世当得快乐。对于儿童也有这样告示。给儿童糕饼,立刻吃了的是现世主义;不吃而藏着，以图后来的快乐，这是来世主义。(笑)这来世主义在从前很隆盛。从前是非常贵重人的灵魂的时代。到了文艺复兴期，即 Renaissance 的时代，大约十六世纪光景，世界上有地理学上的发现，有新陆地的发现、印刷术的发现，人的智力，一切方面都饥荒得很。这是学问的时代，为第二期。到了第三期，即今日，大家谋学问的直接有用于人类，就起了自然科学的隆盛。又发生前代所未曾梦见的安乐与富有，人都注目于物质的方面了。虽然这样，但宗教与学问并不完全灭亡。不过今世的人比前代人更切实地倾心于物质的方面，是明显的事实。从前的人尤其是宗教家等，多有苦其身体，以求来世的幸福的。举一证例来说，欧罗巴中世时，外科医术等并不发达。因为当时的人，不注意其身体的苦痛。对于自己的苦痛既不注意，同时给他人苦痛亦不介意。故有磔刑、火炙刑等。以肉体保全为目的的所谓卫生，在从前全然不讲。但现在的社会的问题，大都是关联于物质方面的，像个人的卫生、家屋问题、工场问题、劳动时间及工资率问题，他如低能儿教育问题等，正是主要的问题。教育方面也如此，从前只要在埋头读书，现在则有所谓体育，接触于肉体的(physical)问题了。例如孩子不可过于用脑，低能儿应该怎样教育，现在视肉体倒比精神为重大了。但是这物质的倾向，发生了困难的事情；宗教与学问是无尽藏物，无论分配给多少人，是不会减少的；反之，物质方面不能无尽藏，是有限的。肉体上安乐是快活的，故谁也愿欲；但这不能说是无尽藏的。于是就起了所谓"分配问题"。这是近世的大问题，研究怎样解决这问题，是今日的急务。

　　以上所述，主属于经济方面的问题。以此为动机，在道德、社会、宗教等方面起了种种的难题。在道德方面，有人以宗教已不复像昔日地支配道德的全部为理由，而提倡道德的独立，谋服从自然的古代道德的复活。

然而这又不行。故又有人主张无论如何非服从基督教的道德不可。现今的人对于个人与社会的关系，煞费苦心地在那里研究。

就社会问题看来，社会里总有种种不妥当的事。怎样可以救治这弊端？一方面有从物质着想的人，说这弊端是由于社会的组织的关系而来的，把从来的社会组织的不完全的点逐渐改良起来，就可免除这等弊害。他方面又有主张须从道德方面着手改良的人。又有一方面的人提倡慈善事业，以为可拿慈善来救治世间的伤害。反之，另一方面有人说，专事慈善反而有害，应该流布"共存同荣"的思想，以扶助人类。

凡此等疑问，在有心人的头脑中都有深的印象。故艺术方面，自然也受其影响。又为了要早早解决这等问题，政治也从此下手。这就是欧罗巴与亚美利加的政党或政党以外的人所主张的政治论。这等政治论中最有力的，是欧美的 democracy，即民主政治论。然而对于这民主政治，很多反对的人。他们因为从来的民政的制度不良，故主张应该废弃，而改行天才政治。他们说平均的不好，不如设一个杰人。这是与民主的主张正反对的，贵族的主张。如以上三讲所述，可知现代是各方面都伏着不能解决的问题，而人心非常"不安"的时代。然后我们可以观察这倾向在文学、音乐、绘画等上面怎样地表现出来。分以下的数讲而论述，在论述之间，再随时引证前述的道德问题及社会问题等。

第四讲　现代诸问题与艺术

现代社会问题与艺术的关系——对于艺术的两种态度——（一）偏知论——（二）情绪论——何谓思想——通俗的意义——高深的意义——与思想没交涉的人们——从思想观察艺术哲学及科学——朦胧的思想为艺术的本分——艺术与哲学的界限——思想家与哲学者之别——近代思想家的实例——艺术中所表现的思想——凡尔哈伦的"误"

在前讲中已约略说过，现代何等不安，又有何等光荣的希望。现在想说的是：这在现代的艺术——我现在要述的艺术，即文学、绘画、雕刻、音乐等——上给与甚样的影响？支配这现代而产生的艺术，作何状态？但前述的批评的精神或经济组织的革命等，都不是直接表现在艺术上的。因为有几种艺术，不能直接表现这等事情。刚才所说的几种艺术中，只有文学，其性质比较的便于直接论说道德、经济、哲学、宗教等问题。然而有时也不便。至于音乐、绘画、雕刻，要直接地表现现代的诸问题，很是困难，有时竟不可能。所以一般地说，现代诸问题的表现于艺术，都是间接的。但是一方面是间接的表现，一方面又深入，而隐微之间有很大的势力。论这种艺术的人们中，有两大派别：一方是立在智力方面论艺术的人，名曰"偏知论"，即 intellectualism。这一派有不可攻击的势力。试看排斥没有思想的绘画、雕刻、音乐等的人们,在西洋,在日本,都很多。照他们论来,前述的诸问题一一都应当直接表现于艺术中。只有关于音乐,唱偏智论的人稍觉困难。裴德芬(Beethoven)的音乐表现着法兰西革命时代的精神,在某程度内原可以说得。但在纯粹的音乐中,要把社会问题、结婚问题等写入,是不可能的。且这办法在音乐是不许可的。要作关于结婚问题的音乐,原非不可。只要弹孟擅尔仲(Mendelsson)的进行曲以表现结婚,再用晓邦(Chopin)的音乐以表现夫妇中有一个死去,就是描写结婚问题的音乐了。但这是下等的音乐,为识者所不取。

还有所谓宴会音乐,即弹起香槟跳舞曲(champagne waltz),在中间做出"砰砰"的香槟酒瓶的拔栓的音。这等也是我们所不欢喜的。所以偏智论者,常向文学中取例。要之,据我的意思,偏智论是很有势力的一种论派,但很不有趣。我宁愿适从偏智论相反的所谓情绪论。emotion——用情绪来说明艺术的论法,我以为是于近世心理学上也适合,于人类的艺术的历史上也适合的。故可称之为偏情说。总而言之,是以情绪为艺术的中心的论法。即批评绘画时,不可由绘画的题目来看绘画的良否。例如一幅画中描着一个乞丐,一幅画中描着一个仙人,倘说描仙人的当然比描乞丐的好,就是浅薄之论。不从智力方面着眼,而在情绪的感动或发表上估计艺术的价值,才是不错的。但文学在艺术中,也占着一种特别的地位。在别的艺术,例如在音乐,以音为其艺术的本体;在绘画,以色彩形状等为其艺术的本体;同样,在文学则以言语为其艺术的本体。所以在文学,其情绪中又附加着一种别物,这物因了问题或作者的性情而不同。总之,在文学中,情绪以外还有不少可用智力来解释,可用智力来味得的分子。即可用智力来理解的思想,在文艺中含有很多。所以现在要讲这题目，须先就文学一说，然后及于绘画、雕刻、音乐等。

这所谓"思想"，究竟是甚么东西呢？人们常说某文学"不大有思想"或"缺乏思想"，这所谓思想，究竟是什么？稍解释其意义如下：

思想——英语叫做 thought。这是含有极广的意义的一个名词，因情形或人而异其意义。先讲思想一词的意义：有的人解作实际上、理论上，为了达某种目的而用的 method，即"方法"。就是普通的用法，即"想法"的意思。所谓"想法"，是为了这一种目的而用的方法。但方法是根基于原理或公理的，故用"方法"的意义来研究思想时，照顺序先须考查所谓公理、原理，然后根基了这等而论究下去。这通俗意义的所谓"思想"，在人们的无论甚么事中都用着。即稍有智力的人，都是按了这思想而做事的；但这当然是断片的，不是完全而有系统的思想。所以他们有时发生矛盾，有时做甲事的方法与做乙事的方法相反对。故这所谓思想，差不多是与思想史或文明史等无关的。

无论怎样不欢喜意义深奥的思想的人，在他的生涯中的某时期内多少总要探求更进一步的意义的思想。人探求更进一步的意义的思想，可举二三实例来说：第一，例如人从来每日为了某种目的而探索着的方法，在现在新行着手的目的看来全然无用，他发现这一点，就非把从来苦心地探求着的赶快罢却不可。例如自己研究物理、化学，以为天下事都可用这等来解决；突然出嫁的女儿离了婚归来，在这时候如欲应用物理、化学来解决，当绝不行。（笑）于是他悟到，"原来世间除物质的学问以外，还有困难的事！"他立刻怀抱对于人生问题及道德问题的疑问，或者进而求更新的方法，或者希望达到包括自己的方法及其他一切方法全体的，所谓高远的思想。

第二，与这反对，是偶然想到某种方法，把这方法适用于一切事上，结果都很好。例如读了"进化论"而十分感佩，其结果就在一切事上应用这"进化论"，而倡导韵文进化论、宗教进化论、道德进化论等。或于动植物等的培养、家畜的改良上，用种种手段，例如使植物开异样的花，使动物壮苗，产生良好的子孙。这就是适用一种方法于各事上，以为思想的一般的规则。

又有第三种情形，是一人研究两种以上的，不同的，表面无所联络的方法。例如一面研究物理学、化学，一面又研究论理学。起初觉得两者完全不同，像使用两把刀；渐渐研究下去，就觉得二者无论如何不能分离。因为其表面虽看似没有关系，而人们往往想追寻它们的联络，或探求其根柢上的联络，使互异的二物合一。又有的时候，人们欢喜用一种方法来研究自己所专门的学问。例如自己是文法学者，就一天到晚研究四段活用、to be、to have 的变化，英语的冠词用法等。然到了四五十岁，仔细一回想自己的事业，就会觉得自己一生所为全是痴呆的事。即在做小规模的职业的人，一朝奋发起来，也会觉察这是贱业，就舍弃了其一向当作方法的思想，而试向更广大的范围进行。这等是普通人常有的情形。

但是并非人人都如此，因为从事于 to be、to have 或前置词的人，还是上流人；世间还有与"思想"全然无缘的人。属于第一种类的人——这很有同情的价值——每天被他的日常的生活所追迫，决然没有耽好文学、哲学等的余暇。他们散工归家，已经疲倦了。就中虽然也有力强的人，能制胜其生计的困难，而与文学奋斗，但这是例外的。在近世的经济组织之下担任了劳动之后，绝不能再事深奥的思索。这种人大都是因为疲于生存竞争，故不会发生这种心想了。

第二,是生来不学的人,即英语所谓 ignorant。这与迫于生活的人适相反,大概 milionaire,即富豪的子弟居多。例外的原也有,但从历史上看来,富豪的子弟大概是笨的。(笑)这种人不肯去做"思索"等麻烦的事。大概极贫的人与极富的人,都是不做这等事的。还有一种人,虽然穷困而不关心于思索。这是先天的神经迟钝的人,在英语可说是indifferant。这种人就是为面包而入大学求学问的人。现在的青年中很多这样的人,所以没有法子……但这原是西洋的情形(笑)

还有一种人,是愚直的人,即极天真的人。他们信仰着天命与神;但人生问题等,在他们无论如何谈不到。他们以为依赖宗教是最安心的。或者虽无宗教,而自己确信着"不祈祷,神也祐护"的定论,抱着乐天的观念。他们就是用像儿童一样的头脑来依赖天命的人。从一种方面说来,这是非常好的人。所以现在不能说孰善孰恶。总之,这种人距离"思想"是很远的。

除上述的四种人以外,大概的人,心中总有一种饥馑,一种渴望。在普通的意义上,又在高尚的意义上,这等人都是不安于今日的位置而更欲追求其希望的。但这种并非都是了不起的人。有的人天生成不安定的性质,刚强而不肯相信别人的话,甚么都欢喜由自己想,甚么都要自己来做,这等人结果容易失望,有时要做到自杀。故运用智力以求新的思想,不能说一定是好事;不过在大体上应该说是好的。

所以我们仔细想起来,无论哪个,多少总是思想家。只为了要一人独自思想,换言之,即要不步前人的思想的后尘,故往往变成一人独自的想法,大都全体漠然,或断片的而缺乏系统的组织。然而这也不妨,这种漠然的思想,会写字的人,可在笔下发泄,会画画的人可在画中发泄,不会写字不会画画的人,或可在日常所爱的音乐上发泄。从一枝笔、一张画或一旋律上发泄出来的这思想——多属朦胧的思想——这正是艺术的本体。

不但艺术，在哲学、史学，或物理学、化学、生物学等中，也都有思想。在一直从前，艺术中表现的思想与科学中表现的思想，原来是没有什么区别的。后来在有几个文明国里发生了哲学的一种东西。就是在现在所说的漠然的思考，即一种的 speculation 的思索上加了几分的条理，把这漠然的思索整理得很清楚，又加一番讨论研究的工夫。大概的情形是网罗天地间一切智识，把它们作成一个系统，即哲学系统。这就是哲学的始原。

还有一种比哲学后产出的，就是所谓科学。科学与哲学，起初很相似。所稍异者，只是科学所取的材料及所用的方法都是明了的；哲学则所取的材料是天地间的一切，也有人的心里的活动，也有物质界的变动。科学想明了确实地研究物质界的材料。即大都可用人的五感察知的材料，所以材料与方法两者都极明了。这是科学对于哲学或文学的思想的异点。

在科学，曾经观察过的事或曾经推究过的事，可反复数次地继续研究。在科学，真理不是一人的真理，是大众的真理，一切人所普通的真理。有的时候取用一切人都可以研究的材料。故在科学，一朝确定了之后，就成为确定的东西，后来的研究者就可从头研究起，再从以前的真理的开始处出发。

但在哲学方面，这样就不行。我们不能因为苏格拉底怎样说而依了他的路径想去。苏格拉底怎样说，基督怎样说，孔子又怎样说，这是他们各家的说法，我们不能像酸素水素地把它们实验一下看，我们仍非从新做起不可。故哲学可说是"个人的"。

　　然不入这哲学与科学的范围内思想，还很多。即以前从漠然的思索中取了哲学的领分、科学的领分，但残剩的还有不少。就中表现一种并不明了地入人的意识的若有若无的思想，以辅助哲学和科学的，便是广义的"艺术"。宗教也是广义的艺术，故说是宗教也可以，说是艺术也可以。总之，就是广义的"思想"。这种思想，正是艺术中所含的思想，正是艺术的真的领分。

　　故艺术中所含的思想，不能用智力的言语来写出。一写出来，就比原来要减轻分量。教诗的时候，往往有人诘问："这诗的意思，简括地说一句，究竟是甚么？"但这是无论如何不能用简括的一句来说出的。

　　正为了不能用简括的一句来说出，所以费了许多行而作那种长诗。所以诗中所写的意思，绝不能简括说一句，即绝不能改写成智力的言语。即使能改写，其思想的分量必比原诗减轻得多，仅是一种极乏味的渣滓了。也许有人看了就轻视文学，"以为文学里面所含的原来只是这样的东西！"对于这轻视，我们一点也不怕。因为这不过是一种样本，而且是极大体又乏味的样本。我们自有漠然而又非常可贵的思想，表现在艺术中。漠然、不规则、若有若无是消极的形容词，是我们谦逊的话。赞扬一点，这可说是"直接的思想"。别的思想，例如哲学与科学的思想，是经过了人的论理而来的，绕了远道的思想；艺术的思想，才是"以心传心"的，即从心直接传达到心的。正因其是直接的，故不能用智力的言语来表现。别的思想是通过了智力而滤出来的，故无生气；艺术的思想直接表出，故是活的思想，可用"血""肉"等词来形容。吾人最痛切的心念，最高尚的希望，都在艺术中表现。

　　说话渐渐近于艺术与哲学的方面了。研究艺术中的文学的人们中，往往有把双手伸在哲学方面，原来凡事都不能判然分别。我们不能区别从哪里到哪里为哲学的领域,从哪里到哪里为文学的领域,其境界很是模糊,与动植物的不能判然区别一样。对于这境界线发生趣味的人颇多。所以这虽是我一人的发现,但像刚才所说,哲学的思想是判然的,这明了的特色,在科学及哲学中有之,但直截地立刻有效用于人的思想,在哲学或科学中都没有。普通的哲学与科学,都没有立刻效用于人的,使我们最注意的,真有效用的思想。真有效用而活的思想,在艺术中很多。这思想崇高起来,就变成宗教。在今日,有许多人研究哲学,有许多人研究科学了。这等人不一定统是聪明人。但不是聪明人,研究起来往往变成极平凡的东西。例如以为研究科学只要常常计算,便是科学研究的最下乘。又如研究哲学,以为只要穿了 flockcoat,撑了眼镜,说说海格尔甚么样,菲希谛甚么样,就是哲学家了。学校的教室里的白粉笔的气味,似乎就是哲学了。我们要从这样的人得到指导,十分困难! 对于古时的孔子、孟子、苏格拉底、柏拉图、斯宾塞等人,我们可以用虔敬的态度来领教;但对于像温特(Wundt)那样的人——其实他是德国的大学教授,应该可以使人尊敬——总不使人承认为圣人。我并不想在这骂人,不过偶然想到,随便在这里举一个例,然而很对不起温特(笑)。

据我的意见,思想家与哲学者应该区别。profassional philosopher——即专门的哲学者,是可尊敬的勤学家。这是完全可以保护的,也可以聘请他们在政府所保护的大学里,但是还有 profassional philosopher 以外的philosopher,就是 thinker,思想家。thinker 这很有效用于我们的实生活上。所以 profassional philosopher 的大学的先生而为我们所欢喜的人,都是带着思想家的色彩的。例如读 Bergson 等的书,我们觉得他真是一个 thinker。所以叔本华作书,说他自己的哲学不是教室哲学,是活的哲学,而在谈论中大吐气焰,叔本华真是一个思想家。在近世,法兰西也很有了不起的人,例如 Voltaire 或 Rousseau 便是。他不是 Rousseau 教授,是 Rousseau 先生,是给人以学问以上的生命的先生。像 Goethe、叔本华,又如最近的尼采,与其说是哲学者,宁归之于思想家方面为是。法兰西的 Renan、Taine,也是思想家。在英吉利,Carlyle、Emerson、Mathew Arnold 等也可说是思想家。

讲到现今活着的人,法国的 Anatole France 就是其一。这人会做诗,又会做小说,音乐自然会,物理、化学、生物、天文、经济,也都懂得。这人实在是现代思想家的代表者。

还有一人,即英国的 Havelock Ellis。这人长于文学评论,同时又研究男女两性,又懂刑法的学问,是兼长文学与科学两方面的人。像这人,也可说是思想家的代表者。

Hegel 是以通常哲学者知名的。他尚且说"哲学不过是回顾后面,把以前所有的加以说明罢了"。主张以哲学为一切学问的长者的 Hegel 也说了这样的话。

唯艺术中所表现的,不是回顾后面,而是此后将发生出来的思想。这样的艺术,才是真的艺术。故凡尔哈伦也说:"我们自己必得飞向有矛盾的生活中去。这生活原是矛盾的生活,然而有可以使人陶醉的效力。"就是说人的生命全在于飞跃。这是近世哲学的一派所共同的见解。这样看来,思想一物渐渐扩大起来,终于从思想立刻变迁而成为活动,即 action,实行。这是人们很可考虑的事。过于考虑也无益,有时还须闭了书,入实行的世界,直接当面种种的事。故倘要渐渐变成像思想家所说的样子,而捆住活的思想,其人同时非大活动家不可。《圣书》中说"太初有道",其实不如说"太初有 action""太初有力""太初有行"。

凡尔哈伦的作品中有《误》即"Erreur"的一诗。这所谓误,是广义的误,是把人类自古以来所怀的思想的错误歌咏在这诗中的。

诗中所描写的是荷兰、比利时一带的海岸的光景,筑着堤防,陆地反比海低。堤防旁边的砂山上,有大的灯台。赖有这灯台,无论怎样暴风的时候,船也能出海。历年既久,灯台渐渐圯坏,后来台中的火消灭了,船就变成难船,顿呈一种悲惨的光景。这所象征的,就是从前的标准、思想、哲学、道德,到了现代,已因了前述的批评的精神渐渐圯坏起来。后面又咏着:这时候砂山上有一个人手支着颐,静静地在那里观海。这人是入了迷宫(labyrinth)而在那里思考的。这一段所象征的就是多数的哲学者的态度。现代的问题正在急迫,而他们还在头脑中描写蜃楼。这哲学者原也是伟人。然而比他更强更优的人,无论怎样浪打、风吹,又灯台熄灭,也能毫无改变,不慌不忙地照常办事,与灯台不熄时同样地从事日常的所业,认真地致力于实行的世界。问题急迫了,但是绝不改变态度。灯台中有时又有火,从小火发生新火,不幸而风激得很,猛得很,火不久就消灭。虽然这样,也不停止实行。这样的人,是比前面的哲学者更可尊敬的人。

最伟大的人态度甚么样呢?他们是无论怎样风急,无论怎样浪猛,都不退缩,反而增加其勇气,愈努力于前进,冒风浪而进船。这是人们中最伟大的人。

仔细想来,我的意思仍是认为最后的态度最好。理极则动,是当然之事。运用其感情或意思于理之外而突进于活动(action)的涡卷中的人,才是人类中的真英雄。世界全赖这等人而向前进步。

第五讲　现代的艺术

　　艺术——除外似而非的艺术——官府艺术的势力与压迫——Manet 作 *Olympia*——现代艺术的特色——欧洲艺术的时代的特色——特色之（一）"动"——（二）艺术各部的融合——Wagner 的乐剧——Whistler 的画——（三）自然崇拜——Rodin 作《美丽的制帽女》——（四）人间敬爱——《圣球理昂》——现代的大艺术与宗教的倾向——Maeterlink 的话——（五）敏感与同情——Carriere 作《母之心》——自然主义以后的倾向——象征主义、天然主义为其一面——俄罗斯文学的影响

　　在前讲中已就哲学、科学、艺术中的思想极简单地说过。现在想把艺术方面的思想特别提出来讨究一下。

　　在论现代的艺术之前，有一事先须声明：现在所谓现代的艺术，是除外了没有价值的艺术而说的。所谓没有价值的艺术，举一个例，如 official art，即政府保护的、政府欢喜的艺术便是。

　　Government 或 academy，即政府或学士院所欢喜的艺术，是没有价值的艺术。在英国，出品于皇家美术院（Royal Academy）的，没有好的东西。同样，在法兰西，沙隆展览会（saloon）里的作品难以代表现代艺术。所以"官府的艺术"，非从这里所述的现代的艺术中除去不可。

　　还有一种没有价值的艺术,是"商卖的艺术"。就是打算近来什么便宜,就买入什么的人的艺术。即骨董商的艺术——这叫做 commercial art。这种东西自然也是与现代有价值的艺术没交涉的。

　　还有一种没有价值的艺术,是"流行的艺术",即 fashionable art。这里面原也有好的东西,但大多是一时流行的,生命只有五年十年的艺术。所以现在要把 official 、commercial 及 fashionable 的三种艺术除去。

　　所困难者,这三种艺术在表面上都很有势力。作品入选于政府的展览会,由国家买入,或得到 academician 的衔头,本来在西洋原非十分的坏事;又如文学得 academy 的褒美,也不是不名誉。但是伟大的人,总是不欲的。伟大的艺术大都起初必受反对,从政府受非常的迫害。伟大的音乐、戏剧,政府的国立剧场不要开演。绘画,被沙隆排斥。而在被排斥的作品中,有非常良好的作品。但在西洋,尤其是近来,颇有识得这等的价值的人,于是起初曾受攻击的绘画、音乐,又名贵起来。名贵之后,从前虐待他们的政府或学士院也就欢迎,怡颜悦色地拿他们的画来挂在政府的画堂里,选他们的音乐来在政府的剧场里演奏。

　　举一例来说:现今巴黎的罗佛尔美术馆(Musée de Louvre)的宽广的室的一壁上挂有一幅十九世纪初的名画家昂格尔(Ingres,法国新古典派大家)所作的裸体像。这固然是一幅佳画。但其对面有一幅体裁差不多相同的画,即马南(Manet,印象派画家)的《奥林比亚》(Olympia)的裸体画。这《奥林比亚》曾经受过非常的攻击,起初出品于展览会的时候,当时美术界的审查员几乎要把它立刻踢出。后来勉强取入罗森蒲尔美术馆(Musee de Luxembourg),现在就留着与拉费尔、米侃朗琪洛(Raphael、Michaelangelo 都是文艺复兴期大美术家)的作品一同,又与昂格尔的作品相对,而堂堂地供藏了。这样的例,在美术界中常常有之。

政府的事业总比一般稍迟一点，大概也是不得已的原故。虽然如此说，但倘过于迟进，而阻碍艺术的发达，是不应当的。

除出这三种艺术——即官府艺术、流行艺术及商卖艺术以外，真正的现代艺术，即有生气、有未来、有发达之望的现代艺术的特色是什么？现在来论述一下。

艺术一物，在无论何时代都有特异的特色。回溯历史，在欧罗巴、希腊的艺术以美为特色，其结果有典雅优美之趣。后来在欧罗巴的中世，重精神，轻肉体，其艺术即具有清高的一种特色。就是把高尚的灵魂超脱卑污的肉体的思想表现在艺术中，由此一转变而为文艺复兴时代，一方的神圣的事与他方的关于肉体的事调和起来，又生出了一种形式。这形式主现于雕刻、建筑、绘画上。神圣的事与非神圣的肉体完全融合，就是其特色。这是十五世纪的事。到了十六世纪，人心的活动愈加激烈，于是神圣的与非神圣的不但融合而已，更进一步，在美的 modification 上发生变动了。即自由、豪壮或势力等，同时变成理想，普通的意义的美，普通的意义的善，几乎同时被人们舍去而不顾了。今日我们称道德为 virtue，但在文艺复兴时代，virtue 不是"德"的意思，而是"力"的意思。即"强"的就是美，"强"的就是善。不但美而已，又在其上要求活动。便是文艺复兴期最隆盛的绝顶的时代的理想。这理想在艺术中也表出着。

如上所述，希腊，中世，各有其特色，那末现代的特色是甚么呢？现代的特色，第一是"动"，即是动的 dynamic——不是静的 static。这就是希腊哲学者希拉克利托斯的"万物流转"说的意思。即现代的思想不绝地动着，不是死的，是活的。不是硬的，是软的。

可称为第二特长的是"人间敬爱"与"自然崇拜"。这结果使现代艺术蒙了"悲哀"与"疑惑"的两种色彩。又对于周围的事物的"反抗"也必然地因此而生。再延长起来,从来所没有的"渴望",即为文明而失败时当不失望而努力的"渴望",也成了其一种特色。关于这等,容在后面再详说。还有一种特色,是综合艺术的出现。即从来的绘画、雕刻、诗歌及音乐等,各守其领分,不相犯越其境界而各自发展;到了近世,尤其是到了现代,各种艺术渐形并合起来,显然有综合的倾向。即用言语的诗与用形和色描在平面上的绘画,并合为一。或言语与音乐的力并合为一。就不像向来地判别境界,而互相综合,有产生新艺术的倾向。这状态最显著的,便是华葛耐尔(Wagner)的事业。华葛耐尔对普通所叫做歌剧(opera)的,不称为歌剧,而称为"乐剧",即 music drama,与从前的歌剧完全不同。即乐剧不但是音乐,而又加诗歌、绘画——即背景的绘画,又加舞蹈。据华葛耐尔自己说,把优伶的美、雕刻的美、建筑的美,一切艺术的长所聚集起来,而造出一种从来没有的新的兴味,是他的目的。不论成功与否,总之,这样的愿望是现代人大家都有的。所以从前的雷迅(Lessing)在其所著《拉渥孔》(*Laocoon*)中用种种的精密的话来区别各种艺术,在现代就不适用了。前人称诗为"有声的绘",而呼造形美术,即绘画、雕刻为"无声的诗"。雷迅排斥这话,说诗自有诗的领分,绘画、雕刻也自有绘画、雕刻的领分,不能互相侵犯。这议论固然不错,谁也感服;但拿来应用于现代的艺术上,就非常不适当了。用百年前或百数十年前的像雷迅的议论来批评今日的艺术,是不中用的。今日的抒情诗都带着音乐的色彩,音乐带着绘画的色彩,绘画中又有像音乐那样的分子,境界完全不明了了。这综合融合的愿望的强烈的表现,便是现代艺术的一特色。

　　然所谓综合艺术,仅如华葛耐尔所写,不会有成功的希望。华葛耐尔固然成功了;但就此不能说是完全的成功。恰好比亚历山大大帝的事业:华葛耐尔在世的时候的追随者,到了他死后都去做别派的音乐者了,与亚历山大大帝死后全国瓦解是同样的状态。照华葛耐尔那样的意义说来,像今日的综合艺术是不得成立的。然而在许多地方,可称为近于综合艺术的,即综合艺术的一阶段,已经渐渐成功了。试看辉斯勒(Whistler,美国画家)的画,或印象派的画,或近来的法兰西、德意志的音乐,立刻可以看出一种与从来的绘画、音乐不同的,别的艺术的长处。这在某种意义上,可说是综合艺术的成功。总之,互相侵占其领分,互相交错,是现今的艺术的特色。虽然有的时候非常成功,有的时候像竹上接木地非常不自然,反而妨碍其成功,但综合时代,融合时代,毕竟可说是现在的艺术的特色。

在今日,人们对于眼所见的、耳所闻的或心所想的,虽极细微的地方也都可以感到。把这等细微的影表现于今日的艺术中,是艺术家的努力。从前的艺术,用肴馔来比方,犹之大碗的整菜,在今日的人吃起来,觉得好处固然有,然而上口滋味不美。现在的呢,不是大规模的整菜而是小炒,然而滋味很美。集合上述的种种特色,或最后所述的思想捕捉细微的影的努力,成种形式而动摇着的,是今日的艺术的状态。因为这样,没有一种固定的标准、尺度。所以在今日的世间,要定美学上的标准、批评的标准,或下种种艺术的判断,非常困难。因为不能用一定的尺度来测量,故批评界也成了混乱的状态。

如前所说,现代的第一特长是“动”。这所谓“动”,其实就是指说这种状态。这动摇或流动,一方面是不腐烂、不停滞,同时他方面是不安,又烦虑。现今的人,不满足于这种状态,还在想造更新的理想。怯弱的人,自然望后面退缩而服从旧时的理想;且有大多数的人向着旧的方向而走。他们总觉得旧的比新的安稳,故向旧的方面去。但是有勇气的人,绝不向后面退缩。他们以为人非前进不可,每进一程,烧去后面的桥梁,安排背水阵而前进。这等人想建立新的理想。他们用了像前述的与从前不同的意义来敬爱自然,敬爱人类,而向前方进行。他们所揭的旗帜有两个字:一是广义的同情,即"怜";一是诚实的"诚"。他们拥了写着这"怜"与"诚"二字的旗而向前进行。

关于自然敬爱与人类敬爱,再稍详细地说一说。自然敬爱,在从前的艺术中也有。但从前的艺术家是看了自然的表面的形,而从其中描出所谓雄大、优美来作画,作诗,作雕刻的。今日的人稍有一点不同,他们捉取在于自然的奥处或他们所认为在于自然的奥处的,一种不可思议的情绪、情调,即英语所谓 mode,一种 mysterious mode,而把它表出在艺术品中。在现在的人看来,自然不是映于眼中的美,或因了智力上的联想而惹起一种快感的东西。他们简直把自然当作一种"生"物。我们悲哀,自然也悲哀;我们欢喜,自然也欢喜。自然物都有灵魂,这灵魂与我们的灵魂相交通。想掴住这与人心相融合的,自然的不可思议的微妙的影,就是今日的艺术的所努力。

试看昔日的雕刻。希腊或文艺复兴时代的雕刻,是把那时候的人所认的人间美表出在艺术上的。倘止于如此,不待现今的人的努力,只要照旧就是了。然而现代的艺术家,不肯墨守这固定的型,而努力捕捉自然内面的极微妙的美。

例如罗丹作品中,有一座雕刻题曰《美丽的制帽女》(*La belle Casquettiere*),这是十五世纪的法兰西诗人微龙(Francois Villon)的诗中的人物。起初是一个非常的美人,后来零落了,终于成为倒死路旁的样子,这雕刻所描表的就是这样子。这大体是一个近于裸体的婆子。俯首,看着自己的腹。坐在石上。从脸上看来,从前曾经是个美人,但这点非用丰富的想象不能看到。又乳房像风干了的柿子地挂在两面。只有仔细看那头的骨的构造及肩骨的整齐,可见非常的美,且使人兴起昔日曾为美人的感慨。这种地方就是不满足于从前的简单的艺术,而深入内部去搜取美的,现代的艺术家的努力。从前以为美只在一层皮上,今日呢,不是 skin deep,连内部的骨头,无论什么都有美。从前以为美人是要衰亡的,今日则美人永远是美人。这在美人真是幸运的时代。

再举一例:近世风景画的发达,也是从自然敬爱的精神上出发的。文艺复兴期的绘画与今日的绘画比较起来,差异非常显著。试看从前的拉费尔的画,在人体描写上煞费努力,苦心研究身体的构造,形的 drawing,即线的美的描写,然后再在这上面涂以悦目而调和的色彩。在背景里描写附加物的时候,假如断定这是意大利人,就描一些意大利风的建筑或者山水,故其风景只是一种"景物"。到了十九世纪,就把人物除去,而欢喜仅画山的景色或河的风景,不但如此,后来竟单独地描市街的景色、菜田的景色或枯草的景色了。这种在东洋人看来并不希奇,但在西洋,是与前大异了。在东洋,自昔有山水画、风景画,比起人物来还是自然山水为主重。但在欧洲人看来,从前的画与现今的画已大不相同,已是精神完全不同的别种的艺术了。故像十九世纪后半法兰西所起的艺术运动的"印象派"——impressionist,是从前的欧罗巴的美术家所梦想不到的大革命。总之,爱好自然的结果,是风景画的发达,印象派风的绘画因此就盛行了。同时选高尚的画题的历史画、风俗画、宗教画、道德画、教训画,从此就不流行,这也是我们所宜注意的事。

说话已稍入歧途了,请再归正论。在已经稍稍理解西洋的艺术的今日,还有一部分思想很固陋的人。这等人的意思,以为现今的洋画只描风景、田野、房屋;即使描人,也只描模特儿,为什么不描仙人、圣母、观音或爱国的画呢? 他们还在盼望理想画的兴隆。其实这全是俗见。在今日,作题材的高尚的画,为画题而作画,即描写所谓 noble subject,而自以为得意的人,就是前面所说的官府艺术家。这等艺术家要赚金钱也许可以,然而不能说是现代世间有价值的艺术。这等人要做 academician 也许可以,然而不能说是代表现代艺术的艺术家。

这种情形在法兰西自然也不免。在法兰西,笨的人也有,恶的人也有,这样的艺术家自然也很多。但这等不是真的艺术家,可说是似是而非的艺术家,在于现在的议论之外了。

西洋的研究绘画的学生,一入巴黎的美术学校,就有承继从前的 academy 派的先生教他们画裸体画,作种种的制作。到了毕业制作的时候,大都从 noble subjects 中选取画题,尤多从历史中取画题,作出外行人看了也立刻懂得的画。因为懂得色的美、形的美,或者一切在于艺术的深奥处的节奏(rhythm)的人,世间很少有,所以从历史方面、文学方面或道德、宗教方面选容易懂得的题目来作画,自然可得大众的赏识。有一次画得好,就得到一等赏,即所谓“罗马赏”的褒奖。得了这褒奖,就可到罗马去游学。这种人每年产出很多,但是其中可为真的二十世纪的艺术家的,简直一人也没有。因为这是 official art,即官府的艺术,是时代落后二百年或三百年的艺术,是依了规则而作的死的艺术。倘绘画能靠了画题好起来,那末只要写个画题已够,可以不必画了。这等无意味的艺术,在这二十世纪已经不容,故不待反对,也会自然地灭亡了。

我小的时候常常去看上野的展览会。那时候还没有像太平洋画会或白马会等研究机关,今日样的新画派还没有传来,只有一个明治美术协会。那时候的展览会中的画,画题比画还要注重。例如非常平广的风景,题曰"一望千里"。一般人看了觉得不错,的确一望千里,画题先已使人感服了。(笑)洋画家照西洋人的办法,携了三脚凳到郊野中去写生,写的都是冷的,全体青色的画。拿去请先生看,先生说这还没有成画,这是 sketch,就在画的一端添描一点赤的花或枫叶,于是成画了;然画题还没有,就拟定为"万绿丛中一点红"。(满场哄笑)——那时候的情形大都是这样的。

又今日的文部省审查委员中村不折氏,曾写生东照宫的五重塔,里面画一个小的天女坐着,画题为"人间不知此好者"。评判都说妙极。然而多数人是欢喜其画题比较喜其画更甚的。后来白马会的人们从法兰西归来,用"上下的道""戴帽的少女"一类的画题。于是只有研究画的人懂得这等画的趣味,人们方才晓得画的本身是画,画题不是画的木意。依这倾向而进行到今日,就与现代艺术的方向渐渐一致了。

关于自然,还要讲一点。从前的画家,在头脑中有一种型(pattern)。这拿型来箝配到自然上,制成一幅画,就叫做"作画"。现今的作画的人则不然,从自然中取型,描写自然里面的型。从来的人虽然看见自然风景,而并不感动,只是自己想要那样画,就那样地组织起来。现今的作画的人比以前的人更为尊敬伟大的自然,而揾取自然里面的节奏与拍子。这是从前的画家与现在的画家的异点。拿从前的波的兼利(Botticelli)的画来同英吉利大家泰纳(Turner)的画比较,这点就可明白看出。总之,画家不可按照了流派等历史上的型而作画;必须亲自感到,而把自然所显示于人的内面的意义忠实地写出,才是真的艺术。这是我的门外汉的见解。

人间敬爱,在从前的艺术中也有,并不稀奇。但是今日的艺术中的人间敬爱另有一种特色。即以前的艺术家的敬爱人间,是敬爱人类中的美的人、善的人、高尚的人。今日的艺术家,则不但敬爱好的方面的人,而敬爱一切人间。这与今日的小说的不但描美人而广泛地均等地赞美一切的人同一用意。原来人有种种的缺陷、弱点与不完全。即使兼有了这等,而为精神上、肉体上的大苦痛者,偏生可怜可爱。这是今日的艺术的特殊的见解。所以俄罗斯文学,在今日有非常的影响。尤其如俄罗斯的小说,给欧罗巴全体以极大的感化。即人间,在无论怎样下等,无论怎样污秽之中,必有清洁的地方,在无论怎样恶俗之中,必有神圣的分子,human 之中有 divine,这发现是今日的艺术家的可夸的点。不排斥道德上的丑、精神上的丑,是今日的艺术家所努力的事。

看到富洛裴尔(Flaubert)的小说《圣球里昂》(*St. Julian*)中的圣球里昂,就可以明白今日的艺术家的运动了。这圣球里昂是极上品的武人,因了种种的原故,终于舍弃了职位而去当某河边守渡人。有一个暴风雨的晚间,他听得对岸有呼船的声。球里昂想,这样暴风雨的晚间怎样渡得河。但是因为对面只管呼叫,义务之念很强的他就走出小屋来,一看对面的河岸上有一个穿白衣服的人立着,频频地向这面呼叫。不得已,他就把船放过去,横过了浊流而达于对岸时,一看原来是一个乞丐。载了这乞丐开船之后,风浪猛烈得很,但船里已载了一个人,船足还稳重。他只管摇船。终于辛苦地渡过了河。在后乞丐对他说肚子饿得很,向他要东西吃,他就把自己预备着的食物分了一部分给他。这乞丐吃了东西,喝了葡萄酒,又要睡。睡了之后,又说没有衣服,冷得很。球里昂没有法子,只得脱下自己的衣服来给他穿。乞丐穿了衣,还是嫌冷,要他一同睡,用他的身体来暖他。他仔细一看,这乞丐原来患着世人所最忌的癫疮,身上臭得很。同他一同睡,用肌去暖他,难怪球里昂不愿意,十分地踌躇。但对方频频地要求,他终于与这有病的乞丐一同睡了。这乞丐再说出来的,是冷得很,要他贴身去抱他。他没有法子,就抱了这乞丐。然而奇怪得很,他闻到非常的香气,觉得自己仿佛在升天了。于是他张开眼来细看这乞丐,原来这乞丐的颜貌已变成基督的颜貌了。说话的大体是这样。

现在的真的艺术家,非有这样一点的觉悟不可。嫌恶下等的、丑恶的,以丑美来选择人,是现代的真的艺术家所不取的。这样看来,艺术实在是一种宗教了。与宗教固然稍有不同,但是结局是追随了宗教的迹而行,然后能成为大艺术的。照理说来,一切的大艺术原非一定要是宗教的,然自古以来的 great art,grand art,必含有宗教的意味。比利时的诗人又哲学者梅戴林克在其戏曲的序中说着:"最高级的最良的艺术,尤其是诗,有三个条件,即:言词的美,是为第一条件。自然及自己的感情,其效果必须良好,是第二条件。但这等都不很难。最难的条件,是第三的不可思议,不能用人智来推测的不可思议。"

他说这第三的条件最为重要,实际的大艺术,这第三的不可思议的感念是必要的。现今有心的艺术家,都向了这方向而努力着,故都有非常的神经质的感情。"神经质"是不好的名词,或许招人误解,但总之,是比普通的人的感情要强。"神经质"好像是病的,其实绝不是病的。普通的人感觉钝,特殊的人感觉锐。犹之我们比野蛮人为易感,现今的天才者比起我们来,我们又是野蛮人了,天才者比我们感情强。那种不可思议的感念,也的确比我们多。故 nervosität(神经质)是今日的艺术家所不可缺的要件。

还有一事,就是"亲切"。所谓亲切,不是像称颂人的 kind,而带一点"恳切"的意思。就是不但外部,又深入内部而知其秘密的一种态度。或者可称为"内心主义"。这也是现今的艺术家所不可缺的要件。不但见到外面,而又见到普通人所不注意到的思想的底奥,则"神经质"与"内心主义"二者非常必要。

例如现今巴黎的罗森蒲尔公园的画堂里有卡利安尔(E. Carriére)作的《母之心》(Maternité)的一幅画。这是等身大的人物画,全体蒙着一种柔而黑的色彩,中央突然一块白的,母亲的颜貌,细看一看,母亲的一双手里抱着一个婴孩,还有一双手挽着另一个孩子的颈,在同他接吻。骤见时不注意到这等,细看才能分明。这幅画,充分表现着现今的神经质,即多感性及内心主义的两面。这类的画,是现今的艺术中最可尊敬的,有生气的,最正大的绘画。细细观赏起来,可知从这画不但受到像叙述同孩子接吻的母亲的爱或普通的教科书中的道德的教训而已;又不但晓得在法兰西母亲这样同孩子接吻的风俗而已;而得到更深的,超离法兰西、欧洲,超离十九世纪、二十世纪的,与人类全体有关系的一种情绪、心情,即 mode。这种 mode 不从色与形上面得来,而莫知其由,莫名其妙,看了仿佛听怀娥铃(violin)的高音。这是绘画,又是一种音乐。看了这样的画,使人不但外部感动,而又深深地感入心的底奥。绝不像从前的希腊美术地只有美,或文艺复兴时代地只有力。我们得到一种以前未有的、深的感动。梅戴林克所谓那种不可思议的力,我们在这里可以感得,这正是真的艺术。所以只表现思想的或只重写生,照样地如数地描写的画,在现代已经不通行了。只有十九世纪后半的二十年间,暂时有那种倾向,然而立刻取消。法兰西所发起的所谓自然主义,是暂时之间的事,其后就脱却所谓自然主义,而变成更前进的,不可思议的艺术。这不是在所谓自然主义的明了的主义的背后求一种别的东西,而定名为某主义,是因为自然主义不完全,故求更进一步的。象征主义,便是其一面。

naturism 即天然主义,也是其一面。从全体说,没有总括的名称。勉强要说,只有说是现代主义,即 modernism,此外没有别的命名。所谓现代主义,就是作品中满含着以上所说的悲哀、疑惑、反抗及创造新理想的努力的。就文学或绘画、雕刻等各部分别地说起来,原也有流行十年、十五年的一种流派或者别种名称的主义。然一般地说来,今日的西欧罗巴即德意志西方的文明国的艺术,可说都是受着野气和蛮气的新俄罗斯魂的影响的。这话在文学上尤其适用,即托尔斯泰、杜斯妥甫斯奇(Dostoevsky)或屠格涅夫(Turgenev)诸家的影响。其中杜斯妥甫斯奇在现在影响最大。他的《卡拉马左夫兄弟》(*The Brothers Karamazov*)、《罪与罚》(*Crime and Punishment*)等小说,比德国的《浮士德》(*Faust*)更可说是今日的人的经典。托尔斯泰在文艺复兴的历史上譬方起来,恰好比米侃朗琪洛;杜斯妥甫斯奇,恰好比辽拿独(Leonardo da Vinci)。托尔斯泰处处长于进入肉体而观其内中。杜氏则能立刻看到精神的方面,是长于直觉的人。故在结成一艺术,托氏较为擅长;但作出真能动人的、全新的作品,则杜氏居优。照现在的例说,相当于拉费尔的人,是俄罗斯人普西金(Puschkin)。拉费尔是调和米氏与辽氏而作出一新方向的人,但因为没有像米氏的力或辽氏的锐,故作适度的调和,尽了人力就满足了。原来拉费尔是性质近于女性的又非常耐心的人,故有过于纤巧、柔弱之弊。因这原故,米侃朗琪洛一生不娶地用功的努力,辽拿独独身地钻研的努力,在拉费尔都没有。拉费尔只是避去不可能而止于可能,实在是千载的遗憾。普西金也是这样,普西金生于托尔斯泰以前,故比起拉费尔来,原稍可原谅。不过勉强求例,可说有这样的关系。在文学,在音乐,在别的艺术,情形都同样。这在次讲中当再详说。

第六讲　现代的文学

综合的思想与分析的思想——文艺与情绪——文艺的三部门——叙事诗、叙情诗、剧诗——从"时"的关系上看这三部门——韵文的衰微与散文的兴隆——小说及其勃兴的原因——问题小说——风俗小说（客观的）与性格小说（主观的）——例——Balzac 的"人生喜剧"——他的小说的三方面——多感性——托尔斯泰的例——官能的交错——Huysmans 与 Rimbaud 的例

我在前讲中曾经说过：有一种思想是明晰的、分析的，但缺乏生气。反之，另一种思想是漠然的，然而有生气，因为这是"综合的"。

这不但是现代艺术上所有的事，在一切艺术上均极重要。

前天我和文科大学诸君一同旅行到天桥立。听说看风景，俯身从两股间倒望时特别美观。我们就立在山顶上，照法试验一下，果然很美观，比普通所见有生气得多。（笑）这方法并不是那时候才发明的，我小的时候常常作这游戏，稍长大后又在杂志上读到美学者的话，说从两股间倒望的风景比普通所见更美。这回在天桥立实地试验发现了更大的真理。

这就是"综合的"看法。非用综合的看法，不能见到风景的美。为甚么叫做"综合的"看法呢？因为普通观看风景的时候，总有"我"的心混入

在里面。例如那株松树很美观,那处的水很美观,或那里的山真好看,总是把自己的兴味约束得很狭小,用了一种"我"的意见而眺望。甚至想起那松树是甚么松树,那水是甚么河,涌起种种的智识来;再渐渐分析下去,终于对天桥立的松树的景色,只看见一株松树。

反之,不用普通的看法,而从两股中间倒望,就不分这是松姿,那是水色,而鲜明地看见一片景色的全体。我们对于艺术,实在必须常用这种看法。即必须常用新鲜的,英语所谓 fresh 的心眼来吸引外界的美到我们的心中。

更进一步,攻究这综合的看法或新鲜的心眼,何以能见到美?这是因为不仅用理性来观察,而用情绪来吟味的原故。可知艺术的最重大的要点是情绪。数学上有"必要的又充分的条件"一语;在艺术上,情绪就是其必要的条件。没有情绪,无论描写何等可贵的事物,发表何等精密的议论,只是别种的可贵,而没有艺术的价值。反之,倘富于情绪,即使道理略有不合,议论稍有矛盾,虽不能为大艺术,至少必是真艺术。所以情绪为艺术上最重要的条件,再加入别种要素,即成为充分的条件。

文艺当然也以情绪为中心,但还须加别的条件。其所加的条件就是"言语"。言语的范围非常广大,差不多就是人生。在别的美术,所需的是色、形、音等条件,即只把人生的一部分明了显现,而不能充分显现别的部分。反之,艺术中的文艺,以情绪为中心,以言语为媒介,故含有比别的艺术更复杂的分子。因这原故,文艺自昔为宗教所利用,或为哲学所利用,又为政治、道德所利用,但到了中世时代,艺术渐渐独立,同时文艺也判然地划分其领域了。

为宗教、政治、道德所利用的文艺,非常混沌,包含着后世所分的诗、歌、小说等全体。但在文明稍进的国内,早已把文艺划分三部分,即叙事诗(epic)、叙情诗(lyric)与剧诗(drama)。

这三者,在"时"的关系上说来,叙事诗是歌咏过去的,叙情诗是歌咏现在的,剧诗是在现在中表出过去的。即叙事诗歌咏已往的事件,叙情诗吐露作诗时的心情、感兴,剧诗在看客的眼前演出过去的事件,故可说在现在中表出过去。这原是当初希腊文学上所用的分类法。但因其有理论上的根据,故不妨通用于一切文学上。

当初这等诗歌是狭义的诗歌,皆用有一定的节奏、一定的拍子的言语来写出或唱出。及于近代,比韵文迟发达的散文渐渐地侵犯诗歌的领域了。到了今日,所谓叙事诗差不多已经灭亡,而代替叙事诗的小说就兴盛起来。剧诗也大部分用散文。即韵文的有节奏有拍子的言语的部分狭小了。

只有叙情诗,还是保存着从前的原形,仍用韵文。这在爱好韵文的人是可惜的事;然而并不足忧。文艺的盛衰,不在乎韵文或散文的有无。且从别方面看来,韵文在从前是过于跋扈的。在从前,可以不用韵文的地方也往往故意用韵文。例如各种歌偈、论理公式、勤俭修身等,用韵文的不少。故现在是韵文回复其当然的领分而已。

到了今日,叙事诗差不多灭亡,小说起而代替它了。在现代文艺上,代替这叙事诗的散文的叙事诗(即小说)很有势力。从前的 Homeros 的 *Iliad*,Milton 的 *Paradise Lost*(《失乐园》),或 Arfost 及 Tasso 的叙事诗,在今日已不流行,只有专志于文学的人去研究它们,普通的人大都不读了。

故现今有势力的小说,是从前的叙事诗的变形,且在从前的叙事诗中又加着别一分子。这别一分子是甚么呢? 就是在野蛮人之间也通行着,在文明国的某社会中也尚通行着的一种"话"。

　　叙事诗起于宗教,很雄大且高尚。小说的起源,则于雄大或高尚之外,又含着滑稽轻妙的,使人安慰使人发笑的分子。读 Homeros 绝不会使人发笑;但读"膝栗毛"可使人捧腹绝倒。即在高尚、雄大的点上,Homeros 与"膝栗毛"不可同日而论;但 Homeros 等的作品灭亡后,在他方面发笑的"话"渐渐高尚起来,成了今日的小说。就欧洲而论,在中世纪的形式原已有流行。小说之高尚者,称为 romance,另有滑稽谈一类称为 fabliaux,这二者随了近世文明的进步而渐渐合成一气,依地方而论,即在法兰西、意大利、英国等处合成一起,入十八世纪而筑成基础,到了十九世纪而具有绝大的势力。

　　十九世纪法兰西方面小说尤为盛行,有种种理由。现在请就这等理由说一说。

　　先从表面浅显地论来,有两个原因。第一,法兰西革命后欧洲的中流社会忽然得势,所谓 bourgeoisie,即不是大富人,也不是无产的劳动者的,小有财产而安乐度日的中流者,因了法兰西革命的影响而忽然得势了。今日的论者常常说:中流社会是国家的中坚,中流社会繁荣的国必不致灭亡。这是限于现今的国家的话。在希腊、罗马时代,或中国的往昔,日本的古代,欧洲的十八世纪以前,这等中流社会并不重要。只有在今日的国家的维持上,中流社会为重要的,并非过去未来统统如此。大概说这种话的人自己是中流社会的,要是其人是贵族或贫民,就不会说这样的话了。总之,法兰西革命的影响,欧洲的中流社会得势,小康的人大繁殖了。这等有小财产而太平度日的人,生活是安乐的;但是非常狭隘。至多不过星期日出去散散步,或到馆子里去吃吃饭;像往昔的帝王的酒池肉林的骄奢,是没有的。总之,他们的生活稳定、安乐;然而狭小,实在是不甚有趣味的生活。这班人也没有大的野心,但求太平安乐地度过此生,故对于自己的生活也觉得满足。然而因为这种安乐的人终究也是人,故对于自己实际生活上所不能做到的事,也欢喜在想象中做一做看。即想象吃美味的食物,想象住华美的房子,即在小说中做自己所做不到的事。自己虽不能做到这种大事,读虚空的历史也可自慰。故法兰西某小说家曾经说着,"小说不是实际的历史,是可以有的历史"。自己没有这种历史的人,可在书中空构,或做了美少年,或做了美人。自己的生活虽然不是浪漫的,但在空想方面很可以浪漫。西洋的女仆人最欢喜读描写贵族的小说,在东洋也是如此。总之,想在小说中看到自己所做不到的事,是人人皆有的欲望。这便是小说流行的一个原因。

还有一个原因,是较为高尚的理由。如前所述,小康的人得势,安乐生活的人繁荣起来。但因了法兰西革命的原故,又因了近代的种种发生事件的原故,现今的人失却了做人的标准与理想,心中发生一种不安,精神变成混乱了。尤其是为了理想与实行之间起了一大悬隔。只有头前进而手不伴了前进的人,非常多。于是在理想与实行之间,就起了很大的矛盾,划了一条沟壑。故对于无论何事,都觉得其为问题的种,疑惑的因,关于一切事的 problem(问题)就繁多起来。因此对于平常所读的书。也希望描写自己所常常怀疑的事的书。所以有问题的小说,非常受人爱读。例如结婚是甚么样的事? 怎样是好? 这类的问题在人间的头脑中浮出着。

于是有种种的"问题小说"出来了。所以十九世纪的小说家到了二十世纪也还在小说中讲种种问题。这种讲问题的小说中,有很好的作品。法兰西的梅理美(Mérimée)有短篇小说 *Colomba*,描写复杂的问题。但并非讨论复仇讨敌的善不善,并不下结论,只是提出这个问题。还有弗罗裴尔(Flaubert)的 *Madame Bovary*,写结婚的问题。描写着一个遭遇性情不合的丈夫的女子,因种种原因而终于犯罪的事迹。又如莫泊桑的小说 *Piérre et Jean*,写着私生子的问题,论私生子应该如何处置,说私生子的性质、地位与境界。这也没有结论。结论固然没有,然而是关心于这等问题的人所欢喜读的小说。

所以从前的小说,是为说话的说话,即只要是有趣的说话就好。例如东洋旧时的小说,阿剌伯的故事,埃及与中世欧罗巴的逸话,都是为说话的说话。只要说得有趣,得使人欢喜、发笑,就好了;没有说得艰深的必要。现代的小说却与之相反,说着艰深的问题。简单地说,是风俗与人情的研究。即研究英语所谓 manners 或 moeurs,风俗人情或一般社会的道德等。在法兰西所谓 Roman des Moeurs。同时又必须研究性格,例如有吝啬人,则细细描写其吝啬。在英语即所谓 character 的小说。

今日的小说大致分这样的两种,而对于仅以有趣为主的话不满足了。但这当然不是说以话的无味为目的,是说仅乎有趣不能为唯一的必要的条件。即现代人对于小说,要求其在有趣的话以外又有一种意义。

所以在风俗人情研究的小说中,必描写着社会一般的一时代或一国的事情,且多少带着一点"客观的"色彩。反之,在性格的研究的小说中,解剖人的心理,细细描写甚样的人做甚样的事,因为甚样的关系而终于甚样。比较前者的客观的,很带着主观的色彩。

先举例来说,风俗人情的小说,在近代的写真小说或自然派的小说中很多。前述的弗罗裴尔的 *Madame Bovary*,莫泊桑的 *Piérre et Jean*,便是属于风俗人情的小说的部类中的。又如陶特(Alphonse Daudet)的小说等,也都是属于这类的。不属于近代自然派的小说家,大都描写性格。他们采择一个人,与普通人不同的奇异的一个人,把他详细解剖而描出。在全十九世纪的法兰西,这两种小说不绝地流行着。在别国也都如此。就中一人兼两种小说的作家的也有，例如世所认为天才的罢尔硕克(Balzac)便是。故罢尔硕克真可说是代表近代的小说的唯一的人。罢尔硕克称自己的小说为 Comédie Humaine，即"人类的喜剧"。这所谓comédie(喜剧)，在广义上绝不仅是滑稽剧，当然也包含着悲哀的事。把人类看作一剧场，故用这名称。这是近代最可夸耀的大作。即对于中世的但丁(Dante)的 *Divina Comedia*(《神曲》，即英语 *Divine Comedy*)，十九世纪有 human comedy。在但丁的时代，即中世时代，纯文学中所含的材料很是简单。当时比现今的社会，物质文明的方面较少。故神曲中写着整然的，全无有形的分子的事；设使但丁生于今日，一定也同罢尔硕克一样，以散文作基础而建设 human comedy 的大殿堂了。所以罢尔硕克可说是近世的但丁。

罢尔硕克的作小说的目的，搜集近世文明中所出现的一切事实而照样描写，便是其一。但还有不可遗忘的一目的，即于事实的照样现写以外必有心的 passion，即热情。这是罢尔硕克自己所声明的。

古今一切历史家，都是描写公共生活中所发生的事件的。其实不限于公共生活，即一个人的生活中也有很有意义的事。在眼所不能看见的各个人的日常生活中，有各种人的重要的行为。研究这等事的原因结果，也是人间有意义的事业之一。罢尔硕克怀着这思想。

罢尔硕克把一切小说分为三种。第一是"风俗的研究"，即描写世间种种事件的，即表现社会中所发生的种种事的结果的。

第二是"哲学的研究"。这就是以上的种种结果的原因的说明。

第三是总括的研究。这不仅是研究各个的原因，而考察全体的原理。

所以他的小说，一方面研究风俗人情，又一方面研究各个的性格，就成为近代小说界、近代文坛的伟观。

在他以后有种种小说出来。但只是罢尔硕克的一面的展进,都不能有像罢尔硕克的广大。在自然派盛行的一时间,左拉根基了裴尔拿特(Claude Bernard)的医学的研究,拿他的医学的态度来观察社会,而作小说。这就是有名的左拉的所谓实验小说、写实小说或自然的小说。一时非常成功。然而只是一时成功,在现在已没有生命了。因为左拉抱有小而高尚的目的,用科学的教人的方法来作文学。这就是罢尔硕克谓搜集事实而照样描写。在这范围内,左拉很像罢尔硕克;然而可惜没有生气,没有 passion。所以终于变成了乏味的科学,而不成为文学。写事物时专描写其表面,而不能味到其中的自然。而左拉的作风与态度在当时对于德意志、意大利、西班牙、英吉利都有影响,但到现在已只剩其形骸了。

现今的小说界情形如何?从种类上说,分"历史小说""心理小说"或"滑稽小说"等种种部门,甚至又有所谓"科学小说"的名目的。似乎陷于混乱的时代了;然而并不然,这是常态,在文学上却是可庆的事。因为小说没有必须作一定型的理由。

小说的作者可任自己的性情而创作,随其人的倾向而作各方面的活动。因这原故,现今的小说,其作法、看法、思想态度,与五十年或百年前的小说不大相同。

小说中有种种不同的性质,举一例来说,像近来的所谓 nervouistet,即神经质,或多感性,或内心主义,即穿微不止,深入普通人所不注意的地方去搜求生活的生命的,也是其一种特长。这性质最显明地表现于小说的态度与作法上的,例如托尔斯泰的小说《战争与和平》便是。这是拿破仑战争的时代的散文的叙事诗。看了这小说可使人起不可思议之感。倘拿这书给希腊人看,希腊人一定惊奇;且在中世的人,十九世纪的人,或头脑陈腐的今日的人，大概也不觉得有趣味。理由是因为其思想与从前完全不同。或者有人以为这是关于拿破仑战争的书，写着的必是拿破仑的性质、拿破仑的言行或拿破仑的军略；其实却完全不然。这书中详细描写着拿破仑出 Austerlitz 的战阵以前的朝晨在幕中由仆从扶着而化妆的情形，即单把拿破仑当作一个"人"而描写。不把他看作如鬼的，如恶魔的化身的，漠然的无意义的英雄，而看作一个"人"。这看法便是今日的人的态度。又这小说中有关于俄罗斯的 Prince André 的夫人（princess Bolkonski）的上唇的话，在许多地方提及着的。写很长的战争的小说，而在其中时时提出某公爵夫人上唇短小，笑的时候有可爱的神情，其上唇上生着薄毛等话。这是从前的人所全然不注意到的地方。倘是古人所作的，夫人是甚样的颜貌的人，必不能使读者明了感得；而读了这《战争与和平》，好像已与这人交际过，深知这人了。这书中又描写马蹄的音，说是"穿透似的音"。马蹄的音确好像穿透的样子，在像俄罗斯的寒冷地方，尤其如此。又描写着少女成人后第一次参与夜会时的感情。托尔斯泰是男子，但似乎对于女子的心很能理解，巧妙地描写着少女初次赴夜会，在人面前露胸及于乳部时的感情。这乡下人一般的胡子，怎样会委细地懂得这女子的微妙不可名状的感情，真使人感服。看了托尔斯泰的描写，我们方悟到其真果如此。

这样地穿微不止，深入普通人所不注意的地方而描出人的生活，是现代人于努力的工作。在腕力上原不能与古人匹敌，然我们的神经比古人强得多。倘教古人生于这二十世纪，见了电车、汽车，恐要起神经衰弱的病了；然而在我们恬然不以为怪。专事物质的学问的人一旦到了欧洲即起神经衰弱之病，是现今的留学生中很多的例。这是因为不惯于接近西洋现代的激烈的文明的原故。所以神经衰弱一事，在一种意义上也许是名誉；但大概神经衰弱的不是现代人。虽说现代人是神经衰弱的，其实并不然。能抵挡神经的衰弱的人，才是现代人。现代人非黏液质的不可。神经强盛，故无论甚么都可感受。托尔斯泰活到八十多岁。其间曾从事战争、杀人，作非常的大活动，而又那样长生，完全是神经强盛的结果。故神经强盛，实在是现代人对古人大可夸耀的一事。

　　上面所提的托尔斯泰，只是一例。现代的艺术家，都是神经强盛的。所以鉴赏这等艺术家的作品的读者，也多少是神经强盛而锐敏的。其结果，现今的读者就不要求夸张的、广大的、悠长的古昔的文艺，而希望有生命的艺术，感觉精细的艺术。现今的人能注意古人所不注意到的地方。试看从前的 Homeros 的诗中，青与绿混同而不区别，即可以知Homeros 的时代的人对于青与绿是不能区别的。即在今日，乡下地方的人也还是如此的。文明人则能判然辨识其区别。从这关系可推知现今的人具有昔人所没有的感觉。举一例来说：我们的手上有五根手指。这五根手指中何者最为可爱？这样的问题如向希腊人或中世人提出，恐怕他们一定不能懂得。但在现在的人就懂得了。五根手指中最可爱的是无名指。这无名指实在很可爱，很有美优的地方！这种话在古人一定以为可笑；但在今日，这意味可从一人胸中传响到他人胸中，道理虽说不出，然而人人神悟默会。

　　故近来竟有听了音而联想到色的人。近世诗人郎波（Arthur Rimbaud）曾作一首题曰"Vayelles"（《母音》）的小歌。据他说，音与色都有关系，发 A 音看见黑色，E 音白色，I 音赤色，V 音绿色，O 音青色。这在心理学上也有"有色听觉"之称。所谓"发黄色的声"，的确是有根据的话。这种理由在现代人渐渐理解了。还有一更极端的人：数年前逝世的法兰西小说家许斯孟（Huysmans），于一八八九年作小说 A

Rebours(《逆行》),其中写着与普通思想不同的奇特的事。书中的主人公造一间屋,昼夜笼闭在其中,或听音乐,或看绘画。但对于普通的音乐与普通的绘画都觉得没有兴趣,而欢喜听一种特别的音乐,看一种特别的绘画。其考虑的结果,作出了"味的音乐"与"香的画堂"。所谓味的音乐,是一架像风琴或钢琴的器具,在其风琴的拉手(stop)中注各种的酒。弹出一字,落下酒一滴,即以舌尝之。再弹别的字,又落下酒一滴,再以舌尝之。这样就作成音乐。因为 curacat 酒甘而酸,又有滑味,像乐器 clarinet(一种木管乐器)。又 kummel 酒强烈触鼻,似乐器 oboe(也是一种木管乐器)。一同尝这两种酒的味道,就好像听到这两种乐器的合奏了。(笑)还有 gin 酒像 cornet(一种喇叭),威斯基酒像 trombone(一种喇叭),作成复杂的合奏,即所谓"味的合奏"。还有"香的画堂"是甚么样呢?把各种的香放入许多瓶中,拿瓶来嗅,即在心里描出绘画。例如要描写一女子在春野中遥道的绘画,真果描写起来很麻烦,只要嗅有春草的气味的香水及 white rose,次嗅麝香。这样,野花、美人,都有,就是很好的一幅美人春游图了。(笑)但这是最极端的例,在现代的艺术中不过有这样的倾向。所以神经倘不强盛,不锐不敏,不健全,不能领会现代的艺术。

　　如上所述,曲尽极细致的地方而描写出,故不能像从前地仅描出思想。必须深入物的内面去描写,即把事物如数照样写出的罢尔硕克式的描写。

　　左拉在小说《生的欢喜》中描写着妇人生产的情形,精细写出妇人与医生等的谈话。这真是忠实,连极细部都描写出。但事实上要看了妇人临产的光景而描写,是做不到的。反之托尔斯泰在 Anna Karennina 中也描写着生产,但不像左拉地细描,而只描写为了妻的临产而狼狈的丈夫的心情。故读了这书，使人感到仿佛自己家里有人生产的样子。即读者与小说的人一同担忧，一同欢喜，这正是真的态度。我们家中倘有生产的事，绝不像左拉地记账，而必然担忧、心慌，这样才可使读者的心深入于艺术中。近世的学者们有"没入"的一说，就是说心必须钻入艺术的内面。古昔的殿堂的美，在于能使观者心钻入柱中，心与柱一同动作。在文学也如此，读者的心必须全部没入于文学中。这是真的艺术与似是而非的艺术的分水线。

第七讲　自然派小说

自然派小说及其缺点——性格小说——现代小说的描写
的态度——诚实与同情——英美小说与大陆小说的比较——
英美小说不振的原因——British Cants——忌讳的言语——英
美第一流小说家——Meredith 与 Hardy——Stevenson——宜读
大陆小说

十九世纪的小说有二种:其一是描写风俗的小说,法语为 roman des
moeurs。其二是性格小说,法语为 boman de caractére。这二种到了罢
尔硕克而合并。然别的作者,亦因自己的技俩或趣味而倾向着二者中
的某一边。描写风俗的小说大都容易倾于客观的,描写性格的小说大
都容易倾于主观的。在一八四〇年来的三十年间,这二者中的客观的
即描写风俗人情的小说流行着,这一派的旨趣,是如实描写自然,写出
实际,描出真实的真实,写出 vérité vrai(真的事实),即所谓自然派
(naturalism)。这主张中当然含着很多的真理;这主张的一面,尤其是
与近代自然科学有关的一面,在自然科学不灭亡的限度内总是可为艺
术的一部分而存在的。自然科学的一面有这样的确实的真理,但科学
与艺术是不同的。其差别,前者用理来分析,后者则用情来综合地味
得。故过于拿小说来同科学结合,就发生弊害,而缺乏趣味。其缺点即

虽能精细描写外部，而不能写出其中心。这缺点于二三十年来已经暴露，自一八八五年到今日，可说是其反动的时代。自然派在欧洲衰微了，只从外面描写社会、人情、风俗的小说，人们已经看厌。这自然派的小说的反动，就是性格小说的流行。性格小说即解剖某一个人的心而描写。从前的性格小说，是努力于细写一个人的性格的，且大都是描写者著自己的性格的，故其小说几近于自叙传。现今则不然，虽然描写性格，虽然描写一个人的心，但其一个人的心为全社会的缩图，可在其中看出一小天地。所以不仅从外面描写社会，而取一个代表人物或非常奇拔的例外人物来描写，而一并表现其时代的社会。这是小说的大体方针，至于其写法，则用极精细的、穿彻人心的微妙的细写方法。从外面看来，现代的小说界正在混乱的时代，不能辨别哪一种是最流行的小说的定型。但现在的人正以没有定型为夸点。随了自己的好尚，依了自己的智识的范围，而着眼于各种方面。不但在小说，在其他的精神界，现代的特色，一方面是同情，同时他方面是诚实。即一方是 sympathy，同时他方是 sincerity。用了这两种心情而大胆地描写一切人类社会的或人心中的一切变化、一切状态，便是现今的人的特色。

　　英美小说与欧洲小说之间，有很大的差异。简言之，英美的现代小说缺少文学的价值。所及于人的思想界的影响也小。故有心人往往不能读了英美的小说而开悟或有所得。就小说而论，英美的思想界是很贫乏的。反之，仅就小说看来，欧罗巴大陆，尤其是法兰西、德意志、意大利、俄罗斯等，思想界的进步很多。现代小说界的伟人，在俄罗斯与法兰西最多，意大利、西班牙等处也有小说界的大人物。但这在研究英吉利文学的人却是憾事。试看这三十年间或五十年间，在英吉利谁是小说界的巨人？或在亚美利加谁是小说界的天才？即有，也不过一人二人，且与现代欧罗巴大陆的多数人不足比较。

所以英美小说界虽有二三伟人,也并不在英美大得人望,并不被全国民尊敬为非常的文学者。他们也不顾国民的冷淡的待遇,只管用其微小的天才的力,孤立而著作。借极少数的有眼力者的扶助,费了数十年的苦心,终于赢得名声。英美所流行的小说,大都是二等三等或四等五等的一般人所欢喜的作品。

这是甚么原故呢?因为英国的社会、美国的社会,对于文学的态度与别国大不相同。美国是新近创立的国,姑置不论,英国是从前的社会与今日的社会情形大变的国。十八世纪以前,这原是文学上雄飞的国,在文学的各方面皆极优越。近代欧罗巴的文学,其发源不在法兰西,必在英吉利。但入了十九世纪以后,英国的良好的文学集中于诗歌,即集中于韵文了,在这方面有优秀的作家出世。所以在韵文上,现今的英吉利亦不逊于欧洲大陆,人数也多。小说,在十九世纪中叶也有很好的作者。但因为与政治界同样地到了平民主义、民主主义,即多数人民得势的时代,就产生一种多数民众所容易懂得的文学,小说,变成趋向众意的阿世的态度。小说家但求能使人泣,能使人笑,不触犯多数人的忌避,不招多数人的误解,避去他人的抵抗,而博众人的喝彩。所以十九世纪的英国诗歌虽然优良,而小说渐渐堕落了。在亚美利加,小说的读者愈众多,这倾向愈甚。所以英美的有心人,不在小说中求慰藉,不在小说中求兴味,而当在论文及小品文之类中发现好的思想,于是小说愈加被轻蔑。小说愈加被轻蔑,就愈加堕落了。

英美唯诗歌可观,而小说渐趋衰堕,其理由已如上述。然其更深一层的内面的原因是甚么呢?简言之,是因为英美人尊重商业,过于贵重金钱,过于注目于实行的方面,而怠于无形的思想上的活动,以致造成这样的结果。又因为不像德意志或法兰西,始终不受着思想上的刺激。英吉利与亚美利加,限于一个岛或一片大陆,在思想上差不多是锁国。其中特别优秀的人原不一定如此。但一般民众皆有锁国的倾向。虽然是自由贸易的国,但思想上却是保守贸易的国。种种的思想的输入须出繁重的关税,颇不易为世界的大势所动摇。因这原故,他们对于近代的难问题有忽视的倾向,这不是思想愈加落伍么?

如上所说,英吉利情形很不好,然而并非全部如此。英吉利的富,贵族有巨产而平民依然贫穷。其思想上也如此,大有贫富的悬隔。优越的人非常优越,寻常人竟是无学——或虽不致无学,但少有能自进而考察问题的人。故英吉利是思想沉滞的国,偏见的国。这在一方面看来是好的,但在思想上是渐渐衰微下去的原因。对于人生的问题,当然没有人说好说坏,即在社会的改良、道德的增进上,其事实如何,全体人类情形甚样等观察,在英美人也不要正面观看,他们欢喜在臭的东西上加盖。故大陆的人称之为“British cants”,就是对于他们的在臭的东西上加盖的主义的嘲笑的名称。人们对于坏的东西往往不要看。对于与人无关系的事,英美人很注意,而对于与人有关系的事,他们反而闭目,这是他们的 bourgoisie 的态度。

所以在小说上,他们不欢喜描写真的人生,无论风俗、性格,他们都不欢喜写出真的人间的真相。他们不欢喜过于接触根本的思想。例如人类社会中的根本的事实是“饥”与“爱”,即 hunger 与 love,这真是事实,犹之在人生的内奥的发条,是活动的根源。但他们不欢喜描写这种。写贫民的悲惨的光景的小说,在英吉利没有人要买;写伯爵夫人、侯爵夫人的所谓“society novel”即描写交际社会的小说,就很有人要买。他们自己不入交际社会,读小说而在空想中出入于交际社会。所以普通都把小说当作消闲物而读。写现今的社会中的贫民情形的,所写的是秽恶的方面,故他们不要看。又在人的爱的方面也是如此,关于恋爱的,在他们很嫌恶,但十八世纪中叶以前英吉利绝不如此。十九世纪的 Trafaigar 海战以后的 Victorian Age 的英吉利,起了所谓伪君子的风潮或伪善的行为,思想界多模仿鸵鸟的态度。鸵鸟被人追赶的时候,把头钻入丛草中,以为自己的身体已经隐蔽了。这实在是极浅薄的苟安的态度。所以像迭更斯(Dickens)一流的人,也绝不谈起 hunger 与 love 的根本问题。只有迭更斯的友人萨卡雷(William Thackeray)是非常优越的人,又是蒙大陆的影响的人,故最为开通。萨卡雷用大陆态度而当面观看社会,然其在一般社会的人望反比迭更斯小得多。

英美入了十九世纪,在言语上也大戒严,对于人类社会中的某一部分的事件竟不得公言。例如在女人面前不得说起"裤"之一字。这样穷屈的社会,在希腊,在罗马,在欧洲大陆,都从来没有,只有英吉利有之。英语中有"belly"一字,但这在英文中决计不用。诗歌中特别许可,但在普通文章中决计不用。甚至连"bowel"一字也不行,连"legs"也不用。又像"臀"这种字,也不直接说出,而以"后"等字来代用。倘直接说了就惹人笑,但在必要的时候是不妨的。《圣书》中明明说着。圣书是非常的outspoken 的文学。《圣书》特别许可。故在英吉利、亚美利加,一星期中六天不准用这等字,只有星期日一天许用,真是穷屈的状态! 有这样的卑怯的态度,故绝不能真实地写出人的心。但莎翁等绝不取这种卑怯的态度。试读其 *Romeo and Juliet*,有许多可惊的地方。Juliet 的乳母对Juliet 全无忌讳地说许多滑稽的话,实在可惊。倘隐去莎翁的名字而仅把这一部分写出来给人看,当局一定要认为有害风教而禁止发卖。然而英美人对于莎翁当作别论,因为他是像神一样尊贵的人,不妨视为与《圣书》同列。但也有很顽固的人，例如十九世纪起初的鲍特勒（Bowdler），读了莎翁的作品，说有非常猥亵之处。把不好的地方删去或混过，而特为发行改正版。因此后来把大文学删除数处而特为青年子女出版的书，名曰 Bowdlerized edition。

　　这种痴态，在大陆实在是少有的。然而不是说大陆的人是对青年子女随便地说出人类的一切事情。不过对于文学的态度不同。英美人用轻蔑的眼来对付小说。在大陆则小说是文学的一种。尤其是在现代，小说占着重要的地位。所以小说是成了大人后方可读的书，这观念大陆人比英美人强。故青年子女所宜读的书与大人的读物是别种的。无论何人均可读的，没有文学上的价值而又没有害的 jeunes filles 的书，给孩子们读的冒险谈，尤其是除外男女关系的书，世间非常之多。但这等不能视为小说。小说是与剧同样的认真的书。简言之，他们尊敬文学，即使写着的很乱暴的事，只要用严肃的态度来写，绝不能说是坏事。于是小说的作法也就愈加严肃，愈加大胆地写出人生的一切情形了。但在英吉利，即使有人努力这种描写，也没有读的人。论文或学术的书，原有人读；但倘说是小说，人就侮蔑而不要读了。故严肃的小说的作者就愈加少起来。因这原故，英美在今日小说很不发达。

　　在英吉利的小说家中，其作品比大陆不逊色的人，实在少得很。就近年而论，前数年逝世的梅雷地斯（George Meredith）是其一人。他的作品是十九世纪的夸物。还有一人，即汤马斯·哈地（Thomas Hardy）。这二人是共负英吉利文坛的人。其他还有惠尔斯（H. G. Wells）、基伯林（R. Kepling）。又有孔拉德（Joseph Conard），也是英文坛上有名的人，但他不是英人，是波兰人。少时当船员，中年罢职，后来做了小说家。这人是波兰人，故用波兰语作文是应当的；然波兰语不能把自己的思想广播于世界。又幸而他一样地懂得法语与英语,故起初用法语来作,后来住在英国,就用英文来作,终于在英文坛上得了名。这人也可说是英文坛上的夸物,不过不是英人而是波兰人。这样看来,纯粹的英人的小说家竟少得很。只有近年逝世的史蒂文生(R. L. Stevenson)很有意义。这人死在南洋的 Samoa 岛上。起初是生肺病,肺病是只要有钱就可保住性命的病。但这人患肺病而没有钱,虽不休养,也只管生活着。患肺病者必居在温暖的地方,所以他起初在法兰西的乡下地方著作,渐渐南行,到意大利,终于移居到加里福尼亚。这时候他的书渐有人要买,他就在这时候告奋勇,结婚了。此后移于 Samoa 岛上,一面养生,一面著书。书渐渐推销,他的身体也非常强壮起来。然他的肺依然不好,强壮的身体要不过弱的肺,终于死了。但这人也是苏格兰产,不能说是纯粹的英人。

这样看来,除前述的二伟人以外,其他可数的简直没有。且二伟人中,梅雷地斯虽作出很好的作品,而没有人要买。到了二三十年前始渐有销场。那时候有眼力的人评他为英国第一、世界第一,而追崇他。然而其书的推销也不过与普通一般的作家差不多而已,通俗的小说家往往卖脱了自己的小说之后,立刻拿这笔钱到乡下来买一块大地皮。梅雷地斯在生涯中终于不见这种"成功",只是听了良心的命合而继续努力。哈地则比梅雷地斯这更为英人所不欢喜。因为哈地是半信叔本华(Schopenhauer)哲学的,即抱厌世主义的,而厌世主义是维多利亚朝的英人的大禁物。做拿破仑时代的梦而坐吃昔日的遗产的人很多,故一说起这种事,就被视为故意骚扰世间的好事的论者。然哈地是厌世主义者,他的思想以为人间有运命,运命恰好比从前希腊的剧中的神,是蹂躏人间的善恶的一种可怕的力。抱了这种思想而著书,故其书绝不为世间人所欢喜。他是大家,然而他的书销路也不广。

　　讲到亚美利加,实在难于举名了。十九世纪初有亚伦·坡(Edgar Allan Poe)。这人生前非常受人攻击。死后在亚美利加一般人之间批评也不好。然而亚伦·坡一跃而为世界的诗人,世界的思想家。但倘在亚美利加说亚伦·坡是第一诗人,亚美利加人必然动怒。他们非常称赞郎费洛(Longfellow)等,却不许亚伦·坡为亚美利加第一诗人。为什么原故?因为亚伦·坡是饮酒家。这实在是无理的思想。亚伦·坡以后,只有诗人辉德曼(Walt Whitman),但亚美利加人也厌恶他。所以倘用亚伦·坡,辉德曼来赞美亚美利加文学,他们非常不高兴。且他们所用的语不是真的英语,是亚美利加派的英语。近来有霍惠尔斯(W. D. Howells),作写实的小说,又有近年死去的威廉·乾谟斯(William James)及其兄弟亨利·乾谟斯(Henry James,一九一六年春逝世)。这人受法兰西文学的影响很多。且不住在亚美利加而伴在法兰西,近年又住在英吉利,故不能说是真的亚美利加的小说家。这人的小说中有很有趣的描写,然而很难解。前述的梅雷地斯的小说是以难解有名的,亨利的小说更为难解。试拿这二人的小说来读四五页看,梅雷地斯的一读就晓得是难懂的文章,亨利的初见似是容易读的,但读下去渐渐困难起来。前者是不懂的,故不懂;后者似是懂的,却不懂。且甚至文章不好。文章好坏且不说,总之,两人都是伟大的人。英美的小说界到这里,非经一转化绝不能得良好的成绩了。但这是照非常高的标准而说的。仅就现代而论,梅雷地斯、哈地、亨利·乾谟斯等是英美小说界的最高权威的人了。

　　因了上述的关系,现今的认真读小说的人,奉为与诗歌比肩的严正的文学,而用尊敬的态度来读小说的人,宜读大陆的文学。现在倘有笼闭在书斋中读迭更斯全集的人,我要劝其宁可读莫泊三全集或屠格涅夫全集。现代人读屠格涅夫尤宜。迭更斯与屠格涅夫,是西洋文艺上的两极端。

第八讲　自然派以后的文学

> "为艺术的艺术"——广义的解释与狭义的解释——其弊害——decadence 的文学——"为人生的艺术"——俄罗斯文学——实生活与艺术的接近——Dreyfus 事件——左拉移骨式所感——罗丹作《思想家》及其象征——humanism 与 naturism——"为艺术的艺术"派——小说(自然派、写实派)——诗(高蹈派、象征派)——其主张

　　说起自然派的小说,就要连带地说到"为人生的文学",广言之,即"为人生的艺术"。

　　在先须把"为艺术的艺术"说一说。"art for art's sake",就是说艺术是独立的,不是别的人间活动的工具。既非劝善惩恶的工具,也非政治经济的改革的手段。艺术别有独立的目的,作独立的活动。然倡导"为艺术的艺术"的人,有进于极端而完全解放人生与艺术的倾向。对于这事有的人很赞成,有的人大不赞成。我以为这在一方面也很有真理,但在人的全体看来是不完全的议论。我对于为艺术的艺术有深切的同情,十分承认其有意义。然而这至少在今日不是可以满足自心的议论,只是对之有同情而已。这所谓为艺术的艺术,倘仅当作艺术的独立,即艺术有独立的目的,有独立的存在的意义,那是与普通的美学所论相同,全无

甚么不对的地方。然而倘应用之于实际的艺术上，就容易变成离开人生的艺术。例如作的小说，是只有其同志者能懂得的小说，甚或只有作者一人能懂得的小说。于是就有议论发生了。据历史，为艺术的艺术的一说，是自一八四〇至一八七〇年间，即浪漫派告终、写实派开始的期间的主张。这班人为甚么这样主张呢？是因为反抗时势而立这一说的。从前的艺术没有离开人生而独立的必要；但到了近世，物质上的势力激烈地压迫精神上的势力，思想与感情绝不能直接抵抗大势。故与其随附他们，不如自己作出艺术的别天地，而逍遥于其中。这在一方面看来是非常高超的，但从他方面看来似稍有卑怯的态度。加之近来因了民主制度的关系，一般人民中无学问无思想的人们势力渐渐大起来。因之从前在宫廷中养成的或受王侯贵族的保护的艺术，及仰慕这种艺术的艺术家，在今日就失却其立脚地。从前的诗人都与贵族交际，又诗人自己大概都是贵族，至少是出于平民而被养于贵族的人。但今日的时势，贵族的势力在欧洲小得很，帝王及宫廷的势力也减小了。而普通选举制、议院政治或其他种种平等制度——一切人类平等的制度渐渐得势，社会失却了像从前的高尚趣味与雄大思想。于是艺术家就想另造一天地而隐遁于其中，也是自然的趋势。这不但艺术如此，哲学等也都被众议压倒着。尤其是在欧洲的十九世纪后半，普通选举中，无知的人占优胜。因为无知的人是多数，故优秀的人无论说甚么，都被众议压倒。这不但在艺术上如此，在别的学问上也都如此。不过从别的学问没有像艺术所感到的苦痛。因为别的学问都有道理，有道理就可主张，而与人争论；唯艺术则全靠人们的同情，故尤其痛感其被众议压倒的苦痛。艺术家都觉得这情形不好，我们在这世间怎样维持我们的真的性命与真的思想呢？于是宁可与政治经济及其他人生活动全无关系，而孤独地笼闭在美的天地中。

这天地仿佛是牢狱。唯幸而有白壁,可在白壁上描画,自己眺望自己的画而度过一生,算是幸福的生涯了。在这白壁上描画,眺望这画而度过一生,是主张为艺术的艺术的人所常取的态度。这样一来,艺术就变成以狭义的美为生命的了。在诗,在小说,或剧,或别的艺术,音乐、绘画中,这倾向于前述的三十年来出现着。这班艺术家专事磨练技巧,想造出完全的美。不草率,不急急,而仔细磨练、刻划,作出精良的作品。这就是所谓笼闭在 tour d'ivoir(象牙塔)中的人们。他们不管多数人濒于危难而泣着,叫着。以为我们是人类中选拔的俊杰,只有我们的俊杰能入这塔而享乐艺术,取极傲慢的态度。这在英语称为 palace of art(艺术之宫)。但尼孙(Tennysou)少时所作的诗中,也咏着这种思想。他们又不但对于艺术,对于一切社会,对于人,对于人生,也取享乐的态度。废止活动而仅事思考。其思考是一种游戏。至于社会如何办法,世间如何改良等,全不在他们的念头上。

艺术家本来是官能的、易感的,所以欢喜这 art for art 的主张。

但走于极端时,其利必伴着其弊。第一,这样的艺术缺乏生命,犹如温室中的花,非常美丽,然而总缺乏生气。有时其美是所谓病的美、颓废的美,到底不易进而造出新的创造力丰富的艺术。所以这种艺术大都出于 decadence(颓废)的时代。即曾经有过茂盛的艺术,因了种种原因而渐渐衰颓之后,终于产出这样的东西来。又从这 decadence 上未必不会再产生新的 renaissance(复兴);但这是艺术一旦兴盛后的说话。衰颓时代比全盛时代,在某种意义上反而有趣,犹之向晚比白昼更美。这倾向从一八七〇年起仅仅继续三十年;到今日已经起反动了。即今日的人们已经脱出象牙塔,下降到平原上,而抱救济苍生之志了。但这所谓救济,并非来改良社会或颁布新的政治,乃是来建立这新的"为人生的艺术"——不是为艺术的艺术，乃是为人生的艺术。例如最近许多俄罗斯小说家，都是以 humanity，即"人类全体"为心的。他们反对仅供慰乐的艺术，而主张使人类一切活动满足的艺术。

　　所谓西欧罗巴的文学，就是文明国的文学，是文明繁盛发展而将示一大转机的时代的文学。因这原故，有种种的异端邪说。或极端的，或偏狭的论见。所以欲脱却为艺术的艺术的偏狭的区域而倡导为人生的艺术，也很不容易。因为有以前的文明的种种的连锁，故欲打破之而另树新的艺术，颇为困难。更为了在西欧罗巴，有北方的文明国与南方的文明国之别，即条顿文明与拉丁文明之别，从何者为宜，是一个很难解的疑问。幸而从没有这障础的地方，即条顿文明与拉丁文明的合点的比利时地方发起了一种新的思想。像凡尔哈伦、梅戴林克等，便是其人。北欧罗巴的斯干的纳维亚半岛上也产生许多思想家。易卜生、殷生（Björnson），又有哲学者瑞屯鲍格（Swedenborg），都是供献新思想于欧罗巴的人。从东北方的俄罗斯吹来的风，也是西欧罗巴的文明上的大福音。西欧罗巴的艺术已经达于烂熟，而踌躇此后如何变化，此后的新转机的如何产生了。传送新的福音于这西欧罗巴的艺术界的，是俄罗斯的文艺。这俄罗斯文艺还未成为文艺，此后将成为文艺，这还是 virgin soil（处女地），即未经犁锄的土地。西欧罗巴的文明已经屡次收获，地面的滋养分差不多被吸尽了；反之，俄罗斯的黑土，还是富有肥料的土地，此后将开出新的花来。把这些土移运到西欧罗巴来，于是西欧罗巴的瘠土也复活了。

　　最初介绍这东北的文艺到西欧罗巴来的人，是本为军人出身的一个外交官，即近年死去的裴尔启。这人于从事外交事务之余暇，介绍俄罗斯文学到欧罗巴来，其余派的势力现在广及于东洋。托尔斯泰、屠格涅夫、杜斯妥甫斯奇等的思想，被传送到西罗欧巴，显示着非常良好的效果。

俄罗斯的文学都是所谓 humanity，即人生的文学。这文学的意趣，以为我们是人，故说人的事。所以他们不讲甚么纯文学与非纯文学。唯在俄罗斯有政府的压迫及种种的障碍，在这国中唯小说为可比较的安全地发表思想的形式，故俄罗斯的文学者、思想家，皆借小说以发表自己的意见。如果像别国地有言论的自由，俄罗斯人或者不致如此。他们究竟是因为不得言论的自由，故取这种方法来发表其思想。小说在现今的俄罗斯为最良的工具，有力的人都向这方面走。故俄罗斯文学，在最近不过百年之间产生着非常杰出的名作。

我们旧有的习惯，对于文学总是要分别其为纯文学与非纯文学，不但如此，即赞成俄罗斯文学的人们，也都以为这是哲学，那是史学，与我们无关。然而在俄罗斯绝不是这样。宗教、道德、政治或经济等问题，一齐纳入小说中而受世人的欢迎。他们绝不像东洋文学者地为了一点的技巧而焦心苦思，在艺术与人生之间划一条界线。在西欧罗巴也不像东洋地主张纯文学，这从历史上看来也可晓得。像马考理（Macaulay）、裴康史裴尔特（Beaconsfield）等都是政治家兼文学者。拉斯金（Ruskin）也是文人而对于实社会有深切的兴味的人，这是大家晓得的事。在法兰西有勒难（Renan），也是不辨其为哲学者或语学者的人，而被人崇拜为优秀的文学者。在东洋，普通只有作纯文学的人，尤其是作小说的人，称为文学者。其他的都指为评论家或诗人，似乎是与文学无缘的人。这样地把文学隔离，实在是不好的现象。文学，是人人可做的学问，并非专门科学或别的东西。是人都应该作，都不妨作。故倘依现代的要求，文学必须是可使人心全体满足的文学。必须下"象牙塔"，到地上来。这倾向在今

日的法兰西尤为显著。前面曾经说过,为艺术的艺术的主张在自一八七
〇年以来的三十年间渐渐衰退。在这期间恰好发生了前年的 Dreyfus
事件,法兰西的沉滞的社会忽然有生气了。这是从来离世的人们也非常
观望旗色而择从一方不可的大问题。Dreyfus 事件与文学没有关系;我
也不能判断哪一方面的为是。不过法兰西自因 Dreyfus 事件而分为两
方面以后,从前作批评或作诗人们也非起来附随某一方面不可了。于是
左拉做了 Dreyfus 党,主张 Dreyfus 的无罪,为正义而奋斗。又在文学者
中主张法兰西魂的人立于反对方面,为 Anti-Dreyfus 党。这两党派激烈
地争执。这就成了动机,今日的法兰西文学者也像俄罗斯文学者一样地
带着社会的倾向了。加之法兰西人是论理的头脑发达的国民,故从此立
刻产生关系于政治问题、经济问题或社会问题的文艺。

　　一九八〇年,我经过巴黎的时候,恰好逢着左拉的遗骨从孟马尔德
(Monmartre)墓场移渡须因河来改葬于巴黎的邦推翁(Pantheon)的仪
式。这是把左拉加入法兰西的英雄豪杰中,使永远受国人的尊敬之意。
政府经过会议,视为公明正大的事而执行。左拉虽有种种非难,但从全
体说来,究竟是一大文学者。他的遗骨原也不妨这样地改葬。然而那时
候大起骚扰,我曾目击其情形。

　　那一天天气很热,是容易使本性激烈的人发怒的、苦闷郁结的天气。
天空虽然晴明,然而空气很重。朝晨果然就有骚动发生,即反对左拉尊
崇的学生等的示威运动。数千学生排队,唱着歌,通过 Quartier Latin
街。所唱的歌带着一种从前的流行歌的调子,唱着"Consquez Zola"("打
倒左拉"之意)。为甚么要起这骚扰呢?因为左拉在 Dreyfus 事件中,曾
经反对法兰西军队与从前的 tradition。左拉在文学上的位置,已有定
评,他们绝不是想剥夺其文学者的价值。但昭雪犹太人 Dreyfus 之罪的

公开状(j'accuse)的笔者的左拉,是现今的大部分的法兰西人所憎恶的。正义与政府孰重? 黄金与名誉孰贵? 自由思想与主战论孰为重要? 秘密社会与罗马公教孰优胜? 人道与保守主义孰为可取? 这等都是当时的问题。又有犹太人对欧罗巴人的感情交混在内,而问题更加重大了。不察法兰西国情的轻率的英美人、日本人,妄下断案,起初诽谤左拉为海淫的书的作者,忽又崇仰他为正义的保护者。这等真不过是皮相的见解!

另一方面又有高呼"Vive Zola"("左拉万岁"之意)的学生们的示威运动。终于是晚在邦推翁附近驻骑兵,严重警卫。我也混在这等群集中观看。心中倾向哪一方面,姑且不说;回想起来,我不过一外国人,今也参加这左拉移骨式的骚扰,实在是不可思议的奇缘! 我不禁发生欲泣欲笑似的感情。我挨在如潮的群众里,一直挨到了邦推翁的广场上,那地方有宪兵及骑兵尚在抵制民众,其时巴黎的夕幕的薄明已经消失,星在公园的树杪上发光了。但群众的潮流不稍缓和;我受了群众的兴奋的感情的诱惑,注着着邦推翁的正堂。隔着拦阻群众的骑兵的黑的兜影,我望见置在正堂左右的铜瓶中发出硫黄的火焰来。其光照着立在中央的台上的巨像。这巨像便是大雕刻家罗丹的杰作,题名为《思想家》的裸体大汉的铜像。这巨人的铜像正在冷然地俯现这足以惹起法兰西内乱的思想的争斗。

犹太人胜,国家要根本改造;战争主义胜,真理一时要被抑制;但这铜像全不惊奇。他那力士一般的体格,不辞世间一切奋斗的大汉的姿态,在千载的思想的重压下面稍稍屈着其肩膀。

在那时候我悟到了:文学者或一切思想家,真的思想家,必须是立在这"Consquez Zola"与"Vive Zola"的两句呼声上面,且具有比这更进步的思想的。无论骑兵如何拦阻，学生如何扰骚，罗丹作的《思想家》总是自若。这《思想家》的思想是永远活着的。倘这像是希腊神像似的仰天突立的像，就缺乏意味了；那是为艺术的艺术了，以为世间的骚扰没有意义，而超然地昂首向着天空。反之，"为人生的艺术"则立在一切的上面，而怀着大的思想，大的苦闷。故其艺术不是冷然的，不是傲然的，而怜悯大众，与大众一同思想，且必有比大众更高的思想，这罗丹作的塑像，正可说是预言现代文艺或现代的艺术将兴的。我以为现代精神、现代艺术此后所要产生的，正是像这"思想家"一样的人。

所以这种艺术，都是社会的艺术，或宗教的艺术，或政治的艺术。即为人类的艺术。以前曾有自然主义、象征主义等种种名目；但现在的艺术还是称"人生主义"（humanism）为适当。现在也有主张 humanism 的诗人。一九○二年，某新闻纸上有一投稿文，自己告白着我是 humanism 的诗人。同时代又有 naturism（本然主义）——不是 naturalism 的自然主义——的倡导，即主张回复人类的本然，不分艺术或哲学，而考察人生一切。这样以后，小说等都脱却了狭的艺术，而与人生有关系了。这正是现代的倾向。

说话仍归本题："为艺术的艺术"的倾向在上述的三十年间普遍流行于文艺的一切部门。就小说上说来，自然主义、写实主义等便是为艺术的艺术。在当时，用美的言语与美的想象来描写绘画雕刻的领域的美，使之仿佛于眼前的诗歌，最为盛行。这种诗歌中也有杰作。其中最有名的，是刊行 *Parnasse Contemporain* 杂志的 Parnassiens 的人们。巴尔那索斯是希腊派死神所逍遥的山，即死岳。故可译为"死岳派"；但我欢喜译为"高蹈派"。在这派人的作品中，有非常优秀的，使我至今不能忘却。Leconte de Lisle 及 Menard 的诗集中，不乏有传世的价值的作品。这等人非常嫌恶"俗"。他们嫌恶十九世纪的恶俗的社会,而常想逃避。他们不像从前的人地说自己的初恋,或诉自己的悲喜,以求他人的同情。他们以为自己是诗人,是高尚的人,不愿与恶俗的社会发生关系;披露关于自己一身的事情,而求世间的愚夫的同情,是卑劣的行为;我们与立在舞台上演出丑态的优伶不同;我们是诗人,应该独自置身在高远的境地,锻炼其技巧,作成完全的诗人。不是自己所有的,是 impersonal 的,不是主观的,是客观的。但这种诗歌,只有二三位天才者产出优良的作品,其余的都像人造的花。总不像天然物;即使像天然物,也好比温室中的花。以此为非,而乘机兴起的,即所谓"象征派"。

象征派的人们用"象征"的一种技巧,具有象征地观看天地的一种世界观。前者是一种技巧——用象征来作诗的技巧。后者更广,谓这世界是幻象,不能当作实体看,是从形而上的议论出发的一种的世界观。在这世界的美的幻象的后面,还有一种东西,故从前的所谓描写事物,其实是不可能的,所以借"幻象"的一种型,以仿佛实体。他们用了这技巧上的识见与新的世界观而作诗。

其实例可在凡尔哈伦的初期的诗中找到。凡尔哈伦初期是学法兰西的象征派的。其诗中有一篇所咏的是池旁的渔夫投黄金的网而捕鱼的事。这诗是一种象征。读了之后不解其所说为何事。其中的池、网、鱼,都是象征。倘是譬喻,倒不难理解;但这不是譬喻而是"象征",不是 allegory 而是 symbol。倘教哲学方面的人读了,这就是论哲学的诗:捕鱼的人是哲学者,拿了"论理"的网而搜求实体,实体是鱼,这是哲学者的解释。倘教实际家读了,则又作别的解释:网是金钱,人类想抛却金钱以买欢乐,然而欢乐的鱼逸去了。这虽然种种不同,然总可得相近似的解释。这便是比喻与象征的异点。即比喻是 A 是甚么,B 是甚么地一一指定的；象征则漠然无定。

更进一步，从别的形而上学的思想看来，人们终不了解真的事物，只能通过幻象的 symbol 而窥见实体。这与从前的诗人相反对。从前的诗人满足于客观，承认其为真；然而真绝不如此。主观所能领略的，只限于象征。他们在这点上树立艺术的目的。

然而这象征派，仍是"为艺术的艺术"。他们不会接近人世而从其中受得生气。倘评高踏派的诗为"为美的美"，则象征派的诗可为"为梦的美"。至于真的提倡 humanism 的人，不是追求 beauté de la beauté（为美的美），也不是追求 beauté de la réve（为梦的美）。乃是追求 beauté de la vie（为人生的美）。于是艺术方能与久别的新世界握手，而成为新的艺术。

因了这等理由，最近二三十年间的诗界与小说界同样，也因各诗人的性格而产生种种的作品。诗人应了其自己的气质，而作出种种有趣味的作品。

近来在门阀出身而为伯爵夫人的女作家中也有性格非常热烈，而真实不伪地尽行吐出自己的思想的人。原来现在已不像从前地规定诗应该怎样做法。现在的诗只要吐出自己的真的感情就好。现在的诗贵乎感情的强烈。在形式上也不能满足于从来旧有的诗形，而新倡所谓 vers libre（自由诗）。从前的诗必须合一定的法则，不能如意发泄感情。故现在已不拘长句短句，把长短句错综而自由地歌咏自己的心情了。

在剧也是同样。现在有所谓"自由剧场"。反对从来的规定一型的剧，而作出自然的、不铺张的、不受束缚的剧。总之，如前所说，现今的社会贵流动而忌静止，故小说、诗、剧，都脱却旧有的形式，而倾向于新的自由的形式了。

第九讲　现代的绘画

现代欧洲的绘画——以法兰西为代表——十六七八世纪的宫廷绘画,意大利模仿——革新之声——Poussin、Lorrain、Watteau——David——David 以后的三时期——一八三〇年——Ingres 与 Delacroix——浪漫主义的胜利与衰微——一八四八年以后——Millet 与 Courbet——理想派与写实派——一八七〇年——印象派——Manet 与 Monet——技巧上的特长——光线与远近法——光学的影响

以上已就现代艺术中的文学一般地论过,现在再说别的艺术。以下拟顺次就绘画、音乐的现代的思想及倾向说一说。

我所要说的西洋画,不是数百年前的拉费尔或米侃朗琪洛的画,是说现代的西洋画。西洋的绘画,现代与从前已大不相同。现在的画比较拉费尔及米侃朗琪洛的画,在某上进步得多了。又画界的大势确已完全变迁。所以我不说从前的绘画,而单就现在的绘画论述。(中略)

先从在各点上都可代表着现代艺术的法兰西取例来说。现代法兰西的艺术,是因法兰西革命而入新时代的。其前的三世纪,即十六、十七、十八世纪之间,只是一部分社会的艺术,即宫廷艺术。路易十四世或他的周围的男女宠臣的艺术,是那时候的法兰西艺术。十八世纪也仅是

模仿意大利的时代。这时代的艺术，仅属装饰的。仅用为宫廷的壁画、壁衣的织物意匠，或宫廷中所用的火花的装饰，朝臣的衣冠图样而已。表现独立的思想的艺术，还少得很。因此材料也多像从前的艺术地取自神话、譬喻、宗教、剧史等。一般的人民，对之全无关系，全被除外。说除外还不妥，因为在那时代，本来无所谓一般人民。形势如此，所以虽有很富丽的画，很美观的画，很有趣而非常悦目的画，然而真能动人的艺术，与音乐文学一样能动人的认真的绘画，终于没有产生。

　　大众虽然如此，但无论何时代，在各方面总有一二个秀拔的人。这一二人不管多数人的非难，苦心创造其杰作。例如普商（Poussin），承继古罗马时代的精神，作严肃的绘画。又克洛特·罗浪（Claude Lorrain），作极稳静的绘画。还有华托（Watteau），是非常优越的人，留传着优美而带悲哀之色的绘画。这班都是天才，不管时势的非难，攻击而创造自己的杰作的人。在十七世纪，法兰西又有为中流社会（bourgeois）作画的人。其中如罗奈（Le Nain）兄弟三人及商推尔（Santerre）是在十七八世纪间作出许多名作的人。罗奈是西班牙风的画家。商推尔是荷兰式的画家。十八世纪末，有一个叫做微昂（Vien）的杰人，这人有考古学的趣味，力图古代的复活。古代复活，看来好像是倒退的；然而在当时却有有益的感化。当时的画，是全被宫廷的流行所左右的。然微昂打破这局面，而力谋从文学方面复活希腊、罗马的美。这大概是当时恰逢邦比发掘，又考古学盛行的原故。

　　这样下去，到法兰西革命，产生了一个能代表法兰西现代艺术的人，即路易·达微特（Louis David）。他开始在画中表现热情。从来的绘画，以纤巧美丽为标准；到了他的时代，以深的动人的情热为标准了。

　　从这时候到十九世纪，其间有循步从前的传习的一派，又有脱离

tradition(传习)、反对 dependence(依赖)而独立的一派。这两派互相争执,一直到今日。然达微特以后的时代,大约可分为三。

其分法与十九世纪的法兰西文学的分法同样。巴黎开万国博览会之际,曾经陈列法兰西过去一百年中的绘画。看过这陈列的人,一定很明白这分法的意义。即第一,自一八〇〇年至一八三〇年。但这三十年间实在是余多的,可以省略,真的第一期,是从一八三〇至一八四八年。

其次第二期是从一八四八年至一八七〇年。

第三期是从一九〇〇年至一九〇〇年,或至今日。

第一期开始的一八三〇年——这一八三〇年,在法兰西文学史上是所谓浪漫主义(romanticism)得胜利的一年。恰好同时在绘画方面也是浪漫主义胜利的时候。

第二的一八四八年,也是文学上大可注目的一年。即浪漫主义衰落,而移向写实主义(realism)或自然主义(naturalism)的时候。又在这年,政治上起了革命。后来的一八七〇年便是普法战争的时候。所以绘画也伴了政治上的或其他艺术的变化而转化,原是当然之事。

现在再回到达微特,重头说起。路易·达微特是奉了拿破仑之命而作大的画的人。他的画,画面上表现着英雄的(heroic)的风度。题目大抵选自从前的历史中,但因为他自己真果遭遇着英雄的时代,故用了与现代的题材同样的心理来描写。现在这等杰作留存在罗佛尔(Louvre)美术馆里。

达微特以后,这画派自然地分了两个倾向。其一是昂格尔(Ingres)所主宰的一派。其他是格洛斯(Gros)、琪理珂(Gericauet)及特拉克洛亚(Delacriox)的一派。讲到这两派的特长,简括地说:昂格尔尊重线,是重"形"的画风。反之,后来一派重"色"。这两派争执得很厉害。终于重色一派得了胜利，与文学方面的浪漫主义步调相一致而作出许多杰作。到了一八三〇年，就真果得到了达微特所想到，达微特所创造的近世描法，而为一般社会所公认。这一八三五年五月二十五日的一天，是文学史上不能忘却的日子，就是文学上嚣俄（Victor Hugo）所作的《海尔那尼》（Hernani）在巴黎国立剧场开演，而博得喝彩的时候，恰好同年春季的沙隆画会里浪漫主义的画得着胜利。这时代的事，从历史上看来，实在有现在的人所不能想象的大骚扰。绘画方面的争斗，起于展览会审查官与青年的出品者之间。此后浪漫主义就得了胜利而盛行了。但是过于激烈，过于求珍奇，反对昔人的尊重古代的美，即希腊、罗马的美，而由好奇的党派心而故意鼓吹中世的美，固执这样的偏颇的态度。于是渐渐为人所厌，不能代表一般的精神了。又当时一般人士的心理状态，因了科学及其他的影响而观察力、分析力锐敏起来，不能满足于像从前的夸大，这大概也是个变迁的原因。浪漫主义终于完结了。这恰好地与文学上不能满足于嚣俄的作品而欢喜罗尔硕克的相同。

在希望更精密，更深入人类精神，而更近于现实生活的绘画的要求之下，后来就有世人所共知的米叶（Millet）及柯陪（Courbet）的画出世。主观的方面米叶，客观的方面柯陪，渐渐得势起来，结果二人就在浪漫主义之后做了写实主义、自然主义的代表者。但其中也有二派，既然米叶是倾于主观的，柯陪是倾于客观的，这便是分为 idealist 与 realist（理想派与写实派）二派，一切画家向这二派倾向来了。理想派像梦一样，远离现实，憧憬于如梦的理想。写实派则亲近现实，处处精密地、真实地描写现实。前面的理想派以古意大利为标本，后面的写实派以当代的新的现实为标本。

到了一八七〇年，发生一种新画派，就是广义的"印象派"（impressionism）。

这画派发生后,于画的技工方面起了非常的革命。凡技术的流派,其名称的由来都很奇妙,往往不是自己定的。"印象派"一名称,也是别人在报纸、杂志上种种地非难而用的嘲弄的名称。所以 impressionist 一语,仅考查其语源,穿凿其字面,意义很不可解。一八七〇年,巴黎有一所卖画的店,青年新美术家在其画堂里开展览会,作品中用 impression 为画题的画很多,外人因而讥讽他们为 impressionists。终于作为正式的名称。这派里有马南(Manet)、莫南(Monet)、罗诺亚(Renoir)等有名的人。而以马南、莫南为始祖。

这所谓印象派,是怎样的一派呢?据马南与莫南的本意,这是由于要作比从前的画家更进一步的新的画的向上心而起的。他们无非是想把向来的旧的技巧所不能充分表出的用别的方法来表出。并非炫奇,求新。

原来以前的画,都是集合许多小画而成一大画的。例如一幅一丈见方的画,实在集合许多一尺见方的小画而成,即从画的一端到他端顺次画成的。然而我们看事物时,对于映入眼帘的一切事物,决计不会同样精细地看见,不过得一个漠然的大体印象。从来的画家,都没有注意到这事,所以极精细地一件一件地顺次地描写。还有一点:从前用人工的光线,画面描的都是明暗恰好的、柔和的光线,但因为颜料的性质不能将所画之物如实地表出,故往往不得已将全体调子画成比实景暗,以衬出光的部分。印象派的人们开始描真的光线。还有远近法。即从来的意大利风的画,虽然也用远近法,但只是用线的远近、影的用法或线的描法来表出形的远近而已,这在大体原没有错误,但是与真相差得很远。要描自然的真相,须注重色的远近法。印象派的人们名之曰"value"。他们用色的 value 来配远近。给莫南、马南以这种技巧的暗示的,是西班牙的绘画。近来欧洲绘画中有真的美术的价值的，是西班牙画家凡拉司侃士（Velasquez）的画。莫南与马南从凡拉司侃士那里得到了暗示。凡拉司侃士的画，画人的身体时，看作许多平面的集合，各方面射来的光线从这些平面上反射出来。这样的描法，是他的主张。莫南与马南在这里得到暗示，用近代的题目来同样地试画。而莫南比马南对于色更有深究。这对于色的深究，是物理学发达的结果，画家晓得了物理学上光学的研究，拿来应用，就造出以前未曾有的结果。例此柳叶是绿色的；绿色照在强的太阳光线中，看起来像黄色，这是物理学上也可以说明的。故前人说柳绿、花红，其实并不一定。绿的柳有时看似黄色。又日光照在雪上或其他很白的东西上，其影绝不是黄色，而是青色的。晴天在青叶的树下的穿白衣服的人，其白衣服必现紫色（violet）。这不但是物理学上的理论，凡眼睛明亮的人，都可以实际地见到。把这等研究起来，而应用于绘画上的，便是印象派。故换言之，这是 science 的影响于 art。scince 曾经影响于文学，又同样地影响于绘画。

第十讲　印象派绘画

　　　　印象派的绘画——纽约美术中的印象派作品——巴黎
Durand-Ruel 画堂所感——一八七〇年间印象派的苦斗——
academician 的反对——印象派勃兴的促成——Turner 与
Constable 的感化——英国在艺术学上的地位——Watteau 及
Delacroix 的暗示——落选画室——印象派的技巧——对于色
彩的解释——(一)local color——(二)(三)影的问题——(四)
原色的使用——色彩的音乐——印象派的特长——(一)描写
现代的情绪——(二)不重形式的美而重 character——(三)
modern life 的描写——(四)不重画题而重技巧——(五)为画
而画

　　前回讲到印象派。现在继续讲下去。先把我自己对于印象派绘画
的感情说一说。

　　我往年漫游欧美。到了纽约的 Metropolitan Art Museum,方才起
接近真的近代的画的感觉。其先在日本时,看过种种画集或插画,自然
先已略略晓得一点西洋绘画的轮廓。近来印刷术发达,着色的复制品舶
来日本。因之稍稍晓得了拉费尔的"Madonna"的衣服颜色如何,罗马法
王的法衣的颜色如何。印象派的画也从其照相上看见过,但是看到真果

有名的近代画的本身,在纽约的美术馆是初次。

　　纽约的 Metropolitan Art Museum 里,收罗着种种的名画。在其美术馆的中央的二层楼中的一室内,藏着古今的名画,尤多近代印象派的画。其中有一室比别的室稍大,走上扶梯处当面揭着的,是西班牙大家凡拉司侃士的肖像画。其旁边是萨勤德(Sargent)的肖像画。这两幅画像竞争地相对挂着。大概是因为萨勤德是承凡拉司侃士的画风而有特别的作品的画家,所以把这两幅画并列在一块。在其右面有一幅大画是勒派琪(Bastien Lepage)所作的 Jeanne d' Arc。在其左面的,是现在生着的印象派名家罗诺亚的《肖像》(Portrait de Mme Chapentier),画着的是中央一个妇女,旁边两个孩子,前面一双狗。又其旁边,是马南的画。其他较古的还有特拉克洛亚的画。这实在是许多室中最可注目的一室。有这样许多名画,但是其中最惹人目的,还是在右边的罗诺亚的画。他的画,像 Jeanne d' Arc 或古肖像画中的所谓普通的高尚(noble),全没有;也没有表出大思想,画的仅不过是法兰西一个家庭的状况。只是一幅画,一幅 picture。但其所以能有比别的画更强的力而使我们感动者是什么缘故呢?因为这是真的画,不是插画,不是说明的画,不是别的艺术(如文学、建筑等)的奴隶。这画用它的独立的生命来直接诉于我们的视觉,即所谓 immediate vision。所以要解剖一幅画,而指示出其甚么地方好,非常困难。倘可用言语来说明,那其画的效力,就变成文学的了。口上不能说,只能通过眼睛,而感到兴味,才是真的画。画应该当作画,不可当作别的东西的说明手段——对于这一点我大为感动,我抱了这感想而向欧洲去巡游。

　　所以我到了法兰西,要去看巴黎的画堂的时候,我不立刻到罗佛尔美术馆或罗森蒲尔美术馆。罗佛尔与罗森蒲尔的画,从前在照相版上等已经多少知道一点了。所以不先到这等地方去,而逆行地先去看近世的画。德意志皇帝曾经说,教历史宜逆行,从现代教到古代,这也是一种办法。我参仿这法子,从近代的画看起。先到球朗－留尔(Durand-Ruel)画堂去。这虽称为画堂,但不是所谓博物馆,仅是一个美术商人的家里。这美术商人的家里有画廊(gallery),我就到这画廊里去看画。我去的那一天,里面人很少,我率然地走进去。恰好这一天是印象派名家西斯莱(Sisley)的展览会的日子,有西斯莱的画三四十幅陈列着。看过之后,逐渐走到里面去,就有在照相上曾经看见过的莫南的画,这些画我在照相上也看见过,又近来着色版也舶到日本。其原物就在这里,我觉得很有兴味,立着看了一回。照相原已很好,但现在立在原物面前一看,觉得到底大不相同。看了一回,这家里的人从里面出来,看见我热心地在看画,就对我谈话。我答他说,素闻莫南、马南的名,故来此相访。那人听了,就引导我到里面去,拿出照相及书等来给我看,极表示欢迎的意思。在种种谈话之中,那人说日本人也很晓得法兰西画家的名,是不可思议的事。我对他说并不奇怪,日本人都晓得印象派是怎样的画派,马南莫南是怎样的人。那人更奇怪起来,说既然如此,再请你看一点,又拿出种种来给我看。我这样地看过了球朗·留尔画堂之后,又到乔治·普谛(George Petit)及陪尔那因(Bernhein Jenne & Gie)画堂去看现在生着的人的画,然后到罗森蒲尔及罗佛尔美术馆去。虽然不懂,却也能认识其间的联络,略略悟到了古代画与近代画的完全无缘。在绘画的历史上,新派是毁坏了旧派而进行的,故顺看下去,容易失却联络,觉得屡屡变换其标准;而逆看上去,就可明白虽然经过争执,其实今人是一面争新,一面蹈袭昔人的旧迹而进行的。不过其 originality(创意)始终掩蔽其蹈袭的痕迹,不明显表出而已。我又在绘画中悟到一种情味,是昔人也想表出而终于未得表出的。这情味是永久的,各时代的人从各各不同的方面向这永久的情味而进行。近来据说日本某画家出洋,即刻想去做罗诺亚的弟子。这时候罗诺亚不在巴黎,在地中海沿岸的别庄。那人立刻从巴黎回到地中海,突然去访问他。罗诺亚非常欢迎。听说现在还在巴黎受罗诺亚先生的教。我想大概从新的方面进去的人,容易了解绘画。绘画中历代的根基,这样看法,容易认识其联络。但像普通地从古昔顺次看下来,各处的连锁好像切断,就苦于理解了。

现在讲述印象派的话。这种印象派绘画,在近代艺术史开始时期中曾受非常的攻击和非难。

第一,印象派的画不出品于有名的沙隆画会。这有两个理由。一则是即使出品也要落选,因为沙隆的审查员不欢喜这等画。二则这派的画家欢喜自己进取,不要到沙隆去。故在一八七○年,终于不出品于沙隆了。前述的画堂的主人,有见到这一点的眼力,就出比较的低廉的价值,买进他们的作品。其画的价值,今日已经高到十倍、五十倍了。但是这等画,还没有充分纳入欧罗巴的美术馆中,只有在巴黎的罗森蒲尔美术馆中,有叫做卡友鲍德(Caillebot)的人所赠的数十幅,故先向这边去研究,是近便的路。其他的画,都归个人保藏着。大部分卖在美国。还有一个印象派画难于介绍的理由,就是为了这派的画性质上不宜照相。因为这派的画,在照相上不能表出色彩的美。普通的画,在照相上看时可以想象原来的色彩;但是印象派的画不行。

反对印象派绘画的人,是怎样的人呢?这与文学上同样,总是academy 的人,各个 academician 的思想虽然不同,然而团体的 academy 常常反对印象派。在绘画方面说,沙隆的审查员、得罗马奖的人等,都是反对印象派的,即信奉古代希腊、罗马及文艺复兴期的标准的人们,在法兰西就是从前的风汀蒲洛派(Fontainebleau),是住在须因河岸近风汀蒲洛森林处的一群画家,主画情趣的风景。其中要人如 Millet、Dupre、Corot 等。意大利、法兰西的折衷画派等。总之,是有一种自定的条义(dogma),而奉这条义为规范标准的诸美术画会,以及不问人的性质,对于无论何人都强以服从规则的诸流派,都是印象派的反对者。原来印象派的人们,对于哥雪克派(gothic)、原始派(primitive)或写实派,就是前述的流行于文艺复兴期末的诸画派,也是反对的。印象派反对其前一时代的浪漫派的不描光线的暗黑的画,而注重光线的描出。因此印象派又名"外光派"。

所以印象派或外光派,被当时的人视为破坏法兰西绘画的邪道,其实是法兰西绘画的归正。这样的事,在无论哪一国都有,假使日本有真的天才出现,照自己的见解而作现代的思想的画,一定受日本旧有的画家的诽谤。日本的画家,自昔醉心于中国宋元的画,这不是真的日本画。而晚出的浮世绘及大和画等,倒是真的日本画。以其新而疏远之,其实这反是真的国粹。

印象派发生的近因在于何处? 十九世纪的画,当然是随了刚才所说的顺序而渐渐进化的;但近来直接使这派崛起的原因何在呢? 这仍与一八七〇年的战争的力大有关系。一八七〇年的战争间或战争后,法兰西的真有天才的画家,为了避难或休养战争的疲劳,到英吉利去。那时候巴黎非常骚乱,画已经不能画了。马南也到伦敦,在伦敦暇闲无事,就常到国立画堂(National Gallery)去消磨时光。他看见了泰纳(Turner,英国风景画大家)的画,发现这等画里有法兰西画中所没有的风味,似乎另开了一副眼睛。

又那时候英吉利的康斯坦勃尔(Constable)大画家的画,传到法兰西来,刺激了法兰西画家。这样看来英吉利的风景画是刺激法兰西画界的。故印象派的渊源，可说是在于英吉利。英吉利，通例说是保守的国，然而未必一定是保守的。其实英吉利是进步的国。无论何种新举，其源必出于英吉利。英吉利人也许缺乏哲学、文学的理解力，但是算起一个个的天才来，绝不下于大陆。牛顿、达尔文、莎士比亚等，都是英吉利人。实在可以说欧洲一切运动的发现，皆始于英吉利。英吉利人是有 creat（创造）力的民族。凡事必先经英吉利人发现。德意志人把它加补材料，最后到法兰西人之手而成就。这可见英吉利有杰出的个人。在绘画方面，也是如此，泰纳比欧罗巴人先发现外光。这就成了印象画发生的原因。

此外法兰西从前的画家，例如，上述的十八世纪的名画家华托等，也已略有注重光线的倾向。华托的作品，在法兰西的罗森蒲尔也有，在柏林也有。试看了其中有几幅，就可以晓得印象派的萌芽即在于此。例如用紫色，他不在调色板上拼成了紫色而涂于画布上，拼起来的颜色不鲜艳，不如把组成紫色的原色并列地涂在画布上，隔开了适当的距离而眺望，这并列的色在眼中调匀而成紫色。还有荷兰风景画家罗伊斯提尔（Ruysdael）及法兰西从前的普商的画中，风景的地平线也用带青味的颜色来描。又非常充分地表出着 blue sky 的效果。又特拉克洛亚的《十字军入君士坦丁堡》的画中，裸体女子的肌色不仅用黄色与白色，又稍加用青与绿。这青、绿、黄三色，从适当的距离看去，在眼中集合而成为非常美丽的肉色。这等都与印象派的主张相合。故印象派，其技巧方面是祖述前面的各家，而集成的。所以虽说印象派，其实绝不是从何时到何时的全新的画派。其与从前的绘画的联络，分明地存在着。

又印象派于色的用法以外，其画题也与 academy 的人们不同。academy 的人们，画希腊、罗马的神话或历史。又欢喜画 allegory（譬喻）。试看通例的 academy 的展览会，每年的画题差不多相同，继续数百年也总是如此。但到了十八世纪，在法兰西就有世态风俗画的流行。印象派不像 academy 地取用宗教或历史的画题，而作直接在眼前的人生，即 modern life 的画。这是华托等与印象派的人们的一致的地方。故印象派，从技巧上看来与从前相联络，又画题上看来也与从前相联络。但是与 academy 不同，在一八六三的沙隆展览会中，印象派的人们的作品一概落选。那时候的皇帝拿破仑三世闻得了，以为太严酷，遂命于沙隆中特设一落选作品的室，把印象派的画陈列在其中。这落选作品的室称为"Saloon des Refuses"，即"落选画室"。这等被拒绝的画中，有马南、莫南、罗诺亚等的名作。现在这等落选画都已变为名画了。故印象派起初受反对，而渐渐得势，到了今日，就被奉为开拓欧洲新天地的画派而尊敬着了。这班人都不是理论家，理论不甚发表，因之要说印象派的理论很是困难。简单地说，大概如下。

据这派的意见，自然中"色"一物绝不是独立存在的。这是这画派的出发点。柳绿、花红，是人的私见，自然物并不固定。有的时候也许是柳红花绿。这是随时候与场所而定的，都不是一时的 illusion（幻影）。赋与色于万物的，是日光。日光从表面把种种物体包住，使物体的色因了日光射来的角度而变化，人类经过了生存上种种事业，而脑力发达起来，在其间养成了把形与色分开来看的一种习惯。但在自然，形与色本是不能分离的。只有描色的时候，人工地分开了描写。但日光是根本。从日光中生出色，有了色，才有形。物的距离、分量及远近，都由暗色与明色的差别而生。即暗与明是色的 value（价值）。总之，一切物件，都被具有 spectrum 七色的太阳光线包围着，入于人目的，是其光线的 value。以上是印象派从现代科学或常识上立论的根本的意见，从这根本，发生四个实际上的结果：

第一结果，是所谓 local colour 与 local tone(固有色与固有调子)的否定树的叶不限定绿。树的干不常常是鸢色。因了时间及受光线的角度而差异，描色的人，非常常用天真的眼来如实描写不可。最要注意的是 atmosphere，即空气。这是第一结果。

第二结果，是"影"的问题。普通以为影是黑的。其实影有时是青的。影一定黑，疏浅的见解。又所谓影，不是完全没有光的意思，不过其光比较其他的强光稍弱而已，即光度不同而已，即比较的明的地方与比较的暗的地方的差异惹人目的注意而已，并不是性质上的差异。所以影不可一味画作黑色。这是其第二结果。

第三，仍归着于影的问题。所谓色，尤其是影的色，是种种的光的反射。例如在青的毛毡上置红的瓶，从窗里射入的带黄味的光照在这等上面，一定生出有趣的特别的效果来。又如一个人立在房间里，从窗外射入橙色的光来，房间中带青味，于是这人的鼻间、口边或眉旁，就生出绿色来。现在实际有这样描画的人。出品于一八八二年的沙隆的裴那尔(Bernard)作的《L. G. 夫人肖像》中，鼻的中央有绿色。当时的人看了讥笑他。这是讥笑者的浅见。

第四，就是像前文所说，不在调色板上调颜色，而取原色来并列在画布上。其融合调和，委任于立在适当距离观看的人眼的水晶体。这样就生出颜色新鲜的画来。这融合作用行在人眼中，比行在调色板上来得确实。这叫做色彩的分配，即 distribution 或 disassociation。

这样办法，绘画接近于音乐了。即画布上有色的音乐，色的交响乐(symphony)，色的音阶。于是发生从来的人所不知的——与描写人间的事件的说明的绘画不同的——"纯粹的画"。一切现代艺术，都渐渐接近于音乐,画也向音乐方面迫近去了。

从这四个实际的效果上,生出许多奇态的画来。马南、莫南、罗诺亚的画大概影不用黑而用青、绿、橙。画面明亮,与从前的暗的画不同。又风景画中,青(blue)及橙(orange)二色所用甚多,其橙色的补色的青色,又自然发生。像马南为了一种特别的目的,有时也用黑。但到了莫南,黑全然不用黑色了。罗诺亚的影也不用黑色。故这派又名为"紫派"。但紫派的名称不适当。因为绝不是在调色板上拼成紫色而涂的。看似紫色,其实是橙、赤、青的 combination(连合)。

这样把原色分别涂在画布上,而使在眼中集合的画法,非有很锐利的判断不行。不懂色的人,只晓得形,这是不懂现代绘画的 academy 气的人。

要之,印象派的特长可约言如下。第一,是充分描出"现代的情绪",即 contemporary emotion。不画希腊、罗马或自己所不信仰的宗教的情绪,而把现代的自己的家庭、自己的社会中所有的感情表出在画中,是第一点。第二,是以 character(性格)代替昔日的 classic(古典)的形式的美。第三是盛行浮世画、世态画、风俗画。第四是不尊画题而重技巧。第五是画不当作文学的说明手段,使画自身独立。这是印象派的主张,也是其所用力的地方。

所以马南曾经说,画的主人翁是光线。又卡利安尔也说,画是光线的理论的发达。所以选择光明的,即色的最强的事物,以之为中心而组成一幅画,是良好的办法。一八三七年,文学的天才罢尔硕克已经看破这新倾向,而作一短篇小说。大意说,有一个画家不教朋友知道,苦心地自己描画。有一次他的朋友们强把他的画看了,费了十年光景描成的画中,全不成形,只是像云的一片,其间略微有几个像人影的东西。现今的画家,的确抱着这样思想。他们以为画是画,画最重光线,画是一种彩色的音乐。处处直接诉于人目而使发生一种不可名状的,在别的艺术中不能得到的兴味,是画的目的。这是最可注意的印象派的特长。印象派绘画与从来的别的绘画的差别,就在于此。

第十一讲 印象派绘画(续)

Pisarro、Sisley、Cézanne——Morisot、Cassatt 插绘画家——Caillebot collection——印象派及于外国的影响——德 Max Liebermann——挪威 Thaulow——比利时 Claus——意大利 Segantini——西班牙 Bastida——美 Alexander、Sargent、Harrison——英 Glasgow School、Lavery、Guthrie——柏林国家画堂所感——Böcklin 的画——Degas 及其画风——印象派以后——新印象派——Seurat, Segnac——光学的影响——点画法及其缺点——Denis——Gauguin、Gogh——Intimist 派,Carriére——Cottet、Blanche、Mesnard、Lawrent——Martin 与 Besnard——绘画的变迁与文学上的运动的关系

现代绘画的元祖,在印象派中,必须记忆的有四人,即马南、窦格(Edgar Degar)、莫南(Cloude Monet)及罗诺亚。其后有许多弟子及后继者,即比沙洛(Pisarro)、西斯莱、卡友鲍德、赛尚痕(Cézanne);妇人方面有莫理素(Morisot)夫人,还有一个亚美利加妇人而归化法兰西的梅理·卡沙(Mary Cassatt)。还有不是印象派的直接的弟子而受印象派的影响的一班插画家,即 Raffaëlli、Toulouse、Lautrec、Forain、Chéret 等。这等插画家受印象派的影响之外,又蒙日本的浮世绘的感化。后来又有新印

象派出世，一时大骚扰于伦敦。英吉利人呼这派为 post-impressionists（后印象派），但他们自己称为"新印象派"。在今日流行中最有盛名，又不久就发展的，是这新印象派，或利用这新印象派的技巧以发挥自己的特色的人。凡有现代的意义的画，都受着这画派影响。就是不是属于此派的人，也必应用着这派的技巧。这不限于法兰西，又以法兰西为中心，而流行于欧罗巴大陆、英吉利，尤盛于亚美利加，所以现今的所谓洋画的最新而最有生命的画风，皆出于这班人的系统。这运动从一八九五年及于今日。起初受非常的反对，现在已被承认为真画了。

前面所说的马南的弟子卡友鲍德，曾把自己所有的画捐赠于法兰西美术馆，即捐赠于国家。总名"Collection Caillebotte"。然这等画的陈列于美术馆，大受国人反对。因为起初这等画受世间的恶评，尤其是蒙政府的，即属于官僚派的所谓 academy 方面的人的非难。然而现在已经陈列于巴黎的罗森蒲尔美术馆中，当作最贵重的美术品了。现在非但不反对，而欢迎保存在美术馆了，这种情形，不限于印象派，凡创新的事业，往往逢到困难。所以凡事必须有广大的觉悟。儒弱蒙昧，是不成事业的。苦于小小的反对或小小的嘲弄而退缩，就无论做甚么事也不能革新了。这不但是画，音乐也如此。广泛地说，又不限于艺术、政治、宗教、道德。凡新举必然遭忌。不惜身受恶名而有真的创作力、真的精神的人，方能耐忍、努力，终于达到其目的。于是公众的脸孔，装作本来赞成的态度，这是古今东西所同然的情形。说话再归到卡友鲍德：他是个富人，又是欢喜新的人，与马南、莫南一同描画。因为有钱，故能作各种创作的运动者。他死的时候，把很贵重的所有物捐赠于国家。其捐赠的情形非常有趣：他藏有许多古美术品，古来的绘画，都是珍奇而名贵的。同时他自己又欢喜新画，故所保藏的新的良好的作品也不少。他把所有的古画、新画,一并捐赠于国家。唯其捐赠的条件,是全部捐赠,不准选择;即新画也要国家的美术馆为他陈列、展览。这卡友鲍德先生的办法真好,罗森蒲尔及其他的美术馆的执事者,听见有物品捐赠,立刻到他家里来问。一看,可以垂涎的重品固然很多;但是他们所非常嫌恶,一向视同蛇蝎的新画,也有不少。全部陈列在美术馆的一个条件,在他们非常为难。美术馆的执事人,大约不是思想浅陋的人。他们又计算通融的利益,故那时候,就巧妙地谈判定当了。但美术学校的先生,没有晓得这回事,听见之后非常动怒,就在报纸上登一个广告,说:"倘然国家受了卡友鲍德的搜集,而陈列于美术馆,我们同盟辞职,把这美术学校停闭。因为我们是在学校教美术的,倘国家受了这等画而展览起来,引导青年学子入于邪道,我们很不安心,故不愿再在学校教学生了。"当头具名的是教授莱翁·耶洛马(Leon Gerome),一个很有名的人。政府的话是:"我们不能判断美术的善恶。不晓得这种新的画是善是恶。但是无论怎样,这等画是有一班人认真地作出的。故对于这班人,国家似也要相当地待遇。幸而现在有这样的机会,就把他们展览亦属无妨。"国家对于美术,是取局外中立的态度的,故如此说。终于把古画送到罗佛尔美术馆,而把新画收入于罗森蒲尔美术馆的一室。故我们得在这画堂看到新的画,全是卡友鲍德的所赐。但罗森蒲尔的人们也非常不快,把卡友鲍德的画陈列在狭窄的一室中。故看的时候人距画必须很近,但印象派的画,非隔相当的远距离,看不清楚。现挂在狭小的地方,就看不清楚了。因此不晓得这道理的人,就以为印象派画是奇怪的东西。不但起初受恶意的待遇,就是现在,也还有反对这等新画的人。然这等是不久要灭亡的人了。他们的反对,在充满着生气的青年,并无伤害,任凭他们如何,都可不理。

　　近来的画有甚么特色呢?大都是注重外光,使人看去如同快活的胸襟的扩张。距今三四十年前的沙隆的画,与今日的沙隆的画比较起来,大体上犹之夜与昼的差别。不但如此,印象派的画风,又扩充于法兰西以外的诸国,影响于各国有特色的画家。例如在德国,有马克斯·李培尔芒(Max Liebermann)。这人长于外光,响应马南、莫南的画风。又在挪威有滔罗(Thaulow),是善于写水的画家。在丹麦,有克洛伊哀尔(Kroyer)。在比利时,蒙法兰西的影响的人很多,如理西尔培尔格(Rysselberghe)、克洛斯(Claus)、海芒斯(Heymans)等皆是。

在意大利方面,赛刚谛尼(Segantini)也是外光派的画家,显然受着新印象派的影响,还有有名的陂尔堤尼(Boldini)。西班牙亦受印象派的影响,在现代产出伟大的画家。其有名者,常出品于法兰西的沙隆,其中像硕洛亚格(Zuloaga)等,努力于色的分析的研究。比他更致力于外光的,有罢斯谛达(Sorollaoy Bastida),一九一一年曾在纽约、波士顿等处展览自己的画,惊动亚美利加的识者。这硕洛亚格与罢斯谛达,是现今西班牙最进步的画家。在亚美利加,早有亚力山大(Alexander)及现居伦敦的沙琴德(Sargent),又有哈理逊(Harrison)。在英吉利,反对 royal academy 的,有民间的 Glasgow School(格拉斯各派)。属于此派的人,都与印象派有关系。格拉斯各以外,还有拉佛理(Lavery)、格斯理(Guthrie)等,是现在英吉利有名的画家。这样看来,印象派的影响,各国都蒙受。现在早已及于东方的洋画家了。

这印象派或新印象派的画,倘要旧的头脑来看,总以为是奇怪而徒尚新奇的。但是胸中不杂一点陈见,虚心平气地看时,一定觉得有兴味。德国有名的批评家曾经这样说:看了白克林(Pöcklin,十九世纪中德国浪漫主义画家,善作理想画)的画,觉得感动,然而试问感动在于何处,却不在于画。只为了白克林是富于创造力的人,故一时惹人兴味。但看了数

遍,兴味就没有了。反之看马谛斯(Matisse,法国后期印象派画家)等的
画,起初觉得也平常;但看出了一点好处之后,重番仔细看时,就愈加有
兴味。看到三次、四次,趣味也与之俱增。可以实际地离开了文学、道
德、宗教等,而当作一幅画——当作色、荫与远近的配列——当作一种的
音乐来享乐。所以白克林的作品,到底不及法兰西印象派的画的有价
值。因为这正是现代的美术。

我曾经闲步于柏林的公园中。走出公园,通过菩提树街,那里就是
王宫。王宫的斜对面,有一处像一个岛的地方,其中就是国家画堂。这
画堂里近来搜集着十九世纪的新绘画。我不期地跑进里面,看见挂着许
多像我的美术的局外人也觉得下劣的画。所谓下劣,在别的意义上说是
高明,是巧妙,是优良,是正大。这里面有一种兴味:拿看活动影戏、蜡细
工,或读宗教、道德的书的兴味来看时,确是有趣的画。但是专当作画
看,全无一点感兴。这等画大都是出于德意志人的手笔的。其中原有象
征派的,又有前述的白克林的作品。我也是见了白克林的绘画的实物而
失望的一人。与其到德国去看他的真迹,不如在日本看看照相的好。其
色彩也是不愉快的,自然界所没有的。只有所画着的事情有趣味。然这
不过是文学上的趣味。在二十世纪的今日,只觉得白克林的创造神话的
想象力——在他的头脑中的一种标准、一种规则,是有趣味。讲到他的
艺术,可惜实在与大自然没有交涉,不能成为绘画而引起我们的感兴。
这样的画当作画已经没有趣味。我看见其中有一幅画着山上的高原,即
阿尔比斯高原的画,倒很有趣。暂时感动了,就近去看;岂知原来不是德
国人的画,而是前述的意大利画家 Segantini 的画。逐渐看过去,看到舞
手的画。穿着宽而短的裤子,足和手裹着衬衣,在作 fallet 舞蹈。我觉得
这是非常好的画,十分感动,原来这是法兰西的窦格(Degas)的作品。再

看下去,有一幅田中立着牛的画,也很有趣,作者姓名,是李培尔芒。这是我以活的一个人的态度而虚心平气地得来的印象。虽然没有深究绘画,但用天真的眼来看,很可看出现今的印象派绘画的真价。

所以现今的人的美术,表出现今活着的人的灵魂的美术,与现今的人的生命有关系的美术,必是上面所述的那种美术。我可断言,这绝不是好新奇,而是自然。人有一种惰力。这惰力使一知半解的人拘因于古昔,难能发出真的志气来。这在田夫野人倒少有,而在半教育者,一知半解者却很多。人的求学问,就是为了要使其忘却其愚陋,因此可以觉悟真的生命的存在。绘画也如此。被拘因于恶劣的传习,眼睛自然变坏了。在这时候必须废弃这等恶习,使成天真而无疵的眼。大多数的人,受理论的牵制,以为古人如此,所以始终要如此,于是全生涯为所拘因,一直到死为止。试看马南、莫南、罗诺亚的传叙,可知他们始终反对这种惰力,而常在艺术鉴赏上引导人们向正的方面去。这班印象派的人们,集合于巴黎的巴谛玉(Patinio?)咖啡店里,或描写,或谈种种事情。自英吉利来的辉斯勒和自德意志来的李培尔芒等也加入其中。结果,因为集合于巴谛玉,就出了“巴谛玉派”的名目。其中马南为首领,即所谓主倡者,于是一时的非难,就集中于马南一身,尤其是一八九五年,他画了《奥林比亚》一幅画,这画受非常的反对。展览会开始的时候这画挂在下方,后来终于用钩吊上了。因为不然恐怕批评家不满意它,要用洋伞柄来破坏它。这画里画着甚么东西呢?铺白绢的寝床上,一个女子倚枕而卧。其右方稍离开床处,一个黑人的女子拿着红的花束立着。旁边还有一只黑猫。这布置非常奇怪。画题、画法,都是大胆的、唐突的,简单说一句,是 audacious(豪放不拘)的。所以批评家非常嫌恶。最初这画也在卡友鲍德的搜集新画之中,故曾陈列于罗森蒲尔美术馆中。但我看见它的时候,已经挂在陈列许多古画的罗佛尔的一大室里,夹在古来的西洋名画之间而堂堂地悬挂着了。

还有一人叫做窦格。这人与马南不同,是阴郁的冷眼的厌世家。求名等事,自然不为。他的画中,竞马的画、前述的舞手的画及沐浴女的画等,是有名的。他常常取用这种不惹人目的,人们平常所不注意的题目,而表现出非常的技巧这一种世界观。从来画马的人多得很;但像他的巧妙地画出马的骨骼、马的神经、马的精神的人,却是没有。又因为是竞马,故又巧妙地画出骑马的人的心理。Ballet 舞的女子的手足的运动,也画得非常好。这样看来,这人是善写运动的画家。普通的画家,总是画静止状态的,他却相反,专求表现运动状态,在这点上,他有古今独步之称。还有入浴的一幅,与普通展览会中所揭的裸体画完全不同。所不同的,就是画出现今的人的真的裸体着的样子,别的画家,都是画空想的女子的。只是参考希腊、罗马所留传下来的画,而理想地画出人的肉体的 proportion(格局)的。又所画的都好像是不触寒风而围在温暖空气中的蜡细工的人物。总之,普通所画的是一幅"裸体画"。唯窦格的女子画,充分表现着接触寒风的皮肤的实际。皮肤的感觉或者神经因外部的空气而稍缩的地方,一一表现着。虽然统称为裸体画,然欧罗巴的裸体画都是空想的裸体画,没有表出着活的精神。只有窦格的裸体画,方才可说是现今的人的裸体。这裸体画的问题,是可以详细讨论的问题。总之,十八世纪、十九世纪的裸体画,只是"巧"而已,工艺与艺术毫无一点差异,空想地描出人物及动物,普通的人,就把这种造出来的世间所无的理想的动物当作裸体画。窦格在裸体画上抽发新机轴以外,与印象派的人们同样地尊重外光。色彩是他的生命。到了罗诺亚,与马南又不同。这人可说是印象派中的抒情诗人。他的画是音乐,是交响乐。评者说他的画在文学上近似乎马拉尔美的诗，在音乐上与窦襄西（Debussy）的作曲同趣。

以上已把印象派的画风、特长等略略说过了。印象派以后的画坛如何状况？发源于英国的那新印象派（neo-impressionist），在前面已略略说起过，现在再就这新派略说一说。原来，这新印象派或所谓后期印象派的名称的由来，在于一八八〇年。其所努力的，要不外乎是莫南、马南等的主张的更进一层，想作出更加科学的制作。

这方面的首领，现在已经死了，有名的是修拉（George Seurat）、西捏克（Paul Signac）等。这新印象派与本来的印象派同是受着物理学的影响，而应用之于作品的技巧上的。不过这班新人更深进地努力于物理学上的发现。即把 Helmholtz 与 Chevreul 等的色与光的研究仔细嚼味，而试利用其结果于绘画。马南、莫南分解色的时候，用 touch（法语 touche，笔触）的技法。例如，先把原色的赤一条一条地涂上，再在赤的下面并行地涂青。在相当的距离看去，就恰好地在眼中集合。这是前面的印象派的办法，在画布上先把色分解，使在入眼的时候再综合拢来。新印象派的人们则不然，其 touch 用圆的点。他们在物理学上研究，知道色的分解与综合，用圆点比用条为得宜。因此新印象派一名"点画派"（pointilist）。

试看这班人的画，画面只见无数大小相同的圆点。近看时很是可笑，宛如撒散的沙粒。然在一定的距离看去，这等恰好地集合，成一种近于天然的色彩。但是这点画派的办法，有一个缺点，即把这等理学上的发现及议论的结果直接地机械地应用在绘画上，总觉得妨碍了画的气势。论理地实行 Helmholtz 及 Chevreul 的学说，绘画就变成不是美术了。那种自然的感服而无意识地发出的感奋，就缺乏了。总而言之，缺乏自然的(sponteneous)气象,而有不自然之感。所以点画派的画,过于逻辑地做去,结果很不有趣。宜用这种"点画"的地方,只有大的屋内的壁画。宜挂在不接近去看而远望的地方,例如殿堂的壁或天井上的画。又其表现一种装饰的美,也很有趣。然而这样说来,这可不待修拉与西捏克的发明,千年前的意大利寺院里 mosaic(一种嵌细工)早已有同样的手法。这等画当作 mosaic 也好;但当作普通的画,总归不宜。所以新印象派,起初拘于理论,试行点画的手法,但后来渐渐变更,现今的新印象派中,有种种倾向的人了。其中有名的人,如窦尼(Maurice Denis)、果刚(Paul Gauguin)、谷诃(Van Gogh)等。窦尼与果刚的画,现今在伦敦是常常被议论着。这就是伦敦人所谓称"后印象派"的,其实就是新印象派的一面。这窦尼是罗马加特力教的信者,把他的宗教心的思想作成一种象征或 allegory 而作出许多壁画。他的画法,竭力除去偶然的、不主要的部分,而单画出主要的形、主要的色。这一点与东洋画相通似。其用色也不像西洋画地配浓淡、阴影,而单用平涂,全是东洋画的手法,与从前的尊重现实的画,趣味相悬殊了。在绘画上,有尊重现实,同时又有赞美质朴的心理。所以这等画非常引起人们的议论。

其次的果刚与谷诃,也都与窦尼同样,是单描主要点而略去偶然的细部的一派,即所谓"略画派"。以前的人常常描写使人悦目的材料,他们与之相反,画得务求其有强烈的刺激,于是一种蛮气注入了欧罗巴的画界中。果刚到南洋去做蛮人,谷诃发狂而死。两个都是极端的人。

果刚,起初在巴黎做相当的银行家,有不少的资产,是个漂亮的才子,漂亮的 bourgeois(中流人)。他在三十岁前后,有一天看了西斯莱的展览会,非常感服。其后就与这等人交际,受教育,自己练习技巧。终于放弃了银行,到乡下去画 sketch 了。但在欧洲,他觉得不便,就到西印度去,描西印度的野蛮,回到巴黎来开展览会。然而竟不受世间的欢迎。于是他说欧洲更腐败了,就到谛许塔(Tihita)岛上,自己同野蛮人一同栖住,作野蛮人的生活,至一九〇三年而死。其人如此,故其画很有蛮气。果刚的画并不完全,偏狭得很。然而能常有这样的人来搅扰这世间,也是好事。凡物不可求其完全,完全就是停止的意思。停止就是腐败。所以必须常有搅扰。过于搅扰虽然不可,但过于停滞也是不行的。欧洲的艺术,近来过于优秀了,这时候非用一种蛮气不能治疗。这果刚大概是天遣他降世,来送一服清凉剂或激烈的下毒剂的吧。

印象派以后的流派,还有"昂谛米斯德"(intimists)一派。大概是描写 intimate(内奥的)的事,描写人间的内心运动的一派。这是为了现今的画都尊重外光,注重光明,单画明了的事,故反其意而描内的方面,描内心的运动。可称为首领的,是有名的卡利安尔。卡氏早已死了。现在活着的人有柯谛(Cottet)、勃郎修(Blanche)、美那尔(Mesnard)、罗郎(Lawrent)等。罗郎尤为东洋人所知。这就叫做昂谛米斯德派。

还有我所非常赞成的一派。这派并非有名称,但我信其必为将来的美术。讲到其人,就是马尔当(Martin)、裴那尔(Besnard)。这马尔当承继十九世纪的罗郎,即 T. P. Laurens,又加以光派、印象派的技巧。他的画最适于装饰。反之,裴那尔则关于技巧,即色彩的思想,取自马南、莫南,不过其技巧不用于写实而用于一种思想上。即不用以写现实,而用以表现自己的思想。但他是把从现代各方面受得的思想,即从道德\宗教等受得的种种思想综合为一,而用印象派的技巧来发展的。所以从技巧上说,是印象派的;而讲到其内容,可以看出智力活动着的画,或理想活动着的画。这等画是一种象征艺术。这人的画原来是印象派移到未来的美术的桥梁。我敢推这类绘画为现代的艺术,而赞赏它。

如上所述,画的变迁与文学的变迁相同。文学上有自然主义、写实主义,有一种巧妙的技巧。正与印象派的色彩分解,外光描写同样。文学上的自然主义,取材于近代的目前的事。印象派也取现在的,目前的事。所以在文学的自然主义中有"技巧上的自然主义",又有"自然主义的世界观"。同样,印象派也有外光的描写、色彩的分解等技巧,同时也描写现实的生活。这等在现在的艺术上的贡献是何等大!我们都是蒙其恩泽的。又在文学,自然主义、写实主义衰落后,有理想主义或humanism(人道主义),或可说是社会的倾向,即 social tendency 的主义出来,多少是向着理想的方面的。绘画方面也是同样。文学方面自然主义衰落,不复像自然主义地用技巧了,画的方面也不复像印象主义地用技巧了。以后向哪方面走?也不是归于从前的理想主义,也不是归于浪漫主义,而将产出一种新的综合美术,这综合美术甚么样呢?简单一句话,便是认识宇宙的 rhythm(节奏),认识宇宙的波动。色、音、语所归的地方,表出 rhythm,rhythm 是艺术的根本。在表出 rhythm 的时候,岂非就是绘画、雕刻、文学,统统综合了么?照我的所见评判起来,一切艺术,共同地具有现存着的某种艺术的美。这艺术便是"音乐"。即所有的现代艺术,都具有音乐的倾向。音乐正是现代的艺术的中心。一切艺术统受音乐的影响,接近于音乐方面去。这是现代艺术的倾向。

第十二讲　现代的音乐

现代的音乐——对于洋乐的误解——洋乐——音乐的本来的性质——sympathy（交感）——音乐的起源——叫声——音阶的发现——旋律音乐的发达——音乐的二要素旋律与拍子——旋律的乐器与拍子的乐器——旋律的音乐与拍子的音乐——Verdi 的 *Rigoretto*——意大利与匈牙利——法兰西人的性情与舞踏曲——文艺复兴以后洋乐的发达——脑髓进化——目的文明、耳的文明

最后一回要讲到音乐了。在造形艺术中，我只说了绘画，没有说及雕刻的余暇，实在是憾事！不过现代雕刻的倾向，其实与绘画的倾向差不多相同，不墨守古昔传下来的死板的规则，而务求新的节奏，把新的运动、新的调子表出在金石上，是现今雕刻的特色。最充分发挥这特色的，即如法国的罗丹、比利时的牟尼哀（Cunstain Meunier）、意大利的洛萨（Ercole Rosa）等。这几人可说是新雕刻家的代表作者。关于雕刻的详细的话，因为时间不够，暂且不说。现在请就音乐略说一说，以为这现代艺术的讲话全部的告终。

在说音乐以前，要先就世人对于音乐的误解说一说。所谓误解，就是对于音乐的见解狭小或错误。例如世人惯拿西洋音乐来同东洋音乐

比较论证,即是一种误解。所以现在要先把这事说一说之后,再说西洋音乐。

反对西洋音乐的人,都说东洋自有音乐,何用西洋音乐的输入?这话自然也有理由。谁都晓得音乐倘不合国民的性情是不能发达的。且这情形不限于音乐,一切事体,都要适合国民全体的性情而始能发达,故这句话,也有合理的地方;然而也不过含着一面的真理而已。何以言之?因为举东洋的某种俗乐或剧乐来对抗西洋音乐,便是大错。一般人大误以为音乐就是唱歌,或音乐是叙述某种事件的。这便是把音乐的小部当作全体,拿占有小部分的音乐来对抗占有广大的部分的别的音乐,岂非错误?这好比弓矢与铁炮。弓矢原也有特色,但铁炮兼有弓矢的特色中最要点的"射发力",同时又有许多其他优点。现在拿东洋音乐来对抗西洋音乐,岂不犹之以弓矢敌铁炮?这误解正是由"以歌为音乐"的误解而来的。须知音乐不仅是歌,鸣响的就是音乐,音就是音乐。不可以只知有歌而忽视乐器。

主张东方音乐的人,往往偏重"歌词",即文章的美。然文章的美不是音乐本身的特色。这是关于文学、道德或宗教的,不是关于其最重要的"音"的,故不能指为音乐。单从文章或内容的意义的美恶而判定音乐的高下,是不合理的论见。故一般对于音乐的误解,全由误认声乐中歌为音乐全般而起。

(中略)现今东洋的音乐,大都是主重歌词的音乐,又是限于一阶级的音乐。而且衰颓已久,实在不足以代表东洋音乐了,西洋音乐则最近二百年来非常进步。今先就音乐本来的性质说一说。

说音乐的性质时,倘要追溯艺术的性质而探究,说话就太长了。然我以为音乐与别的艺术同样,一言以蔽之,其要素无非是 sympathy,即同情。人类倘然没有艺术或类似于艺术的东西，将何等寂寞！笼闭在个人的小天地中，不能外出一步，一个伴侣也没有。除了个人以外，全是黑暗。故对于艺术或人间的同情，是人生不可缺的要事。吾人心中发生同情、同感或交感的时候，就希望 expression（表现），使别人晓得我有这样的思想或感动。我们不妨拿狗来比方：狗在主人的前面欢喜踊跃，与人类的艺术的表现是同一道理，而与音乐尤为适切。在英国，狐狩的时候放出二三十头猎犬，使之追逐。那时候一猎犬发出吠声，二三十猎犬同时出呻吟声。这也可说是音乐的根元。要之，无论何种音乐，其最初便是这呻吟声。试到野蛮人的地方去一看，就可明白这一点。又不会做诗的人咿唔地学人吟诗的声音，也就是音乐的最初。（笑）这等叫声，有的欢喜，有的悲哀，都是为了要求人的同情而发出的。例如牝牛失了子而悲鸣，牧场中的牛大家发出同情的鸣声来和她。得了别人的同情，自己心中的悲哀就可缓和一点。

　　叫声是音乐的最初。亚美利加南端的巴达各尼亚（Patagonia）地方，有一种野蛮人，不会说话，只能发"哑哑"的声。这"哑哑"就是他们的言语或音乐，也就是其国的艺术。稍进步的野蛮人，能发"哇"与"哑"的两个声音。把这两个音反复叫出，表示欢喜。近来据说有一种蛮人受了种种的刺激，而渐渐改良他们的声音，终于发明了所谓音阶。现在乐典中所说的音阶，其实都是从野蛮人的叫声渐发达而成的。何以故？因为凡发高声的时候，总不能永久保住同样的高度，必渐渐低下去。于是 si、la、sol、fa、mi、re、do 的下行音阶就发生了。但这已是很进步的时期了。音阶就是音的阶段，即英语的 scale，拉丁语的 scala。一般都说是 do、re、mi、fa……顺次向上行的，但我以为不然。据我的意见，音阶本来不是上行的阶梯，而是下行的阶梯。即最初发高声，力渐衰而声渐低。故 do、 re、mi、fa……之说，不及 si、la、sol、fa……之说为近理。然现今进步的西洋音乐，自然不是如此。现今的西洋音乐的音阶，不仅以旋律（melody）为基础，而又以调和音（harmony）为基础。从这调和音方面说来，必然先有上行的音阶。更为了在音阶中，有叫做"基音（tonic）的一个音，故可知进步的音乐，其音是上行的。然从音乐的起源上考察，而把诸国的音乐比较起来，绝不是这样。音的发生，凡旋律经过一次上升，而终于降至最低的音，是自然的状态。决不会降而复升。故以人的自然的叫声所变成的旋律为基础的音乐，其音阶应该是先上升而渐渐下降的。与日常的语言调子恰好相同。普通言语的音调总是终于下降的。终于上升的，只有疑问的时候。

　　故人类的音乐，最初是向旋律而进步的。就是希腊、罗马的音乐，想来也是不出于旋律之外。关于希腊、罗马的事，我们不能详知。然据残留下来的乐器或文献看来，似是单音的旋律的音乐，恰好与东洋的没有 harmony 而只有 melody 的音乐同样。然仅有 melody 也不行，另外还须有 rhythm，即拍子。这拍子是从哪里生出来的呢？考究起来，音乐有两种要素：一是咏叹声，即不知不觉之间所发的叫声，是 melody 的所由生；二是帮助这叫声的"动作姿势"，即 gesture。这就在 melody 之外另生出一种所谓 rhythm。这 rhythm 能使音乐更美，感动力更强。这"动作姿势"就是用手足的舞蹈来代替声音而表出思想感情。人的身体生得很好，有两个手与两个足。所以手足的舞动，不仅限于一方面，而可以左右交互轮流。右方舞动过，换左方舞动。因为人的身体的构造是对称的（symmetrical）。最初随便运动其身体，渐渐合乎规则，于是始发生舞蹈。在舞蹈中，手足的舞动时候最初是足蹈。这便是 rhythm 的根源。故在乐器中，也有两类。其一是在竹头或木头上开穴而吹的，即用以代替人的喉而所发的声。其二因为常用足蹈不免疲倦，故造出太鼓（drum）来砰砰地敲打，用以代替足蹈。故笛与太鼓，就是对于 melody 与 rhythm 而造的乐器。

先造笛，还是先造太鼓，是大有议论的一个问题。这实在不容易决定。或两者同时造出也未可知。这两种元素，即 melody 的调子与 rhythm 的拍子，包含于一切音乐中，无论何等进步的音乐，皆含有这二者。故在玩赏音乐的人们，也有欢喜笛的与欢喜太鼓的两种。感情柔和的人，总欢喜调子，欢喜有高低的延长的音。例如最进步的人，欢喜德国的修芒（Schumann）的作曲。身体壮健而活动的人，性急的人，即强烈的人，欢喜节奏的音乐。例如史卡尔拉底（Scarlatti）的作曲，是他们所欢喜的。这倾向早已在野蛮人中出现，而在现今的开明人中也出现着。这两倾向，又因了国土而不同。就欧洲而论，意大利人长于旋律。故意大利音乐的旋律良好。即在现今，凡尔第（Verdi），所作的 *Rigoletto* 是以旋律的优秀知名于世的。现今世界第一的次中音（tenor）歌人卡尔索（Carso）唱奏这曲，最为得意。这曲实在是北方人所不能梦见的非常良好的旋律。作曲者最初对于这曲非常秘密，秘密教人练习歌唱。后来在 Venice 的歌剧场演唱，博得非常的喝彩，就在当晚遍传于 Venice 一带地方。这样美妙的旋律，是意大利的特产。反之匈牙利人长于 rhythm，惯用乐队演奏他们的乐曲。法兰西则兼有匈牙利与意大利两者的特色，其音乐多舞蹈曲。故法兰西人是非常善于模仿的人种。N'est ce pas? C'est bien! 他们是惯于用 gesture（动作姿势）来说话的国民。故音乐也倾向于这方面，舞蹈曲一类的音乐特别发达。

如上所说，音乐有旋律与节奏，向两方面而发达。这旋律与节奏，在英语说来，是一种 design，即一种型。要把人的感情传达于他人，不能不有一定的规则。没有规则不能使人了解。要使人了解，必须有一种组织，必须清楚明了地表出。因此旋律与节奏逐渐被研究，就产生了合于一种型的音乐。这两者不发达的，永远为野蛮人的音乐。凡称为文明国的，其音乐皆有型，希腊、罗马、中国、印度的音乐，皆有其型。各型——各 design——经种种变迁而发达，终于成为今日的西洋音乐。近三百年来，始达于完全之域。以前的西洋音乐，与东洋音乐大略相同。希腊的drama 与日本的"能乐"相似；中世的宗教乐也与日本的"能乐"或剧乐相似：起源同在一点。最近三百年来，西洋音乐展出了可惊的变化，而东洋依然不进，于是东西洋音乐有悬殊的差别了。

西洋音乐何以如此进步？仔细考究起来，可知也是基督教的惠赐。在中世纪，专行基督教音乐。希腊、罗马的音乐乘了文艺复兴的机运而复活，一转而开拓现代音乐的基础。所以现代的音乐，间接有赖于希腊罗马的音乐者甚多。这文艺复兴，不是希腊、罗马的复兴，而是古昔的优点的采集。故与其称为复兴，不如称为革新运动为当。这革新运动急速地促成了音乐的进步。这文艺复兴的发祥地的意大利及其次的荷兰，均产生高尚的近代的音乐。到了亨代尔（Handel）与罢哈（Bach）的时代而集大成。自此以后，渐渐发达，经过十八、十九世纪，到了裴德芬而结实。现代音乐则又从裴德芬发达而转入新方向。裴德芬时代的重形式的音乐入十九世纪而变成重表情（expression）的音乐。到了二十世纪，重形式的音乐与重表情的音乐渐形综合了。

我是说现代的艺术，不是预言未来的艺术。但在说现在的时候，眼睛不可不注视前途。关于这点，我要从生物的 morphology（形态学）上说一说。

我以为人类的脑髓是从古昔次第变化而来的。中世纪的欧罗巴人的脑髓,比较现今极进步的欧罗巴人的脑髓,其组织状态大不相同。例如死了的华葛耐尔的头与古代人的头,一定非常不同。了解西洋音乐的人,其头的构造上一定比普通人稍有进步的差异。这也许是极渺茫无稽的话,然我总是这样想。人的精神与人的肉体的关系究竟如何?关于这问题有种种的说法。总之,两者之间有密切的关系,是无疑的事。所以倘要深究人类的精神,实在可先把头打开来看一看,在那里面必定有一个关键。实际上已曾解剖过许多伟人的头,以作实验。近来德国医生亚奥哀尔罢哈(Auerbach)正研究这事。一九〇六年,死去的诗人拿律德·可宁克,是懂音乐极早的人。五岁时从先生学怀娥铃。七岁成了孤儿,寄养在先生家里,研究音乐理论,练习实技。九岁时已能作很好的曲,在荷兰首府中演奏。十九岁时当德国某剧场的官弦乐长。音乐的天才非常高超。不但能听出音阶的音,连汽笛的音、钟的音等的 vibration 的度数等,也能听出。解剖这人的头,发现其中略有异常之处。即两旁的颞颥边的脑的机关非常大。解剖一个人原不可靠,然其他的脑髓解剖的结果,也与这相类。例如解剖褒洛(Hans von Buelow)的时候,发现其 sylvius 导水管非常大。理学者及音乐者的海尔姆霍尔芝(Helmholz)也是如此。凡懂音乐的人的脑髓,其 sylvius 的一边都是发达的。又看与音乐有理论上的种种关系的数学家的头,也有同样的特相。可知感受音乐的地方,是在脑的横颞颥稍下的耳边。

从此再考究下去,我想一定很有兴味。不但人类,回溯远古的生类的祖先。从解剖学上深究耳的听音从生物的哪时期开始,眼的看物从生物的哪时期开始,是非常紧要的学问。我曾经读各种的书,考察这问题,始知眼的见物的感觉,是从极早的时候已在生物的极下等者中发达,到了有脊动物,即高等动物而眼的发达始达于绝顶。眼的感觉不能再有更大的发达了。

　　回顾人类的文明史,倘有前纪的生物全体的文明史的存在,恐怕这文明史一定是从这眼开始的。今日的人类所能知的真理,似乎从眼的知觉发生的真理居其多数。夸张一点说,自古至今的人类的文明,都是眼的文明。而这眼的文明,此后已不能再希以上的发达,即此后须由耳的文明来代替眼的文明了。将来的人类,大概要从耳的方面出现可惊的文明。我这话并非空想,实有所根据。现在姑且撇开这等想象,而征之于实际:试看这二百年间,音乐非常急速地发达,显示可惊的进步。因此一切艺术的倾向,似乎都向了音乐而进行了。不但艺术,一切文明皆移向耳的方面。故现今的人类中,充分了解音乐与充分懂得数学的人,恐怕可算是最高尚的、最进化的人。然倘只有这一部的发达,非常危险,因为一部发达的人不是天才而是狂人。但各部平等发达,而其中数学与音乐尤精者,一定是天才。所谓天才,与常人不同,不是由用功而来。能理解天才的事业的,是能才或人才。我们听了裴德芬的音乐也能理解,又对于艰深的数学也能学得,然而要在头脑中创造它们,在我们到底不可能。创造非天才者不行。音乐与数学,实际是很相似的。其创造非常困难,非天才不能。所以世间每逢有一天才出世,人类就前进一步。天才创造了一次,别的人就勉力研究或模仿。人类是这样发达下来的。所以我想,人类的未来的艺术、未来的文明,其基础恐将从眼上移建于耳上了。

艺术教育

［日］阿部重孝等 著

丰子恺 译

序　言

这书中所载的十篇论文，中有八篇是外国的艺术教育论者所著而我所译的。计有日本著者四人，即阿部重孝、岸田刘生、北村久雄及关宽之；德国著者二人，即 Ernst Weber 与 Franck Damrosch。其余二篇，是我自己所作的。这等文字，都曾在最近二三年来的《教育杂志》上发表过，本来不须保留；因见国内关于艺术教育的论著绝少，遂纂集而刊印为这册书，使在岑寂的中国艺术教育界中暂作一个细弱的呼声。民国十九年十二月丰子恺识。

目　录

艺术教育思想的发达……………………………… 239

艺术教育运动……………………………………… 267

图画教育论………………………………………… 288

音乐教育论………………………………………… 311

音乐教养初步……………………………………… 323

教育艺术论………………………………………… 340

教育艺术的实际示例……………………………… 376

关于学校中的艺术科……………………………… 386

关于儿童教育……………………………………… 396

儿童的年龄性质与玩具…………………………… 416

艺术教育思想的发达

阿部重孝

一　美育与艺术教育

"艺术教育"(Kunsterziehung od. Künstlerische Erziehung)是在晚近发达的,即在十九世纪后半,大约一八八〇年左右,方始兴起。但这并非完全是十九世纪的产物:从明白而热心地倡导艺术教育的一点上看来,十九世纪后半之盛固为其他世纪所远不及;但倘把艺术教育视为与一般的"美育"(Asthetische Erziehung od. Bildung)同义,或把艺术教育视为美育的一部分,则艺术教育绝不是十九世纪的产物。吾人倘以美育为问题而讨论,则在理论上,在实际上,都绝不是新的材料。

在希腊,当纪元前四世纪,美育的要求差不多早已理想地实现着了。诗人荷马(Homer)是当时的精神生活的建设者,他的作物都是教化的圣典。学校以使少年易于感受的美的印象为其最高的使命。因此美的趣味的教养,非常注重,不但音乐、体操、雄辩术等显然地受了尊敬,图书教授也在纪元前四世纪中叶一般地实行,音乐的陶冶也本质地实行而全无何等实际的目的了。又如体操场、游戏场、剧场、公共建物等,都成了成人的自由教养与享乐的场所。不但如此,希腊人的关于学习及教授的见解，也全然是美的。他们的意见，以为教育决不能强制地实行，又决不可强制地实行。教养一事，是希腊自由民的美的装饰，人格的圆满而调和的发达，是教养的究极的目的。从这几点上看来，可说从来对于纯粹的美育的使命的理解，无如希腊人的充分的了。

基督教入欧洲，形势遂为一变。当时一切都为信仰的牺牲，艺术与美育亦因之而衰颓。但基督教渐渐繁荣，艺术遂被用为宗教上的仪式；同时基督教主义的艺术家，就在艺术的形式中表现他们的信仰的世界了。故在基督教的世界中，美和艺术虽不能像在希腊地占据优胜的地位，但在他方面，基督教在把艺术内面化而给艺术以灵魂的一点上，实有很大的贡献。不但如此，对于建筑哥雪克式（Gothic）的殿堂的国民，我们决不能说他们缺乏美的感情。他们在这等殿堂中敬礼神明，同时又在陶冶他们的感官。这样看来，中世的美育不能称为全无；不过其美育与其他一般教育同样，也做了信仰的牺牲，而不在纯粹的形式中实行。

其次，文艺复兴的运动是古代教化的理想的复兴，其目的全然是美的。一切创造的又艺术的力，到那时候都觉醒，洗练的趣味与高尚的风习，普及于一切阶级中，到处都是美的崇拜了。于是弗罗伦斯（Florence）就变成了新的雅典。而文艺复兴期中的美育，重新离开了实际的目的而趋向于高尚的生活的享乐了。不过在希腊时代，造形美术占有美育上的重要的地位；在文艺复兴时代，则以诗及修辞学为最发达。

更其次，在宗教改革时代及十八世纪的理性万能时代中，美育未被充分倡导；但到了十八世纪后半的新人文主义（Neuhumanismus）时代，美育又被宣扬起来。倡导新人文主义的人们，力说人生的调和的发达，他们的教化的理想，颇属美的。可称为他们的代表者的人，便是席勒尔（Schiller）。他在所著的《关于人的美育的书简》（*Briefe über die asthetische Bildung des Menschen*）中详论着他的理想。据他说,美育是教育的理想。他不服从康德的严肃的道德说,而以为艺术的尊贵远在道德之上。他的所谓艺术,是包含道德的。即以道德为内容,而又是超越道德的。自由的自发的,不属于义务而属于享乐的道德,便是艺术。故席勒尔倡美善一致之说,以为欲使感觉的人成为理性的人,除先使他成为美的以外,没有别的方法。这样的艺术思想,不限于席勒尔一人有之,当时的文学者、哲学者等,都热心地鼓吹这主张。就中有所谓浪漫派的一班人,憧憬于所谓"美的生活",而热心地崇拜艺术和艺术家,希望把他们的生活直接地化成艺术品或诗。但这种思想,与新人文主义者的思想同样,在实际生活上也没有多大的影响。其次,继起的十九世纪,是自然科学全盛的时代,又变出主知主义的跋扈。提倡艺术的思想就一时衰颓。但到了十九世纪末叶,又起反动,提倡艺术的思想成了复活的状态,从此就产生现在所说的艺术教育思想。

　　现在所谓艺术教育思想,与以前所谓美育思想,果属于同一思想系统么? 抑或前者称为美育,后者称为艺术教育,而各有特殊的意义么? 对于这个问题,论者的见解各有不同。从教育学的理论的考察出发的论者,主张这两者在今日已属于同一思想系统。这主张原也含有一面的真理。何以言之? 因为两者在动机上即使有所差异,但在教育上高唱美化、力说艺术的一点上,两者是同出一轨的。但所谓艺术教育论者,不必大家承认这主张,而有多数人力说两者之间自有异点。据他们说:如席勒尔所代表的美育思想,颇属于思索的,同时又是贵族;艺术教育思想则不仅是思索的产物。这艺术教育思想是以当时社会事情为背景而起的一种文化问题,而以实际的、民主的、社会的为其特色。他们的爱用"艺术教育"的名称以区别于"美育",也是根基着以上的思想的。

然则产生艺术教育的社会事情为何？答曰，艺术教育思想的根源，乃在于十八世纪末惹起法兰西大革命的文明状态和革命所直接形成的时代。在革命以前，艺术与全国民生活的结合早已失却，受了上流社会的保护而作相当的发达。遇到了这急激而有力的社会改造，艺术的发达大受挫折，而艺术就失却了其立脚地。虽然艺术的制作未尝停止，但其制作与国民生活已全无关系，而与国民的意识已相隔甚远了。尤其是在德国，又发生国民的分裂，失却了国家的统一，于是艺术与生活的关系就全然破坏。其结果便是国民一般趣味堕落，视觉衰退，而失却了对于光和色的欢喜。下至十九世纪中叶，到了所谓大工业组织的时代，经济上发生了很大的变动，人们都抱了生存不安之感。又在这机械工业时代，社会上发生了所谓劳动者阶级的可哀的阶级。这阶级中的人犹如机械一般，全无何种固有的内的创造力的活动，而从事于单调无味的日常的作业。这种劳动机械化，便是机械工业时代对于人类的赐物，而人生的祸患从此愈加激烈了。就中在十九世纪，发生了可破坏人生的幸福的一个倾向，这便是人生的不安。因有这人生的不安，人们就希望向艺术和艺术教育中追求其慰安了。艺术是统一的，调和的。而十九世纪最缺乏的是统一与调和。在十九世纪的初叶，固然还有十八世纪的烂熟的贵族的文化遗存着。又在一九〇〇年左右，也有多方面而洗练的民主文化占着势力。这等文化虽然光彩灿烂，但是过敏的，又不安的。而其统一力也已没有使人生幸福的力了。故李希泰(Johanes Richter)的见解，以为艺术教育思想，是这样的文化发达所必然产生的结果。他又说，对于个人的平和及国民的有机的统一，人类虽已不绝地努力过来，但对于调和与统一的憧憬，从来没有像十九世纪中的深切而有力。艺术教育的思想，实为这憧憬的产儿。

由此看来,艺术教育绝不是讲坛教育学者的发现物,也不是教授论者的实验的产物,又不是一二人的巧妙的着想所生。诚如李希泰所说,这运动是由许多根据上必然地有机地发生的一种文化问题。更引用华尔格斯德(Heinrich Wolgast)的话:"我们在今日呼号着由美的影响来补足教育;但其动机却决不是从形式的教育学的考察出发,而是从历史的发达的事实上产生的。现代的社会意识,即在一方面是欲用渐渐增加起来的余暇的时间来享乐艺术的意识,在另一方面是以国民间的教化分裂为大不幸的意识。这两种意识对于我们今日所讨论的艺术教育思想和其试行,是给以原动力的。"

二　艺术教育思想的文化的背景

我们现在要抱了这样的见解,而把艺术教育思想渐渐明白出现的十九世纪后半(就中关于第八十年以后)的事情考察一下。

谁也知道,德国的国民生活,因了普法战争而起一大飞跃,而全国民均起了国民的统一的意识。这是对于有光辉有统一的文化的发展的预见,从此国民都期待新文化的发展了。但这期待不能速达。普法战争后德意志经济界的大发展,是不能否定的事实;但从法兰西得来的多额的偿金,一方面使德意志经济界起了从来未有的飞跃,他方面又起了一种弊害。这弊害不但流毒于德意志的市场,连德意志的精神界也蒙受多大的损害。即从此人们都发狂似的努力于致富,暴富者辈出;但他们都是不解生活为何物的。于是"价值"一语的概念失却了其普遍性,说起价值,就直认为物质的财货的价值的意义;而"储蓄第一"就成了处世上的无上的命令。于是物质主义和拜金主义,在一切的阶级中收得了无数的信仰者;德意志人的生命力就全部向着了这妄想而倾注了。他们把这样地得来的富,费用在物质的享乐上;为欲任意猎得物质的感觉的享乐,世人就倾注其全力于富的猎得。于是真的艺术的享乐就成为不可能,而暴富的一种趣味风靡一时代了。当时德意志的主要的都市,都成了这种弊风的渊源,故其影响几及于全国。终于使道德的观念陷于混乱,而真理、纯洁、正义、忠实等观念,就动摇起来了。

倘止于如此,还算是幸福的;不料在这上面又添加了国民的分裂的可悲的事实! 即国民的精神生活互相分离,到处设了壁障。于是发生分离、不和、不关及相互的不理解,人人互怀恶意。政界又分了许多党派而日事争斗;宗教上的争斗就把全国民分为两群。加之资本家虐待贫民,傲慢的享乐者与疲劳的劳动者,互相嫉视而反目了。就学义务虽普遍地励行,但因为学校组织是阶级的,故受高等教育的人与一般的国民之间,依然隔着不可超越的深沟。

国民全体互相分离、嫉视、反目,同时个人的内的生活亦失却了统一调和。在不过一百年之前,一般文化的状态还巩固而又得安静的生活;到了机械万能的时代,这可能性就几乎完全失亡了。人们的精神上的安静,为急速而喧噪的近代文明所破坏,蒸汽与电气就做了人们的支配者。即蒸汽与电气课人们的单调而无休息的劳动,终于使人们都带了机械的性质。一方面人口的增加,使生活的困难愈甚;内心的安定,在国民的大部是不可能的事了。因这原故,现代人不得充分的安息而徒事努力奋斗,以求活路;但他们在享乐的世界也不能找到活路,与劳动的不能找到活路同样。在疲于过度的刺激的神经过敏的现代人,健全的享乐是不可能的事。结果就使人们追求劣等的欢乐,但这不过是增高其不安的程度而已。于是人们不期地翘望新的文化,人们的心中,充满了对于新的和平与幸福的憧憬。在这样的事情之下,艺术教育思想次第地发展起来了。

　　科学与艺术,在历史上于人类的向上与幸福,屡有很大的贡献。科学与艺术,在过去中对于德意志国民曾为有益的效劳,是无可疑识的事实。但它们倘与国民全体的生活相离开,则科学与艺术皆不能给国民以真的幸福。这种倾向,到了十九世纪而明白地出现了。德意志人的特质,不倾向于感觉的直观而颇倾向于思辨,十九世纪充分证明着这状态。因这原故,十九世纪屡被称为科学及技术的世纪。在事实上,自康德哲学以来,科学的思索次第普及,他方面科学上的历史主义,又浸染于各方面,而支配了它。即纯理论的思索,渐渐驱逐以经验为基础的对象的思索了。于是国民的眼,集中于死板的文字中,由书籍而得的知识,获得了无数的信仰者。李希德华尔克(Alfred Lichtwark)关于十九世纪的市民的科学的倾向,特别力强地论述:"十九世纪的市民,成了博识的学者;但已不能为他自己的肉体的主了。他希望获得关于造形美术的知识。但他不能享乐造形美术,而当作科学地研究造形美术。"因这原故,"一切都从属于支配生活的科学了"。德意志人专为获得知识而生,遂受了"教授过的野蛮人"的谤语。而极端的知识的崇拜,就风靡于生活的全范围了。于是只有理论的东西,即精密思索的东西,给世人以印象,精神科学就与实际生活分离而存在了。不但如此,连艺术也受了当时的生活原理的科学的支配,也与科学同样地变成了孤独的存在。故才塞尔裴尔格(Friedrich Sesselberg)说道:"艺术已经变成科学了。因为科学的艺术的制作,乘了自然之势而与过去的艺术的科学的研究发生了密接的关系了。"在实际上,当时的艺术都已学术化、形式化了。

　　这种主知的倾向,在教育方面也显著地出现了。实际的教育学,与其时代的世界观和理想常有内面的相互关系。历史主义与主知主义,在十九世纪的第七十年代的文化中深深地托根着。故在一切种类的学校中,又在学校的一切阶段中,形成其主要的特质的,实为主知主义,当时存在的唯一的学校,是"学习学校"。在教育学的教科书中,原是不绝地在要求调和的陶冶的。但事实却相反,无论高等的学校与初等的学校,都为了锻炼生徒的悟性和灌注生徒以知识而费最大的努力。而关于感官的教育、感情的教育和想象的养护等,全不注意。即学校倾注其全力于教授,而"教育的学校"的概念,竟无可寻处。唯知识的材料的同化——这越是包括的,且丰富的,便越可贵——被视为唯一的值得努力的事,而不要求生产的能力。"知识即力",为当时一切学校的信条,学校中的一切时间,都费在印刷的言语、书写的言语和说话的言语的研究上了。这样的教育,是仅给学生以事物的象征,而事物本身并未诉于生徒的感觉,这是自然之势。

"各科目似乎各是世间唯一的学问,与别的科目完全隔离而不相关联。对于各科目,似乎各有一班生徒存在着,又似乎人类的精神在其性质上是分别各科目的。他们用了这样的态度而教授。"这是李希德华尔克的话。如这话中所示,专门分科主义也已侵入当时的学校了。但当时的教育既属缺乏真实的教育的要素,这侵入也是自然之势,欲希望其统一与融合,是不可能的事了。当时的国家,没有一个像德意志地努力于知识的猎得了。故德意志在实质的陶冶上虽凌驾英国和法国,但在形式的陶冶上,远不及二国。即德意志会受很好的教授,但未受很好的教育。故被有教养的外国人视为"教授过的野蛮人",亦不得不甘受了。据华尔格斯德说:"在我们的学校中,知握着王权。世人对于道德用最高的尊敬,而给宗教以皇后的地位。但皇帝是知,而其意志是法律,学校作业一切都服从它的命令。"

故关于艺术的一切事情,在学校中不都充分地实行。如李希泰所论,在十九世纪中叶时曾经十分发达的言语的能力,也非常衰颓,文学的教育也没有效果。关于描写的教育,和言语的发表同样,在公教育上也不能举何等的效果。在这点上,也是以科学的态度为不幸的源泉的。而德意志国民的艺术的素质,因了这等本来可举艺术的效果的各科目而反而退步了。故谟推求斯(H. Muthesius)说:"我们德意志人的艺术的才能,显然有因了科学的态度而萎缩的倾向。我们的学校中虽采用图画教授,但因其作科学的组织,故变成了一种数学或光学。而对于图画教育的本来的面目的艺术的教育手段,我们全不关心。故艺术就从图画教授中消去了。"可知主知主义在当时的学校中握着王权,对于一切学科都要求科学的方法。故虽有欲以图画教授为艺术的教科的人,而根本被人否定。他们都希望图画教授也成为科学的、系统的学科。借了制图板、两脚规和定木的帮助,而在图画教授中强行几何学的方法。不但如此,关于图画练习的材料,也从公共生活上实际有用的事物中选择,而显示其功利的倾向了。于是传统的形与装饰,被采用于范本中;而不需灵魂的临画法,徒然给学生以事物的知识而已。故在大约第八十年以前,其图画差不多全无教育的评价。

在人文主义的高等学校与高等女学校中,原有特设美术史一科,以为学校中的艺术促进的手段。但这等学校,不示学生以艺术品,而仅由关于艺术的概念与本质的系统的教授,以试行艺术的教授。不先给以关于个个的艺术品的充分的知识,而仅教以关于艺术的意见,实在是非常危险的一种方法;当时却谁也没有注意到这一点。但其结果忽然表现了。即美术史教授的结果,使学生得了关于艺术的皮相的知识,助长其对于艺术品妄下僭越的批评的倾向,反而障碍了其艺术的感受性。原来美术史的教授,不是直接导入学生于艺术的,而是于艺术品鉴赏的教育上有效用的。故如郎格(Konrap Lange)所论,这也是主张艺术可用耳学习的谬见的祸殃。即不用手和目,而仅由读与听以学习艺术,是有害的谬见。又不特设美术史教授的高等学校,在文学及语学的教授中找求美的研究的机会。大多数因了其目的而选用雷迅(Lessing)的《拉奥孔》(*Laocoon*)[1]。然雷迅的论法,在今日早已不通用,这一点大多数的人都不注意。因此高等学校中的美的陶冶就全然陷入邪道。于是美术史教授,其他艺术理论的教授,都不能促进美的文化,反而发生弊害了。

在他方面,对于早已得到国民的信用的自然科学,要求其在教科中占据一定的地位,且实际上早已占据着有力的地位。然自然科学的要求,起于十九世纪的第七十年,到了第九十年而奏效果,为学校改革的主要的出发点。自然科学的取入于学校教育中,当然是一种进步。因为自然科学先注重五官的观察与严正的自然研究,于当时的教育的弊病补救上大有贡献。精密的自然科学,渐渐使学生的眼从感觉的现象上转向其原因及合法的关系上,终于奖励脱离对象的理论的思索了。于是就像歌德亚利特·陈丕尔(Gottfried Semper)所论,直接的直观的思维的才能被限定,被压迫了。因这原故,自第七十年至第八十年之间,普遍于一切学校的一切科目的唯一的特色,是学究的、科学的倾向。谟推求斯(Muthesius)曾表示这样的见解:"我们德意志的学校,都在夸耀其'科学的'特色。德意志的教师们,都以为艺术是离他们很远的独特的领域,即与他们全无何种关系。又以为学校决计没有对于艺术的余裕的时间。

---

〔1〕 论造形美术与文学的界限的名著。——译者注

据他们的意见,以为青年们在学校以外尚有许多应该做的作业。故即使青年们具有艺术的禀赋,也没有作艺术的活动的时间。……故现今所谓'有教养'的人,对于艺术完全是野蛮人。这是这种教育所自然达到的结果。"因为当时的教育状况如此,故能驱使德意志人,使提倡艺术教育。

三　精神界的新倾向及其预言者

然上述的状况,终不长久延续。从十九世纪的第八十年——尤其是第九十年以来,德意志国民中渐渐发生对于人生的乐天观。这乐天观当然不是像前时代的物质的乐天观。乃在识者之间,渐渐发生对于将来的欢喜的感情,对于将来的希望与确信。当时一般人都确信其生活状态此后非改善、向上不可了。然这对于将来的欢喜如何发生?谁也不能草草断定。大概普法战争的大胜利,一定是一个有力的原因。这胜利使德意志划分一新时期,德意志的国家的自负心,是从此而起的。又德意志于数百年来的混乱与苦痛之后,因了其外部的政治的统一,而建立了国民内部的精神的统一的基础。这国家的意识增大其对于生存的欢喜与对于未来的希望。国民的一切阶级,都怀抱一种义务感情,以为对于国家的外的势力必须有内的国家的价值。不但如此,德意志国民都觉悟这时代需要着人格及力,尤其是端正的意志与信实。如亨利·多代(Henry Thode)所说,德意志人实已站在历史上的重大的转期上。一切事情,都要看他们作何态度而定。当这时候,只有巩固他们内的生活是救他们脱险的唯一的方法。

这种内的努力,自然向了毒害艺术的方面的十九世纪的文化现象而作用了。而反抗工业组织的恶影响,国民全体的分裂及主知主义等;而对于个人的调和与和平,发生了非常热烈的憧憬盼望。据郎普雷希德(K. Lamprecht)说,自十九世纪的第八十年以后,精神生活脱离了"合理的""科学的"倾向,而显然地变为想象的了。对于历史主义、自然科学主义,次第宣战,想战胜它们。理论的教育,曾经过十九世纪全体而力说感情陶冶的必要,又要求心的护养;然而实际上不能收得效果。因为那时候有主知主义的专利,一般人的兴味还向着政治的目的,时机还没有成熟。然德意志国民的精神生活,与其政治的国家的生活同样,也立刻归向其自身,于是他们的生活上就划开了一新时期。即时代已从偏重智力的文化上脱却,而向了肉体与精神的全能力的调和发达而努力了。久已闲却了的感情生活,到了这时候高调起来。德意志人已有很久的期间在科学的系统及科学的分析上建设其知识。但现在开始变更,努力于用感情来会得世界,向了综合的、统一的方面着眼了。在教育上,感情的陶冶也做了目的,"艺术"就做了其介绍者。这全体的运动取甚样的路径?作甚样的方针?现在不能简单说定。但可确定它是一切集中于艺术,向了形成、发表、美的、艺术的特质而努力的。

　　同时在思想界也起了同样的倾向。就中德意志的哲学教授的叫声,很值得注目。福尔侃尔德(E. Volkelt)教授在一八八九年初,即郎格彭(Langbehn)的著作《教育者的伦勃郎德》(*Rembrandt als Erzieher*)[1]出版以前,早已对主智主义宣战。他说:"不顾感情想象及意志,而过于注重思维及认识,是危险的。这一点现代人还没有注意到。这危险常常发生于学校中。虽然学校中也有与之相反对的教育学,但一般教授的目的,都偏重悟性的锐敏,务求多灌输事实的知识,所以常常发生这种危

---

　　〔1〕　Rembrandt 是荷兰大画家,说绘画有教育的效果,故用此书名。——译者注

险。一般教授的态度,似乎视学生为只有头脑的,即把人的其他部分都看作头脑的附属物。"福尔侃尔德信为我们的心中最有价值的一点,在于半意识的微光中,充满于心的秘密的幽境中。所以感情的源泉,想象的飞扬,意志及行动的新鲜与确实,是人的一切。据福尔侃尔德说,在一切领域中,直觉的预言者的天禀的衰亡,是现代的特色。他根据这种思想,主张浪漫的倾向的必要。

这样生长起来的文化,即高扬艺术的文化,常常向着人们全体。即这种文化不仅努力于头脑的陶冶,而兼顾人的心身两方面的全体。于是对于人类的肉体的意识及欢喜,从此觉醒了。身体的养护与游戏,忽然占据了重要的地位。新文化的统一的努力,又把艺术与生活重新结合拢来,以两者互相透彻为目的了。因此日常处世中的非艺术的要素,就被看作对于高尚的人生的一种罪恶了。所以纪格勒(The Ziegler)说:"结果美育的目的,在于把人造成艺术品,使人与人的交际作成一种调和的共同生活。"

感情生活高扬起来,就发生新的精神。即人们不仅有想把世界作美的解释的意志,且其对于伦理的理想主义与宗教的慰安的新的憧憬,也同时觉醒起来。这明明是对于唯物的见解及自然科学的一元论的反动。近世的科学的启蒙,对于人类的心情的问题全然是无力的,还不能使人类达到满足的处世的境地。人们方才晓得世间不仅有"知"。于是虔敬的世界观就普及于一切阶级中。因为哲学的世界观、自然科学的世界观,都不能为我们保证和平。最后,在教育的方面也次第现出这种变化。即教育的重心点渐渐离开"教授"而移向"教育"上去了。

在教育上,用了预言者的态度,而最大胆地论证这种精神界的新倾向的,便是前面曾经提及的那册书《教育者的伦勃郎德》。这书于一八八九年出版,最初只知是一德意志人所作,不名其为谁;后来渐渐晓得这是郎格彭的著作。这《教育者的伦勃郎德》在德意志是读者最广泛的一册书,一九○九出版的已经是第四十九版了。由此中知这书流传极广,其影响之大,亦可想象了。

在这书中,郎格彭把德意志的艺术、科学、政治、教育及关于人类的事,很彻底地论证着。他在到处看出德意志的非文化的现象。他所梦想的理想,在这时代中都缺乏着。所以德意志国民的精神生活的次第衰沉,是目前的公然的秘密。"科学全体分别为各专门科学。思想界与纯文学方面,都不能看出可划时代的个性。造形美术由大名家代表,但缺乏可纪念的又显著的特色,因之不能望其有充分的效果。乐曲师很多,而音乐家极稀。建筑为造形美术的轴,犹之哲学为一切科学的思维的轴。但是现在,既无德意志的建筑,又无德意志的哲学。一切领域中都没有伟大的指导者了。今日的美术工艺,急于竞逐流派,而不成为一种固有的样式。由此可见民主的、凡庸的又原子的现代精神,明显地表现出着。不但如此,现代的教育都是历史的、回顾的,因循姑息而已。即现代的教育,不求创造新的价值,而以安排旧价值为目的。这实在是现代教育的弱点。这教育是科学的,人们又在要求其为科学的。然而教育越是科学的,其离创造越远。他们只有各部分,然而没有精神的枢纽,岂不可悲!"这是郎格彭对于当时的德意志的文化状态的论见。

然郎格彭又认为在他方面有新的时代正在建设。据他说:"新建设的德意志帝国的臣民,不应苦守先人的糟粕,应当于精神生活的重大的问题上求进步。国民生气泼辣,内部虽有大的精神的动摇,亦不致激烈。东部非洲近来有种种的发现,但我们在德意志国内可得更重要的发现。即德意志人被发现为'公民'还不能满足,他们必须被发现为'人'。

"这倾向已经显现为著名的事实了。科学,其中曾经最脍炙人口的自然科学的兴味,新来渐渐减少了。崇奉自然科学为德意志的头脑的时代,已经过去了。世间没有人再想念那种福音了。世人现在已经厌弃归纳,而渴望着综合。客观的时代已经过去,主观的时代来到。即世人从此倾向于艺术了。这种征候,在贵推(Goethe)与鲁推尔(Luther)中已经可以认识。贵推多致力于道德的方面,鲁推尔多致力于精神的方面,两者都是要求主观主义的帝王权的。德意志国民的精神的特征,尚未脱去科学的色彩;然而这决不是永恒不变的特征。反之,艺术的时代似乎已经站在我们的面前了。其前兆极微小而极明了。犹此一枝野花能示人以风的方向。现今德意志的精神的风向,已有下述的事实明示着。其事实为何? 即德意志的剧与小说等已由 profession(职业)的类型变成艺术家的类型。这是很微小的一事,然而合着法则。即这是使我们解脱旧时代,而归于人生的愉快、统一、美丽的。鲁推尔使近代德意志精神生活降生,贵推为之施洗礼。然而他们所生育的德意志精神生活,还未能达于成人之域。不但如此,多数人以为其精神生活已经长逝了。"

由此可知郎格彭不但在到处发现新时代思潮的痕迹,其信赖国民的念头,又使他期待美丽的未来。然他又以为德意志人不可拱手坐待,而听其自然发达。考虑手段与方法,以开拓新的进路,是德意志人的义务。他说:"德意志国民,在现在的教育上已经过于老熟。然这所谓老熟,其实不过是未熟。因为对于教养,野常是未熟的。在德意志,系统的、科学的、学者的野蛮,自古早已存在。"故必须导入一种新教育的因子,以对抗之。即先须废止远离自然的教育,而使国民归复于自然。这便是郎格彭的新教育。由谁实行? 自由己。如何实行? 用自己的原动力。

据郎格彭说:"德意志魂的原动力,是个人主义。这特性是德意志人所享有的天赋的赐物。然而时代的推移夺了他们这赐物去。所以现在的德意志人正要设法恢复这原始的特性。德意志人的个人主义的倾向，虽然曾经在政治上招致不利的结果，但在艺术的、精神的方面，可以招致最大的幸福。因为个人主义是一切艺术的根本。德意志国民是全世界最特独的又最自我的国民，故德意志国民为全世界在艺术上最重要的国民。德意志人的伟大的将来，即存于这偏僻的性质上。从同一理由说来，德意志人的教化的最高阶段，必须为艺术的。何以故？因为国民的教化的最高阶段，必须合于其国民性的深的方面，而如上所述，个人主义是德意志国民性的最深的方面。所以现今得势的知的教育，不过是精神的完全发达的过程中的一阶段而已。德意志人是艺术的国民，故在内、在外，均可为艺术的国民。现在的德意志人倘能远科学的目的而近艺术的目的，他们的本能就会驱使他们向正当的方向去了。这艺术的本能，目下正应该使之达于完全的意识，而实现为有生气的行动。德国在军队及社会的改良上，先于其他各国。今在艺术的精神的改革上，也应当凌驾各国。然这必须在德意志人崇奉他们的为存在的内容，为艺术的内容，为宇宙的内容的'个人主义'的时候，方始可能。故在精神的领域内，以个人主义为标的的教育是德意志国民的最近的使命。"

故郎格彭对于本为个人主义的德意志国民，推举个人主义最显著的艺术家伦勃郎德为精神的向导者，借以纠正专门主义化又形式化的教育的弊害。他说："伦勃郎德是德意志艺术家中最为个人主义的艺术家。德意志人都欢喜照自己的心，但在这点上没有一人能及伦勃郎德。这样说来，他是一切德意志画家中的最德意志气的画家，又一切德意志艺术家中最德意志气的艺术家。……伦勃郎是德意志艺术家的原型。故能完全适应今日的德意志人的精神的要求的，除了伦勃郎德以外没有第二人。现在的德意志人正为了以前的专门主义、形式主义的教育而非常受苦,只有最天真烂漫的世界主义者及个人主义者——即伦勃郎德——能够救济他们。他能使德意志人回复其本来的面目。"故在一切方面,尤其是造形美术方面,伦勃郎德是模范。然而这决不是"伦勃郎德化"的意思。如郎格彭所说:"不是模仿他的艺术的活动,乃是模仿他的艺术心,以为原理。"自来艺术家中,像伦勃郎德的不为传统所拘者,稀有得极!而像德意志国民的苦于传统的拘束,也无以复加了。所以伦勃郎德当然负着德意志解放者的使命。他实在是次时代的历史的理想,又新教育的出发点。

郎格彭又论述艺术需要地方的特色的所以。他说德意志人在艺术上是迷蒙着,德意志艺术非再从其乡土上得力不可。据他说:"霍尔斯当的画须作霍尔斯当风,邱林根的画须作邱林根风,罢耶伦的画须作罢耶伦风而描写。即在内的、外的,在对象的、精神的,都必须与其乡土有密接的交涉。不然,一定不会向上;就是在政治上已经发现其乡土的德意志人,艺术的乡土未必能发现。对于国民真能给与教化的影响的,只有表现真的国民性的艺术。德意志国民必须具有德意志固有的艺术。而最高调、最纯粹、最自由,又最精致地表现着德意志国民特有的精神的伦勃郎德,在这点上又可为国民的指导者。

"哲学也必须是艺术的,即表现国民性的。德意志的教育,久已在抽象的及华丽的事上煞费努力了。现在非回向朴素的及具体的事上不可。有了这种国民性的倾向,对于'融和知者与无知者的分离'的现代大问题,德意志文化方才有处理的能力。何以故,因为无论建房屋,立国家,都决不能先从上部建设开始。作国民的基础的分子,其创造的造诣深厚,则精神生活可以旺盛。从来世人对于艺术每从上方向下方而追求;

现在应该从下方筑向上方了。国民没有接近学者的必要，应该使学者接近国民。"

郎格彭所代表的艺术的世界观，一看似乎是主观主义的；然而其实唯一的客观主义，这是他所确信的。因为世界既是首尾完足的一全体，则在其全体的个个机关上表示正当的位置的世界观，是唯一的客观的世界观。"专门家决不能为客观的。"科学须信赖从来的成绩而进行；但其中必须加以比从来更多的人格的要素。而"主观客观的完全同权，先须有内的透彻与精神的结合，方能发生有生气的新教育"。现今的科学的陶冶的代表者与将来的艺术的德意志教化的代表者之间，和解本来是不可能的。何以故？因为前者只陶冶人的一部分，而后者是陶冶人的全部的。而迄不可和解，也只是在完全取科学的方向，不希望理解与宥和，又不认承和解的必要的顽固者流中所有的事。于是郎格彭又想做德意志文化现象的和解者、调停者了。他信为把一切文化的因子集合于浑一的统体上，对于各部分求精神的结索，即可在艺术的原理中发现之。他也认承科学给人生以幸福；但对于惹起文化之敌的现象的科学代表者，是反对的。

郎格彭最后又论德意志人，他说："据历史上所示，凡艺术的全盛期必伴着几分道德上的退步。但德意志应该表示于世界，在其强大的政治的势力的酸的皮之中，包藏着高度的精神发达的可贵的果实。教育上所希望的结果，不独是德意志的艺术得到固有的样式；又希望德意志人的生活也复得其固有的样式。这样式当然的性质，当然是与专门主义形式主义不相容的。文艺的'复兴'不是目的，目的必须是'再生'。其再生的方法，大要是把较善的德意志人从较恶的德意志人分离，而使前者凌驾后者，又启蒙后者。即微贱的多数者，当由高贵的少数者来教育又支配。所以我们需要有完全的品性与完全的教养的人们。高贵的少数者就是从这等人中出来的。这等人在高尚的意义上是一个贵族团体。而农民、市民、贵族，有德意志魂的僧侣、艺术家及青年，都是这将来的贵族团体的一员。"他又谓战争与艺术是世界的原理，德意志的再生，同样地有赖于这二者。

郎格彭对于德意志青年期待着这样的一种新精神。"德意志人的新精神生活，全赖于德意志的青年，全在于不腐败、不为教育所恶化的真率的青年的双肩上。"他列举谦让、孤独、休息、个人主义、贵族主义及艺术，以为德意志人的精神的不幸的救药。

以上是《教育者的伦勃郎德》的大体的主张。这书注重感情，用国民的色彩来发表，在德意志文化上可说是划一新时期的了。但因为郎格彭批评弹劾从来为德意志精神生活的明星而握王权的科学，非常激烈，不免引起人的反感，故嘲笑他、反对他的人亦复不少。这书本来不是科学的，故超越论理之点亦颇多。然其思想很大胆，其精神很热诚，其叙述很华丽，颇能激动读者的思想与感情。所以这书虽然缺乏论理的要素，思想的发展没有统一，又颇多夸张的分子，然而大可感动国民的心，使读者如得永远的憧憬与默示。所以这书在提倡艺术的教育思潮的发达上，当然有很大的贡献。但其主张只是感情主义与主观主义，还不能看作一种具体的教育论。不过著者能看破时代的缺陷，预言新文化的方向，而大胆地陈述理性主义的教育的缺陷，这一点在思想史上及教育史上均有特殊的意义。

德意志同了上二节所述的事情，即十九世纪后半的一般文化状态与思想界的变动及新精神的预言者，而提倡艺术的思潮澎湃于教育界了。但这提倡艺术的思潮，要取了具体的形，变成了艺术教育运动而出现，必须有先驱者。今就所谓艺术教育的先驱者说述于次。

四　艺术教育先驱者

(一)郎格(Conrad Lange)

郎格本来是美学者。最初者侃尼希斯堡大学讲授美学,后来转到邱平根大学,也为美学教授,但同时他又是德意志第一流的艺术教育论者,其影响与势力的广大,除李希德华尔克以外,没有人可与他匹敌。他在一八九三年所发表的《德意志少年的艺术教育》(*Die Kunstlerische Erziehung der Deutschen Jugend*,*Darmstadt*,1893),实为艺术教育运动上一大新的刺激。他的艺术教育说的特色,在于主张艺术的经济的见地。艺术的经济的见地,与罗斯金(J. Ruckin)一派所主张的艺术的社会见地有密接的关系。在英国,从前世纪中叶以来,经济的考虑早已为艺术教育施设的重要的动机;罗斯金、莫理斯(W. Morris)、克兰痕(W. Crane)等,都是把艺术与经济联系而考察的;然特别力说艺术的经济的见地的,仍是推郎格。故郎格的艺术教育的主张,虽然未必全部得世人的同意,但逐年进步的艺术教育的思想,的确从他受得力强的影响。

据郎格的主张,艺术教育思想正是近世文化问题之一。他从一般文化的经济的见地出发,他的艺术教育的理想显然带着贵族的色彩。他说:"倘以为我们所努力的只在于(或主在于)使贫民高升到富者所已达的阶级,那就大错了。我们的所谓上流阶级,实在与下层阶级同样地缺乏着艺术的教育,这是我们所明知的情形。不但如此,我又确信上流社会的美的陶冶的缺乏,比下层社会的美的陶冶的缺乏更为危险。何以故?因为上流社会力强地支配着我们的艺术的经济的运命。因了自己的艺术的判断不确实而绝不购买艺术品的富人,因了曾受不正当的艺术的陶冶而保护不纯良的艺术的富人,比较起不能鉴赏而不关心艺术的贫民来,对于真的艺术的毒害更甚!"所以郎格先注目于上流社会的艺术教育。结果他的改革意见,就从画图教授及大学的美术史与美学出发。

郎格有这样的议论:"德意志在一八九〇年以前,还是科学的时代,艺术的新时代还未开始。激烈的生存竞争遍行于社会的上下层。适于艺术的创作的愉快的闲暇与富力,在德意志不能见到。据历史所示,在没有战争的危险,财富集于各人之手,而各人自由发达的时代,艺术方然可以兴盛。那么我们生于不和平的危险时代,个人的能力的自由发达是不可能的了。寒而烈的狂风弥漫于祖国,自由地耽于沉思默悟,美的感激、憧憬,在德意志人是不可能的。艺术的蕾在未成花以前早已被狂风吹散了。然感情生活高调的时代未必伴着道德的衰亡,故因了其自然的发达而求入于新文化的时代,是各人的义务。在现在的德意志人,这样的时期来到了。我们固然还未入于新文化的时期,但自然会徐徐进行。所以我不可不先准备进入与这新文化而作充分的活动。""无论其为欧洲大战所致,或社会革命所致,或一般的军备缩小所致,总须现在的紧张的时代完结了,然后人们所憧憬的新时代可以开始。这新时代情形如何?今日大体可以预言。这新时代原非永远和平的时代;大概是各国民的和平的竞争的时代罢! 到了这时候,人类的和平的欲望——艺术的欲望——一定有不可预想的发展。这时候我们在艺术的发展上一定为其他欧洲诸国的先驱了。"

"然而不但是精神界的一般的变动唤起艺术的养护的必要,在德意志,还有生存的外的条件强迫着。德意志位于欧洲的中央,并无何等自然的界防,常受邻国的威胁。不止如此,德意志本来是贫乏之国,其国土的产物不足养其国民,故必向外国要求多量的供给。这依赖的状态,暂时继续着。所以我们不可不对抗这依赖的状态,而作成与之保住平衡的经济的势力。现在的德意志固然已经变为有力的工业国,得到经济的调和了。然倘到了国家的艺术的全盛期,我们的经济生活一定更易促进而更为巩固。高等的艺术,最有益于经济,为任何实业所不能及。所可悲者,多数的德意志人只知艺术为愉快的、美的,而不知其实用的价值。我们不可抱这偏见,应该从经济的见地上处理这问题。艺术在人类一切活动中,是以比较的最少的材料做出比较的最高的价值的。高等的艺术,原料品的价值对于精制品的价值,微小得很,为一切工业物品中所不能有。人类生产的无论何领域,皆不及艺术的领域的精神的作业(即天才)地能受得高厚的报酬。所以各方面的能力发达的国民,其在经济的关系上必占有比他国民优胜的地位。试看称为'艺术之国'的法兰西,就可明白。法兰西本来具有丰富的艺术的禀赋,加之经过长时间的目与手的陶冶,结果就成了欧洲第一流的艺术的国民。而其艺术发达的结果,使他们受得物质的利益实在很大。

"近来我们德意志人参仿英法,十分努力;然其努力似乎本末颠倒了。我们已经办了艺术发达上所必要的一切设施。例如办美术学校,设博物馆,开展览会。然而我们并不令艺术的花开放。我们并不促醒国民对于艺术的要求。我们的国民决不缺乏艺术的创作力,即天才,然而全然不解艺术。我们国中没有能感受艺术,对于艺术有热烈的要求的国民。我们有时也有伟大的艺术品,然而没有对待这艺术的公众!这是贵族、富人、贫民中共通的事实。一般国民对于可惊的艺术的事业茫无感觉,即发生可悲的结果。我们正苦对艺术家的滥作,我们没有判断艺术家的禀赋的能力,因而缺乏保护艺术家的努力的预件。在德意志不乏有为的艺术家,然而为了贫困而不能从事创作的人也不少。又屡屡为了公众没有判断力,虽有伟大的作品而苦无人买,埋没于国中,终于流出于外国。于是使艺术家困穷于其乡土中,其作品受法兰西人的赞赏后,国人方才认识其价值,这实在是吾侪的耻辱!

“故我们所引为问题的,不在乎怎样可以养成许多的艺术家——艺术家已经很多,好的、坏的都不少——而在乎怎样教育对于这等艺术的公众,即怎样教育公众,使能理解伟大的作品而保护之。在德意志没有艺术的消费者,故艺术品都飘流在空中。我们务须促进我国民的艺术的要求,使与英法同等程度。倘要如此,必须如英法所实证,养成有教养的‘艺术爱好家’(Dilettante)。”

郎格根据这思想,主张艺术爱好家的教育,他以为真的艺术爱好家是艺术家与一般公众之间的介绍者,即结合创造的艺术活动与受容的艺术活动的人。通过了这介绍人,然后可以提高国民的感受力,使与过去的艺术盛时同等程度。故艺术的经济的见地,取方针于艺术爱好者的教育。在这一点上,郎格与后边的李希德华尔克同一见解。

(二)李希德华尔克(Alfred Lichtwark)

“要达艺术教育的目的,须养成艺术爱好家”的主张,在李希德华尔克最为显著。李希德华尔克最初曾为小学教员,一八八六年被任为昂不尔厄美术馆馆长之后,即对于艺术教育各方面作献身的努力,直至一九一四年辞世为止,始终不懈。故艺术教育的先驱者的他的生涯,自一八八六年以后色彩更加鲜明。他倾注他的人格于事业中,力求昂不尔厄的公共生活彻底地精神化、艺术化。昂不尔厄得于艺术的活动上有伟大的发展,透彻一切阶级,而夸耀其艺术的文化,所负于李希德华尔克者实多！他用了不屈不挠的努力与热心,考察艺术教育的一切问题,曾为教师,为演说家,为艺术批评家,又为著作家,以求实现其思想。一八八七年他发表《学校中的艺术》(*Die Kunst in die Schule*)一书,一八八八年以后,他开始为学生及教员在昂不尔厄美术馆举行艺术品观察的练习,次第实现其思想于昂不尔厄各地。一般的国民教化问题当然注重,特殊的带学校的教育的特质的问题,也被考察研究。他能明晰彻底地洞察德意志文化的缺陷——特别是其艺术的衰退。他的批评极正确而锐利,然他对于将来又抱乐观,寄托多大的希望。

李希德华尔克不近于学校教育者,而宁偏于社会教育者,所以他注目于现代文化的全体上。他和亚凡拿吕斯(Ferdinand Avenarius)及宝尔·修尔才(Paul Schulze＝Naumburg)同是最明显地把艺术教育当作文化问题考察的。故社会的经济的考察,是他所首先注意的点。不但如此,他正为了把艺术教育看作一文化问题,所以为"艺术享乐主义"(Dilettantism)又为其组织费多大的努力。

李希德华尔克考察德国文化状态,尤其是一八九〇年以前的文化状态,而认定德意志文化为全然衰退。他在到处看出色彩上的非文化的痕迹,又在公共生活、社交生活中痛感一般人的缺乏趣味。所以他在一八九〇年,看见柏林街上有卖野花者,不像向来他把花扎成无趣味的花束,而听其作自然姿态而发卖,他非常感动,认为这是在德意志趣味史上划一时期的大事件,曾用谐谑的语调论述之。"这是重大的事件！百年以后,德意志学生将在历史年表上学习如下的教课:'一八九〇年是新趣味诞生的一年,是柏林开始买卖自然状态的野花的一年,此后废止花束了。'"据他的意见:"德意志人在艺术上不能达于文化之域的原因,在于德意志人对于色彩的无趣味。德意志人的色彩感觉缺乏陶冶,便是艺术的经济的悲运所由生。高度的色彩的文化的所有者的法兰西,输入其艺术品及美术工艺品于德意志,征服了德意志的艺术的经济的生活。不但如此,德意志人又因此而陷入于法兰西模仿的状态中,终于失却了德意志人的色彩的独立。倘能陶冶我们所有的色彩上的才能,我们必可为经济上有力的工业的所有者,每年数千万元的利权不致外溢,而我们的衣料不必从英国输入,化妆品不必从巴黎输入了。又我们的工业界也不必从事外国品的模仿了。然德意志的消费者的色彩上的趣味倘不陶冶,生产上的一切努力均无从奏其效果。"

李希德华尔克又力说其经济的见地,渐及于"艺术享乐主义"。"我们倘要在经济的竞争上凌驾他国,必先明白意识上述的国家的弱点。将来的竞争,第一大概是经济的性质。我们现正立在其胜败的关头上。我们的工业的将来,须视次代的国民有否施行认真的艺术教育的决心及能否施行认真的艺术教育而决定。我们以前仅注意于艺术家的养成,以为因此可以在世界市场中得到优越的地位。然而今日方知这是误见!其实国家经济的活力,依托在其国的消费者的文化状态上,所以只有注意消费者的教育,乃可希望工业的独立及活动力。而消费者的教育,莫善于奖励'艺术享乐主义'。唯现在的教育的可悲的缺陷,是视 Dilettanti 为嘲笑的人物。我们的音乐界中早有许多的 Dilettanti;但我们以为这是自然的。至于诗文及造形美术方面,则未闻有赞赏 Dilettanti 之事。赴展览会的人与赴音乐会的人之间有很大的差异,全然是为了这原故。我们因为在音乐上是 Dilettantism,所以得成为音乐的国民。然对于造形美术,却没有人注意。向来儿童从七岁起每日教音乐一小时。倘把这工夫放在图画与手工的练习上了,我国民今日的现状况一定不致这样!从来没有人为儿童在学校以外另教一点图画。七岁开始教弹琴的儿童中,恐怕百人中没有一人受到同弹琴一样的图画教育吧!"

因有这样的情形,故德意志人的形式的陶冶、感觉的陶冶,很不完全。德意志人对于艺术实在是盲人。他们没有仔细看清艺术品,就妄加批评。马耶尔哈模(Paul Meyerheim)曾经说:"德意志人是用耳看物的国民。所以我们如欲提高德意志人的形式的陶冶,非奖励造形美术上的Dilettant不可。因为这正是我们的国民性的弱点的所在。法兰西人欲养成有力强又有抵抗力的国民性,曾经不由物质的科学的原理,而采用形式的陶冶的原理,是昭然的明证。Dilettantism不但能巩固国民性,同时对于个人又是幸福的源泉。使人获得鉴赏的能力,显然就是使人获得幸福。Dilettantism便是努力于养成鉴赏享乐之力的。且Dilettantism的伦理的效果,也不可看过。这虽然不能给人以生活内容的全部,然而是给人生以高贵的香料的! 但这效果当然是真正的Delittantism所有的;皮相的轻薄的假冒者决计盼望不到。皮相的Dilettantism对于人有可怕的毒害,当然非根本禁绝不可。只有自己勤于修养,尽瘁于其使命,而能提高其目的的Dilettanti,方能给幸福于自己及国民。"

据李希德华尔克说,一八八〇年以后,德意志的教育的重心移转,Dilettantism渐渐盛行起来。一般人亦渐渐认承当时德意志的教育的缺乏本质的要素了。因此在德意志各地,几乎同时地自发地盛行Dilettantism了。一八八九年以后,德意志人对于Dilettantism的提倡非常努力,上流社会中也已有不少的依归者。这是因为上流社会富裕又闲暇,完备着Dilettantism成立的预备条件的原故。倘此后继续发达,日趋健全,次第在下层社会中得到其根据,则新的纯粹的国民艺术必将因此而生。旧艺术不但根据于美的要求及创作欲望,乃直接从国民的经济生活发生。所以艺术不似今日的艺术爱好家的艺术活动地首重目的教育,而先期做出实用的价值。今日的 Dilettantism 却不注目这实际的目的。何以故？因为这种实际的要求，很容易由美术工业而满足。他们虽然不直接表示经济的倾向，但在间接上，比旧艺术更富有经济的意义。

经济学者必须灌注其兴味于这新的 Dilettantism。因为 Dilettantism 能造出有影响于生产的舆论。我们的艺术及工艺美术，没有仔细批评又充分理解的人，这缺陷可由真正的艺术爱好家弥补之。所以 Dilettantism 可以挽救工艺美术不振，使免于形式化。又无论高级艺术或应用艺术，皆可因了他们的健全的批评而促进。德意志人应该倾注其全力，提高工艺美术及艺术的生产，又抽发新的机轴。这是世界市场的形势所必然，无可疑议的了。我们所输出的物品，大宗是低廉的物品，即全不需要眼的艺术的陶冶的物品。然我们的经济界的将来，不能托根于这样的输出。何以故？因为廉价物品的制造，别国民决不劣于我们，不必待我们输出了。而趣味高尚的物品，我们尚在仰给他国的输入！故我国的艺术的生产品之所以不能得到与他国同等的地位者，决不是我们的艺术家禀赋不足之故，乃因为我们的一般的艺术的陶冶的水准低的原故。何以言之？因为无论哪一国的国民，都不能使其建筑家及工艺美术家永久保有其国民所能理解又要求的作品。李希德华尔克的意见大致如此。

故健全的真正的 Dilettantism 负着挽回德意志艺术的经济的不振的使命，这是李希德华尔克的确信。他慨叹当时所谓"有教养"的艺术家之多，以为这班人非但不能促进艺术的发达，且足妨碍艺术进步的。反之，对于使多数人的美的能力发达，而满足他们的艺术创作的要求的 Dilettantism，他非常赏赞。他认为养成能感受艺术、理解艺术的公众，虽是 Dilettantism 的主要的使命，但决不局限于此。即在别的方面，养成以聪明的批评促进国家的生产的艺术批评家及位于艺术家与一般公众之间而灌注艺术兴味于一般公众的艺术教育家,也是他们所努力的事。

　　然则要达这目的,李希德华尔克有甚样的方法呢? 他的意见,欲自由理解高等的艺术而深知其本质,努力在绘画及雕刻中获得其艺术的性质;欲促进工艺美术,努力于实际问题的解决,Dilettanti 互相合并其能力,具体地向了其目的而努力的时候,方才能达到其目的。倘没有组织,不能奏急速的效果。这是李希德华尔克的确信。所以他的从来的事业,凡举大效果的,必有他所首倡的组织。其适例当然就是他在昂不尔厄所办的各种提倡艺术教育的组织。

艺术教育运动

阿部重孝

一　十九世纪后半的艺术教育运动

近代艺术教育运动的直接的动机，由于世界博览会。一八五一年，伦敦市开第一次世界博览会，世人方喜得观摩文明诸国的手工品、工艺品、美术品的机会；不料欧洲文明诸国的出品，手工与工艺美术均显见衰退。衰退的程度，以英国为最，德国次之，连数百年以美术艺术工艺占优胜地位的法国也表示不少的退步。产业革命以前的杰出的手工艺，现在已经不能再有了。于是识者渐渐觉察机械对于美术工艺有不可救药的恶影响！

这时候先有德意志建筑家在英国指摘这事实，以促醒世人。这是可使德意志国民在十九世纪文明史上得到荣誉的一页！这建筑家就发表关于工艺及建筑的论文，论工艺美术的衰退；又谓欲救济此弊，必先奖励带有工艺性质的艺术教育，就中技术的陶冶最为紧要。这见解在一八五一年的工艺教授的改革上，在南根新登（South Kensington）博物馆的建设上，均被采用。终于促成了伟大的艺术教育家罗斯金的崛起。

这样说来，近代艺术教育运动是发起于英国的。这也有相当的理由：英国是工业的先进国，他们早已深感到工艺生活的停滞及大工业组织的弊害。所以艺术教育的运气，在英国成熟最早。英国人所以能在这方面有至大的幸福者，全由于罗斯金的人格的力。

罗斯金当然是十九世纪人文史上的杰物。他的感化不但及于英国，差不多遍及于欧洲文明诸国的全部。自南根新登博物馆的创立(一八五一年)，牛津的罗斯金堂(Ruskin Hall)的建设，以至可尼斯登的罗斯金博物馆的设立(一九〇一年)，其间英国所举关于艺术教育或社会改良的事业，不可胜计。这实在非纪念罗斯金不可。他是多方面的人，艺术家、批评家、历史家、社会改良家兼经济学者，又为英国论坛社会主义的创始者，英国社会改良者中最大的理想论者。在这点上，他是比卡来尔(Carlyle)更乐观将来的人。他是英国国民的艺术的使徒，例如绘画上的"拉费尔前派"(Pre-Rafaelism)有赖于罗斯金者甚多。他拿他的有力又纯洁的人格来对时代的弊病战斗，用热烈的鼓舞与预言的势力而宣扬其对于美、自然及道德的憧憬之声。他传播美与人格的新福音，欲造成十全的神圣的"人"。何以言之？因为他的主张，美就是宗教与道德，宗教是人生最高的美。即在他的包括的巩固的人格中，人格的信仰、艺术、道德，对于自然的憧憬及宗教等，一切浑然地融和着。所以他真是艺术的使徒，同时又是导世人向和平的新路的"人生的救济者"。

罗斯金对于艺术的社会的见解，根基于他的"艺术是现代社会的大救济者"的信念。这见解与华葛耐尔(Wagner)的见解可谓相等。至于罗斯金的艺术社会主义，则有完全的论理的根据。他在当时的艺术上看出国民的道德的堕落，他确信："倘不提高又醇化民众之心，不能救济艺术的衰退。只有用虔敬的心，方能产生纯粹的艺术。凡造形美术，尤其是建筑，必须使我们一瞥就能感到精神的力与健康与欢喜。能使我们发生虔敬与追怀之念的建筑,方能导我们于幸福。又近来的劳动,不是各人为了自己的自由意志而倾倒其人格与全能力,都是为了顾虑金钱上的价值而劳动的。机械的劳动一发达,劳动就失却其真性而流于皮相了。我们必须归复于手的劳动。何以故?凡善良的劳动,必是自由的手的劳动。凡贯注全部精神的事业,用善良的意志与新鲜的感觉而行的事业,纵使欠缺巧妙,或有不完全之处,但终不失其高尚之趣。故人们必须从真心上从事劳动。大工业组织所给与劳动的机械的原理,正是作成现代的非文化的根本的。"故罗斯金为救济现代社会的缺陷而用的手段,是劳动,就中尤重手艺的劳动。"劳动不仅是为面包,对于一切阶级都有教育的意义。错误的教育,使人们鄙视劳动,厌恶劳动;正当的教育,应该指示各人以高尚的劳动。但劳动之中,有的能提高人格,使人品性高尚;有的能伤害人品,使人动物化。劳动中能给人品位与力,使人心高尚的要素是艺术的要素。伤害一切劳动及劳动者而使之堕落的,是机械的要素。工业主义与分类制度,可以扑灭纯洁的真实的劳动,因而剥夺劳动者的幸福。社会的不幸源泉,即在于此。昔日的手工业的忠实与巧妙,在今日已不能见。同时人类的忠实、单纯、满足及幸福等,也被破坏了。这是伴了一切机械的劳动而起的弊害。现今的劳动,全然不是从温暖而力强的心出发的,全然不是从虔敬而神圣的意志出发的,也全然不是从'想把我们的信仰或我们的内的本质表出在水或金的作品上'的憧憬之念而起的。故出于现代的我们之手的作品,没有人类的劳动的特征的'人格的印证'。我们的手已堕落而变成机械。于是在我们的文化的一切现象上,发生了绝望的不幸。一切作品,以无趣味及不注意为特征;拜金主义为现代的宗教;物质上的利益为人生一切劳动的唯一的目的。我们已经失却对于自己的行为的责任感。为将来的国民作各种建设的意识,用我们的作品来传达我们的文化、信仰、欢喜、苦痛于将来的国民的义务,我们已全然忘却了。我们的工艺与建筑,不复像过去的工艺与建筑之能表出纯洁与高尚的感情。所以没有劳动的生活,是罪恶;非艺术的劳动,是动物化。”罗斯金用了这样的见解,来对十九世纪的唯物的经济学宣战。他在当时为了工业组织而失却精神的生活中犹到加酵母一般地混入了一点艺术的要素。据他所说,艺术有调和之力,即缓和反对,减少阶级的差别的力。只有艺术的人生观——这在罗斯金是虔敬的宗教的情操——能从这文明的混乱与衰退中救济我们。艺术不但使个人的生活有光,使我们的心得到欢喜与幸福而已,又能求得人类的共通的地步,撤去人类间的隔膜,而使人类一致协同。

罗斯金这种见解,先给英国人以多大的影响。自从伦敦市的南根新登博物馆建设以来,美术学校次第设立;一方面在上流社会中发起种种的艺术集会,与美术学校协力提倡国民的运动,以图工艺的复兴与促进了。当时英国人的努力,全然向着工艺美术的振兴而进行。因为英国的一般人民的缺乏趣味,是无可讳言的事实,欲使当时久已失了的“国民与艺术的交涉”再兴起来,从工艺的奖励着手最为得当。其结果国人就专心研究过去的艺术品,保存其贵族的式样;于是过去的装饰的模仿就变成了当时的流行。等到后来觉悟了这方法的效果的微小,方才轰起“归自然”的呼声。结果这运动似乎可以贯彻其本来的目的了。罗斯金以后,莫理斯(William Morris)与克兰痕(Walter Crane)等出来,盛唱艺术社会主义,对于这运动的发展有多大的助力。

与英国差不多同时,德意志也起了同样的运动。十九世纪的产物的“艺术团体”(Kunstverein),已于一八二〇年以来普遍于各处。这也可说是德意志国民觉悟其美的文化的缺陷的证据。但其效果几乎全无可观,从艺术教育的理想上说来也颇为可疑。总之，一八二三年有两三个画家在明亨(München)设立德意志最初的美术协会，其次一八二五年又设立于柏林，次第及于独雷斯屯(Dresden)、莱普济希(Leipzig)、勃雷斯洛(Breslau)等各处，各大都会均设美术协会，终于在一八九二年设立"全德意志美术协会"。协会为欲任人观览艺术品的目的，常常开设展览会。年年分送铜版雕刻及其他艺术品于会员，又常常用抽签法分配绘画。这办法的结果，其给会员以艺术品观览的机会的一点，虽然多少有点效果，但在别的点上没有多大的希望。例如诺伊芒(Carl Neumann)便痛诋当时美术协会的抽签制度，他说这样办法，协会势必变成贫穷的艺术家的慈善会，结果变成奖励拙劣的作品了。

所以德意志的美术协会，结局不能举可观的效果。比较起来，倒是其美术工艺运动有很好的成绩。德意志关于工艺美术的新运动，在一八五○年之前，即第一次世界博览会开幕以前早已发起，这是很可喜的事。即一八五○年，在明亨设立"工艺会"(Kunstgewerbeverein)，一八五一年，又开设定期展览会。当这时候，世人已经觉察世界博览会中的工艺美术的大衰退。所以德意志人也作种种的设施，以营救其工艺美术的衰退。他们就模仿英国的南根新登博物馆，于一八六五年在卡尔斯罗哀(Karlsruhe)设立"工业馆"(Gewerbehalle)，一八六七年在柏林设立"德意志工艺博物馆"(Deutsche Gewerbemuseum)，一八六八年又在侃伦设立"美术工艺博物馆"(Rheinisch-west fälische Museum für Kunstindustrie)，次由官厅或团体在德意志各地开办"工业学校"(Gewerbeschule)及"工艺学校"(Kuntgewerbeschule)，以与各博物馆结成有机的关系。同时又有许多人物，如爱德尔裴格(Eiterberger)、罗伊洛(Reuleaux)、刘侃勃(Lukbe)、勃林克芒(Brinckmann)、雷迅(J. Lessing)、晓伦(V. Schorn)

等,为工艺促进大费努力。又为维持学校、博物馆及常设展览会起见,在各地设工艺会。终于到了一八八三年,作成了德意志工艺会的盟会。

博物馆及工艺学校用甚样的手段来促进其工艺呢? 在各工艺学校中,科学的原理支配其一切教授。艺术科学已失却其与"艺术"的密接的交涉,都变成了历史的、哲学的科学而发达,这样的精神普遍于各学校及博物馆中。博物馆随了时时转变无定的评价,而有时搜集文艺复兴期(Renaissance)的作品,有时搜集"洛可可"(Rococo)或"哥雪克"(Gothic)的作品。还有工艺的代表者,信为唯奖励古昔的贵族的样式,模仿旧时代的工艺品,能救济德意志的工艺美术的衰退。于是模仿之道盛行,而效果愈趋于无。何以故? 因为凡工艺品,必须从特定的时代有机地产生,方能有生气与价值,过去的工艺品必须预想过去的时代所特有的情形,方能完全而适合其目的,他们把这一点完全忘却了。虽然在英国与法国已经觉悟其模仿因袭的式样的无效,但在德意志仍是举行盲目的机械的模仿,确信其必能达到独到特独的艺术与固有的式样。故德意志工艺直到第二次的退步之后,始交觉悟的气运。即在一八七六年的裴拉台尔斐亚(Philadelphia)的世界博览会中,一八九三年的芝加哥的世界博览会中,德意志的成绩非常低劣。罗伊洛博士(见前)曾在其《从裴拉台尔斐亚寄来的书翰》中,郑重地警告德意志国民。他说:"德意志工艺的衰退,无可讳言了。德意志的工业,以粗恶及廉价为根本原理。其美术工艺品显然缺乏趣味,同时技术也全无进步。"他对于德意志的工业的批评很是严厉,这原是符合于事业的。惜乎当时一般人士不能见到这事实及其原因,对于罗伊洛的警告书颇抱反感。

故德国虽然十分努力于学校、博物馆、展览会及种种艺术团体的发展,然而显然是全归失败。即其工艺教育先遭根本的失败,其所谓趣味陶冶及希望由历史的式样的模仿而做出新样式，全属谬见，已有事实证明了。鉴于此种事实之后，自十九世纪的第八十年至九十年之间，工艺教育的问题一转而为一般的艺术教育的问题，于是就有所谓艺术教育家的活动。

二　艺术教育大会

因了上述的情由，学校及家庭的艺术教育的问题，范围渐渐扩充起来了。艺术家、学校当局者、教师、博物馆执事者，都觉悟了将来的时代的人们艺术的禀赋，以为须在可能范围内极度发展其艺术的禀赋，方能提高德意志国民的艺术心与艺术的能力。于是对于艺术有兴味的人，有志于艺术教育的人，会合于一堂，而议论这个问题——特先就造形美术——的时期，现在已经达到了。

于是就有郎格（Lange）、李希德华尔克（Lichtwark）、格才（Göetze）、才特利芝（W. von Seydlitz）等，费一年之力，为此计划熟考又准备之后，遂决定于一九〇一年春决定于是年九月二十八日及二十九日两日期内在独雷斯屯（Dresden）开艺术教育大会。这第一次开会不向一般公开，而限于少数之人，讨论达此目的之良好办法。他们请求教育当局的代表者、教师、教师联合会的代表者、艺术家、艺术爱好家、博物馆长等，参加此会。为欲限定参会者人数与研究的范围，特先就艺术教育中关于造形美术的问题讨论。共计二百五十人的参会者中，有三十四人是各种教育当局的代表者，二十四人是教师联合会的代表者。大会如期开幕，二十八日报告研究，又讨议。二十九日行公开讲演，遂即闭会。又有大会的附属事业，即开展览会，展览室内悬挂用的绘画、画本、学校建筑图及图画教授上的新用具等。

二十八日的研究报告,有下列数题。报告之后,即就各题讨论:

(一)儿童室

(二)校舍

(三)壁上装饰

(四)画本

(五)手工

(六)艺术品鉴赏范本

(七)师范学校教育员的养成

(八)大学教员的养成

二十九日是公开讲演,就中有郎格的《艺术教育的本质》与李希德华尔克的《将来的德意志人》。

第一次的艺术教育大会,大体可由上述的情形而想象了。主席者才特利芝于开会时致开会辞,以明此会之性质及目的。其辞大致如下:

"这会的目的,如其名称所示,在于研究讨论艺术教育,尤其是学校教育中的少年的艺术教育。来参加这研究与讨论的学校,主部分是司国民全体的教育的小学校。又这会中所行的讨论,限于造形美术,文学与音乐等不在此例。

"我们要达学校的目的,必须努力引导造形美术到学校中。然而决不是欲变化从来的学校教育的基础,也不是欲改变从来的建设在论理的基础上的教育,使成为建设在艺术的或美的基础上的全新的教育。反之,我们是要用艺术的陶冶来补足偏重于悟性的陶冶的现今的教育。

"也不是要在这讨论中探究一般的原理。在会期短促而会员众多的会中,讨论一般的原理大都是不可能的。所以我们的议论的范围,限于实际的方面的简单说明,希望从这集会尽量地多收有用于实际的结果。

"既然限定了讨论的范围,结果出席的人亦非限于较狭小的范围内不可。所以我们要从各方面集合有关于教职的人——学校的教师或大学的教授;又在这问题的解决上,我们要集合有特殊的力与兴味的人。在别一方面,为欲使这开会的结果确实有功,又要求教育当局者及教师联合会派代表出席。

"最后须声明者,这会决不是想组成一团体的。这会的目的仅在于讨究现在被疏忽着的问题而阐明之。所以既不是欲议决,也不是欲投票征求赞同与否。"

主席才特利芝的开会辞大意如此。

然报纸及杂志对于这集会的批评,非常轻蔑。多数的报纸,尤其是自由主义的报纸——其中也有非难者,说并未举出这会所能把握的结果——大都是表示十分的赞同的;但别的报纸,对之都抱非常怀疑的态度。某报纸上曾有这样的议论:"艺术教育论者之所以欲使国民进于艺术的教化的高阶级,是因为他们对于劳动者的威吓抱着恐惧的原故。如果这样做去,全体的精神生活的水准必致降低,因而精神生活必致衰颓而堕落。奉献其全生活于艺术研究的人们,盼望全国民都成为艺术家,佣工与仆妇都成为艺术批评家,给国民以最高的享乐力,用意何在,真令人难解!"这一类的非难,不止一报纸。然而这种非难并无充分的根据。何以言之? 因为艺术教育论者对于劳动者的威吓的步调,并未怀抱恐惧。怀抱这种恐惧者,倒是不肯给劳动者以正当的教化上的满足的人们。不但这一点,谓艺术教育论者要把佣工与仆妇养成为艺术批评家,亦系全无考虑之言。因为艺术教育论者的见解——例如郎格等所代表的见解——人类都有促醒眠在自己体中的直观力及艺术享乐力的权利，及受适当的陶冶的权利。艺术是最高尚的欢喜的源泉，这种欢喜，在今日的物质万能的世界中，是人人所不可缺的。所以我们第一先为自己。其次为他人，即为全国民，而提倡艺术教育。

又有一派的论者，非难这运动，以为虽欲授国民以艺术的理解力，而一般国民都不能得到这机会。奈何？这种主张，实由于不理解今日的文化的状态的原故。关于这一点，郎格的见解最为正当。据他说："社会上所称为贫民的人们，在今日的社会内，颇富有享乐艺术的机会。……不过这种机会还没有充分地被人利用，很是可憾。更有可憾者，即使有利用这等机会，而人们又缺乏纯粹的艺术的鉴赏力，即充分的艺术的理解。"这原因全在于儿童在家庭及学校中未曾受充分的艺术的陶冶。欲弥补这缺陷，就发生艺术教育的问题。故可知这种论者的非难，也是不正当的。

出席于艺术教育大会的人，都热心讨论艺术、考察教育，颇有值得倾听的议论。然而一方面在主张上也有难于一致的地方。关于这意志的不一致，也有不少的非难者。有的人说，这艺术教育大会犹如古昔的巴比伦，陷于言语的混乱状态了。他们说："会员口中同是讲艺术，而各人眼中所见的艺术完全是不同的异物。有一派的论者以为'艺术'是各个艺术的总称，就中多数解释为造形美术。这一派的论者就以为'艺术'就是指说绘画、雕刻、建筑或音乐、诗。然而照他们所讨论的问题，是欲在少年教育中给以更多的艺术分量。这难道是可能的事么？倘然给了更多的分量，艺术对于教育及教授究竟能有何种的贡献呢？这时候就发生了'艺术在甚样的形式上参与于教育'的问题。反之，别一派的论者，把

'艺术'解释为人类的创造事物、形成事物的力。这班论者的问题,是'要促醒儿童的创造形成的力,维持之而使之发达,须用何种的教育法'?所以这派的论者,不以各个的学科目的组织及方法为问题,而以全新的教育精神为问题。这样说来,两派的出发点各异,目的又各异,意见当然不能一致了。"

　　这话颇有是处。"艺术"一语的解释,的确是人人不同的。这种现象不独在第一次艺术教育大会中有之;其后也往往因了对于艺术教育的见解各异,而动辄发生误解,都是为了"艺术"一语的解释人各不同的原故。然而在论者之间,也可看出一致的见解。即第一是"感觉的教育"。关于艺术教育的出发点或究极的目的,人们虽然可以任意发表意见,但倘不以被陶冶的"感觉"为前提,无论何种艺术教育的事业,非终归失败不可,这是人人一致的见解。还有多数论者相一致的一个见解,即如福尔克芒(L. Volkmann)所论,"艺术教育的问题中,目下所重要者,是教员着成的问题"的一个见解。因为照当时的情形,倘非先使教员受艺术的陶冶,无论何种艺术教育上的努力,都不能奏其效果。这等一致的意见,在对于"艺术"的见解根本不同的人们间的讨论上,当然颇有调和的效用。且讨论之际,即使人们的意见非常歧异,也决不是应该非难的。何以故?因了论者的意见非常歧异,方知艺术教育的问题是非常多面的。在这点上看来,可以承认第一次艺术教育大会是有意义的。无论如何,职业相异,社会的政治的地位相异的许多人——学者、艺术家、艺术批评家、官吏、教师、著作家——集合在一起,这样大规模地讨论艺术的问题,在德意志是第一次的新举行。而不以艺术为艺术家及艺术爱好家的个人所有物,而视之为人人所公有,联系了教育、经济、社会等而讨论,也确是前代所未闻的盛事。这样说来,第一次艺术教育大会虽然有非难之声,但其为德意志教育史上划一重要时期的举动,无可否定。

第一次艺术教育大会闭会的时候,曾希望将来再开一次规模更大的第二次大会。这希望于一九〇三年实现。一九〇三年春,有侃尔欣希泰那(G. Kerschensteiner)、惠祖德(S. Waetzoldt)、霍泼德芒(G. Hauptmann)、雷芒(R. Lehmann)、奥德·爱伦斯德(Otto Ernst)、硕尔惠尔克(E. Von Sallwürk)等会合讨论,筹备第二次艺术教育大会。其结果是研究讨论"德语与诗对于少年教育的意义"的问题。这次也取前次的见解,会员限定较狭小的范围。大会于十月九日、十日、十一日的三天中在威马开幕,前两天为讨论,后一天为公开讲演,预定出席者三百人,实际出席者二百二十五人。其中二十三人是教育当局的代表者,四十五人是教师联合会的代表者。

第二次艺术教育大会的第一目的,据主席者侃尔欣希泰那所主张,在于提高德意志国民(少年)的个人的发表力。更进一步,使理解独特的言语表现法及艺术的言语表现法,然后教以艺术鉴赏,引导少年,使真能享乐人生,为第二目的。但欲达到这第二目的,不是容易的事,一般这是不可能的。第一目的,即提高个人的发表力,是可以达到的,其方法也是一切学校中所能行的。所以侃尔欣希泰那希望会员着眼于第一目的而讨论。与其高论原理,不如注重实际的提议。

在这样的目的之下,十月九日及十日的两天内所行的研究报告,大致如次。各报告后又行简短之讨论,与第一次同:

(一)艺术品读法(音读及言语的讲演)

(二)言语的发表(自由谈话)

(三)文章的发表(作文)

（四）学校中的诗歌（关于其选择）

（五）学校中的诗歌（关于其处理）

（六）少年的读物

（七）学校演剧

十一日的公开讲演中，有李希德华尔克的《艺术教育的统一》，惠祖德的《德意志及其国语》，奥德·爱伦斯德的《德意志人及其对于诗的关系》。这等讨论及讲演的内容，容在后面详述。主席者侃尔欣希泰那的闭会辞中，有促会众的注意的二点，可以表示这集会的一般的倾向。其二点即：第一，艺术是给人以"形"的，即把宿于吾人心中而表出于外部的某物加以特独的描写。例如绘画、雕刻，是对于吾们的眼的形式的描写；音乐，是对于耳的形式的描写。然则诗如何，诗是诉于何种感觉的？据他说，诗不但是对于目或耳的描写，乃吾人的心的全体的描写，这是诉于人的全体的。然据侃尔欣希泰那说，这次会议中没有把这一点讨论得明白。第二，美育是引导人们到道德的自由的必要的条件，然而不是充分的条件。美育第一要是美的鉴赏的教育，因而是知的教育，同时又是情的教育。道德的行为要求意志的教育。即欲使美的享乐的人成为道德的行动的人，必需力强的意志教育。这是侃尔欣希泰那的闭会辞的一节。他特别注意这几点，这会议的大体的倾向即可想而知。

第三次艺术教育大会于一九〇三年十月十三、十四、十五的三天在昂不尔厄开幕。从来不视为问题的音乐与体操，在这会中也研究讨论到了。这大会的准备委员，从前两次的大会的准备委员中选出；出席者的范围，支配大会的一般的见解，大体都与前两次无异。

十三及十四两日，照例是研究报告，报告后有简短的讨论。第三日为公开讲演。其研究报告及公开讲演大致如下：

（一）音乐与体操

（二）家庭中的音乐的养护

（三）唱歌为艺术的趣味教养的手段

（四）少年与音乐会及歌剧

（五）音乐的玩赏

（以上第一日）

（一）身体的练习的肉体美

（二）徒手体操与机械体操

（三）游戏与国民的练习

（四）学校中的游泳教授

（五）舞蹈

（以上第二日）

（一）音乐的文化

（二）身体的练习在美学上的意义

（三）我们的艺术教育大会

（以上第三日）

以上三次的会议，已将普通教育上的艺术教育的问题如数讨论到了。自此以后，直到今日，不复有艺术教育大会的举行。

　　这三次的艺术教育大会,牵惹我们的兴味的,是其艺术家的态度与教育者的态度。艺术家与教育家从来一向是各不相干,各行其道的。自晚近美的文化高调之后,两者渐渐趋向共同的方向了。然其最初的结果,不过使两者间的不信用加强而已。艺术家信仰艺术为神圣之物,深恐艺术品在学校中被人误用。反之,主宰学校的教育者,则反对欲在学校教育上得到特殊势力的艺术家的企图。这现象在独雷斯屯的第一次艺术教育大会中已明白显示。如希马曹(Schmarsow)所评:"两者的意见的根本的反对,足以妨害艺术教育运动的将来。独雷斯屯的大会中最明显的困难点,是关于怎样教学生艺术的享乐的争论。"艺术家对于教师的执行学校中的艺术教育,怀抱恐惧之心,原是难怪的事。他们看了从来的学校教育的经验及今日的教育者的艺术的陶冶状态,自然要起恐惧之心。所以在第一次艺术教育大会中,艺术家反对以艺术品为教授的对象,且教育者中亦有赞成这意见者。艺术家所恐惧者是艺术品的学校教育化。大概关于艺术教育的意见的相左,如鲍诺士(Arthur Bonus)所说,皆由于从艺术出发与从学校出发的不同而生。据艺术家的主张,艺术的音乐只有"享乐"是问题,勤劳等都应该与享乐相隔绝。据教育家的主张,正当的享乐是由勤劳而生的。又海尔罢尔德(Herbart)学派根基于统合的思想,要求教案中编入美的教材的系统;艺术家前极端反对,说这是使艺术堕落的。艺术家之中,例如明亨的雕刻家,奥勃列斯德(Hermann Obrist),便是对于学校的应用艺术品的办法极端反对的一人。他对于学校中的方法十分不信用,在独雷斯屯的会议中显然表示着。

　　艺术家对于教育者的不信用,一半是由于艺术家对于艺术的贵族的见解而生,但另一半由于他对于艺术的本质的见解而生。据艺术家所见,艺术的本质,是其神秘性,即言语所不能表出的性质。即艺术能发表别的方法之所不能发表者。这便是艺术的发表的本质。故如奥勃列斯德所说:"教师的说明是可怕的毒害。"不但如此,参加艺术教育运动的艺术家、美学者,批判既成的艺术教授,提出改革案;又反对艺术教授中的数学的历史的倾向与划一的倾向,他们以为这等对于艺术的享乐的教育是有多大的毒害的,所以他们不赞成由教师之手处理艺术作品,但教育者当然立在反对的地位。他们以为在学校教育中,宗教的与道德的均占优越的地位;从这信念出发,而要求新的艺术教育也须加入既成的教育组织中。即他们反对艺术为主而学校为客。据米登芝惠(L. Mitenzwey)说,不应该使教育学为美的文化效劳,应该使艺术为教育学效劳。故教师完全是学校的主人翁,艺术家不能为学校的主人翁。他们在一切教育的改革中都坚持这态度,故对于艺术教育亦非保持这主张不可。教育学必须规定教材的选择与配列。艺术家不过是他们所委托的实行的机关。这是海尔罢尔德学派所明白表示的见解。例如伊纪拿(Hermann Itschner)所说,我们只欢迎画家来做我们的图画教案的协力者;至于组织上的一切问题,是教育者的专门知识为唯一的权威。

　　这意见的反对,在第一次艺术教育大会中明显地表示着。后来两面渐次调和起来;然而总不能完全消除,两者的协同总是不可能的。昂不尔厄的运动,可说是其适例。昂不尔厄的教师也是从教育的要求出发而从事艺术教育的讨究的。但他们没有忘却艺术家的忠告。这果然能使他们的运动有特色且有生气。他们并不是拒斥说明,不过他们的办法,从艺术的立脚地看来也没有可非难的余地。这是为什么原故呢?只因为他们承认艺术品中有不能用言语表出的某物,即只能感得的一种某物;这某物是艺术品中最重大的要件，抽发儿童对于这某物的感得力，是艺术教育上的满足。故欲得艺术家与教育者的协同，当然以两者互相了解互相让步为必要。教育者固然应该为学校的主人翁；然同时也不可拒绝他人的忠告。同理艺术家在与教育有关系的范围内，也不可只顾艺术一方面，对于教育的理解也是必要的。昂不尔厄的艺术教育运动的效果，全由教育者与艺术家在某程度内相协同而得。欲得两方面的互相理解，互相协同，宜在艺术教育大会等讨论场中互相撤去隔膜，交换意见，则最有利益。

三　艺术教授的运动

以上已就近代艺术教育运动一般地考察过。现在请再约略考察学校中的艺术教授因何而要求，又实际上如何施行。在小学校中，以前当然没有叫名为"艺术教授"的一种存在。故现在所谓艺术教授，原是限于中等学校的。

然中等学校的有艺术教授，也是比较的近来的事实。但理论的教育学，早已从人的调和的发达的见解上要求美育，唯在琪谟那求谟（Gymnasium）实施这要求，是多数论者的目的。这运动与同时发起的所谓艺术教育运动有否本质的关系？在论者之间颇有议论。像李希泰所说，琪谟那求谟所施行的艺术教授的要求——虽然受时代的影响——明明自从理论的教育学的要求上出发的运动，故与艺术教育运动没有本质的关系。最初呼号"中等学校中须给艺术以一定的地位"的，似是史塔尔克（Bernhard Stark）。他在所著的《艺术与学校》（*Kunst und Schule. Zur deutschen Schulreform Jena*，1848）中，热心地主张中等学校的教则中须加艺术教授。他要求把艺术教授分为"直接的艺术教授"与"间接的艺术教授"。

所谓直接的艺术教授,就是图画教授;这又分为"美的直观教授""固有的艺术教授"及"美术史"三门。间接的艺术教授则由别的科目,即历史、语学、文学、自然科学等施行。史塔尔克虽有组织地计划,然而他的呼号全无一点反响。因为这思想发表的时候,一八四八年,正是德意志革命的时代,国民的注意全部集中于政治上,没有评论艺术教授的价值的余裕。其次到了一八五〇年,政治上仍有许多的困难;加之东方问题发生,也是不适于静考艺术教授问题的时代。直到一八六〇年,比泼尔(Pieper)在"德意志言语学者及教育者合会"(Versammlung deutscher Philologer und Schulmänner)第二十三次(一八六〇年)、第二十四次(一八六五年)中演说,艺术教授的运动遂得再兴。但当时讨论这问题的书少得很,且其内容大都贫弱,不能使艺术教授成为一般兴味的焦点。就中伦比尔德(Rumpelt)所著的 *Ubor die Benutzung antiker Bildwerkeim Oymnaisialunterricht*(Gutersloh,1863)多少已经牵惹世人的注意;但世人对于艺术教授的深广的兴味,始于一八七〇年,当时的普法战争,德国得了胜利,法国赔偿巨款,遂使德意志经济界出现了从来未有发展,这是对于艺术运动的最得力的援助。又战胜纪念碑的建设,亦给艺术以强大的刺激,于艺术的发展很有利益。德意志用"艺术"的花来装饰他们的新觉醒的国家的生活。这对于雕刻又有殊别的大刺激。此后不多年间,德意志人赴希腊、意大利各地,发掘得古代名物,遂使德意志学界对于古代文化史及艺术史怀抱了莫大的期望。其结果使教育界的艺术运动发生了非常的变化。除前述的史塔尔克、比泼尔、伦比尔德等的努力以外,一向为保守的、顺应主义的教育界也于一八八〇年间,因了对于艺术的热烈的爱好心,而努力讨论艺术教育的价值与本质。如马伊哀(Meyer)、李连斐尔德(Lillienfeld)、显尔(Schöll)、徐谟孙

（Ziemsson），就中还有孟格（Menge）对于艺术教育的贡献尤多。孟格的
见解，在一八七七年出版的《教育学研究》中的"Gymnaisium 艺术"中发
表着。他的议论的出发点，也在于理论的教育学。吾人的一切素质的调
和的陶冶，是学校的目的，故美育或趣味的陶冶，大有注意的必要。孟格
根基这样的见解，在美的教授中看出两条路：其一即系统的教授，其二是
历史的教授。但孟格因为不能预想学生的充分理解艺术品，故对于前者
的系统的方法，怀疑而排斥。反之，他以为宁从单纯的开始，常示学生以
艺术的发达的经过，故推扬后者的美术史的方法。孟格主张图画教授为
必修科；给学生以审美的力，是艺术教授的目的。在这点上，他的意见与
我们所谓艺术教育运动，有密切的关系。但他以提示古代艺术品为最主
要的事项，固执历史的、言语学的方法，则又与我们的艺术教育运动大异
其趣。原书他主张古典的讲读与古代史相关联，而提示学生以古代的艺
术品的模写；当时的人们，对于这要求很多反感。

　　自此以后，书籍、杂志及各种集会中，纷纷地讨论中等学校可否加
艺术教授，何谓艺术教授，艺术教授应该如何施行等问题了。这等问题
的讨论中，特别多影响的，是谋雷尔（Muller）的 *Bemerkungen über den
sogenannten Kunstanterricht auf den Gymnaisien*，罗普斯（Lupus）的 *Die
bildende Kunst in unseren hoheren Schulen*，克诺斐（Knobe）的 *Ueber die
Anschauung im geschichtlichen Unterrichte* 等著作。这等著作中，当然
也有意见的分歧；又各种集会中所发表的意见也有矫奇的议论；但在下
述的一点上，大体是意见相同的。即：学校倘要完成其陶冶儿童一切的
力而使之调和的使命，则对于美学，尤其是艺术的理解，非比从来更加注
重不可。然关于其如何实施，就不免意见的纷歧。有一方面的论者要求
特别注重美术史教授，他方面的论者又主张与某种学科目，例如图画、历

史、古典语等的教授相关联而给与适当的机会。又在要求特别注重美术史教授的论者中,意见亦有相异。即第一的论者要求为美术史教授新定时间;第二的论者主张在学校所规定的时间以后行之;第三的论者取两者折中,主张利用休息时间行之。

然教育当局对于这问题的态度,是消极的。一八八二年及一八九〇年,中等学校教则改正的诸委员,对于这问题并不注意。故像孟格的关于中等学校加设艺术教授的努力,终于因了一八八二年的普洛伊孙的教则而中途停止。这教则,其关于图画教授及直观教授的会议,决议为不能保证充分的效果。例如极必要的图画教授,他们不定为一切学年的必修科,而只定为第三年级以上的必修科。不但如此,艺术教授的一切努力,都被下面的不甚重要的几句文句所限制。其文句即"利用古代美术的模写及其他古代生活中可描写的直观材料,使适于目的,是极可推赏之事"。又"用特有的直观教授,以使教授历史增加生气,是极可推荐之事"。这样看来,这教则比较起从前来,在对于青年的美的陶冶的价值的认识上,不可谓非更进一步;然而仅推荐某种方法,终不能希望有多大的效果。这应该有积极的要求。因为用不用像上述的直观教授,是各个学校的自由;故其结果必与从前相差微几也。

其后一九〇〇年六月的学校会议及十二月的学校会议,其主题是三个高等学校(Gymnasium、Realgymnasium、Oberrealschule)的资格问题;但对于艺术教授的问题并不十分注意。一九〇一年的教则,虽然曾经在高级的德语教授上推荐美术史讲读,或仿拉丁语希腊语的教授而奖励有艺术的价的直观教授,但大体不出于一八九三年的教则以上。到了一九〇〇年,这种古典语教授及古代美术,渐为一般所承认;一九〇一年的第一次艺术教育大会以后,这见解又次第变化,从一八七〇年

以来,对于人文的研究的偏重,反抗的呼声渐渐高起来了。其结果
Gymnasium 的艺术教育运动渐渐引起人的同情,这是很可注目的事。
古典语学者之所以力说古代艺术者,是欲给 Gymnasium 的人文的陶冶
以新的助力。"我们倘要与人文的陶冶同时维持我国民的最高的理想
的财产,必须利用我们所考得的一切手段,使学生对古代的庄严发生兴
味与热心。"这是顾洛哀尔(H. Guhraner: *Bemerkungen zum Kunsterricht
auf Gymnasium*. Wittenberg,1892)的话。当时的人文主义者的态度,在
这话中分明表出着。

　　故自一八五〇年以来,欲以艺术为教育的一因子的努力,分明早已
存在着,不过一时不容易有效于实际上。这原因,据李希泰的见解,是因
为 Gymnasium 的艺术教授运动是教育学上的纯理论考察的结果,而没
有实际的文化的动机的原故。动机不拘如何,倘其实际教授的方法适
当,也可举相当的效果;但 Gymnasium 的艺术教授,其方法是错误的。
在这点上,高等女学校也完全是同样的。高等女学校在美术史的形式之
下施行艺术教授;但仍不能达到其目的。这等学校,大都不提示艺术品
本体于学生,而施行关于艺术的概念或本质的系统的教授,欲以此实行
其艺术教育。实则不先使学生充分理解个个的艺术品,而仅授以关于艺
术的意见,是非常危险的办法,当时的学者谁也不会注意到这一点。当
时的教育者,欲用美术史或美学等知为原理,使学生接近于艺术。但从
这非艺术的原理而接近艺术,结果是徒然助长了学生对于艺术品的妄评
的倾向;而学生的艺术的感受性,反因此而迟钝了。故艺术教育论者对
于这种方法,极端反对。因此艺术教育论者就排斥关于美的概念与知
识,而主张把"艺术"本身导入于学校。又改良从来的艺术教授,而努力
于真正的艺术的"艺术教授"了。

图画教育论

岸田刘生

一 图画教育的真义

第一要注意的,图画教育不是造成美术家的教育。图画教育是使孩子们通过绘画或雕刻等造形美术,而领悟美术的美和自然的美;而不在乎使他们会描很好的画。故先生所应当留意的,是孩子们在自己的画里怎样地注意到"美",与孩子们怎样能懂得"美"。

会描不会描,自然常常表示着孩子对于美的感受的结果。又教他们描画,原是使孩子与自然的美和美术上的美相接近又相交游的最好的手段。所以结果,在事实上图画教育就成了教他们描画的教育。

这只要主客明确,不致倒转,就好了。

其次要注意的事,图画教育虽是教儿童以美,但因为美不像别的科学地可用知识领悟,先生自己也多有不懂得美的。有人以为美是主观的,人无不有美或好看等感情的经验,故没有不懂得美的先生;但普通的人只感到好看、美,严密地说,有的是把美的以外的感觉,种种的先入的概念错认为美的;否则,是指极低的视觉的快感而说的;现在我所说的美,特别是于人心的教化上有效的美,不仅是普通的人们所感到的程度内的美,即比较起前者来是高一步的程度的美。

现在不能就"美"而详细解释。总之,普通人所感到的美感,在当人虽是绝对的,但在客观,实在不能特称为"美",只是为了那人对于美的理解能力低弱,而止于他的程度内的冲突罢了。这犹之婴孩见了刺激强的颜色会兴奋,在婴孩是绝对的,但在大人只觉得幼稚可笑。

故所谓懂得美,不是知识所能致的事,是由于其人的内面的美的力而来,所以不能骤然地懂得。这样说来,真果懂得"美"的人,实在很少。故说先生不懂"美",不是攻击的意思,却是当然的事。非常地深知美,或者原非必要;但倘非在相当的程度内真心地懂得"美"的人,必不能教学生以"美"。

倘严密地说起来,图画教育就变成不能实行的事了。但这是不行的,故非在明白了这个意义以后用别的方法来实行不可。用什么方法呢?且勿从"教美"上着想,而试想给他们以自然地懂得美的机会,而助他们懂美的办法。那么只要有组织,凡有指导学生的经验的人,虽不深解美,也可以教图画了。

所以图画教育,在一般的意义上,不是教学生以"美"的事,而是使学生自然地知美的教育。但所谓一般,是指真果知美的优良的先生的例外情形而说的。这例外情形,最是理想的。

然则先生对于儿童的画,还是不批评不指导的好吗?这问题倒很困难。被未成就的先生批评、指导,原是不好的。但对于无论哪个一看都看得出是胡乱的、杜撰的、低能的画,亦袖手旁观,到底不是好的办法。这时候必须施行教导批评,且其教导一定是容易接触于"美"的问题的。

图画教育中,关于鉴赏教育有定一种组织的方法的必要。其一,就是与别的学课同样地作成一种读本式的教科书,分学生用与教师用二编。教师用的,编成教案的补助的体裁。先生一面教育,一面自己也在书中受教。这结果,先生也就非教育不可。但这是别论,师范学校时代便是做先生的教育之一。

这样看来,先生对于儿童的画仍是不批评不指使的好。但坐视不问而听其所止,终是不妥的事。所以最好要用不批评而又不听其所止的方法。故以鉴赏教育为基础的自由临画法,就有计议的必要了。我以为要使孩子知"美",不可听其所止;应当先使之接近艺术品,然后进而使作学生自己能动的临画。关于这事,在后面再详说。

同时,这里所最必要的是良好的美的教育的先生。但这是至难的事。这不是在师范学校里可以学得的。然能与学生一同接近这"美",长年之间,先生自身或者也能知美。至少今后的图画教育,须有这一点新鲜的力才好。后面所述的鉴赏教育法等,意思就是与学生的教育同时,先生也有一种教育的要素。

二　实际的方法——四方法

图画教育的目的不是教学生画画,又不一定是教学生以美,而是与学生一同游于美之中,味识美,在不知不识之中体得美:这在以上已经说明了。其次要讨论的,是其方法。

图画教育的方法,从原则上想来,可有下列的四种。即:

(一)自由画法 $\begin{cases} 写生 \\ 想象又记忆画 \end{cases}$

（二）看学法 $\begin{cases} 鉴赏 \\ 临画 \end{cases}$

（三）手法教授

（四）装饰法

其中为美的教育而最有效的，是使学生从美术中收取美感。除此以外，仅使学生亲近自然，或自由描写，即当作美的教育，只可说是消极的办法，不是最有效的。

故美的教育的方法，第一应推"看学法"，即鉴赏教育。但一面当作美的教育的手段，使学生创作美的作品，可以添加其兴味，在研究上也是最好的方法，在图画教育上是最普通的路径。所以一面常常尊重鉴赏教育，同时以自由画法为手段，是最得当的办法。

看学法中有鉴赏与临画二种。鉴赏是不必解释的；临画的意义与范围如何，却是一个问题。所谓临画法，在图画教育上已是往日的旧法，今日的这个质问，是当然要发生的。详细的话，容在后面把四方法逐一说述。唯现在所提出的临画法，是为了要使鉴赏教育更加确实地又实际地见效，而一任学生的兴味为本位的。其范本当然取鉴赏用的美术品。这是在学生看了美术品而发生"模写"的美术本能的时候所活用的方法。

第三种的手法教授，也有一点问题：在前面曾经说过，先生对于学生的画还是不批评不指导为安。这与现在的所谓手法教授似乎矛盾。但与美无关的纯粹的手法教授，在某种时候是必要的。在实际上，这是不能除外的，这是止于当作无害的事或原则而举出来的。详细的话在后项再说。这手法教授，在鉴赏法之中与自由画法中都包含着。

第四种的装饰法，容在后项详述。

这四种方法,是从装饰、写生"模仿"、想象、对美术品的模仿(传统)的美术上的四要素上出发的。

次把这四方法逐项说明之。

三　自由画法

在虑情美化的教育的图画教育中,鉴赏教育是最为根本的办法。但要使儿童兴起他们的"画心",要使他们晓得画的成为美术就是画的接近于"美",使他们描画正是第一良法。

这是善用儿童的制作本能,而使之有意义地发展,在教育上是最有生气的方法。儿童本能地想描某种事物。白的壁与白的纸,铅笔或墨等物,是刺激儿童这个本能的。故"随意乱涂",与其说是意识的,宁说是本能的为得当。

这样说来,画图教育的手段,必须以"描画"事为第一,可无疑了。这就是图画教育的常态。

"描画"的方法中,应该先从"自由画法"开始。

所谓自由画法,是尊重孩子们的意思,使自由地不受干涉地描画,故用这样的定名。它的反面,第一是旧教育法的临画,其次还有用器画、透视法及其他与美的感情没交涉的教育法。

这等旧的图画教育法,对于图画教育的本旨的"感情美化的手段",明明是乖误的。不但如此,就是当作图画的教育法,也不是真正的。

倡自由画的人,标明了这一点。他们将那贫乏的图画范本从图画教育界里驱逐出去,可说是有功的事。倡自由画的人们所说,大旨在于儿童的个性尊重,自由尊重。他们非难临画,说把儿童的观照装入一定的型里，便是束缚自由，斩刈其萌芽的"心"。其中儿童的个性尊重与型的排斥等，又从别种思想而生出不同的见解来，容在后项中说述。这等自由画派的人们的思想，大体可说是得当的。所谓尊重儿童的自由与个性，所谓排斥型，以旧式的图画教育为对照而说时，当然都是行的。蔑视儿童的个性，抑制儿童的自由，而强把儿童的心装入恶的型中，固然非排斥不可。但过于尊重儿童的个性与自由，与绝对排斥型，倒是可虑的事。这在后面再行论述。

我的意见，临画不是全然要排除的。关于美术的优良的教科书的编辑，未必一定不可能；又以画本为儿童的美的轨范的一助，也可相信其不是恶事。因了这样的意义，我不绝对排斥临画。但临画含有给恶影响于儿童的审美的发芽的要素，且编制良好的临画帖，也有相当的困难。故在大体上，我也赞成在儿童还是禁止临画为安。

从这点上看来，旧图画教育法的应该完全排斥，并无不当了。不但如此，旧图画教育法的根据，始终只在于描画的初步的手法，其本旨止于智育的境域。且极容易使其感觉陷于机械的，而在儿童的心里并无一种愉悦或兴奋的要素。这等话，虽只是对于现在的图画临本的批评，但从来的一切图画临本，其根据皆不在"美"而在"型"。用这样的教科书，不但止于妨碍儿童的个性的生长，更且积极地使儿童的心变为贫乏无味，终至于斩刈儿童的对于美术的爱情的萌芽。

非教科书的，别的旧图画教材，也都是与美的训练无关系的。学校中所定的写生画的教材，开始用三角形、四角形、圆筒形，次及石膏模型和雉鸡、兔子等剥制标本，并不加以审美的批判；日用器具，例如烟花壶、花瓶等，也都不以美的观照为目的而应用，而是以正确地描形为目的而应用的。

　　前面曾经说过,图画教育的根本目的,不是教儿童作画家,而在于促醒眠在儿童的心中的"内面的美",引伸而美化其性格,在其心中培植起爱与善来。养成描形的能力,原是可以合并了教养的;但这不是主要的目的。像前面所举的诸器具,其自身并无何等美的意义。倘说美是主观的,在这等器具中也许可以认识美,不过是诡辩的话罢了。大体,诱发人们的心中的美的要素,到底是在于客观的。

　　虽然如此说,却不是使他们选取有美术的价值的作品即美术品工艺品来当作写生模型的意思。这带着临画的意义,或可说是美的教育的一法。但当作写生用,其自身仍是没有美术的价值的。要取用含有诱发人心中的美的要素的自然物或器具,方为适当。但这取舍与批判,实在很困难。试到今日的许多油画展览会去看看,给儿童以良好的 motif(主题)的,实在很少。给儿童以美的 motif,是很难的事。这须得有一种方法。关于这方法,很费考虑。

　　总之,旧图画教法中的这等教材,其根据不置于"美",而置于"形",是主客颠倒的。这不能在儿童的心中引起某种形而上的快感。就是石膏像之类,也全无强使练习的必要。使儿童看了其形与色,喜悦其美的快感而写生之,能随写随享乐,方始合于图画教育的本旨。开头就使他们画石膏像、三角形、四角形等,不能惹起儿童心中的美的兴奋,而反有使他们感到义务的劳役心的弊害。要练习正确地描写物体的形象,即使不用石膏像、三角形、四角形,在户外写生、室内写生中也可充分地与美一并习得。在不要做专门家而习画时间又少的学生,须使经济地活用其练习。故应当以根本的目的的"美"的习得为主,而附带地施行智育的图画教育。

　　他如用器画、透视画等,也是同样的。这等可说是图画教育以外的智育或常识的一种,又可说是物象观照上的一助。用器画则可为作图案时的方便,故无排除的必要;但置重这等画法,是不合理的。

要之,旧图画教育法,没有得到图画教育的本旨的美育与德育的自觉。这是关系于时代的,无可如何的事。故其教育法的止于智育,也是无可如何的。在今日,艺术及于人生的德性的效果已被一般地意识了的时候,倘还是固守旧时的教育法,而又为之辩护,真是可笑的事了。

所以图画教育中的制作教授,其基础第一应当置在自由画上。说第一者,就是说第二第三是临画法及装饰法。但这等应在不施自由画教育时偶一为之。至于常态,应该是自由画。就是使学生自由地描实物写生(风景、静物、人物写生等)及记忆画,或想象画。描画的材料,蜡笔(crayon)、水彩及其他墨画、油画等皆可。但关于材料的审议,在别项中说述,现在且不提。

这写生画与想象画,任何一方都不可轻忽。任学生之所好,最为得宜。因为有欢喜写生画的学生,有欢喜想象画的学生,又同一学生,也有时欢喜写生画,有时欢喜想象画。在大体上,往往是由写生觉察宿于物形中的美,因而感到兴味的。但想象画也不可忽略,这可以促进对于自己所见的,或日常所接触的事的更细密的观照,而养成其爱美的感情。

故写生就是对于“物”的美的训练,想象画就是对于“事”的美的想象或追想,两方都是使心中生一种爱感的。尤其是对于“事”的记忆或想象,往往多伴着爱感。美术上“事的美”的一个境域,可说是这爱感的具象的形状。所以孩子们想起了运动会、远足、家庭日常等自己所经验的事象,而用画来描写的时候,其心理中常有一种爱感,在不知不识之间活动着。这是看到这类的儿童作品时很可感到的事实。我曾看见过描写投球于笼中的竞技的画,其所描写的竞技的学生,作自己所曾见过的种种服装,这完全是因为欢喜爱好而写的。又在红色白色的球的描写上,可以见到一种美意识的表示,至少是暗示着儿童所实感的美与所经验为美的趣致。所以在这图中,可以看出极微细的观察和注意。这不但有磨练儿童的观察的功效,在其观察与注意上,必然可以看出优美的"心"的经过。这周到的注意,是艺术教育的很重大的职务,即 delicacy 的教养。故能养成又助长其同情的、关念的心,屏除粗暴之习与杀伐之气,而为"善"与"爱"的根本的教养。

这不是想象画所独有的事,物象写生时,自然也能促进对于种种的形与色的观照与注意,因此得柔润其心,而养成为 delicacy。

但从一面看,在物象写生上,写"形"比写"美"为容易;而在想象画的作品中,儿童的"主观"容易表现,因此儿童的内面的"美",即装饰的能力,自然容易发露。即如儿童写运动会中的孩子们的服装时,虽然与实际不同,但其中自然有一种色彩上的美感,又特别是表出宿在儿童心中的美的铭感的诱因。像前述的赤球白球的装饰的效果等,便是其适例。不但如此,对于事物的爱感也直接地表出,记忆、追想等能力也活动,故可为情操的艺术的训练。即在美术上,想象比写实更适于装饰,故引诱儿童的内面的美而使这生发,是直接的办法。

要之,这写生与想象二者,在自由画都是重要的。唯"写实"在绘画上是最普遍的直道,故在儿童的图画教育上应该也有最普遍的基本的位置。我之所以特别论述图画教育上的想象画的价值者,是为了这一事还没有充分地受人们的注意,而学校中都抱着"自由画只须写生"的信念的原故。

其次要论的,是所描的题材由教师选呢由学生选的一个问题。这是两方都好的。但学生的头脑、审美力还没有完备,故不能鉴别某物为美,某物为不美。他们见了红叶,就说红叶是美的。但这是因了先前的概念而感到其美,或者以为赤色的刺激就是美。这事的证据,看了孩子描的红叶的写生就可明白;他们对于红叶,其实毫无一点症状的感兴,只描了顶着一簇红的色块的树木,而毫不注意到红叶本身的美。故就此说儿童是感到红叶的美而描的,未免过于牵强。要使他感到美,仍须指导他,扶助他,使他注意于物的形与色的美然后可。

在这指导与扶助上,美术品的鉴赏法、看学法,以及以美为主旨的临画法,是有效的。但倘能用一种好的手段,给以好的"画因",效力必然更大。

故由"画因"的指示而觉察自然的美,是入自然美的境域的重大的关键。看见自然的人虽多,但真能知道自然的美的人很少。看见了花、鸟,知其为美;但倘能再知道这以上的美,世界岂不更是乐园吗?今后的真正的图画教育,必是使学生知道从来的类性以上的"美"。这是符合于艺术上的"美"的法则的。鉴赏法便是对于这美的指示。在自由画法上,这便是"画因"的指示。

关于美,儿童也是无知的。故教师的指示,是当然必需的事。但对于美无知的,不仅是儿童,多数的教师,也是不懂的。故"画因"的指示,教师也须与学生同程度地受教。

试述一二种多少可供参考的愚见:第一,有定评的良好的既成美术品,可以指示画因,故宜取为参考品。这种参考品最好由有信用的美术家编辑发行。但这有定评的良好的既成美术品的可供画因的参考,结局仍有赖于教师的审美能力,所以困难。审美力缺乏的人,往往对于浅薄的东西感服,而把好的作品反视为不足取,而下浅薄的解释。这是常有的事,不待缕述。因为有这种情形,所以希望有信用的良好的美术家来编辑参考书。但认定有信用的良好的画家,又是困难的问题。这等书盛行之后,世间自有定评;但这定评之可信与否,仍是问题。

要之,现在的问题,是描画的题材宜任学生自择,抑宜由先生指定?这问题在现在,恐怕除了任何都好以外,没有别的办法。但儿童自己决不会知道"画因",故放任决不是好的办法,出于不得已而已。

像后面所述,自由画法当作诱发又生长儿童的美意识的方法,是消极的。须得一面用良好的美术鉴赏法来启示其"美",使与美交接,更使学习美的法则的根元的装饰法。这三事协同,就可说是完全的图画教育了。

其次要论的,是关于自由画论者所说,尊重儿童个性与排斥模仿的问题。这是论自由画法时所当有的问题。

儿童的个性,原是应该尊重的。但有的人动辄把儿童个性看得过重,却又可嫌。我屡屡见闻到,有的人把儿童的幼稚的能力与粗浅的观照所产生的非常规的描写,误认为儿童个性的发露,而赞赏之,实甚可笑。

儿童的性质,自然也是十人十相的。故其所作的画,当然也和行为、言语一样,各有相异的发露。教师当然不可不顾到这一点。在这程度之内,我也是热心的拥护者。但超过了这程度,以为特异就是个性的表示,而认为特异就是佳作,而过分地尊重个性,我以为是应该排斥的。这不是个性,个性不是一定与他人不同而特异的。不问意义而一味盲拜近代流行语的"个性"的人,在今日非常的多。这等误谬是应该纠正的。

这样的事,原是最愚拙的一例,并非一般的个性尊重者都是如此。须注意者,在美术或图画教育上,所谓个性一事,不是像今日的人所想象地重大的。尤其是因为图画教育不是美术教育，故与其单重个性，不如以"美"的薰育为旨，而以不伤害个性为度。特别奖励个性，能使美的观照不自然，反而伤了个性。审美力强盛，则个性自然也会强盛起来。不以美为主，而特别重个性，反而伤害了个性。故个性是手段，美和善是目的。

全然排斥模仿，也是从这个性尊重而来的。这也可说是近代艺术家所犯的一种恶癖。关于这事，在后项看学法中详说。

总之，自由画法当作图画教育的手段，可说是最普遍的；但当作诱发儿童的美意识的方法，是消极的。何以故？因为儿童原来未曾具有可称作美意识的程度；教员与这儿童倘是五十步与百步之差，而要使儿童知美，而用这方法，希望在自然物象的写生及想象画等的制作中养育儿童心中的美，是没有希望的。更进一步，积极地使儿童的心接近于美，与美交游，使其自己有了美的经验，更用接近美术作品的鉴赏法、看学法及从内面启发美的法则的装饰法，相与协力，自由画法方始能有效地实行。

这又归根于前述的画因的问题。鉴赏法充分奏效时，儿童必然能从内面学得自己所铭感的作品的画因。而在这时候，美的经验所生的画因就发生。即使幼稚、浅薄，例如儿童自发地味识别的美术品（相当地由定评审议过的）的美，而把它颠倒了，也正是美的教育的成功。更进一步，儿童就能在自然物象的形中感得兴味，而描写为自己的作品。这就是以美为基础的制作的第一步了。这确是头脑凝固的教师所不能概念地会得的事。而头脑素朴的孩子们，因为直感地受得的美术上的铭感，故虽然幼稚、浅薄，其制作必然很有生趣。有了生趣，教养起来就会进步。

装饰法，是从内面养育又启发美的本能，而更使儿童的鉴赏眼及观照更加真实。

所以自由画法，必须先从看学法及鉴赏法着手。

四　看学法附手法教授

使儿童知美的方法中，仅使自由描画，是消极的。这事在前项已经说过了。为了欲使儿童知美，而拿别人的美意识所造成的美术品给他看，使画者与看者的心与心相通，生命与生命相通，是大有效力的教法。

美术品的美，如果没有看的人的眼，结果就什么都没有，这是事实。比较起自然物象的美来，美术的美是能动的，自然的美是受动的，这也是不能否定的事实。即自然的美，须从看者的方面投以美的意识，方能感到，在这点上可说是受动的；反之，美术的美，则由别人的美意识确立着美的法则，向着看者而发生作用，这美的法则中含有客观性。在这一点上，美术的美比自然的美，是能动的，即从对方面活动来说。这里面潜伏着一种感化心情的力。

图画教育者有鉴赏教育之说。但这事容易变成教一种"型"，容易被解说作合于这型的便是美。有一班自由画论者，爱倡这一说。这种提倡，原是从相当的经验而来的。即使一时被型所支配，而儿童的对于型，似比对于美更易懂得。故在这状态中，原能从不知不识之间受得美的薰育的力。这应该是图画教育的最大的目的。

孩子们，在一方面是没有看到物的真髓的能力的，是容易被外形所引诱的；但在另一方面，其心情又非常敏感地懂得事物。即儿童在知识上虽不得接触事物的真髓，但事物的真髓所给与儿童的心的感化或"萌芽"的力，却是很大的。

以徒事形式的模仿为邪道而可怕,不一定是中肯的话。新的美术,如谷诃(Gogh)、赛尚痕(Cézanne)等的近代美术,其美的价值在儿童原是难解的。这等美术有一种特异的形式,不是浅显的美的形式。但古大家的素描等,如辽拿独(Leonardo)、裘莱尔(Dürer)等的作品,虽使儿童模仿其形式,照样描写其"美",也不会有大的弊害,倒反可因此而悟得其美。只要悟得其美之后,自由的天地就开辟了。然而也不能说近代美术为儿童所难解,故是深刻的;古画为儿童所易解,故是浅近的。真的深刻,儿童当然不懂;但具有真的深刻性的作品,同时必具有足以温暖屡屡接触它们的儿童的心情的力。

故欲使儿童模仿形式,可舍弃其有弊者,而授以得更活动地利用其原质的作品。这是指导的一法。只要略加注意,便可除去使儿童陷于定型的弊害。我们可以这为基础,而考虑良好的方法。

近代的人,对于独创、个性等语,似乎太热衷了。独创、个性,其本身并不是尊贵的。只因"美"是尊贵的,而美主由于独创的个性而发生,所以独创及个性也就可贵。但是,没有独创和个性的民族艺术中,也有许多包藏着很高贵的"美"。民族艺术比较起个性艺术来,"深"是缺乏的。但一味求深,是无理的,又是无必要的。所必要者,是须从世界中驱逐出许多的丑与恶,而增殖许多的美与善——浅也不妨,小也不妨。且动辄尊重个性,唯个性是贵,便容易变成尊重对于别派的树异。使学生直接懂得美,就是真的意义上的个性的觉醒。不懂得美或不具有美的个性,只是对于别派的性质上的类性的相异而已,有何可贵?教育之而强使其个性增长,是一种变态。

倘以为揭示他人(古大家)所作的画,是使儿童失却个性,也可说是个性偏重主义。其实儿童的性质,颇可因此而受善导,而各自发展。倘说因此而使儿童的个性受了束缚,似觉无理。

美术上的模仿,其实是向独创的第一步。在想要创造美术的所谓"制作行动"的因素中,含有对自然所授与的美的启示的模仿欲,与对别的作品所授与的美的启示的模仿欲。且要使学生知道美术上的"美",必从先人所造出的美术的作品直接地教他们"美术"及美术的"美"。近代的人,动辄指模仿为恶,甚么都注重独创,这实在是由于美术的经验不深,而又不反省的原故。美术,是描出美术,不是描出自然。不真知美术,不能产生真正良好的美术,也不能得到深刻的美。这不是蔑视独创;真的深刻的强力的独创,并不是绝对不容他物、绝对不学他人的意思;而是竭力与他物相共通,尽量地收容他物的长处,而又是独自的一种事业。古大家的作品,统是如此的。他们决不以为独创,在他们,宁愿接近古大家,忠于教师,而自能达到"出蓝"的地步。这等作品,比较起独创意识发达的近代的露骨的独创的作品来,其独创力的坚实、强固、深远,实有云泥之差。

美术上的真的独创,原是理解别的美术品的种种的美,萦心于那种美上,其独创自然地深起来,强起来。独创不是目的,是更深的美的结局,又手段。美术家与其萦心于独创,还是萦心于美为正当。美有自然的美与美术品的美的两种。真要知道美术上的美,与其就自然学习,不如就美术学习,可以深切地学得。

这是美术修业上的问题,同时又可说是图画教育上的事。即要使儿童知"美",与其求自然的受动的美,不如参拜由"美"筑成的美术的殿堂为有效。且儿童所有的反对本能与模仿本能,可在这全由美筑成的国土中充分地生长。这决不是抹杀儿童的个性,妨害儿童的独创,反能使其个性更美、更善,使其独创更深、更强。

　　故揭示名作,使儿童鉴赏时,即使有儿童模仿了它的形式,也是无妨的。不但如此,有时在某种意义之下,临摹也决不是恶事(这事在后面详说)。所以图画教育者有选择适合于儿童鉴赏的材料的必要。今后图画教育上重大问题之一,必在于此。

　　其次要论述的,是这鉴赏教育的实际的方法。关于这问题,与教育上的实际无干涉的我似乎没有说话的资格。但全不说话,又似乎不负责任。在我,原只要说明了鉴赏教育的可能与必要的理论,就已满足,以后的可让给别人去讨论。我所想到的事,例如发行儿童用的"美术读本"一类的课外读本,便是其一。但这必须由深知美又实感美的人来编辑才行。牵强地做出,反而不好。我常想竭力做这种编辑,只为了本职多忙,不能实行为憾。

　　这编辑的内容,是古今东西的大家的美术上的逸话、制作上的有趣的话、美术史的浅易者、孩子们所能懂得的美术上最重要的事、可以养成温暖的爱美心的文章、教示自然美的文章及美术家的经验等。把这等事用伴着趣味的文体写出,使孩子们读时发生兴味。大约从前期小学三年级起,至最上级止,一年读一册或二册。

　　文章以外,可用古大家的良好的作品的照相版为插画。又可依读物种类,而请画家作良好的插画。总之,要使手里拿起来,眼睛里看起来,都美而安定。这想来不费十分多额的金钱也可办到。这册书须注重美观,置重读不如置重看。但做出这册书,实在困难得很。但我想只要有人做,必是可能的事,又是有益的事。

　　其次是一种画帖。在庆应义塾有河野通势与清宫彬二君教儿童图画,他们用一种自由临画法。这真是有趣的事。只要根据画帖,儿童就可临摹一定的美的形而采得"美"。庆应的学生,事实地懂得美,真是不可思议的事。河野君、清宫君,是我的友人,在画家中也是我所最信仰的人。他们的关于美的实感及智慧,非常丰富。得这样的人为师的庆应的孩子们,真是幸福。

要使孩子们知美,有用鉴赏教育的必要,这是以上所已论述的。现在要更进一步,讲我所说的自由临画法。所谓自由临画,第一要点,是全不要照画帖的形式,而逼真地模仿;第二要点,是务使孩子们自发地兴味本位地欢喜这等画而临摹它们。总之,必须指导他们,使在别的自然物象的美中发现画帖的美,使晓得描这等画的古大家的对于自然的观法及美的发现的方法。即以这画帖为自然观照上的 hint。例如使他们看辽拿独·达·文起(Leonardo da Vinci)的草的素描,又使他们看与此类似的草的实物,把两者并置而使之模写,便是一种方法。这只要依照前述的指导方法,必可因此而悟得美,决计不致被囚于形式。对于个性与独创等,也决不致有一点损害。

使孩子们循步古大家等所描的优良的美术品的笔迹,是何等的幸福! 这是美的训练的最良的实际方法之一。

那末这画帖应该怎么样造,选什么材料呢? 这又是至难的问题。就我所想到的说:例如幼稚时代,可不用临画帖。读本如嫌难,也可不用。宜给以临本与读本合并的鉴赏本。其教师用的,是关于这课的谈话与教案。至于里面的画的程度,却决不可因幼稚而降格选择,宜用相当的高程度的作品。静物画及近代绘画,是上级的材料,可以采用。崇教画、人物画、动物画、花鸟画、风景画等,其优秀者也可采用。尤其像文艺复兴期前后的马利亚像之优者,辽拿独·达·文起的素描等,在幼稚时代必须常常揭示。

总之,在幼稚时代所描的对照物,须取具有易解的美及善的感觉的作品；但这等决不是通俗的，在这等里面有高深的意义，所以应该选这等给他们看。像昂琪理珂（Pra Giovanni Angelico）的天使的画，正是可取用的。

同时，幼稚儿童在日常家庭或市街中所常见而驯熟的草木、动物等图，其佳者也可选用。这等是鉴赏与观照互相辅助而使之知美的方法。

又风景画等，在教示自然美时也是必要的。风景画之佳者，在西洋近代美术中最多，古大家所作，好的几乎没有。伦勃郎德、吕朋斯（Rubeng）等虽作了许多风景画，但不若近代美术的真确独立地观察自然美，故不宜取。唯近代美术，在幼稚时代很不容易了解，是其难点。中国的古画山水，也难了解，然也有可取用的。

故幼稚时代，以先从西洋美术入手为宜。因为西洋的美术，其美意识是露骨的，使人立刻可以看出。但裸体画，尤其是希腊的男子像等，连局部都雕出的，足使孩子们起不思议的感想，又教师也难于说明，似属不宜揭示。但倘从小惯见，对之并无异常感觉的，则亦宜用。

东洋美术的美，不似西洋美术的美地容易了解。有的以涩的、纯的、卑近美等为主的，又有的十分抽象而无可把握。故以示孩子们，稍有不合。但倘揭示许多作品，也可使他们了解起来。故欲使孩子们知美，不妨时时指示以荡漾美术的美，这决不是无用之事。对于稍长的儿童，可选示宋元的良好的山水及花鸟的写生物，明清的或日本的南画（即王维一派的南宗画）之佳者及浮世绘之适中者。同时在读本方面，也立数课，以说述其鉴赏法及关于作者的话。

其次，关于鉴赏法，还有美术品实物观览一法。例如古寺的建筑及博物馆、服装器具、旧都遗迹等名胜地等，都可供观览。又有非实物的，例如东西名画的良好的复制的挂额，可常常悬挂；又如学生作品展览会、公私展览会,均可参观。但展览会参观,我觉得有害的实在比有益的为多。不过也有因了参观而得益的,故列举在这里。

我往往看见跟了先生而全无感兴地乱步于博物馆中的小儿,深感美术品观览法的至难有效。但这是关系于先生的。先生倘真是爱美的人,必能引学生的注意,使也向这边。但这是不能求备于万人的。把美术指示于根气良好的孩子,迟早总能达意。使孩子们的鉴赏不为义务的态度,是幼时教育上最重大的一事。要先使孩子们的心中发生着对于美术及美的爱,然后进而领导他们去看美术馆、博物馆。总之,不止上述二三方法,考虑起来,还可有种种好的方法来实施这事。从小养育在良好的美术中的孩子,真是幸福。据说裘莱尔在十三岁时已能画非常美的自画像。称为享保的才笔的山崎龙子,十一岁时描的美人画,现归我宝藏着,其美真是可惊。这不是时代的美的环境的幸福的表征吗?他们日常手中所持画本,眼中所见美术,都是逸品中的逸品。故在不知不觉之间,他们能游神于高等的美术的殿堂,而贯彻线、色、形的法则。这不是自然的美的感化,正是良好的鉴赏教育的结果。

其次要考虑的,是手法教授的问题。这问题与图画教授上的尊重自由的主张,似有相冲突之处。但在某种情形之下,这是无害的,又必要的。

手法教授应该常是消极的,全不是积极的。即如描画材料的使用法的指导,也是一种手法教授。这是应有的指导,没有问题。所成问题的,在于技术上的指导的应行或全然排除。例如南画法中的米点法、四君子法,倘给以优秀的临本(例如《十竹斋书画谱》《芥子园画传》的复制品)临摹的时候,就有教运笔方法的必要。全然让他们自由模写,也很有趣;且也有因笔法而悟得的"美"。所以只要暗示运笔法,儿童倒能够表出真的儿童的悟性。其他素描中的线的描法、交错等,倘过于无秩序,必变成乱脉,故应在消极的意义上指导之。即从前述的材料使用法的教授再进一步,有时用相当的技法指导,是无害而又必要的事。

但最紧要的,希望先锋不要用自己的主观来教人作美的方法。除例外的情形以外,这是非常危险的。这正是束缚儿童的自由,伤害儿童的个性。因此有人主张,手法教授全不可行,宜任凭学生自由发展,先生只要袖手旁观。总之,主要的目的,是要使儿童了解美术。手法教授不过是鉴赏教育的一助。倘是有害的,尽管全然省去可也。但在上述的限度内,我以为是必要的。

总之,这是希望儿童对美术更加亲近。倘有别的良法,就是不用美术读本也可。方法可以不必固定,在孩子们的环境中增殖一点美术,是其目的。

五　装饰法

装饰法,就是从孩子的装饰本能上诱出其美,而使之发育的方法。

原来美之一事,是从嫌恶不均齐、乱脉、不整顿、不统一的生物的本能上出发的。例如我们拿一双一长一短的筷子时,总感到不安和不快。这是根本于生理的。把一支筷子切短一点,或他支接长一点,就整顿了。又如物件散乱的时候,也同样地感到不快。把它们整顿过,使之统一,然后觉得安心。这本能,可说是生物的形而上的法则。这本能超越消极之域而进于积极之域时,即超越了"防止不快"的境域而更求"愉快的形式"时,装饰欲就发生。这就是更复杂更积极地要求均齐与调和的意思。这是美的第一步的开始,其终极接连于永远无限的最高的美感。例如均齐之感极深时,就感到无限与永远的寂静。不统一、不整顿的状态,就是常常在那里动摇的形,人的心在这状态中不安而难堪。整顿这动乱时,就生出"静"。但只是消极地防止动而生的静,是停止的形,而没有生气。要积极地感到生气,必须使这静再动起来。静中的动,动中的静,就是使统一了的状态再动起来,相动而生"静",其静就永远使人感到动。装饰的意义,即在于此。

所以一切的美术,是以这装饰的意识为基础的。美也可说就是装饰。从这原理出发,而诱导孩子装饰物件的兴味。这是图画教育上重大的方法之一。

孩子们对于装饰,也比较有兴味。我觉得女儿的教育,这装饰尤其必要。其方法,在幼稚时代的积木、切纸,安排得当时,最为有效。使习图案,也是良法之一,在后面当再说述。但装饰法倘不与鉴赏教育相辅而行,容易生出不良的结果来。最紧要的事,在于从内面诱出其美。故如旧式的图案教法,命画松叶图案,或指定团扇形,命在中央画一点模样等,很容易流于概念的,难以使孩子们的心泼辣而有生气。近来有一班人,拿自然物或日用物品,例如火柴杆等给孩子们,命他们造出一种装饰的形状,这也是有意思的方法。有的人说,不要用这等不雅观的东西,应该给他们美观一点的材料,这也是必要的。但是拿手头的平常的物品,加以美的法则,使发生一种美感的时候,孩子们的心对之也多兴味。故我以为这两法均属可取。

其他,使把实际日常使用的器具造成为美术的,即造出优秀而简易的工艺美术品,是儿童所欢喜的事。手工的课目所具有的意识中,虽也有美育的意义,但同时有一般工作上的智育的意识。我以为这是很重要的事,手工原是要注意智育的。但同时也要应用于美育方面。例如制造袋类、蒲团等日用品,均可。其关于裁缝的,自然限于以女儿为主。染物等,则男儿也可做。幸而近来产生了 grayon 的染色工具,简易而使孩子们便于应用,价格也低,可以自由办到。做得好时,也可当作日常用品。孩子们都欢喜这染料,用以制造手提袋等物。这原是为施装饰教育于孩子们而作的材料。这种材料,多少有一种玩具的性质,趣味上也全涩味、苦味等感觉。故这是助长儿童的装饰本能的,很重要的用材之一种。

从前清宫彬氏等所提倡的切纸法,也是儿童装饰教育法中最有益又有趣的一种。详细的论述,清宫氏有书出版。大概是把纸八折成△形,用锋利的剪刀剪出花样,展开来看时,就成一种圆形很美的模样。用这方法剪纸,常能做出意外的美观的形象,故更为有趣。例如儿童运其美的装饰的想象,预想这么剪法必产生这么样的趣味,然后动手剪纸,但展开来时,发现与预期全然不符的趣味,于是对于形、美、装饰等意义,愈加亲切地认识了。至少在这等感觉之中,注意力的集中,是有益的事。材料也很简单,只要纸和剪刀已可行了。

关于方法的研究,且让给识者。我只是提示图画教育的装饰法,而说明其意义。其次所要考虑的,即装饰法中也有鉴赏教育的必要。这并不是揭示别的装饰美术给他们看的意思,是要与一般美术品的鉴赏教育相辅行,而且互相发展的意思。不但如此,关于工艺品的美、服饰、器具的审美的批判上的教育,也是必要的。例如对于太田胃散的罐上图案的病的丑劣,森永牛奶糖的匣面图案的杂乱无味的不快感漠然不觉的国民,决不是有教养有文化的国民。一国国民的趣味,不是像人们所想料地可以轻忽的!

这等教养怎样施行呢?仍不外平常常示以良好的工艺美术的照相或实物及日常用品中的感觉美好的事物。幸而古昔的工艺品中有冠于世界许多珍宝，可带孩子们到博物馆的陶器室中去看；在乡下地方如做不到，照相也可以看。总之，在美术品鉴赏中的工艺美术鉴赏，相当于临摹的位置。这装饰法，是从儿童内面本能地诱出美而使之发育的方法，故有与鉴赏法相对的立场，这是实际的事。但这等能互相辅助，当然更有效了。

在上面已把我对于图画教育的目的及方法的大体意见说过了。概括地说，其大体的方针如下：图画教育应以使孩子知美，启发诱导其内面的美，从内面生育其美的心情为主；希望教育者比从来更真实地注意于图画教育，又希望从来冷遇图画而时间短少的学校，把时间加长一点，使写生、鉴赏、装饰，都有相当的时间；又希望考虑能使儿童本心地爱好美术的指导法。更有重要的事，是使孩子的生活亲近于"美"。

译后附记——岸田刘生以为图画教育的根本目的是使孩子知美，又亲近于美，故其图画教育论是置重鉴赏教育的。他虽然不是自己做图画教师的人，但其对于艺术教育的见解很是高明；又于他家里的几个孩子的图画教育曾收过实际的功效，这事在他所著的《图画教育论》后面所附的他的孩子的作品中证明着。所以本篇，是以幼年的小学生的图画教育为主而论述的。《图画教育论》于大正十四年五月出版，内容分二章，第一章为图画教育的我见，第二章为对我的孩子们的图画教育，末附其子女的作品数十幅。本篇就是其第一章中最主要的一项的译文。

音乐教育论

北村久雄

一　唱歌科上的艺术的陶冶的必要

从艺术的陶冶上观察唱歌教授，可以看出有两方面的活动。其一方面，是专令儿童鉴赏良好的音乐及唱歌，使其心灵遨游于美的世界中。他方面，是专令儿童歌唱自己的生气蓬勃的感情，使表现其纯粹的衷心感情。

第一，以鉴赏为主的唱歌教授上的艺术的陶冶，怎样施行呢？这问题必须关联于艺术与人类生活的价值关系。现在避去详论，极简单地说一说。

使人类生活与人间活动更高起来，更丰润起来，因而更幸福起来，是增高人类生活与人间活动的价值的，这是当然的事，科学，原是有贡献于文化价值的。然而不管它怎样有贡献，现今欲谋个人生活、社会生活的真实的人，欲谋真的人生的欢乐的生活的人，欲谋真的幸福的人，欲谋各个的创造的生活的人——在这班人看来，是何等的缺陷！又何等可诅咒！这恐怕是谁也怀着的苦闷吧！这种文明的片面的发达，病的现象与缺陷，早已是先觉者所道破的问题。然现今这文明的病的趋势呈愈甚的现象,是眼前事实。

一方面人间性受机械化、官能的复杂化,为理智与功利主义而窒息。度这种生活的现代人,尤其是劳动社会的人们,盼望自己伴侣间的枯燥的互相接触,与苦闷的生活中的一时的安息,而求低级的娱乐,又是眼前的事实。

然而这种低级的娱乐的安息,果能治疗现代生活的病的缺陷,缓和其不调和,救各个人而使得更良好的生活吗? 如果可能,真的意义的艺术教育就全然无意义而全然不必要了。

现在试从音乐鉴赏的心理上补足说明这问题。音乐的本原的要素与材料,是谁也生来就具备着的。即对于律动(rhythm)的感觉,依照律动而运动,以及用音乐表现其意志的行动及心的情态等自然的要求,谁也具备着。

音的反复是运动,故必是周期的。所以形成律动,决不用同音度的持续,而常表示一种音乐的音程——但自然没有像音乐地常常表出明显区分的律动——这已经是一种"动机";其与真的旋律(melody)相去不过一步了。

我们的人类生活与起于外界的自然中的一切事象,都是依了音乐的根本形式而进行的。我们的不能脱离这等形式,恰同我们的不能从思考与直观的形式上脱离一样。不但如此,我们生来具有感知律动又表现律动的能力的事实,是我们先天地具有直观的形式的时间与空间的证据。依这理由,可知音乐是万人所自然地具备的,一切的人,都生来具有做音乐家的最一般的要素的天赋,又自己意识着。故完全非音乐的人,是不得存在的。普通所谓非音乐的人,只是说他缺乏当作艺术评价音乐、玩味音乐的能力而已。

至于音乐的根本要素——律动、音、简易的旋律——谁也能够感受。这性质,详言之,即音乐从其根本要素及材料的一方面看来谁都容易接近,又对于听者也并不要求大的注意集中的一事,正是使音乐成为一切艺术中最容易,最使人娱乐,因之而最广行的艺术的。

然而使高尚的艺术的音乐非常难于被理解,又妨碍优良的伟大的创作的扩布的,实在也就是这性质。

何以故? 因为不经音乐的教养的人,即仅仅具有天生的音乐能力的人,只要能听出本原的要素,就是最单纯粗硬的或最卑野的音乐,也能满足。自此以上,他们绝不要求或探索了。

二　从音乐的特殊性看来的必要

这样看来,就在这程度的音乐的享乐上,他们的生活的真的安息——从利欲、虚饰、理智的窒息中救出,使得到更富同情、更纯正、更清润的真的安息——已可求得了。

然而假如这是可能的事,那么至少音乐——唱歌——上的艺术的陶冶,心情的陶冶,是全无必要的了。即听了街头的乞丐的唱歌,剃头店里的胡琴,或野蛮人的只有节奏的大鼓、非音阶的旋律,他们的音乐的要求也就充足,因之而心情也就清润高洁起来了。

然而谁能作这种无意义的想象呢?

单纯的、低劣的、粗硬而最卑野的音乐,也能适应他们的音乐性的要求,是音乐的特异性。即低级的音乐,有使一般民众容易感动的倾向。然这性质,不幸而容易使音乐自身堕落,同时又使听众堕落。

且音乐的具有这特异性,以致真的高尚的艺术的音乐非常难于理解,又无论堕落或向上,对于人心的浸润性非常强烈——这等便是艺术的陶冶在音乐上比在其他无论何种艺术上都必要的理由。

倘回溯这问题的开始而下结论,科学偏重、理智过重而起的近代生活的病的缺陷,现在竟可说已达绝顶了。

在一方面,窒死于利欲与无用的竞争心中的现代人,虽在这疲乏了的生活中得求安息;然不幸而他们的安息,与真的幸福的人生全无关系;不,在内部的看来,他们在寻求酿成更低劣的生活的安息。不讲空话和虚论,在这种窒息的生活中,倘要寻求对于现世事物的安息,非从幼年就想一种方法来陶冶美的观照力不可。这是痛切地内感的问题。

特是求音乐的娱乐的人,甘心满足于其先天的一点音乐的要求,结果前述的音乐的特异性虽有优秀伟大的力,但对于没有音乐上的教养的人,是毫不提供一点真的安息的资料的。

费希耐尔所说的关于音乐教养的事实,我觉得最有重要的暗示。他说:"一般的教养低劣的人,倘然他对于音乐鉴赏及音乐理解上有熟练、有天生的音乐才能,虽在联想深的意义的一点上比有教养的人低劣,然而比有教养的人高,且能受得强的直接的印象。不过音乐的副产物,对这种人不及对别种人的有意义而已。"这就是说,在能明白理解真的意义的音,而得到更大的享乐的一事中,含着艺术教育的音乐鉴赏的要义。

直接的音乐的印象,真意义的音的理解,正是音乐鉴赏的要谛。

三　怎样施行由于鉴赏的艺术的陶冶?

唱歌教授上的以鉴赏为主的艺术的陶冶怎样施行呢? 先把这问题考察一下:关于艺术教育上的实在观照,闵斯泰斐尔希在《艺术教育的原理》中，又爱伦斯德、林棣在《人格的教育学》中，各说着特异的见解。倘不从幼年时代学习对于事物自身的鉴赏，而只把事物看作对于结果的原因的儿童，在长大以后的生活上必然没有实际的兴味以外的兴味。训练儿童，使知事物不是在原因结果的组织上出现的姿态，使能把握最高的意义上的真的事物的本身的姿态，即世界的真相，这是非有最组织的努力不可的。

在理解这最高真理的训练上，讽诵、实验等是全然不必要的。而认真的严肃的训练，倒是非有不可的。要对于一切事物都能理解其本身，非能把它从一切关系上解脱不可。

所以我们对于儿童必须训练的一种精神上的力，是抽出的力，隔离的力。要养成能体验实在鉴赏的欢乐的成人，必须从幼时养成其探求事物自体的本身的姿态的态度。

闵斯泰斐尔希所谓理解事物的自体，即费希耐尔所谓直接的音乐印象，又理解真的意义上的音的训练，就是用抽出力或隔离力，不想起事物以外的一切事物，而满足于事物的直接的表现，即纯粹观照的态度。闵斯泰斐尔希的艺术教育的根柢，盖在于此。对于儿童施行这种艺术鉴赏的陶冶的时候，特是在音乐艺术的时候，音乐自身能成为直接表现，不借何等的媒介而充满于人的心中。这就是因为确信前述的音乐的特异性的原故。

格洛赛在其《艺术的始源》中所说的一段话，颇有润泽上述的考察的根柢的力。今摘录于下：

　　某种民族的音乐，对于其民族的文明是独立的；反之，某种民族的文明，对于其民族的音乐本质上独立着。即使在最低文化阶级中,音乐的间接的实际之效果比其直接的音乐的效果低劣得多。且以后的发展,不绝地给后者即直接效果以决定的卓越。音乐随了其特有的音乐的要素的音的调和关系的发达,而性质愈成为音乐的,因之其效果也愈成为音乐的。音乐的极高级、极纯粹的形式,离开实际生活极远。即全无一点实际的、伦理的或他种社会的意义,而只有美的音乐的意义。音乐为一般教育的手段的柏拉图的断言,在现代又被倡导了。然而音乐,在实际上只是使能通达音乐而止。从音乐上求别种东西,就是其人不能正当评价音乐提供的证据。故音乐是独自成一种类的艺术,其性质与魔力,在诸艺中居于无比伦的地位。一切其他的艺术,非有效用于实生活的目的不可。唯音乐只有效用于艺术的目的。在这意义上,音乐可说是最纯粹的艺术吧。

音乐实在是不借别物而只用其隔离了的自身——纯粹形式——来满足我们的鉴赏的。儿童实在是浸其全生命于音乐中,与旋律一同欢跃,或一同哀愁,或一同进于无可名状的美的幸福中。在这等时候,他们在自己的生活中寻求安息的幸福与态度,自然地培育起来了。

故教儿童的歌词与歌曲,必须选择真能浸润他们的生命的,又在其鉴赏中真能满足他们的幸福的、纯粹的音乐或唱歌。有功利的气味的,作方便的奴隶歌词与歌曲,当然不可;歌词与歌曲虽然都能适应纯艺术的要求,而倘是拙劣的作品,其效果也就减杀了。

四　由音乐养成调和的人物

同以鉴赏为主的唱歌教授,林棣所说又别有见解。据他的提倡,唱歌教授的目的在于陶冶儿童的音乐性、听觉及其他唱谣能力的教养,不过是对于这目的的方便而已。即因了儿童的音乐性的发达,而陶冶其潜在内部的调和、律动、动力等心情。唱歌教授活动,倘仅注意于儿童的唱歌能力及听觉的磨练,就等于养成匠人了。因而教育上的艺术的陶冶,也全然不可能了。题材,从来是采用民谣及教会歌的。但教授的目的、力点不置在这题材的处理上,这不过是当作开发陶冶儿童的音乐性的手段而用的。

故音乐的精灵,浸润于活跃的儿童的血肉中,而陶冶其潜在于内部的调和的、律动的音乐性。这便是在儿童的人格中培植调和与活力,使能供用于他日的实社会的活动上。

从来的唱歌教授,仅注力于外延的音乐的技术的熟达,对于这最内奥的音乐性的开发陶冶的疏忽,的确是音乐教育上的一大缺陷。

要开发伸展儿童各个的音乐性,怎样才能够呢? 这必须把教师的美的人格中进出来的灵感的纯净而美的音乐给他们听,以摇动他们的音乐性,而浸入于其心情的灵感中。故唤起音乐性,倒不在乎唱,而在乎使之灵动于音乐的精灵,即听纯真的美的音乐,换言之,即音乐的诉于儿童的听觉。故音乐教师必须是有最调和且最富表情的音乐的人格的人。

这是林棣对于唱歌教授的鉴赏方面的说法。但这并非全然不必唱歌的意思。唱歌也是非常必要的。不过目的不置于唱歌的本身上,而是为了要利于听乐而练唱的。为什么呢? 因为音乐的真情,与其仅诉于听觉,不如由发声机关的种种活动,来刺激兴奋这等神经,能更直观地浸润于心的底奥中。又倘然自己能唱,听他人唱的时候就容易攫取其真纯性了。所以唱也是必要的。

总之,要用音乐来摇动儿童的有生气的灵感,由其灵妙的颤动而开发陶冶他们的音乐性,必须使儿童常常亲近音乐,爱好音乐,以音乐为其生活的最必要的一面。

比较闵斯泰斐尔希与林棣两家的所说,关于艺术教育——唱歌教育——上的鉴赏为主的一点是两人完全作同一色彩的。然在同色之中,又可看出两者的色调的相异,颇有兴味。即据闵斯泰斐尔希说,学校中的艺术教育的使命,在于开发儿童的眼、耳、心于美的光,注入对于幸福与理想的心情于他们的内部生命中。他们的为了实际上必要的技术与功业而训练、奋斗、奔走、争轧等事,都不是目的之所在,必须经营其探求满足、安息与幸福的目的。故真的生活的安息,即没有争斗的安息,在现世间只有从唯美能够达到。

这就是他所主倡的艺术的陶冶的眼目。这完全就是我们所求的唱歌科的艺术的陶冶的目的的重要的部分——使命的一面。培养儿童的心情于美光中,使能充满于满足、幸福、憧憬的,就是包围他们的心灵的音,使儿童的生活丰润起来的音乐,充溢着艺术味的歌。这是比别的无论何种艺术都优秀的、音乐的特征。

要之,教示人类生活上最必要的安息之术,是艺术教育的最终的目的。这里所说的"安息",与"事业"有同等的权威,因为它是能给新的价值于事业的。故安息不是求娱乐,这安息是超越这一天的奋斗的完全满足。我们的一切的力,因了这安息而调和,我们的真的人格,可说是因了这安息而安全的。

　　然林棣的所说,是陶冶儿童的音乐性,使之他日出实际社会之后,能作一个调和的音乐的人物而活动,即今儿童听歌,以陶冶其音乐性,而完成人格。这也就是我们所求的唱歌科上的艺术的陶冶的目的的重要部分,即使命的一面。

　　关于鉴赏为主的,观照力陶冶及心情的陶冶的考察,就如上述。这里面所当注意的一事,就是格洛赛的《艺术的始源》中所述的事,音乐才能事实上是可与一切心的才能相一致的。即有极高度的知的才能及艺术的才能的人,有时竟完全缺乏音乐的才能。同时在别的点上是平均以下的人,而音乐高度地发展的,是常见的情形。这是音乐鉴赏的指导上要考虑的一点。现在再就别一面,即以唱歌为主的陶冶略说一说。

五　歌谣的艺术的陶冶

　　如上所述,林棣虽然力说唱歌教授的鉴赏方面,然而他并非完全不顾唱歌的一面,这是上面已经说过了的。他又说,原来歌不是有了歌而方才能歌的,应该自然地歌唱。从自己的心的要求,而自己歌唱出来。即歌是自己的心的表现。歌就是灵。在唱歌教授上,倘不能表现这自己的心,就不能发生人格陶冶的效用。

　　由这话看来,他是承认多唱歌的必要及价值的。唯主张专门唱歌的必要的,是爱伦侃与约翰琴。

　　爱伦侃说:唱歌不是使音乐能力发达的阶梯,应该当作表出感情的手段。但这,自不必说,可为发现音乐的才干的引导者。

　　这所谓音乐的能力,似乎是指说听觉练习及唱谣的技术的。故不是为了使熟达听音练习、拍子练习、音程练习、发声练习等手法的目的,而施行唱歌教授的；是为了使儿童表出自己的感情于歌谣的目的而施行的。约翰琴也力说：唱歌教授的中心点是儿童自己的唱歌。他以为真的良好的趣味，因了名作而方得养成，故奖励令儿童歌唱有披雅娜（piano）伴奏的独唱曲，且力说披雅娜的必要。

约翰琴又倡德意志民谣的音乐的教育的价值。他主张：把这种歌教儿童唱，使充分咀嚼其诗歌的音乐的内容，尽力记忆，反复歌咏，儿童的心就受陶冶，就可使之领略德意志艺术的一切崇高了。可见在同样地以歌唱为第一要义的目的的观中，其目的内容因了人而异趣。因此在教材的选择的态度上，也因各立场而相异。即约翰琴从他所主张的得到真正良好的趣味的唱歌教授的立场，专选名家的作品及古今的民谣。但从主张使儿童的衷心感情开放于一曲歌谣中，因歌唱而使儿童自己的生命活跃起来的我的立场看来，还可有别趣的主张。

使学生练习不适当的难曲，即不能畅盛其感情的歌曲，借以资教授者及听众的赏赞的唱歌会或唱歌教授，即使练习的结果成绩很好，然从内面省察起来，为儿童计是最不忠实的事。又如在唱歌教授中费多量的时间于基本练习，即从歌谣的本质上看来全是间接的练习，即使练习的结果很好，音程练习与听音练习均极熟达，然为儿童计也不免是最不忠实的唱歌教授。

试考察以儿童的感情表出为主的唱歌教授的价值、表现，是附带于我们的生命的，即生命进行的最自然的发露。所以使歌唱其生气蓬勃的感情，最能满足其纯粹的生活意欲，最能使其生活充实。幼儿们歌唱其欢喜的时候，是喜悦与幸福——或美与同情——的世界的旅人。他们所以能得美的旅行的，就是由于闵斯泰斐尔希所谓理想的安息的快味。但我们所愿望的，仅此粗率的低程度，不能满足，而常欲使他们的生活的充实的程度高起来，能享有从实在鉴赏而来的欢喜，能作深的鉴赏。

六　注入于感情的田野中的美的歌

故我们必须把充满于像儿童的天真、同情与美的歌词注入于儿童的明爽的感情的田野中，而使儿童向这展开的田野中去寻求儿童的安息。这样看来，从来所用的歌词歌曲，在发展儿童的感情一点上，大多数是极不适当的。歌词与歌曲，不可仅关乎于儿童的狭隘的实生活，在那里必须展开着大人所到底不及的儿童的丰富的想象的世界与空想的世界。即最能陶醉儿童的心情的诗与曲的融合。

有同情的教授者——不仅使唱美的歌，不仅没头于听音、音程或发声的技术练习，不蔑视儿童的鉴赏，而集注其活动中心于儿童的感情表出上的教授者——用了这种良好的唱歌而使儿童自然地歌唱其各自的感情的时候，唱歌科中的艺的陶冶——的一面——就圆满地遂行了。

要之，唱歌科上的努力的焦点，一方面是使自然地表唱出涌起于儿童自己的内部的感情，使其心情愈加生动，儿童的美的生活充实起来。他方面注入纯美的音乐的灵感于儿童的心情上，以资人格的陶冶为主眼。还有唱歌科上的艺术的陶冶的另一面，是由音乐(唱歌)鉴赏而使幼儿的胸中受到实在观照的欢喜，培养其求生活安息的态度，为陶冶的主眼。所以专心于进求歌谣的外面的美，强要技术方面的完成，是完全违背着唱歌科的使命的。然在可能的范围内尽量教养其唱高级的唱歌或听高级的音乐的能力，原也是可希望的事。这样说来，作这教养的手段，而课以听音练习、音谱练习，也是必要的。不过第一不可忘却的，唱歌科所秉的使命,全是对于儿童的心情而经营的内的灵感的问题。

请下结束的断语:

灵感的问题,不可看作理论的游戏,也不是外面的虚饰。这是必须极认真地质实地经营的,坚实的内面的工作。

在真正的意义上,唱歌科上的艺术的陶冶,必须是深在于内面的,儿童的观照与表现的问题。

音乐教养初步

Franck Damrosch

无论教何种题目,其教授的法式中,必含有下面的三种过程:

(一)使对于所教的题目发生兴味。

(二)熟练这题目所必要的肉体的能力与智的能力,使之发达。

(三)使了悟这题目的范围,这题目对于生活的相互的关系及其应用。

而教艺术方面的题目时,还须加入一种过程,即因要正当地理解又表现这题目而要求某程度内的心理的能力的耕养与发达。

这等过程,可在教授艺术之一的音乐的时候论究之。但先须晓得:这四种过程有可以分别处理的性质,而实际方面的应用却不是连续的,而是同时要求的;又虽分四个,却必须从始到终——即自初学者的最初开始到既成为艺术的学生的最进步的研究,换言之,即通过研究音乐者的全生涯——全部总合地进行。

第一过程——即使学生发生兴味一事——中,在某程度内含着心理的方面的问题。所以对于学音乐的人——尤其是在其人非常幼稚而开始用功时——必诚心地注意他,使与教师协力而用功。要给学生以正当的出发点。做教师的人必须有非常周到的研究。

极概括地说来,幼稚的学生可区别为二组:一组是生来对于音乐有爱向(bent)而自发地求表现的孩子们；另一组是父母爱好音乐，要想为保障自己的子女的生活的一助而使学音乐的孩子们。属于第二组的孩子们中，有具有学音乐的适当的性向的与不具有的，式样很多。虽有希望最少的孩子，倘然苦心地教导起来——虽然不能养成为优秀的音乐家——至少是可以养成为聪明的音乐爱好者的。

第一组——即生来具着对于音乐的爱向的孩子——中，要使孩子的心中的兴味觉醒，全无困难。而在这分野中，教师在向着真的艺术所有的理想正当地教导的时候，也要深切地注意，而区别处理的。对于记忆偶然听到的曲调(air)，或想出某一个旋律而在披雅娜上即奏等事具有非常敏捷的才能的孩子，有立刻牢记市井间的俗谣的断片，或邻家的妇人无心唱出的感伤的歌谣，或蓄音机中的喧杂的音调的性癖。故教师所宜注意的第一个问题，是须引导这孩子的兴味，使相应于他的年龄，而发达其审美的感念。

在第二组中，教师如是教导他们——即发明教他们的法式，常是非常严苦的一件事。这等孩子们的周围，也许是全然缺乏音乐的方面的感化的。或者，最讨厌的，恐怕是满受着恶的感化。所以第一的阶梯，是先须发现孩子所最有兴味的题目，拿来使他与音乐结合关系。譬如幼年的女孩于自己的玩具偶像是惹起兴味的，这时候，教师可教她静静地催眠可爱的偶像而唱或奏优美的眠歌(lullaby)。或者使偶像跳舞，而教她弹舞踏曲(waltz)也好。又如男孩子，倘他对于自己的铜鼓倾心着，则可利用这一点而教他演奏进行曲(march)。

为孩子们出版许多良好的歌谣，实际上——肉体的、智育的或心理的——对于孩子们的一切种类的动作是绝好的材料供给。所以教导幼年的孩子的人们，必须彻底地关心于这等出版物，选其中的适当者置备在自己的书架上。

在孩子的音乐学习的发达中,教师必以音乐当作孩子的日常生活的一部分而努力为他介绍。这是最重要的事。决不可当作与孩子的日常生活全然分离……或没有何等关系的。但这事自然只有由教师或家族的人们每天努力给以使孩子自身表现于音乐中的机会,方可完成。这又决不是可以采用"练习"的一种固定形式而得完成的。要使他对于音乐与对于公园中游玩,在家里的弄积木或看画本等每日举行的普通游戏一样,才有成效。

教师与学生倘非完全协力而用功,必不能充分地教好。所以主张第一必须创出对于学生要学的题目的兴味,实在是因为这个原故。这兴味是立刻可以唤起学生想学的愿望的。倘没有这点,虽然最优秀的教师尽其最高度的努力,也是终于徒劳的。

这想学的愿望,可以扶育想达这愿望的目的的努力。教师在这时候,就得到了一个事业中的最良的协力者(help mate)。以后所缺的,只是供给他正当的途径。此后就可从这出发点向了正当的方向而进行了。

请解剖这努力的性质来看。我们对于努力一事,是认为"因了感到兴味于我们所着手的题目,而生起想学的愿望;这愿望就惹起想努力的意念"的。

原来这努力中,还有无意识的与有意识的两种情形。前者由生来被赋给的天禀而诱致;后者因了觉醒兴味或要求达到某事的能力,或想作为自己表现的媒介的智能的、肉体的、精神的发达而被唤起。而最理想的形式的努力,是这无意识的运动与意识的运动的结合。无意识的努力,普通是须要——避去全无苦痛而过于急速的进行——加以适当的制御的。但倘行于聪明的指导之下,这无意识的努力也会——为了要发达成意识的努力及精神与肉体的训练所含有的一切种类的活动能力——
成为最有效果的刺激而出现。

努力,包含着鉴识所当完成的目的一事。其中含有精神的过程与心
理的过程。又含着因正当的(肉体的)练习而熟达表现法式中的技术上
的手段的事及以音乐为媒介而表现自己的究极的行动。

想表现自己的努力,是在艺术的圈内的一切事业的基调。没有了这
个,音乐——即使听起来有趣,技术完全,技巧富有魅力——就缺乏深刻
的意义及价值了。因为它缺乏了——那人的率直的个性表现的结果
的——对于人间的情绪的直截的控诉。

但是这点资质可以教授么?自然只有真的教育家——不是仅仅一个
养成者,而是晓得从自己的学生的内部使学生自身发达的方法人——是
可以的。养成者(trainer)与教师的区别,一解剖其教授法式就可明了。

养成者是以从前为自己定下的法式来开始教人的。这人确信自己
从前曾由这方法而达到,就把学生嵌入与这方法正确地相同的法式,而
使之实习。这种人大概主用模仿、反复,有时推理的能力为其唯一的手
段。因而其结果,止于在细微的地方照样地模仿自己的手法或别的大演
奏家的范本而已。

反之,教师是从出发点上悉心探索,使学生表现个性的途径的。虽
然如此说,其正当奏出的时候,自然不是把优美的音乐——因了学生的
无知与无经验或自己的任意杜撰的方法——养成畸形的不正当的东西
的意义。

实际的意义,是使学生所有的自己表现的法式调和于艺术的诸原理
及作曲家的精神,而教育这学生。换句话,真的音乐教师,不是只教音乐
的人,是教音乐以上的人。真的教师,必须发现学生的心灵的资质而晓

得其觉醒的方法。就是使学生扩其想象之翼，——唤起学生的智育的活力而刺激之，——耕养学生的兴味与判断，——使学生的性格变成有力而向上，——以增长其个性。

艺术，要之是精神的表现。不使精神的资质正当地发达而追求艺术，在出发点上早已是失败了。从这点看来，就可肯定初步的音乐练习不是可以单用音符、琴上的键盘的名称或手在键盘上的正当的位置等的教授而了事的。这等教授，取适当的时候，用适当的方法，自然也是必要的，但还有更重大的事，不可不第一注意。

即真的教师，常常研究自己的学生，在学生的心的奥处探求出秘藏着的种子来，使之发芽，开出美丽的花来。真的教师，使学生所有的音乐的活力适合于学生的精神的能力、智育的能力及肉体的能力，因之，学生可学得这自己表现的一种手段而在极自然的法式中把自己的体验与音乐表现相结合。

这样说来，音乐教师的任务实在不是容易的事了。实际上，这是最复杂的又非常困难的事业，故自任为教师的人中，原也只有极少数的人是具有就这最高远的职务的相当的资格的。然而如果明白理解这要点及其关联的诸问题时，这实在是最有魔力的事业。在真的教师，无论哪个学生都有趣，无论何种课业，在无论何种情形之下，都有深的兴味。

反之，以教授一事为使人疲劳的重担负的人们，在无论哪一途都不是优良的教师。不，这绝对不是教师。

现在更进一步来考察音乐的使我们会得的水路及我们在音乐中自身表现的水路。为什么呢？因为不绝地要耕养的，无他，实在是这"悟通"与"表现"的两过程。

悟通的水路有下面的三条：

（一）耳与眼 ……………………………………… 肉体的

（二）脑髓——智力 ………………………………… 智能的

（三）情绪——精神 ………………………………… 心理的

表现的水路有下面的三条：

（一）情绪 ………………………………………… 心理的

（二）脑髓 ………………………………………… 智能的

（三）音声——指等 ……………………………… 肉体的

我们最初，必须通过耳与眼而悟通音乐。即这是震动耳的鼓膜的音波，或象征音乐的音响而打上眼的网膜的光波。这等的感觉印象最初传达于脑，脑髓意识了这等感觉印象，把它们整理为井然的相互关系；最后，这等印象达到于情绪，而摇动情绪；情绪就感动于这音乐所有的精神的资质。

我们从想传达自己的情绪的欲求上放射出音乐来。我们所有的智力，决定了这表现的形式与性质。其次，用我们的音声或指来实现精神方面的实行能力的要求。

据上述看来，可知这两过程是逆转地实现的。即悟通，从肉体的过程出发，移行于心理的过程；反之，表现，从心理的过程出发，移行于肉体的。而这两过程，均以脑髓为媒介而进行。即：

悟通的经过：肉体→脑髓→心理

表现的经过：心理→脑髓→肉体

这里已明白表出着对于这等过程一样地均等地注意中的教师的任务。倘然这等过程中有任何一种等闲着就因此而缺了一种根本的要素了。

现在我们已容受了音乐……又捆住了音乐表现的过程的轮廓了；请再就实现这等过程时所必要的种种能力的发达方法而考察一下。在试这种考察以前，我的头脑中不得不想起一种一般的教授原理，即裴斯泰洛齐当作一切正当教授法的基础而组织的，到今日在时间与经验的试验上均及格的一般的教授原理来。这等一般原理，虽施行于儿童教育的全般，被采用于世界各国，而对于艺术的方面的教授，差不多没有被利用过。事实，其原因的大部分是为了艺术教育有艺术教育的特殊的条件之故。

这等一般原理所有的第一阶梯，在于"使感情能力踏袭其自然的阶段而耕养"。这自然的阶段是什么呢？即：

　　（一）以感觉为媒介而悟通事实及现象；
　　（二）然后把个个地分离着的印象结合拢来，把它形作成智育地组织的思考形式；
　　（三）联合这等思考形式——有一种或一种以上的共通关系——到别的思考形式上去；
　　（四）像自己表现所要求地应用这思考材料。

现在可据实例而说明：假定孩子到一个小岛上去游玩。"好么？"这孩子先自意识着在沙上步行的一事。等到跑遍了岛的周围，便晓得岛的周围全然环绕着水的事实。因此我们可悟到这孩子——因了这两个感觉印象——得把"岛是周围环着水的一块土地"的事实际地在智育的形式中表现的事实。以后他的游览,对于别的半岛、山、河等个个别别的特征也有亲热的兴味,就能把这等一一的事与自己以前所得的经验相联络或相区别,于是乎能把地文学上的一切现象在秩序不乱的相互关系上整理了。这样地获得的知识,成了这孩子自身的一部分,而能在各个的思考形式中由自己来适用。所以这是成为孩子的自己表现的手段的。

第二的一般原理,是"引导孩子使他自己去发现"的一事。即"让孩子自动——教师可立在教导者的一边"的事。

我们现在须得——采用前述的说明为一例——在教师的教导之下把智育的思想结合起来,再在教师的教导之下由归纳的推理而贯通一般的知识地组织的观念,而评鉴这孩子发现具象的事实与现象的事实的过程所有的优越性。

基础于他人的经验的知识,极少有正确的。所谓事实——无论何等的真实——倘然对于这事实基础所托的要素,强制地把它系在以前全无何种经验的心上,必将采取了歪偏不正的形式而在心的网膜上现出。不但如此,孩子的心——在自己所有的感觉上的经验,教示自己以时间和空间的限界以前——无论何种思考的概念都不能做出严正的,明确地下定义着的轮廓的。不知有多少的教师曾把这"事实"无理地押进孩子们的心里去了!这等"事实"——从孩子这边看来——只系着在"我们的教师什么都懂得着"的信赖上,而全不曾结合在孩子的经验上,故对于这种孩子是全然没有意义的。

第三的一般原理,是从既知到未知……具体到抽象的……又特殊到一般的……进行的一事。

请认定已经当作自己的东西而获得的知识及实行能力所有的各经

过点，是这孩子上登的阶段，又是准备其次的阶段而提供给这孩子的踏台。换言之，即知识不是从上发达下来，而是从下发达上去的。而为基础的，是由感觉机能发现的根本事实与根本现象。这等因了智能作用而各有相互的关系，于是新的思考的概念就筑起来了。又这过程，因了各种的联合、比较、相关、累积等而进步，不绝地展开新的思考事实来。而这新的思考事实，都是根据于从已经体得的思考材料上演绎而来的上面。这样，孩子就用了自己所发现的既知的事实所有的光，而向未知的、广漠的黑暗世界里一步一步地着着了进行。

又这知识是这孩子的一部分；孩子在必要的时候，又常常把它当作自己表现的手而应用——这等事实也就明白可知了。

以上所述的三个主要的教授原理，是制定着的。故现在可就这等原理应用于音乐教授时的过程而考察一下。其应用法，当然在无论何种人都晓得是极单纯的。这在一切的人们看来，都以为是所谓明白的事实。然而在实际上，这应用——对于立在教师这边的人——却要求最高级的透视与聪明的论见（教案）。

多数的人，以为这应用对于初步的——用基础的——教育过程是非常有效的；而对于进步的事业也得采用这应用法和这应用法可举非常显著的效果的事实，他们是否定的。这种态度，自然必受强力的攻击与破坏。而对于这事的论辩，自然是要证明自己的正当的一种反证，而大有贡献的。但只要应用这等原理的过程愈加更求深的工夫、论理的思考及构想，相关联的诸问题也就愈加复杂，愈加有进步的技术上、美学上又智育上的诸要素加入于事业中了。这是确然的事实。而要在正当地解决这等事全赖于论理的开发这等原理。所以忌避或蔑视这等事，只是使智的能力怠慢，又诱致误认及机械的，非艺术的结果。

　　在教师第一必要的问题,是启发孩子的兴味。要完成这目的,教师必先发现这孩子——因了家庭的感化及自然所赋与的爱向而——已经具有甚样的程度内的兴味的事实。孩子的心譬如一面镜子。孩子的心反映出从自己周围受得的印象,而立刻模仿引入他的注意中的动作、音响。所以在孩子室里听母亲给他唱的歌谣的孩子,在正确地记忆说话一直以前就能唱这等曲调的,是屡屡看到的事实。在孩子正幼稚痴顽的时候,为他唱优美的……又单纯的歌谣——不但为了养成正确地听音乐的听觉,又为了增进他对于这种的爱好——是最有价值的手段之一。

　　对于音乐概念与音乐表现的第一个介绍者,当然是歌谣了。这是把孩子们也会感知的具象的思考连结在——载着言语,而适于提高言语的意义与唤起构想的这等言语的力的——曲调上的。故这种歌谣,在给孩子兴味的一点上——在耕养孩子的趣味的点上——又在训练确认正当的音乐的相互关系的耳的点上——倘要增大歌谣本来的目的,其选择当然非十分注意不可。

　　孩子——在模仿的一点上——因了自然所赋与的天禀而学唱歌谣。然孩子在一方面又不但模仿其曲调的言语及调子,而更模仿其音质、言语的宣叙法、律动及其他精细的点。所以教师所提供的实例,自然非最良好的不可。这事的重要,不待说了。

　　在这阶梯上,这孩子学披雅娜或学怀娥铃(violin)是不成问题的。总之,第一要紧的事,是必须要从教歌谣开始。

　　这是什么原故呢? 因为要从孩子的内部启发孩子的音乐概念,不是——像从实相的世界转换孩子的注意的——披雅娜的键盘、怀娥铃的弦等机械的能事;而必须利用那种自然赋给孩子使借以悟通音乐、表现音乐的手段,即听觉与肉声。孩子们无意识地使用着这等自然所赋给他们的工具。所以孩子自然会聚集自己的注意于歌谣。

这样观察过来,现在我们的急务,不在肉声和听觉的特殊的养成,而宁在使孩子对于好的音乐的爱好与趣味发达。从这样唤起的兴味,就确得后来立重大的事业的原动力和想学作曲的力强的愿望。然而,我们对于音的美而纯,虽然可以满足了;但在真实正确地唱出音度(pitch)时所必要的锐敏的知觉力的创出的一点上,还不能十分安心。

但未来的音乐上的事业的源泉,都发生在这里。所以现在作成孩子的进步的型的这个最重要的基础阶级时,所要求的要素,倘有一点的怠慢,后来必惹起非常的——又全然不应该的——麻烦。

耳是传达一切音乐印象于人的心的水路,又是审查、统御从这水路产出来的我们自己的音乐表现的机械装置(apparatus)的。所以正当地训练听觉而适用之,自然是做教师者的最主要而须时时注意的事。

我们所谓耳,不但是指说司听作用的器官——所重要的是器官的健康状态的完全——的意义,而是指说"心的耳",即容受诉于听感的刺激而蓄藏之,登录其为噪音或乐音,更类聚之于可以明白理解的乐想上,传达其情绪的特性于感觉……约言之,是指说使我们悉数认识一切音乐印象的脑髓的一部分。

故听觉所司的过程,亘于极多的方面。在悟通音乐印象时,听觉器官容受这印象而递传之于脑髓。这过程倘不训练,印象就变成皮相的,因而渐次消失,即在容受这印象的瞬间,感觉地受着快感,然而差不多一瞬间就消去,不能意识到保留着音乐的印象。反之,倘然我们的心像上述地受过训练,这就——在音乐刺激记录从外界来的刺激的脑髓细胞的瞬间——活跃起来了。它能识别音响的性质与资质,又能识别这等音的相互的音度关系,律动上的群集法、节奏法和速度法等。约言之,这是容受音乐的潮流的一部,即"乐行"(passage),而理解之,而能在容受最初的印象以后隔了多少时间重行想起它的一种登录。

在音乐表现上,听觉也司着重要的职务。在肉声能唱出一音以前,乐器能发出一音以前,脑髓的耳必已最先——关于音度、音幅、音质诸方面——在正确的形式中想起这音了,而在上述的音度、音幅、音质中,这音成了明了的乐想的一部分而出现。后来这音射出的时候,听觉认定——这音可以加入在要表出乐想而构造的音的潮流中而决定容受之,或反对而决定拒绝之——又必是一个批判者。然听觉不但止于此——要使产出音的装置的神经与筋肉对于脑髓所想起的形式的确地顺应,——又必因了考察出可惊叹的半意识的脑髓作用而作预想的表出。

这样观察来,使这最重要的能力——即"脑髓的耳"——发达一事,从来通常全然让它放弃着的,这是何等惹人注意的状态! 对于这问题,当然是可以最先注意的,又是非最先注意不可的。实在,无论怎样精细地注意,无论怎样不断地注意,决不会陷于过度的。

这样,我们可以认容孩子们得因教而有唱歌谣的兴味;又得积蓄能发生与娱乐、游戏和酿成自然的环境的快感同样的思考与感情了。故要把音乐构造法全体所据以为根柢的音乐意识的基础事实作成一种形,与其说是把现在已经因唱歌谣而获得的无意识的音乐上的资质筑在这基础上了,宁说是利用这个的时候到了。

原来本篇,不是论究教授方法的,只是讨论音乐教育的一般的原理的。所以这等原理的实地应用,任各教师自己去选定了。为了要意识地认识第二阶段的音程关系,我们的智力的发达向多方面而展开,普通一般的方法,是从长音阶出发的。要得到对于一切全音程的知识,其阶梯可连结在对于基音与各音程的明了的相互关系上。还有一个方法,是利用孩子所已经感到欢喜的歌谣的构成材料,而从其中选择出可以意识地悟通的各种音程来。有一种教师,认为开始就可以发达其对于绝对音度(absolute pitch)的感觉的。[1] 然无论其法式如何,主要的问题,必得先要以其自身的体验为手段而训练其认识规则的音程关系。

这重要的事适当地完成了之后,孩子们就会连同其解决法而认识长二度、长三度、长六度、短二度、短三度、短六度、完全五度、八度、增四度、减五度等音程。于是所除的极少数的几个全音程,就没有什么困难了。

学生的年龄与智能的发达,可以决定这等呼为音程的音乐概念可否用"音程"的名称及可否单当作音阶的各阶段的结合看待的问题。例如非常幼年的孩子,虽会唱音阶的三度音程了,而对于这音程的结合关系的"长三度"一个专门语,恐怕不会感到有兴味的。又比这孩子年龄稍长的,记忆"长三度"的名称时绝不感到困难了,故一指示这名称,就立刻可以完全地唱出。最主要的一点,是教师必须就学生所已经通过自己的能动的经验而感到兴味的音乐概念,而告诉他这音程的名称。

教师弹长三度,使学生听时,对学生说"这叫做长三度"。学生当然容受教师所说的话,但联系在这长三度的名称上的音乐效果,恐怕大都立刻就忘记了。但倘学生是屡次继续唱着这音阶的三度的,现在教师唱给或弹给他听,他就会因此而真心地发生兴味,而把这三度作成一个具体的音响概念了。这样,教师一次给他指定了这是长三度,学生就会常常立刻想起这音响概念。换言之,就是学生因自己的实行而习得了一件新的音乐上的事实。即学生从旧的事实上抽发出新的事实来,即演绎而

---

〔1〕 绝对音度,是音的绝对的高度。例如对于 do 字的 re 字等是比较的音度;振动数128 时所发的音为 C 等,是绝对的音度。——译者注

来。亦即学生从既知到未知的进行。学生用自己的力来发现一件新的事实。教师只要把孩子的音乐概念联合到适用的名字上去。故我们现在所必须遵守的规则,是"先使实习而后定名称"。

练习唱歌与认识音程——音程本身的或音阶中一阶段的音程——的二事(虽因了学生的年龄又肉体的耐持力、智能的集注力的程度高下而练习时间有长短之差)是每日必规则地实习的。通常的规则,短时间的屡屡练习比很长的继续一气练习能产出更多的效果。教师又必明确地判别自己的学生已否达到够得上实习这课业的年龄,或者是否还有很幼稚的孩子气而不堪这实习的。倘是第一种情形,教师可——利用学生真果感到兴味而自己想学的欲望的发动——教导他愉快地实习这课业。又在音程练习之次,又必使他从初步的境地就开始和弦的练习。这练习——在悟通的一点上——大的困难是一点也不会有的。能认识音阶中的 do、mi、so 的三个音的关系——即长三度与完全五度——的学生,在教师想把这长三度的和弦的名称联合于这特殊的音程的结合关系上的时候——必常常能够认识这长三度的和弦,而毫不感到困难地指出这个名称来与它联合。

这样,学生就渐渐——因了实习而——精通一切全音的结合法和某种半音的结合法,而能在这等上联合适当的名称了。但与音度关系的练习必须同时相并行的,还有包含在音乐表现中的一种重要的要素,就是律动。

缺乏对于律动的感觉一事,常是被莳下不良种子的音乐学生的大部中所见的一种要素。而产出这恶状态的原因,是为了学生在音乐练习的初期的阶段上不适当又不正确地被教这律动的原故。

这过程,一般是像下面所述的错误教着的,即:

（一）教师指出全音符于学生，而教他表现这全音符时常作四拍计算；

（二）指示二分音符于学生，而教他表现时常作二拍计算；

（三）指示四分音符于学生，而教他表现时常作一拍计算；

（四）指示八分音符于学生，而教他以这样两个作一拍计算；

（五）指示十六分音符于学生，而教他以这样四个作一拍计算。

其结果，学生常以演奏为副业，而急于计音符的计算了。又在演奏上困难的时候，就慢慢地数着，以计算音符的价值了。所以这样的练习，全然不能发达真正地感知律动的能力。这种教授法式，犯了我所认为主眼的原理，即从"先教观念，后教言语；先教实在，后教象征"演绎出来的规则。

我们在论究时间（time）、拍节法（meter）、律动（rhythm）之前，必须使对于律动的感觉发达，而应用之于音乐表现上。这样教导，则律动不与象征相联合，而结合在律动自身的运动上；通过这运动而感知律动的能力，就成为这学生的机关（organism）的一部。无论哪个孩子，都欢喜伴了进行曲而规则地踏步或舞蹈。这是——在孩子对于律动的感觉力的发达上——做教师的人的最好的助力，所以弹进行曲，使学生——用左足取音节而踏步——进行。又必在这进行曲的指定速度（tempo）上时时行变化。倘防学生混乱，则不要在同练习时间施行。

此后，又教学生唱有进行曲的律动的短的歌谣了。但这是——在各小节的第一拍定适当的强声法而进行——使他们唱的。

　　同样地先演奏三拍子的庄严的进行曲 polonaise[1],次再演奏 waltz 或 polka[2]。但在这阶段上,没有讲关于拍节或律动的话给学生听的必要。这时候最要紧的事,是教学生感知律动,又认知有音节的音必规则地相继续而起来的事实。

　　关于这方面各有何种怠慢,非立刻矫正不可。教师又必使学生——直到学生认知音乐必像时计的摆地常常可以使人正确地感到律动的时候——在肉体的方面与音乐的方面双方继续地练习。

　　今就以上所述,简括地重整一下,即我们目下所考察着的,不是种种形式中的一种的音乐教授法,而只是悟通音乐与表现音乐时的所必要的能力怎样可以发达的论究。我只是开了使音乐走进了再走出去的门户。如果缺少了训练的听觉的一部分的,对于音乐的聪明的听觉与对于律动的感觉,那真没理解音乐的方法了。

　　供给这个准备的时间——实际,教披雅娜或怀娥铃要延长到一年或二年模样——决计不可吝啬。这准备完成了,未来的进步就——在质的方面与量的方面都——更大……更急速。所以我现在怀着无尽的祈愿,请学生的父母明白地认识我现在所述的要点!

　　译后附言:本篇是德国音乐教育家 Damrosch 的近著《音乐鉴赏教育的基础原理》的第一章。所述的是音乐教育的最初步的方针。著者以为一般的音乐教授法均属不良,曾在本书的序文中说:"一切教授法中,像音乐教授的不注意、低劣、不正确……而由一班性质上训练上均

---

〔1〕　波罗耐斯是波兰跳舞曲之一。——译者注
〔2〕　waltz、polka 与前的 polonaise 都是西洋最普通的舞蹈曲。——译者注

不适于教授音乐的人们执教的，恐怕再没有了。"他以为学习音乐，最要紧在最初的出发点上。无论普通的音乐学习或专门的音乐攻究，都要像上文所述的正确稳当的基础点出发。Damrosch 博士于一八五九年生于德国。后移居美国，为指挥者，又为音乐教育家。后又为音乐视学官，同时又为纽约大寺院的风琴家。最近创立音乐院，自己做院长，而尽心贡献于音乐家的养成。又著述关于音乐教育的书。

教育艺术论

Ernst Weber

一　人的教育

要教育——教授、教导——少年少女的班(class)或个人的人,有两件须注意的事:第一是在发达途中的儿童的人,即被教授被教育的男女学生;第二是教育时所用的工具,即可简称为教育手段的一件事。

人们也许要作如是想,即已经成熟、已经完成的人,对于未完成而行将教育起来的人施行教育的作用的时候,即使没有特殊的教育工具,一定也能达到目的。其意以为像磁石之作用于铁,起电机的作用于基盘,不需工具,只要接近、接触,就能使其力分散、震动。还有作如是想的人,即自身已完成的、典型的人格,只要接触,对于其周围,对于其近旁的成长的儿童,就可发生教育的效果,不必用特殊的"教育工具"或复杂的教育机械。在事实上,正是如此。与道德高尚的人交际,有使人升高的作用;与恶人交际,有使人堕落的作用。"不知其人,观其所与"的古格言,其为正当无疑。主张不需教育工具,不需教育手段,被教育的学生与教育者的先生之间不需一点媒介,而能充分奏效的教导又教育,原是存在着的。

　　然倘更接近一步看来,事实只是如此,即此种——我们敢称之为偶然的——教育,在两者——教导者与学生,诱惑者与被诱惑者——之间明明也有一种结合手段确然地存在着。这便是典型的人物——并指善恶两方——的"表示"。

　　不用诉于感觉的媒介物,而二人的心得直接互相作用的,不过一回而已。精神,即人的非肉体的自称,为了要作用于他人的精神上,常常需要一种工具。这一定已经不是纯粹的精神的性质,而是可以感觉接触的东西。用眼看的也好,用耳听的也好。或者用手触的,用口辨味的,用鼻嗅的,都好。借古代拉丁人的谚语来说,凡非我们的感觉中所有的,在我们的意识中也不会有。感受、认知,在我们的心的生活中的这等要素,与感觉的刺激有关系。故从某一典型人物发生偶然的作用的时候,其内生活必向外而作用,只有其人物的感觉的刺激特别重大。即纯粹不负教育学的任务的这班"教导者",也是用了诉于感觉的一种教育工具而活动的。他的"表示"——无论意识的或无意识的,意欲的或非意欲的——就是教育材料,就是人心相交时的自然必然的连锁。

　　这个人在要作精神的行为而努力的时候,其心中的种种力往往立刻觉醒,而作成精神的自己所感受所处理的"材料"。只有一种思想,从一切感觉的世界中解放着的一种思想,或许会因了深究而益明了起来。即我们的全思考,是不能脱却一种地上的东西、感觉的东西,即不可否定的物质性的概念与心像,或必须如此的概念与心像的。

　　我们人类为了要传达某事物于他人或自己,必需感觉的材料。我们决不是纯粹的精神。在我们周围的世界,构成我们的内部的世界——我们人类的意识——是仅由人的感觉的特殊的活动而完成的。我们的心的感觉,只能因了采用作原料的那材料的助力而完成。在我们自己构成的内的世界中，也是如此。

倘某个人为了其自我而必需这材料，或从人向人的无意识的作用都必需这材料，那么，成熟的受过教育的人意识地拿了教育的论见而向发达中途的人们作用的时候，其必需这材料当然也无疑。一般的教师教导者，"人的教育"者，约言之，关于教育的一切人们，必须准备适当的材料，即能生一定的效果的材料。再附一句话：必须准备当他们一接近学生的心的时候，立刻能使学生放出一种力来的材料。

虽然，这教育材料原不过是目的手段，是教育的手段、教育的工具而已。教育活动的目的，是教育，即对于应教育的"人"的教育。因为有这种特殊的事情，故教育学者的专门的活动，与别的学者们的许多专门活动就有区别。

学者、科学者、研究家，也是从事于某种"材料"的。历史家着力于历史学的问题，地理学者着力于地理学的问题，物理学者着力于自然学的问题。哲学者则求解决世界观为问题。倘不能解决，他所学习的材料就仍止于学习。然凡此种种研究，都以材料本身为专门的兴味的中心。为了要更深地突入，要把它体系化，博学的研究家用全生涯来努力。他种附带目的，在这时候大概先置之不问。学者为了研究的冲动，向真理的跃进、科学的发现等愿望及发现的欢喜，而研究、探求、努力、奋斗。他与一切非科学的兴味绝缘，与可能性最多的客体为伴侣，专为问题，专为材料而奋斗。

然学者没显于研究的结果，终于非发表不可。这时候的表现，总要取最能适切明了地表出其材料的特质的形式。遇到新的材料或未知的事件的发现的时候，科学者就要为了其表现而煞费苦心了。他非按照情形而造出新的表现、新的名称不可。又倘眼前的宝贝还没有达于表现形式，就非为这新的宝贝费苦心不可。故科学因了托根于事物的性质的要求，而造出特殊的言语、特性的术语。终于这等术语只通用于博学的专门家之间。想研究哲学、医学、动物学、植物学、化学或其他各种学问的人，非先精通其科学的用语不可。倘没有专门的表现的知识，竟难达到理解问题的门径。

博学的研究家，并不介意于其用语的能否通用于一般人间。他立在犹之特殊的一国的他的科学的内部。一切外人，一切普通人，不得越其境界而入。在学者方面，自然欢喜在其境界标的内侧谈论其所学的事。各种学问的农业，任各人自营之。

然而这样的情形，也是确然会发生的，即学者突然——这等实例现在很多——从他人受到了引导入于他的狭小的世界中的请求。假定科学者受到了发表研究结果，使有教养的普通人皆能领略其要点的委任。试想国民大学扩张运动的讲师。试想努力于科学研究的结果的通俗化的著书。这通俗化实际是否可能，有否利益，现在无庸决定。在有名的学者中，也有力说科学的思考过程的通俗化是必要是可能的人。现在所要表明的，只是这样的一句话，即要使科学的材料被理解于一般人的企图，决不是纯粹的科学的行为，而已是教育的行为了。

有学识的教育家的目标，或学者而有志于教育的发表的人的目标，在这里忽然不同了。对于材料，已没有求其必有绝对的价值的必要。在材料以外，还有两件事成问题，要注意。这就是听众与读者。讲师与著述家，原是考虑着自己曾用某方法来捕捉事物的本质与核心，就用同方法来试行表现的。他苦心于求自己的表现没有虚伪与错误。然而同时他又必疑虑：这话能否受听众又读者的理解？他们能否跟了这话而来？这是否过于专门地表现？有否讲出或写出他们所不能理解的话或文？

他们是否必然肯定你的话的？他又——对着听众而用其眼色来——窥探以前所说话曾否受人理解？他又——倘实际是教育学的敏感的人——努力使其表现更易解，更紧密，更为一般人所易读，约言之，更教育的。

要使教育的表现成立，有二重的限制：一是事物的认识，换言之，即材料的知识。二是对于人的性质的认识。这等材料与事物，就是对于人的性质的教育手段、教育工具。

一切材料、一切事物，不限定是适当于发达程度不同的一切人的性质的教育手段。对于 ABC 程度的初学者，不能希望其能理解对数或 Schiller 的诗。如果有这样希望的，便是露示其对于儿童的性质的全不理解；教授材料倘是只能对于某一定发达程度的人的性质奏教育的效果的，那么，教对数及 Schiller 的诗在七岁的儿童是不自然的。

要达教育的目的而选择材料，已是顾虑着学生的性质的。人们想必怀疑：能牵惹这年龄——自六岁至九岁，或自十二岁至十四岁——的儿童的心的，是什么东西？能刺激儿童自身的活动，使之为问题而全心没入的，是什么东西？能刺激儿童自身的活动，使之自己没头于问题中又自己努力脱却的——这在儿童是非常稀有的事——是什么东西？又能刺激儿童自身的活动，使之共作，共同努力，共同研究的，是什么东西？人们为什么常常抱这种疑问呢？这是因为使可教育的人自己活动一事，是比什么都重大的一事的原故。

概要主义者的见解如何，我不晓得；在我觉得，还是要使其手向外方动，或要使之自发地理解其上肢的筋肉运动、骨骼运动的要求，也不是容易的事。讲起自己活动，我第一想到精神的努力，即为一切身体的动作的根柢的心的，内面的关系。这内面的共存，这心的感动，传到肉体的活动,而成为手的运动、筋肉运动、骨骼运动。其实经过这等过程的经过,在自己活动的特质上是全无必要的,又不能为必要的。

倘然有激励可教育的学生而使之发生自己活动的必要,第一就是要使儿童的精神活动动摇,给以刺激,使内面地专心于一事物一材料上,激励他,使其眠着的意动摇起来。即须唤起学生,使开始心的活动、认知、想象,思想地识别、肯定、否定。他必体验到快不快。他的冲动与意志必被刺激。无论这变成诉于感觉的行为或稳定的精神的沉静,在内面的感动现于外面的一点上,差不多是同的。所重要者,有下列的数事,即:接近于儿童的心的那种教育材料、教育手段,使儿童的平安的心海波荡、震动;又这震动并不无形无迹地消灭,而在心的深处作成一种波浪的奔流,永远继续运动,卷起新的波浪和底流;这等作用又无限地扩张下去。

在这时候,教育工具,即材料,即人们所投于儿童的心海中的石子,的确是能深深地落入而在其处引起扰乱的。这教育手段不似枯叶或木片地仅浮在波上,不是全无痕迹,忽沉忽浮地流到渚边的。故我们所示于儿童的材料,必然是适合于儿童的性质及儿童的力的。

然儿童的性质,从何处测知? 何种事物适合在发达中途的人的倾向与力? 何种事物能引导儿童,使生自己活动,使发展儿童所特有的精神的自我呢?

这问题不便简单答复。现代的儿童学,谋得没有非难的余地的完全的解答,而正在苦心地收集经验的材料。人们为了想科学地研究儿童的性质,给可靠的准基于一切混乱,而正在依照研究的结果而努力地建设教育学的新体系。

但倘要等待这事业的完成,我们就决不能建设了。何以故? 因为儿童,不是现在如此就常常如此的,即不是科学地规定的,也不是被研究的东西,而是无家的漂浪者似的人。人们学心理学也好。恐怕是多数的人想学的罢。人们每日协力使之发达的新时代(儿童),常常发生新的问题、新的惊愕与变转。而这种奇妙的性质,不能单用悟性来理解,而主用心脏来感觉。换言之,须由天赋的教育的本能来推察。

又一般性,即除外例,也并非没有。至于规则,不被发现的恐怕也没有吧?前述的教育的本能所已从数百年、数千回的个个的经验上推察,发现着的事件,科学的也已可证明了。于是今日的我们,已不妨说:我们熟悉儿童的性质,故选择材料的时候决不会有弄错目的的事了。

故我们可以安然地对付下列的问题,即:儿童是什么? 正在成长的人,以什么为教育要素? 我们提示于儿童的材料必须用什么种类的物? ——我们不踌躇地回答! 这回答不是详细的报告也好。何以故? 因为我们都已像每日地就自己的儿童或他人的儿童上体验过这等事,自己在少年的时代又亲自体验过了。

第一,儿童欢喜一切动的东西,一切运动的东西,在静的周围中有变化、光、色彩、悦乐、音响的东西。儿童欢喜现实,即一切具体的东西,诉于感觉的东西,可用手接触的东西,可把捉的东西。会吠的犬、会跑的马、会跳回的球、有光辉的圣诞树、轰轰的大鼓、美丽的花,约言之,凡出现于不动的地方的泼辣的活动,出现于单调的眼界内的触目的色点,极平静的时候兴奋起来,作出与之对照的悦乐、稀奇的声响,一切为了日常茶饭之事而使人惊愕的事——对于这类事物,儿童的确是有兴味的。这等感觉,恰似热心的守夜狗,占着重要的地位,一次呼叱,似乎就要被追上。这时候倘偶然有猫横住去路。犬就为猫而惊愕,反把本来所要追的野鼠忘却了。为什么这样比方呢? 因为儿童是刹那的人。他们就是在完全对于自己有兴味的事物中,也欢喜变化,欢喜反对。能利用这适当的瞬间的变化的人，就能捕捉儿童的心了。

儿童欢喜强度的对照。这是因为他们自身是反对的一体系的原故。常常在户外活泼地跳跑，拼命地实际地做出了数千种动作的儿童，到了暂时休息的时候，就静静地坐在母亲的身边，听她讲话，倾耳于那种远祖从别人听来的故事与童话。这种儿童，又因了玩具或画本而稳定起来，静止起来，而体验到与户外的现实正反对的世界。

在皮相的观察者的眼中，这对照实际是背理的。但在深观察的人，就晓得其间有特殊的类似。这对照倘明明是动的东西、变化的东西、光辉的东西、色彩鲜明的东西、鸣响的东西，约言之，倘是异常的东西、奇异的东西，只作成对照的东西，那么，要理解这精神的世界是可能的；又倘然是有形又有色的东西，充分活动的东西，就可知这精神的世界，是能给与深的铭感于儿童的心的。

二　材料构成

倘必须刺激儿童的知识欲与悦乐而使其自己体验，提示泼辣的刺激物是必要的。这必要，正是对于教育家的要求，教育家自己要作艺术的行为的要求的根据。第一，对于材料，即对于为了要举教育的效果而构成的材料，必须艺术地行为。现实、自然，是充分地具有构成的活动的。倘能在这等中适当地选择，就可当作教育工具使用。原野与森林、高原与低地、湿地与沼、荒地与沙丘——自然界富于刺激的事物、牵引人心的事物、变化的事物、作成对照的事物、富于感觉的事物，以及含蓄教训的事物，何等丰富地罗列着！自然，无可疑议，是最纯粹的教育机缘的不涸的源泉。在这源泉所在的地方，即充满于自然的地方，就可使用它们作教育材料,人们一定不会驱逐它们的吧!

然在这教育手段中,即所谓独自构成而存在着的自然中,有某种特殊的东西。在自然中成长起来的自然人、野蛮人——倘自然实际是最良而最有效果的教育材料——照理是最富有教育机缘的。用他们的方法来教育自然人。然而讲到他们的目的,不过是人类如何接触自然,如何可迫害自然而已。为了要与野兽战斗,为了要嗅出野兽的足迹,为了要抵抗酷暑的迫害,野蛮人得到独特的修练。然而我们不能因此而说野蛮人是"有教育的人类"。在野蛮人,缺乏着对于更高的兴味、更高的见地的理解。其机能实在缺乏着。故对于自然所现示于他们的状态,即使有完成适应的本能,然在关系于更高的文化状态的时候,他们就感到痛苦了。自然人是用了与文化人不同的眼来观察世界的。野蛮人是用了与我们文化人不同的方法来解释自然、评价自然的。

故纯粹的永久不变的自然,当作教育材料使用的时候,有究明文化人的立脚点与观察法所具有的标准的价值的必要。又对于人类——自己有文化的人类——的自然,恰似自然与人类的心之间的媒介者,这事也有究明的必要。我们所应教育的儿童,倘要与自然人同样地用"自然"的教育材料,而比野蛮人更高尚地教育,实在必须作这研究。

儿童与一般所称为文化品的东西及必须提示于正在长成起来的儿童的东西为伴侣,而次第进入于持续的文化状态中。有教育的人——在严密的意义上,已非不变的性质,而是人为地改造的性质——他日或许为了要使自己更发达而大家协力,也未可知。在一般倘要完成,这人力构成的文化性质是必要的。

然在这里,我们也可蹂躏"没有提示文化物质的特殊媒介物于正在成长的儿童的必要"的见地。我们也不妨大胆地带领幼年的人们向良好的文化中,换言之,动的环境中去。幼年的人们可自己在其处适当地自图。文化必能立刻直接提示于儿童们。这样,通过文化的教育,就与通过自然的教育同样地,自然必然地被施行了。

前述的假定有何等错误,已经说过了。然则通过文化的教育如何成立呢? 要使文化成立,必须人类的构成力;要媒介它,是否也以这构成力为必要呢? 这二重的构成活动,不是力的浪费、滥费么? 但人们是必须节用其力的。儿童的环境,凡有文化性质、文化价值,其必有教育的效果无疑。人们的生活是一个学校。这确是学习一切事物的学校。而认得这"生活"的学校的人们,又必晓得下述的事,即这学校不但是教育的,又是非教育的。在这学校中,仅使明显的性质强调,而真正地教育;但在其反面,这学校中尚有许多别物。又在这"生活"的学校中,有数百万的人们在找求良好的教师。

义化当然是愈进愈高的,其内容当然是愈进愈复杂的。所以要教育正在成长起来的人们,当然要探求过去的文化。过去的文化因为是单纯的,比较地容易理解。其单纯的人间性,又比较地甚近似于儿童的思考、感情与意识。但现代是由如谜的复杂的制度与关系而成立的,能看清楚现代的,只有成熟的人。人们大概都注意到这情形:在观察自然的时候,有必然想起其可为教育材料的东西;而在所谓文化的盛大的领域内,事实上宜于提示儿童的,仅乎其一小部而已。

例如远国,我们不能偕儿童一同到那地去。然而他们到了某时候必须晓得,又有晓得的必要的,例如异国的动物、异国的植物,有奇怪的风俗习惯的人种,或民族,或人种的代表者,这种事情必得接触儿童的心。然而要提示给他们看,是不行的。又如国家的君主,例如皇帝,或属于过去的世界,百年、千年后的想象的时代,这等都不外乎是由人的构成力与感觉的表现的媒介而成的。而这人的构成力与感觉的表现，能做出眼所不能见的东西及时间的空间的均距远的事件、状态、人类及事物。

人们有这样怀疑的必要，即实际不能到的远国，而要仅由学习而感到似乎亲生其地，尽信其事，永久映其印象于心中，究竟用什么方法才可能呢？儿童往往结其记忆的锁于一个人物上。倘人物例如父亲，或教师、诗人、画家、学者、旅行家。换言之，这人物是把时间的、空间的均距远的世界的事提示与听众、读者或观众；因其提示方法的巧妙，故能使他们误认为在想象中与这人物一同体验过了。

要使他们当作刺激而认识那遥远的世界，关系于其说述的构成力。即把自己所感的事、自己所见的事讲述给他们听，刺激他们的想象力，使他们感到不思议，似乎在一同体验这事。倘讲述的方法，这表现，究竟是怎样的一种事业？倘能精密地研究一下，必可发现这样的情形，即能惹起这不思议的，换言之，能把远的世界拉近身旁来的，必主属于有艺术的性质的东西。

严密的科学的材料，也是如此。看来全无物质性的材料，纯粹属于精神的范围的材料，也是如此。哲学者 Hermann Lotze 已曾在他的《美学原论》中用比喻来巧妙地喻示着。抽象的科学的领域中也以艺的构成为必要，便是为此。其第七十一节，用这样的见解开始："凡一般的科学、道德、自然哲学、历史，所谓能充分表现有价值的东西者，是在下列的情形之下，即其内容的细部均明晰的时候，又其丰富的意味先自发挥，而其次就成为诗的时候。在这时候，科学已复随了一般的范畴而行动，而变成记述研究这科学的人的特殊事情——其种类千差万别，不可数记——的了。这种记述，便是关联于其人的价值如何的，在这意义上，这就可说是具有教'诗'的目的。即具有教示别的方法所无论如何不能表现的事件的目的。"在别处,例如第三十五节中,他又这样说着:"先问:艺术是必须教一种东西的吗? 于是我们可以回答:没有艺术而能完全教授的事件,是决计没有的。在科学中,有虽然根基科学的原理而决不能说尽的东西。例如:科学也许作成心理学的原理、道德学的原理、宗教学的原理。然这时候科学必是倾向着'普遍'的。反之,教示为个人的心的生活,道德的微细感情——这是在人们中发生矛盾的时候用以决定取舍的——及信仰内容的深度与价值的,只有艺术。在艺术中这些都生动地表现着。"

进而论之,概念与轨范的世界,抽象的领域,也都以诗的构成为必要,即以艺术的构成为必要。这样说来,可知在对付物质——应感觉性而以感觉的构成为必要的物质——的情形之下,这必要更重大了。因了这内面的必要,而一切教育行为、一切教导行为、一切教授行为,就带鲜明的艺术的气味了。故在材料充分具有教育的价值的时候,又在必须用了这材料引导那班向着不容易进入的场所而成长下去的人,而欲使起自己活动,使就自由意志的作业,以开发在内面的力的时候——在这两种情形之下,教师对于其材料,必须用构成的,即艺术的办法。

然教育家对于这种材料,实际是纯粹的意义上的"艺术家"呢,还是不过表面近似而已? 这问题,已曾惹起许多的风波。一九〇七年,我发表《教育学的基础科学的美学》一书,书中主张教育家非艺术家不可,教育学的基础科学必须采用美学,就引起别人的愤怒的暴风。别人大都以为照从来的习惯,只有伦理学与心理学是教育学的基础科学。这争论,由许多第一流的教育学者承认美学为教育学的基础科学而告终。普观现今的教育界,可知前述的理论也明明是因了教育界的分野而占胜利的。

然教育家为纯粹的艺术家一事,尚有争论的余地。这是全不足怪的事。因为人间教育者的艺术活动,原来是与自由创作的艺术家的行为不同的。

我曾经屡述这样的话:"人的教育"者须常常注意两件事,即所教育的人与教育这人时所用的助手的材料。换言之,即教育对象与教育手段。在这必须分开两项的一点上,教育家已经是与自由创作的艺术家不同的了。艺术家——现在所谓艺术家,它们可假定为画家、雕刻家或建筑家、音乐家、诗人,什么都同样——不是以造成活的人为制作对象的,而必是造出非人的一种物质来的。画家、雕刻家、建筑家是取了一种素材——纸、麻布或金、石等,而用视觉的手段——色与形——来表现他的一种观念的。音乐家则用听觉的手段,音响、协和、曲调,来构成他所见所感的事。诗人则是用听觉的与视觉的,旋律与曲调,言语的形式与文学的形式,即兼用两方的表现法,以表出他所感所见的内心的世界,使之能诉于感觉的。

这等艺术家,在这时候不及顾虑到特种的人,或年龄,或各个人。在创作的瞬间,艺术家全是独裁君主。抑制他的,只有材料,只有所欲构成的观念,只有想表现思考的世界、感情的世界使得见得闻的,感觉的媒介物而已。真的艺术家,即使群众与同时代的人们不要理解他,或不能理解他,也没有受困迷的必要。自由的艺术家,在某种情形之下——天才者的传记明证着此事——常是不被理解或受了误解,而必进行其自己的道程的。如果他不以为这是自己的艺术的天才的屈辱,他必不与公众妥协,必不与支配一世的风潮妥协。

所谓行教学的"艺术行为",似乎全是错误的话。在自由的艺术家看来,不外乎制作对象——其所构成的材料也是如此;而在人间教育者看来，不过是教育手段而已。教育对象是所要教育的人。而教育家的教育对象与艺术家的制作对象之间，虽有种种类似点，然也有根本的差异。

艺术家与教育家，同是依了某特定的观念而构成的。在画家、音乐家、诗人，约言之，在创作的艺术家，必是先浮出一个观念、一个心像、一个思考的世界、一个感情的世界，而其内容，则用各艺术的表现手段来再现、凝固或感觉化。换言之，即必须构成。人间教育者也是如此：当其继续教育的活动的期间，也受同样的观念或教育理想的支配，而努力实现其理想。教育家也是要构成这理想的。故一种观念的存在，不能说是这根本的差异的根据。

这两者，也不是在素材的顺熟与不顺熟点上相反的。何以故？因为自由的艺术家，也是要考虑素材的能否顺熟处理的。倘不顺熟，他的制作就变成不自然的。例如画家或图案家，必须懂得绘画的技巧或图案的技巧的基本条件。不懂得调色、涂色的方法的人，不懂得油画笔、钢笔、毛笔、粉笔、纸及油画布等的用法的人，虽然苦心于适当地表现其艺术的观念，然终是徒劳。塑像家倘手法不顺熟，也必感到困难。木雕家必须考虑木的性质。雕刻家则所对付的是与砂石不同的大理石。青铜的构成必须与粗的岩石不同。至于使用似乎最易构成的素材，似乎最富变化的素材，即使用言语为素材的诗人，也是"苦于言语"的——所谓最拙劣的诗人，就是把观察与感情的力充实地如数地表现，而全不费苦心的人。

在人间教育者，的确是与这同样的。即教育家也要考虑一般的人间性的特征，特殊的人间性的特质；又学生也因了人间性、倾向及才能，而不能顺熟地如意地受先生的处置。

艺术活动与教育活动的根本的差异，不在于所欲构成之物的是否共同活动与共同制作。何以故？因为自由的艺术家是潜在于其材料中而随了强请表现的一种东西——倘然他是不欲胡乱动作的,他不能避去这强请——而行的。用刷子(油画笔)描画的人与用毛笔描画的人不同。用心于艺术的构成的人,必不在其表中忽视工具与素材。而欲使工具与素材同他一同来表现,即与工具与素材协力而构成。雕刻家,例如木雕家,必研究木的内部组织,即木纹。他并不求雕刀的凿痕的磨灭。雕刻,尤其是木雕——坚木雕或山榉木雕——是与刀痕共同作成表现的,因了这点,而雕刻始有完全特独的艺术的性质与特独的艺术的效果。其效果是关系于素材与工具的。这就是所谓为客观的性质而非主观的性质。

　　然这有兴味的事实,不是可以仅就感觉的材料而观察的。就精神的特质,艺术品的内容,也可同样地观察到。作曲家如果在"材料"上加以无理的暴力,那我不知;在不是如此的限度内,凡哀悼曲总是不能用轻快的圆舞曲的拍子的吧。就是诗人,也必视材料,视材料所有的精神的内容而是一定的诗的形式,这是大家所知道的事。要概观德国人的诗,真是只要一瞥已够了。这样,人们必将发现下述的情形,——我在"德意志的乐人",即材料的点上着眼,而编纂那部四十卷的广大的《德意志诗集》的时候,曾经明白意识到这一点——即诗人是必须视材料而取完全决定的形式的。例如《觉悟的青春》或《觉悟的爱》等,普通不可取叙事诗的形式或剧诗的形式,或教训诗的形式,而必用流水似的叙情诗的形式来表现。别的材料,例如《英雄的事业》或其他复杂的事件等,则当然必用叙事诗的构成或表现强烈的意志的争斗的剧诗的形式。在各种类的诗中,材料均有要求如何表现的权利。适于小说的内容,不适于作记事,一幕剧的材料不能作五幕剧。如果强作了,一定受评家的嘲笑。喜剧的材料不能取作悲剧。何以故?因为如果改作了,就有一种强力的创造的精神来改变其材料,使其心的内容变化起来。即别的材料必求别的形式了。

上述的理论的正确,单拿这一例来证明,也不会颠覆了。

　　艺术的观念与教育的观念的根本的差异,既不是观念——必须构成的观念——的在不在手头,也不是材料的顺熟与否。其根本的差异,主在于前述的心的二分。即注意于教育材料与教育手段,同时又要注意于教育对象,即所要教的人,这二重的关心。自由的艺术家,只有一个所要构成的对象,即画家的作品、建筑家的作品、诗人的作品等;而在人间教育者所要构成的对象有两个,即所要教育的人与教育所用的材料。这两题目完全融合的时候,方才是教育的"艺术活动"的充足。

　　在所谓教育家的关心的特独的位置中,又有第二种差异——艺术活动与教育活动的本质的区别的一事——托根着。自由的艺术家在创作活动完了的时候,所完成的作品,即艺术品,就离开他的手,而营独自的生活。教育家所完成的"作品",似乎也是如此的。何以故?"被教育了的人"也离开了教育他的人即先生的手,而以后营独自的生活的。然而艺术品的独自生活,发生作用于艺术鉴赏家的心,而作品本身已决不再会变化。例如 Raphael 或 Dürer 的画,于他们的最后的笔触的时候起,开始完成。假如有一个近代画家——即使是非常著名的画家——要在他们的画中改描一点东西,我们一定指其为冒渎艺术。Goethe 的诗如有人要改字句,Beethoven 的交响乐倘有人要删改,也是如此。对于这等艺术品,我们不想改作。像 Uhland 的《牧羊者的星期日的歌》,或 Goethe 的《彷徨者的夜歌》,竟连其缀字与音调都不可变更。这是所谓僭越的干涉,倘有这等事,我们的感觉必起痉挛了。故作品是做了完成者而离开艺术家的手的。在这完成了的大作品之中,艺术家、画家、诗人、音乐家,永久地生着;又在及于未来的观众、听众、读者的影响中永久地生着。在这不曾变更的作品中,在这生动的影响中,创作者休息着,艺术家的永远性托根着。这在"人的教育"者就不同：在教育家，所要教育的人——倘其人自己决不以为就此完成而常常意识到希望更发达的要求的，同时又有受更广的教养的可能性，得力而进行的——已是"完成的"了。又倘然他是也有协力于同时代的文化的发达的准备的，在教育者看来，其"完成"的程度更高了，教育家的"完成"了的教育对象，而又是可以变化的性质。是自己教养，自己发达，自己成长起来，而希望有所贡献于自己的周围、自己的时代的人。人间教育者的"艺术品"，一完成而踏入世中，是立刻消去的。故这是类似于俳优的动作的艺术活动。俳优的"作品"，到了幕一下之后，就属于过了。这又像通俗演说家的讲演。演说家的话，也没有速记的保留，到了听众的喝彩静止了之后，辩士的一天的事业就完结，这讲演就变成过去了。

　　然因为有这永久的变化，因为原因与影响这样不断地转换，教育家也有永远性。即教师即使已经逝世，然其曾唤醒学生的心的思想、心像、感情、努力，还是活着，还是继续活动着。且这些学生成长之后，又可做出新的表现，更传之于他人。父亲把自己幼时从老年的先生听来的话告诉其子女，其子女也把从祖父及曾祖父听来的话告诉自己的子孙，教育者的感化，不是言语，而变成行为，变成生活状态，又变成人生观，而影响于后人，为其次的时代模范、道德、传统。这样影响下去，至于无限。故我们都是靠祖先的精神的财产而生活的。摇动他们，影响于他们的生活状态而给以标准的事物——不是明显的意识，但是本能——在我们中也生存着。我们的祖先，我们的最初的教育者的精神，到今日还在我们中活动着、经营着，恰与流灌我们的血管、鼓动我们的心脏的血液同样。又与任何人所不能免的伟大的自然力同样，命令、指导我们后来的人们。不管我们欢喜不欢喜，我们总是由父亲的血与先生的精神作成的。

　　然在人间教育者的任务上，决不劣于那"自由的艺术家"，而有圣的性质，有包藏神圣的神秘的一种东西于其自身中的永远性。因为这神圣的神秘的东西非常广大，故我们只能幻觉地窥见感得其局限而已。即所谓只能艺术地理解而已。

三　教育艺术与艺术教育

　　我们已经晓得，艺术家的活动与教育家的活动之间，在其所 bilden（制作、教育）的对象上有相似的、近似的、类似的地方；但又有根本的差异。在艺术家的情形，其作品是这样的东西，即：艺术家只是应了自己的观念、自己的直觉、自己的心的所感所见，而从事其创作；其作品并不通过了别的人而给与影响。即全然不容他人的手来改动的。倘被改动，就损污其艺术的特质。因为这是已经完成，不再需要艺术家的手了。最后这作品属于叫做"假象"的特种世界。到了艺术地感受，鉴赏的人受得艺术品的作用，其艺术内容方始成为真实。这又属于比现实——有别的事物与事件存在而作用着的现实——更高的现实。

　　在教育家的情形，则关系于活的人，即未曾"完成"而可以变化的人。而这人，到了不再需教育家的手的时候，必须自己发达，自己变化。即其作"作品"是属于现实的，不是属于假象的世界的。这是具有活的真实性的。其所及的影响，不但在美学的范内有价值，在一切生活领域内也均有价值。

　　虽有种种类似，而在 bilden 的对象上有这等根本的差异，故那项疑问——如前面所述的，有下述的追究的目的的疑问——当然是应该有的了。即"人的教育"者，倘有制作有教育的作用的材料的必要，则是否不

能为艺术家？换言之,教育家——因为他是考虑教育对象的,故其态度
不能与自由的艺术家同一——倘照字面要做人间教育者,则在其对于第
二的教育关心,即教育材料、教育手段的态度的点上,他是否必为艺
术家？

　　人们称伟大的诗人、思想家、伟大的艺术家为民族或人类的最良的
教导者,是正当的。他们的作品,当然为价值最高的教育手段。这是因
了艺术的内容而然的。那么,人间教育者对于其材料,——他是因了这
材料的帮助,而能教育、教导、教授正在成长起来的人们的——是否不能
取与艺术家对于其材料同样的态度的？就是这个疑问。这疑问按前述
之理,已可明白。倘然回答说"是",我们就是断定教育家就是艺术
家——不管它有如前所详述的根本的、本质的差异。这是真的教育活动
的自然必然的假定。

　　其教育材料、教育手段,我们都晓得,是因视其特质与素质而分为自
然与文化二者的。同时我们发现的,是为了要使这材料有教育学价值,
对于其无论何种相异的材料,必需要媒介者。于是下述的事就成了问
题:为了要举教育的效果,宜如何从材料做出教育价值？如何媒介？又
在教育学地使用其材料的时候,艺术的性质是否必要？没有这种性质,
也可行否？为了要教育、教授,是否只要有科学的教育的人或居于伦理
的高位置的人格就已充分？又所谓"艺术家"的一种特别的特殊,是否必
要？艺术地感受、艺术地观看的事是否必要？要举教育的效果,即要使
人间教育所利用的材料有效用于人间教育,是否以艺术的构成为必要？

　　解答这疑问时所须注意的事,是全体的教育活动不是非组织地错杂
混乱的,而是分为个个的部类,由前述的疑问而互相集合着的。如欲不
陷于迷路,而更附加注意,即可说不是顾虑个个学科的物的内容而专从

普遍的精神内容而分别其所媒介的材料,这恰与教育学的基础科学或规范科学的分为论理学、伦理学及美学同样。

我们教育儿童,欲使成为道德的人,即要使晓道德的命令为他们的规准的教育。我们教育男女学生,欲使成为有思虑的人,即努力于求真理,而能论理地理解外部的世间,论理地表现内部的世界的人。我们又想要把正在发达起来的人们——被委托于我们的人们——造成能作美的鉴赏的人。不准他们在丰富的艺术的宝库旁边而不注意。必使他们对于文化之美、自然之美有赏识的眼与温暖的心。这样,他们的内生活就丰富了。自然既给他们以才能,则又必能表出其所认识所感受的美。我们教育学生,最后是要造成这样的人,即其心飞跃而入于超越的世界的人。即不但执着于日常之事,而能憧憬于更高的某物,看到更高的某物的人。即对于在感觉界的彼岸的那世界也具有一种机能的人。综括地说,即我们要把次时的人造成善良的、思想的、艺术的敏感而虔敬的人。

我们抱了前面所提出的疑问,而接于这四个典型的教育要求的时候,这是被肯定的。但这时候有一要求,即美的教育的要求,特是艺术教育的问题。即想把学生教成美的教育家——这或者是要给与艺术的鉴赏的能力的,或者是要像艺术的构成地给与刺激的——自己非有艺术的行动不可。这是无须证论的事。关于这事,今日的教育界的人们的思想是全然一致的。自己对于艺术的美不能理解、不能感受的人,不能媒介美的理解、美的感受于他人。自己没有艺术的能力的教师,要教他人以艺术鉴赏的态度、艺术创作的态度,差不多是完全不胜任的。

再考察人间教育的其他的三种任务,大概可以这样解决。例如在宗教的领域内的教育或道德的领域内的教育，是这样的。在这里，因艺术能得到什么？在这里，艺术不致有直接加害的作用吗？最初，当然是教以道德的习惯，使其思想与行为因而成为道德的。更进一步，示以有模仿的价值的实例，以道德的地位高的人为模范，而教育之。然用了美的教育，可使向善的道路平坦，也是确然的事。Shaftsbury Herder、Schiller、尼采、Lipps 等，都在其哲学的著述中表示着这样的意见。Hertart 曾经教育学地评论这思想的价值。

人们观察伟大的道德家、宗教家的天才的时候，普通只以为他们是在做教师的事业，尽教师的任务的。然而人们一定可以发现，他们的给人最深的影响的地方，实在是用艺术的表现手段的。试想想旧译《圣书》的雅歌、《沙洛蒙》的歌，或——浅易地说——耶稣与他的说教看：那种比喻，那种讽喻，不是艺术的构成的象征、可惊的塑像的诗么？在那力强的山上的教训中，到处有艺术的心像。一切的表现法，都从其风格而为诗的。

在反对方面，我们倘要拿道德的尺度来测量艺术，那不仅我们德意志文学叶于道德的标准。道德的伟大的行为，在艺术的领域中也具体化了。宗教的感情、宗教的思想——其在得活力而内面地深刻地表现的时候——其形式常是艺术的。《神食赞颂歌》也是如此，Klopstock 的赞歌也是如此，平易的教会歌也是如此罢！我们日耳曼人的祖先的所谓"天"，印度人的永远的狩场，谟罕默德教徒的醉的幸福，希腊人的奥林普斯，这等都被诗的解释，作艺术的构成，表示信仰这等的民族的心。如果不然，这等一般民族的心就不能捉住在超越的领域内等待他们的某物了。诗、艺术，必须是为了新的道德，为了新的神，为了他们的真的天——在那里面，赤裸裸的道德法，形而上学的世界，虽为自身而努力，也不能成为"非现象的存在""彼岸的存在",而人们永远不能达到了——而努力。

　　例如教会艺术,不是已经对于一切人们做了有宗教的目的又道德的目的教育活动、教导活动么? 试想:浪漫的神圣的圆天井(dome)的宗教的情绪! Leonardo da Vinci、Rraphael、Michelangelo、Dürer、Ludwig Richter的绘画! 加特力教的诗的文化! 民族是以这种艺术的理解,诗的构成为必要的。而这与事物关系着的时候,原来可称为彼岸的艺术,都似乎是具有独自的生命的。又我们的民族,在道德的体验、宗教的体验中,也是以艺术为必要的。因为他们是本能地理解精神力的内面的综合的。因为他们是无意识地认其"合成"——这就是一切体验中的内在的东西,只有分析的人的悟性,能理论地分解之为种种——的。

　　摘出一切精神的世界,而为之分解为最内面的细胞组织的哲学者康德,也在认识道德的崇高的状态的时候用诗的、艺术的表现。他在《实践理性批评》中,突然叫着"义务!"因了这叫声而从证明真理的哲学者的个有的调子上——关于这个有的调子,Helmann 及 Lotze 已曾指摘过——脱出。Lotze 说:"义务啊! 你不在崇高伟大的名称上附加有媚意的爱好物,而甘于其名称。又刺激在心情中的自然的嫌恶,挑动着惊扰它的东西;也没有激动意志的事,而只是规立一个法则。这法则,是从心情中自然生出来的,是反乎意志,也得尊敬——至少常是决不屈从——的。在这法则之前,一切的倾向——即使思辨地反抗——沉默了。这法则,是你的尊贵的起源。你的高贵的种族的根元——这是堂堂地打破一切类似诱惑的东西的;只有人能规定的彼岸的价值的严格的制约,从这根元上生出——人们是从哪里找出的呢?"这道德的严肃的人,在这里也变成诗人了。因了温暖的感情,而他的倾向力强起来了。因为缺乏一切"爱好物"，一切"媚物"，一切"倾向"，所以他高声地赏赞。

我们可以晓得：在媒介宗教的真理、道德的真理之际，在使之向善导之向敬虔之际，人间教育者——如果是要正当地摇动学生们的心情的——也是必用艺术的表现手段的。

然则施行科学的教育的时候如何呢？含有艺术的性质的教育手段，在这里不是反而有害的么？这岂不是把纯粹的客观的真理变成伪物么？

所谓"客观的"真理，在一般是否可能的？又艺术家所表现的与学者所研究的"真理"，何者为"纯粹"？在这里没有论证这等事的余裕。然而沉潜于我们的伟大的艺术家的创造与伟大的学者的创造中的人，常常发现这样的情形，即：在艺术的创造中，在很多的科学的要素遍在着；又在学术的劳作中，也含有很多的艺术的要素。伟大的艺术家，作科学的探究，而完全把握自己的，是很平常的事。Leonardo da Vinci、Dürer、Goethe 便是现在的好例。反之，我们又可注意到这样的事，即：所谓学者，不是把现实、客观的真理单当作死的抽象的东西，而欢喜当作特种的存在，当作个个的现实而表现；即不作"纯粹"的类型的学者对我们，而作艺术家对我们。

十年前——一九〇三年夏期——我曾在莱府（Leipzig）大学听过有名的 Ratzel 的"风景的科学的理解与表现"的讲义。那是非美学教授不能讲的，有趣味的讲义。差不多每时间使科学者非承认不可。在种种见解之中，含有科学的理解与艺术的理解。Ratzel 教授有这样的话："人们都说科学与艺术是完全不同的东西。科学对于一现象不作低回逡巡的态度，而把它分析，集其概念与抽象，差不多不藏直感。然这态度不是必要的。这不过是科学的活动的一隆起而已。因了这态度，而距离陡然地远起来了。"又说："倘然我把自然的形总和起来，在其中发

现大的根本原理,而把它表现出来,这必然是艺术的,又科学的。"又说:
"艺术差不多是在数百年之间常常接触着这感动的。在数千年之前,也
是如此。在科学还未存在的时候,艺术已经繁荣了。"Ratzel 教授对于
日本的小艺术,也有许多观察,与动物学、植物学、矿物学全体中的发现
同样深切的观察。

有名的学者为这种科学的直感怎样地科学地鼓舞? 这问题在这里
不能作自此以上的探索。在这里只能摘出其教育的见地。在伟大的文
化的内侧的科学的思考法的史的发达上,艺术的理解与艺术的表现是先
行于科学的理解与科学的表现的。同样,在个人的发达上,艺术的理解
及艺术的表现也必定先行于科学的理解与科学的表现。这在观察科学
的目标的时候,也必定是如此的。这是心理学的自然法则。人们或许能
用别的形式的话来说明这事实,但其核心依然是同样的。Schiller 说:必
须"通过了美的关门"而向"认识的国土"突进;George Hirth 博士用"诗、
心理学、生理学、物理学"等标语来为我们说明科学的理解法的顺
位。——但其根本的思想,依然是同一的。

儿童与民众——从最内面的自然的要求上——渴望知识,因之他
们的行动受着制限。在这情形之下,就以艺术地构成的人为必要。
Heinrich Heine 曾经说过:"某民族的发生奇异的事件! 这奇异事件盼
望诗人的人来给它化成故事,而不盼望历史家的手来给它编入历史:它
不希望把赤裸裸的事实忠实地报告出来,而希望其事实再溶入原始的
诗——这等事实是从这诗生出来的——中。诗人懂得这事,故他们怀
着别人所不能知的欢喜,依照自己的心而做出民族的回想录。然而恐
怕是受着高慢的历史记述家、羊法纸文书官的侮蔑的。这实际是错误
的么? 人们将指摘其虚伪而诅咒诗人的么? 不然! 历史不是被诗人

弄成虚伪的。他们全然是忠实地说出这事的意义的。且这是根据于自己发现的姿态,自己发现的事情的。因了这种诗而保有其历史的民族,实际也有。印度人就是其例。像 *Mahabharata* 的诗篇,比记述事件的概略及其年代的文书,更适切地具有印度史的意义。从同样的见地观察,我以为 Scott 的小说比英国史作者 Hume 更忠实地表出英国史的精神。

有从艺术的领域支持的人,同样,从科学的领域支持的人也很多。这是什么事呢? 当然就是:要把"人的教育",教导并教授作成更圣的事业,要变教育活动为教育艺术,必须以艺术为其原理。

教师对于材料,当然要取艺术的态度。他使用已完成的艺术品——唤起作用与反作用的——也好。他自己给艺术的创作的活动也好。在第一种情形,他是艺术媒介者;在第二种情形,他是构成的艺术家——至少对于材料的。

然这种艺术活动,在某重要点上,似是与自由艺术家的创作活动不同的。教育家——因为有所谓构成材料的艺术家的特殊的性质——总是受着束缚的。他必须顾虑教育(制作)对象。然在一方面,诗人、画家、音乐家,约言之,一切自由的艺术家,可在自个本位上活动。在所谓艺术家的人的性质上,其天才以此为必要,在这里,我想就这本质的差异深究一下。

教育家,即使在注目于所要构成的材料上的时候,也非顾虑到儿童不可。然自由创作的艺术家,没有苦心于顾虑公众的教育程度的必要,而可没头于比他所住的材料上的人更进步的特殊的艺术中。教育家与这种艺术家不同,决不能有这种"任意的动作"。在艺术的情形之下,一定是公众努力于求知艺术家与其世界的关系的。在教授及教导的情形之下,恰好反对。教育家一定感到自己常被儿童用带紧紧缚住着。而他的艺术,非对于儿童有效的不可。又在他看来,艺术本身决不是目的,常为所谓"人的教育"的目的的手段而已。所以他的"艺术的"动作,非适应学生的要求与倾向、理解的程度、发育的程度不可。

因了这种特殊的事情——教育家的态度——关于教育材料的构成为限,是否在原则上与艺术家的行为实际地不同的? 这问题,我们倘举出一对的例,——一是自由的材料构成的例,一是教育的材料构成的例——按了其活动的种类与方法,而说明其何者为艺术的性质,何者为非艺术的性质,这问题就可明白解决了。

我们对于像下述的古来的真理,是以为一定成立的。即如"人是决不能满足的"的真理,"人是从一目的向他目的,从一乐事向他乐事移行的"的真理,"人是疲于追求欲望,而引以为乐的"的真理。

我们都晓得:伟大的诗人——Goethe——在他的伟大的诗——Faust——中把这等真理艺术地具体化着。人们也许作如此想:要使学生的心感到这可惊的真感的真理的教师,只要在儿童面前朗读 Faust 给他们听,就是了。倘能带学生到剧场去,为他们演 Faust,教师必更满足地达到目的。然而理性的人,立刻宣告这种教育手段的错误。因为儿童还未曾达到那样成熟的地步,还不能理解 Goethe 的 Faust 中所表现的思想的世界。即理解 Goethe 所表现其根本思想的形式的基础,还没有准备。

人们大概晓得:把古代语的 Goethe 的 Faust 改作为至少其内容协于教育的目的的方法。这是已经实行着的事。然我觉得,这种冒险的、粗野的错误,在文学的,在教育的,均不堪设想! 艺术的敏感的人,一定要悲叹堂堂的诗被这种方法所冒渎。这方法是全然不顾作品所具的固有的情调,诗的内容,即纯粹地除外其思想的内容的。故所残留的,已经差不多没有东西了。上等的葡萄酒已经变成劣酒。其赏味价值与精神的营养力,不及本物的活动力。故这也是种错误的方法。

要把永远不能满足、常常求变化无已的人的心的真理,使儿童们明了地理解,是否必须用 Goethe 的堂堂的诗? 在德意志文学中,此外更没有具体化这种思想的作品了么? 用儿童亦能理解的方法来表现那种根本思想的诗,是没有的么? 思想的一种东西,在儿童看来决不是新奇悦目的。儿童是每天在用自己的血与肉来体验的。为要使儿童理解其思想而作的诗,世间有没有呢?

我们偶然有了合于这希望的诗。这就是 Rückert 的《忖着能被带了到各处去才好的孩子》的儿童诗。这儿童诗与 Goethe 的 *Faust* 比较起来,颇有兴味。在心的、在艺术的,这二诗均非常距远,然其根本思想同一。Rückert 的儿童诗中的"儿童",也是从一种欢喜追求向他种欢喜,疲于新的欲望的追求,而引以为乐的。

如前所述,这二诗文学地评价起来,其间有大的差异。然二者均是完全的艺术品。Rückert 的童话,是催眠其妹妹们的,也是纯正的艺术品。我们可以确信这诗为教育的艺术品。何以故? 因为在这里我们可以实际认识其关心的二分——因此而教育的艺术区别于自由的原则的艺术。Rückert 作这童话的时候,大概在心中浮出其妹妹们的笑貌来。大概在心中浮出对于新的事物,变化的事物具有孩子气的兴味、孩子气的欢喜、孩子气的反感、孩子气的憧憬的儿童来。于是他就把根本思想输入到儿童的领分中了。于是他就在一切场所得儿童的理解了。在 *Faust* 中,是领导到阿乌爱尔罢哈的地下室中,马尔芝的园中,谋推伦·勃洛克斯倍尔希去的;Rückert 的儿童,则是被引导到小川、小舟、小蜗牛的家中,即儿童所知道、所心爱的地方去的。且这诗人的言语文章,也容易被儿童理解。他是为儿童而作的。

Rückert——倘借用 Theodor Storm 的深刻的警句——果是欲为儿童作而竟为儿童作了的么? 也可说然,也可说不然。他是为儿童作了,而欲为儿童作的。然只是如此,不成立为真的艺术品。Rückert 不仅为儿童而作,是为其自己的自我而作的。他是——在创作的瞬间是如此的——把他自己所想、所见、所感的事,照他自己所想、所见、所感而表现出来的。他在作这童话的时候,他自己是变成儿童的。

在这里有秘密潜伏着。这秘密必可解除从来使我们烦恼的一切矛盾。只有能体验孩儿似的直感,孩儿似的感情,而能忘却其自己为一个已成熟的大人的人,能孩子似的玩耍的人,可为教育的艺术家。即可为对于材料的纯正的艺术家,即可为"自由的"艺术家。何以故? 因为他既在不思议中变成了孩儿似的素朴的调子,就可以不"顾虑"儿童方面等事,而自由构成了。即充足于生命,而可以从自己的内面从了自己的观念,在自己的构成欲而构成了。

能忘却自己,能举全心沉潜于儿童的心情的世界中,以及能把这特种的心的理解具体化——纯粹的教育的天分,托根于此。没有这种才能的人,决不是真的教育者。他们不能把自己所专业的职务(教育)提高到艺术。何以故? 因为他们倘以这事为损害其自己的本质的,或以养成这样的习惯为不可的,那么,他们对于自己,对于自己的行为,必然无理,就决不能有艺术的创作。

沉潜于儿童的世界,用儿童的情绪来艺术地创作,非不可能,这事 Rückert 特别证明着。他是《严厉的短诗》(Geharmschte Sonett)的理解者。能作这种的人,只有一人。《波罗门的智慧》的理解者,从事于最高远的问题。他在《可爱的春》中,表示其心的欢喜与哀愁。——然他是能做儿童的。做儿童一事,绝不损害他的艺术家的资格。Rückert 的童话,不但是最好的儿童诗,又是最刺激的,最有可爱的价值——德意志文学认定其价值——的诗。

这童话具有向教育家说述做儿童的可能的口吻。不但如此,为教育学立基础的 Joh. Friedr. Herbart 也在其《一般教育学》中深信着必须降做儿童的一事。他在序文中写着:"我们难道不知道儿童与大人之间的距离的? 这距离实在大得很,恰与使我们达到现代的文化、现代的堕落的,那长时的连续同样。我们是晓得这距离的。所以人们著作那种给儿童看的书——除外难懂得的及堕落的例等。所以人们要求做教育家而降为儿童,而把自己闭在儿童的狭小的范畴内。在这里,人们造成了过多的、各种新的——因前面那要求的结果而生的——错误的态度! 人们过多要求不必要的事,过多要求自然所不得不罚的事。人们希望大人的教育者——为了儿童,为了建立儿童的世界——必须自屈。

我可以告白:像 Herbart 这样的教育学者说出这样的意见来,在我觉得难懂。他这话或者是仅就这样的人说的,即没有特殊的教育才能的人,为了贵重儿童似的思想的、儿童似的感情,而无理地造作的人,为了这是必要的事,因而费了力气硬把自己"闭入"儿童的领分中的人——恐怕是仅就这种人说的。Herbart 的意见,以为这种事是无意义的。故他是弄错了真理的说出的方法的,不是与我们的问题相反对的。他是反对他的论敌的。在生而为教育家的人看来,与少年人同在一块,做少年人,降为儿童——我不说为"屈"。这是对于事实的伪的看法——又与小的人在一块,做小孩子等事,其崇高是无以复加的! 人们也许读过 Otto

Ernst 的《阿比尔修奴芝的故事》。这在我觉得是——从文学的见地、从艺术的见地看来，都是比这诗人的剧更可爱的，比他的小说、科学的著述也更可爱的。他的与阿比尔修奴芝一同返为童子的人，比较起《正义》乃至《最大的罪》的作者来，在诗人的点上更为伟大。下降的一事，决不是损害能下降的人的。

在今日，有名的学者们在研究儿童的心的生活。这就是新大陆。横断其处的一事，刺激着具有最锐敏的头脑的人们。然则从儿童的心的生活艺术地作成一世界的事，是堕落的、卑鄙的事么？用这种方法来构成儿童的心的生活，同时——人们或许要想起我对于教育家的永远性的指摘的话——作成次时代的人们，又与他们协力构成德意志的未来的心的组织，像这等事，是不值男性的全力的么？在儿童与大人的距离间没有架桥的人或不能越过其距离的人，这等事大概是不可能的。在自由地、快活地哄笑着而被包围在儿童中过生活，而不努力的人，这等事大概是不可能的。为了模仿孩子气而必无理地自屈，无理地自抑的人，可命他住在学校的门外！这种无理的态度，在儿童立刻可以辨别。在儿童看来，那种冒渎的坚苦的崇高——因为充分意识他们的“距离”，视“屈”的一事为种种“错误的态度”的原因，而深怕这“屈”——是最奇妙、最可笑的态度。这种性质宜于官僚主义者。在少年教育上不要官僚主义！

我在这书里——像在我的教育学的基础科学中一样——不是为教育家的艺术活动而详细地论理地建设基础。我不要琐细地分析，而欲活活地综合。我不是要从教授活动与教导活动的各领域援例，而明示在教师的人格的心中的材料各应该如何选取适当其特性的形式。古来的真理，即对于儿童有教育的效果的某物，必常因了泼辣的人心的力而形成，换言之,必常因了泼辣的人心的力而构成。这古来的真理,我想在这书里用我从教育家的经验得来的新鲜的例来表明、证明[1]。读这解说的人们,也可感到用同样的方法来构成自己的自我的刺激,而用这方法来表明、证明这真理。

艺术教育所给我们的杂多的问题,仅不过其一部分被解决而已,其多数依在还是细工物。多数从最初只是外面的装饰,是没有内面的正确的教育学。"突然"研究艺术教育的人们,愤慨、失望,再归于"实验过了的古来的教育",而把它斥逐到教育学的"变戏法"中,原是无足怪的事。

这书,大约可以不再导人入于失望。在这里或者可明白:艺术教育决不是从外面拿来附加上来的东西,而是一切真的教授活动、教育活动所必不可缺的生命的要素。因了本书的示例[2]必可明白:艺术在实际的教育中与虚饰成正反对的事,以及"教授法上的艺术",而在材料中,在儿童的心中,均必须有一种力有效地活动着的教授法。这书或可指示没头于艺术、没头于教育及突入那个问题的事,因为只有艺术的教育与教育艺术结合而进的时候,这特殊的问题可得解决。

据我的判断,艺术教育运动的先驱者们信为必须由艺术的要求送入新的材料新的科目于教育经营中,是他们所犯的大误。艺术的要素,不是从教育活动全体中取去的或切断的,而是一个有机的必要的成素。倘没有它,全体就不能正确地发达。倘教授全体适合于论理的要求,倘教育活动全体适合于道德的要求,那时候特别设论理的时间,特别设道德

---

〔1〕　此书又名《教育艺术的理论与实际》,其理论部论述教育艺术的解说,实际部列举历史、地理、理科等教授实例。现在我所译的是其理论全部。——译者注

〔2〕　指本书之实际部。——译者注

的时间,差不多是无益的了。——同理,要使满足美的要求,而为之特设时间以教授艺术,也近于无益的事了。

美的要求,包拥着全体的教育问题。这与伦理的要求、论理的要求同是从教育学的基础科学上支生出来。这是前提,是全体的建筑物所立的基地。美的要求与伦理的要求、论理的要求同是关于形式的性质的,不是材料的。故应该要与它们同样地是不限制于一科目,而贯注全体、构成全体的。

以上我所说明的,是指导观念的特色及其基础的建设。现在我要在话的进行之先,一说其"实地"。又要把所思考的杂多的情形概念地配列一下。所以如此者,因为要把这"实地"照实践的行为的"集合音"——我觉得以此比拟一个简单易明的音韵,不如比拟许多音集成的交响乐〔1〕——而明了地写出,常常不可能的原故。

我对于这书,选用"艺术教育"与"教育艺术"的二重的标题。这两个名词从同一的成素成立,只是其限定语与根语交换职司而已。在这两种概念之间,实际上有根本的差异么?我是仅用其一个概念不能满足的么?考虑着何者佔上位,何者佔下位的么?或视两方为同等的权利而评价的么?

人们因为艺术教育骚扰了时代,故大家晓得"艺术教育"。这意思就是"倾向艺术的教育"。即教育儿童们,使鉴赏艺术,使充分理解我们的伟大的诗人的作品,造形美术的制作,可怀念的纪念建筑,音乐中的易理解的作品,而引以为教师自己的快乐。"教授"儿童的,就是这等一切艺术。关于各领域的艺术教育的方法的许多文献,已经表现着。例如我的

---

〔1〕　本书前部即理论部,总标曰"序曲",后部即实际部,总标曰"交响乐"。——译者注

著作《叙事诗》，便是其一例。这是为儿童而培植艺术的东西。人们对于 Herbart 派的一面的教育理想、"目的是伦理"的教育理想，感到不充分，而主张必须改作为教育活动的全职能。人们肯定作成道德的善良的人为最优良的教育，是正当的。然以道德的性质为能给教育理想以充分的完全的特征，是不充分的。有科学的、论理的教养的人，艺术地感受。——倘自然不拒绝其才能时——艺术地活动的人，也非充分反省这一点不可。

在"教育艺术"的情形之下，这意思关于二重的事项。即第一是关于艺术的理解及艺术的鉴赏的教育。自然界的美的事物与文化，艺术的完全的创作，必须接近儿童的心，必须为儿童的艺术的体验。在这体验中，这就被再现地鉴赏，内面地追创作。第二，与引导其制作的态度也有关系。学生倘有这一点力，必须教育他使达于构成活动。他们对于各种艺术的技巧，渐渐得到初步的表现能力，渐渐升于熟达的程度。故儿童必须学习讲话、唱歌、写字、作文、作图案、描画、作黏土细工。他们必由体操、游戏、轮舞而给自然的愉快的美的刺激于身体的动作。又必使他们的全体的行进，全体的外观、服装、表情法，为受洗练的趣味的支配。这是艺术教育运动所要解释的话。

然我们就"教育艺术"而说的时候，就想到一种与此不同事。我们要用"教育艺术"一语来表现如下的事，即我们要把教育、教授的教师的全活动，即"人的教育"的行为当作一种近似于艺术活动、艺术行为的东西而着想。这不仅关乎提示良好的艺术品等事而已，也不仅关乎教授艺术的技巧的艺术科目而已。一切教育活动——倘他们是忠实于其职务的时候——以伦理的、科学的"加味"为必要，同理，也必含有艺术的加味，虽说必须像鉴赏理解优良的艺术品似的教育，又必须像实行艺术的技巧地指导,然而并不是因这原故而以美学为教育学的基础科学。但美学实际是教育学的基础科学。何以故?因为一切教育行为,不是仅取伦理的、论理的方向的,倘要到处——在美学以外的领域中——也施行有充分的价值的任务,非兼取美学的倾向不可。

对指导艺术教育运动的代表者,而非难其不懂适合于"教育艺术"的概念的艺术的材料与科目的,恐怕不是正当的事。在一九○二年,Heinrich Wolgast 曾经在德意志教员会议中要求:艺术在教授的时候"不可为实习,而必为原理"。又在一年前,普鲁士教育宗教省的代表者Brandi 于莱斯屯的最初的艺术教育会议的一天,强调地声言:"倘要我正确地解释诸君所讨论的事,这不是关于给与儿童们的艺术的力的教育的,也不是关于新的教育对象的,而宁是关于一个原理,即贯通从儿童室至大学的教育课业的全领域的一个原理的。"对于"教育艺术"的思想,已经有这样的意见。艺术的行为,究竟可否使为全非艺术的目的供职?这样的教育活动究竟是否必要?这种意见究竟是好是坏?对于这等问题,时代思潮完全沉默。

信仰"说教师"、历史家、地理学者、自然科学者——在要想把拙劣地、不完全地、非效果地、琐散地表现着的东西用泼辣的方法来组成的时候,——也是用艺术的表现手段的,且是必须用艺术的表现的手段的,这是在前面已经指摘过的事。在教授教育的教师、宗教教师,又历史、地理、自然学的教师看来,这是极重大的必要物。何以故?因为儿童与少年,不借感觉地构成的媒介——像大人地,像科学地教育起来的大人地——是不能理解概念的抽象与组成的。儿童因其最内面的自然必然性之故,不但概念地构成其概念的世界,而必须易于理解地、艺术地构成他的概念的世界。

　　我们又发现:必要的不仅是事物教授的科目,又遍及于形式教授的种种的领域。有艺术的性质的科目——即在其性质上有艺术地处置的绝对的必要的科目——如文学、作文、唱歌、图画、体操、手工等科目,当然不论;即使读法、讲话法、书法,以至算术、立体法等非艺术科目——倘要举教育的效果——也以艺术的加味为必要。

　　于是我们就可经验到这样的情形,即所谓儿童者——在必把我们当作人格而内面地体验的时候——就是晓得在我们自身中具有一种艺术的东西,一种儿童的人类的复杂的单纯化的东西,原则地规定对于儿童的我们的态度的一种样式的人。这恰与要驯染于某诗人的特质的时候,诗人的人格在我们看来终于变成艺术品同样[1]。

　　但现在有这样的一个疑问:艺术教育上的种种部类,尤其是艺术鉴赏上的再现的态度及艺术创作上的制作的态度,是否必须依照各艺术,依照各技术科目而分别?又教育艺术是否必须依照事物教授、形式教授各领域而割离?即是否必须把全体严密地、体系地割离,使成为各小断片而个别地独立?又把全体导入活的统一中,而两主要部分——艺术教育与教育艺术——的明了的区别也全然不现于外面,是否可行?这是教育学的实际所每天新鲜地实行着的事,但把种种的领域单一化,是否可行?

　　我不要作孰取孰舍的排他的行为。在我,以为个个的部分也是重要的,但全体也是重要的。且我深信,倘不规定严密的、体系的秩序,而采用两方,再制充满活气的全体,可成为更多的音响、更多的音调。反之,我没有计划,不能使读者诸君容易考察。故想用实例来说明特殊的事物

---

　　〔1〕　参照我的《叙事诗》第八节"叙事诗人的性格"。——原著者注

教授,即历史、地理、动物学、植物学、化学、物理;与特殊的"艺术教授",尤其是诗学与造形美术;以及最后的技术科目,即读法、书法、算术、唱歌、游戏、体操。然我当不严重地被束缚于这等——的领域内。我要杂多地、不规则地使用种种的表现手段、种种的教育手段。因为在教育学的实际上,在一切瞬间中有如此的必要。

"教育艺术"可说是特殊的题目。使之彻底的时候,就不过像循环的指导契机地浮游出"艺术教育"来。但"艺术教育"只是单一的契机,不是具有更丰富的内容而支配全体的契机。

教育艺术的实际示例

——"路灯夫人"观察教授法

Ernst Weber

〔序言〕

德国教育者爱伦斯德·韦裴尔(Ernst Weber)的《艺术教育与教育艺术》(*Kunsterziehung und Erziehungskunst*),分"序曲"与"交响乐"两部。"序曲"中所论述的是他所主张的"教育艺术"的理论,即如前篇。其"交响乐"是他所提示的教育艺术的实际,即小学校各种学科的"艺术的教授法"的实例,就中关于历史、地理、理科等各方面均有实例。现在摘译其中关于理科方面的最短简一讲《路灯》,即如下文:

我试用"路灯"的题目,来教第一年级的学生。或者称为"煤气灯"也可以,因为现在明亨(Miinchen)街上的路灯统是煤气灯。这些灯位在街路的两侧,每隔二十至三十米,突立一枝很高的铁柱,灯即装在柱的顶上。这种路灯颇有作教材的价值。

我不能把这种煤气灯的实物拿到学校里来,更不能连铁柱一起搬到学校里来,只好让它们立在街上。率领了我的一班小孩子到那种灯前面去授课,或者也可以;然而这我却不想。因为我的教室中挂着六盏煤气灯,很够用为观察手段了。我的小学生今天散课之后,或者自己会到街上去仔细观察那种煤气灯。我想来他们一定会这样。我要设法在教授时间中怂恿他们这样。

教育的构成

我们明亨的孩子们都喜欢到街上去,很小的孩子们也都这样。我四点钟回到家中,我的三岁的小孩子拉住我,要我带他到街上去。他对我说:"啊! 爸爸,同我到街上去!"才宝儿! 你也是这样的吧? 你一定也是这样。你们都说欢喜上学校,因为上学校要走过街路,好在街路上玩,或者走,或者跑,很是有趣,所以你们欢喜,是不是?

一定是的! 我晓得你们这样,所以前一点钟对你们讲了许多(关于)街里的事。哪晓得你们都已在街里看见过许多东西,做过许多事体,我真奇怪得很!

前一点钟讲些什么? 有人记得吗?

(我就令学生们把前一点钟所讲的几个题目简单地列举出来。关于警察的,关于修路工人的,关于卖菜女子的,关于街里的行人的,关于轨道扫除妇的及其他。)

好! 大家都用心,记得很好! 你们懂得许多(关于)街里的事,比我还懂得多呢!

但是有一件事我还要讲给你们听,是昨天的事体。大家听我讲吧:

昨天五点钟,我想回家去了。我很高兴连走过富伦士裴格街,心中正在想富利子,我想富利子为什么常常用食指来挖鼻子?——喏!你们看!现在又在挖了。——我又看看街路旁边的地上,想数数看,那里有几块石板。然而我不能数,因为我还要想,我想有什么法子可以教富利子不挖鼻子?还是把他的鼻子塞住?还是拿胡椒涂在他的食指上?我正在这样想,忽然前面一样东西撞了我一头,我的帽子从头上飞了下来。哼!我喝了一声,想要仰起头来骂他几句:

"你这家伙,为什么来撞我?走路眼睛张大些!街路上有人走的!你这混账东西!"

然而我并不骂。我被撞了一头,就此立停了。立在我面前的是谁?

"我是细长人!"

不错!我也这样想。我用手摸一摸他的腰,细得可以把握。他戴着闪亮的帽子,用铁做的帽子!两臂向左右伸开,两手握着拳。

这是怎么一回事?我想。教这个细长人站在路的中央做什么?难道是教他用他的石硬的骨头来撞人家的头的?他常常站在一个地方,似乎是从那地上生出来。我更仔细地看了他一回。觉得这可怕的瘦长妇人的确是生在那地上的,一步也不能向前后移动。啊!这是谁?你们想想看,这是谁?

(我暂时停顿。看到他们不容易解这谜的时候,我就插入助言。)

我想我要把这瘦长的女子照一个相才好。

(我拿起粉笔,一面讲下记的话,一面在黑板上描出路灯的图。)

(第一图。)

(我从下方描到上部。)

她不穿皮鞋,也没有脚。她穿着狭小的长袍,且在膝部束着一根带子,带子以上很是狭小。她的臂非常细,小小的可爱的拳同她的瘦长的身材全然不配。她的咽喉很瘦。但是她的头很大。尖顶的帽子上戴着一种首饰,变成很高很尖的帽子,好像兵士戴的兜。好了,富伦士裴格街里的瘦长妇人的像画好了。你们大家认识这妇人吗?

是的,你们都晓得我是在说笑话。你们都晓得这不是姑娘,也不是夫人,其实是一只路灯。然而在我们看来总当她是一位"路灯夫人"。

路灯夫人为什么拦路地立在街的中央呢? 不止富伦士裴格街中有她,宁劳裴格尔街中,达诃哀尔街中,车站的广场中,都有路灯夫站着。宁劳裴格尔街中站着几个路灯夫人? 你们几时到史谛格尔梅尔去的时候,大家到格林华尔德公园中去数数看。

煤气灯在街上,必须做什么事?

"有了煤气灯,我们在夜里也可以看见物事。"

煤气灯自己会使我们在夜里看见物事的么?

"不是,要在它里面点起火来。"

怎样点火的,你们看见过没有? 怎样把火点着来? 大家说说看。

"每天晚上天一黑暗,路灯夫就跑来。他拿一根长的棒,从下面插进路灯里去点火。棒的顶上先已点着火的。把棒伸进路灯里去,路灯就亮起

来了。"

不错！美喜儿看得很清楚,讲得很不错。

天上的星亮起来,

路灯夫人就想到:

"路灯夫在哪里了?

谁来给我点火呢?

不久天将要黑暗,

可怜人们就看不见了,

他们将看不见面前有什么事物,

他们将不晓得家在什么地方,

只听见路上的人的骂声,

只听见路上的人的脚音。

路灯夫急急地来了,

终于没有被警察晓得!"

谢谢！他一走到,

就像一百个太阳照出了。

美喜儿再走过来,指给我看,棒的哪一处是拿手的,哪一处是有火的。

(我把路灯的颜面揩去,改描一个加白热套的发光管。)

路灯夫为什么要拉那灯下面的环?

孩子们都已晓得拉环是使煤气发出的。我要使他们更详细懂得这事,拿教室里的一盏煤气灯来当作说明用的标本。

大家看,这教室中也有同路灯一样的煤气灯。我们来点一点火看,好不好? 怎样点呢?

"擦着一根火柴,拿过去点。"

路灯夫为什么不擦火柴?

"因为那太高了。"

路灯夫所用的叫做什么?

"点灯竿。"

你们看,校役拿一支点灯竿来了。我们来试试看这可不可以点火。谁来点?

先这样把点灯竿伸入灯中——然后怎样?

"这还不行。"

"要把螺旋捻一捻才行。"

哪一个会捻煤气栓的螺旋? 卡尔来捻螺旋? 裴克来点点火。

(这等动作都很紧张地过去。)

(真好得很! 顽皮的孩子们对于经验过数百回的旧事,居然会发生新的兴味。真是稀奇的事。)

我们再来仔细想一想:为什么一定要先捻螺旋? 煤气从哪里出来的? 为什么平常不走出来? 怎样走进管里去的?

现在要讲煤气诱导和煤气工场的事。你们大家都晓得建在莫斯亚哈的煤气工场。我们远远望去就晓得那是煤气工场。

"是的。那里有大的圆锅子,煤气就在那锅子里,我父亲说的。"

"我的父亲在煤气工场里做工呢!"

你们到煤气工场里去过没有? 孩子们都摇头。——都没有去过? 你们将来更大一点,更懂得了一点,我带你们到那里去看吧。

煤气工场里有许多许多的管子,把煤气送出来。这些管子埋在街路的地下,明亨的街路下面统有这种管子埋着。小路的地下也有管子。你们有人见过没有? 管子怎样装在地下的? 一段一段的管子怎样把它们连接起来,教它们走一定的方向? 比特洛学校的圆天井里也有大的煤气管装着。朝晨去洗浴的时候,我指给你们看吧。大管子分出许多细管子,细管子又分出许多更细的管子。好比树干分出树枝,树枝再分出小枝和细梢。屋脊上所看见的,就是煤气管的细梢。教室里的灯,每盏都连通一根细梢。

房屋的外面也有许多灯(学生们试举数例)。但就中最大的,是装在人行道中的高的柱顶上的路灯。

现在我们可以知道,路灯为什么要装得这样高?

想一想就可以明白:因为装得高,照着的地方可以大,人们要看远处的时候,往往把灯提高来。又因为装得高,可以不致被打破,那种不好的小孩子,恶作的大学生!

所以路灯夫人这样瘦长的。我们再来详细看一看。哪一部分最细,哪一部分最粗? 为什么不一样粗细?

路灯一定要立停在路上。人常常要撞着路灯。——脚踏车、汽车。(关于这事,学生们各述其经验。)

然有时路灯夫也要攀登到路灯的栓上去。

"这是因为他要扫除路灯。"

你们晓得路灯夫怎样攀登上去的? 像昨天马克使儿弄"攀登杆"[1]一样地,用了很多的气力爬上去的么?

---

　〔1〕 一种机械体操的用具。——译者注

"不是,用梯子的。"

梯子摆在哪里?

路灯夫人为甚样把两臂向左右伸开的? 路灯夫拿来的梯子为什么顶上有两个钩子的? 这等用处我们现在都懂得了。

"不要胆小!"路灯夫人对路灯夫说,"我挡住在这里。你不会滑下去的,只要梯子摆得好。"

路灯夫扫除什么东西呢?

"揩玻璃。"

为什么要揩玻璃?

"因为光要透过玻璃的。"

路灯夫人为什么要戴帽子呢?

"因为落雨可以不打湿。"

那么帽子上面为什么又戴着一个小帽子呢?

(对于这质问,孩子们不容易回答得不错。先要他们晓得那小帽子上有洞。再拿来同室内的灯比较一下,然后他们达得了这样的见解,即从上面出气的。灯的上下方如果没有洞,火就熄灭了。)

倘然我们头上没有洞,我们的呼吸就很苦了。火焰燃烧的时候,也一定要呼吸空气——同我们一样。

在煤气灯上,煤气从哪里进去的? 煤气灌在柱子里面。所以柱子一定要坚牢,一定要用铁来制造,可以不怕撞击。铁柱子是保护夫人肚子里的煤气管的外套。

倘然把栓放开了,或诱导管破坏了,煤气就漏出来。

(我再对他们讲煤气爆发的事。我把所记得的关于煤气爆发的事件详细讲给孩子们听。孩子们也把各自的经验讲给我听。)

　　X街有一个铜匠司务叫做牟勒,同他的妻和四个孩子一同住居着。他们的大女儿叫做富利达,年十一岁,小女儿叫做华儿,年三岁。他们晚上都睡在一间面向街路的房间里。有一天晚上,母亲忽然醒来,听见一个孩子呼吸很急促,似乎被塞住了喉咙。她想走过去看一看,就起身下床。哪晓得刚走了三步,她自己忽然觉得没有气力,就倒在地上了。父亲醒转来,并不晓得这回事,只闻得房间里有奇怪的气息。

　　"不得了,煤气!"

　　他这样一想,就尽力爬了起来,但手脚全然无力了。幸而还能够开窗,开门。他叫他的妻和孩子的名字,然而一个人不答应。他想点起灯来,这时候他才晓得煤气爆发了。他就喊救命。邻近的人都跑来了,同了警察和医生来。母亲和四个孩子就渐渐地活转来;然而最小一个孩子阿朵已经闷死了。别的三个孩子也生了好几天病,铜匠司务好几天不能做工。

　　后来人们来调查,煤气到底是从哪里漏出来的?他们家里的螺旋都关得很紧,找不出漏洞。后来在地下室中发现有煤气管子破裂,煤气是通过了地板而漏到寝室里来的。

　　还有故意用煤气来自杀的。四个星期以前,我在报纸上看见过一回事……(我又对他们讲了最近的一件新闻。)这种不幸的事也是常有的。(我又命孩子们把在家里从父母亲那里听到的事讲给我听。)

　　我们要当心受煤气的毒,或被煤气闷杀。所以大家要谨慎小心! 不要触弄煤气的栓,不要捻它。

　　你们都已经知道,路灯夫人待我们是很好的。她给我们照亮回家的路,同她同样的灯又照亮我们的房间。这是有益于我们的事,所以我们一定要好好儿待她。不然,她就要动怒,把低矮的人和小孩子统统杀死。

　　我所讲的话大家都记得了么？现在大家拿出石板或纸张来。你们会不会照黑板上的样子，每人描一只路灯？

　　来，大家一同画起来！（第三图）

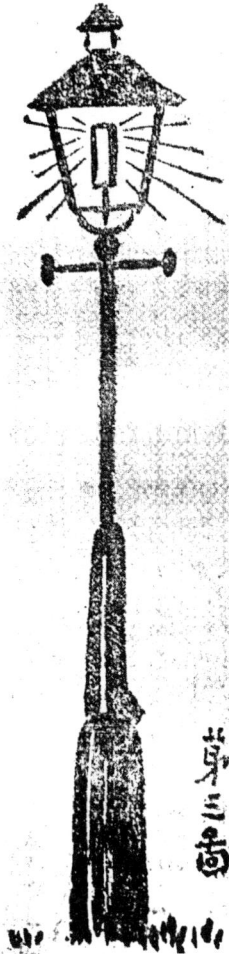

关于学校中的艺术科

——读《教育艺术论》

丰子恺

现在的所谓"艺术科"——图画、音乐等——处于与二十年前的"修身科"同样的情形之下了。善与美,即道德与艺术,是人生的全般的修养,是教育的全般的工作,不是局部的知识或技能。故分立一修身科,似乎其他的教育与道德无关;分立一艺术科,也似乎其他的教育与艺术无关。循流忘源,终于大悖教育之本旨与设科之初意,于是产生了一种机械的、不合理的图画音乐科的现象。先生都应该负训育的责任,善的教育可以融入一切各科中,这是合理的教育法。同样,描画与唱歌弹琴的练习尽管有,但先生照理也应该都负艺术的陶冶的责任,艺术科不限于图画音乐,艺术教育也应该融入一切各科中,方为合理的教育法。

试翻阅教育部所规定的课程标准或各学校的学科细则等,在艺术科的宗旨的项下,必定有"涵养美感""陶冶身心""养成人格"一类的话。这原是正当的、堂堂的艺术教育的宗旨。请先就其教育的原理约略检点一下:

教育,简言之,就是教儿童以对于人生世界的理解,即教以对于人生世界的看法,换言之,即教以人生观、世界观。人生非常崇高,世界非常广大。然看者倘然没有伟大的心眼,所见就局于一面,必始终不能领略这崇高的人生与广大的世界,而沉在黑暗苦恼之中,相与造成黑暗苦恼的社会与世界了。这崇高、广大的人生与世界,须通过了真善美的理想而窥见。教育是教人以真善美的理想,使窥见崇高广大的人世的。再从人的心理上说,真、善、美就是知、意、情。知、意、情,三面一齐发育,造成崇高的人格,就是教育的完全的奏效。倘有一面偏废,就不是健全的教育。

科学是真的、知的;道德是善的、意的;艺术是美的、情的。这是教育的三大要目。故艺术教育,就是美的教育,就是情的教育。学校中各种知识的学科都是真的方面的;各种教训都是善的方面的;所谓艺术科,就是美的方面的。故艺术科在全体学科中,实占有教育的三大要目之一,即崇高的人格的三条件之一。这是人生的很重大而又很广泛的一种教育,不是局部分的小知识小技能的教授。如何重大,如何广泛,可从人生的根本上考察而知。

原来吾人初生人世的时候,最初并不提防到这世界是如此狭隘而使人窒息的。只要看婴孩,就可明白。他们有种种不可能的要求,例如要月亮出来,要花开,要鸟来,这都是我们这世界中所不能自由办到的事,然而他认真地要求,要求不得,认真地哭。可知人的心灵,向来是很广大自由的。孩子渐渐大起来,碰的钉子也渐渐多起来,心知这世间是不能应付人的自由的奔放的感情的要求的,于是渐渐变成驯服的大人。自己把以前的奔放自由的感情逐渐地压抑下去,可怜终于变成非绝对服从不可的"现实的奴隶"。这是我们都经验过来的事情,是谁都不能否定的。我们虽然由儿童变成大人,然而我们这心灵是始终一贯的心灵,即依然是儿时的心灵,不过经过许久的压抑,所有的怒放的炽盛的感情的萌芽,屡被磨折,不敢再发生罢了。这种感情的根,依旧深深地伏在做大人后的我们的心灵中。这就是"人生的苦闷"的根源。我们谁都怀着这苦闷,我们总想发泄这苦闷,以求一次人生的畅快,即"生的欢喜"。艺术的境地,就是我们大人所开辟以发泄这生的苦闷的乐园,就是我们大人在无可奈何之中想出来的慰藉、享乐的方法。所以苟非尽失其心灵的奴隶根性的人,一定谁都怀着这生的苦闷,谁都希望发泄,即谁都需要艺术。我们的身体被束缚于现实,匍匐在地上,而且不久就要朽烂。然而我们在艺术的生活中,可以瞥见"无限"的姿态,可以认识"永劫"的面目,即可以体验人生的崇高、不朽,而发现生的意义与价值了。故西谚说:"人生短,艺术长。"艺术教育,就是教人以这艺术的生活的。知识、道德,在人世间固然必要;然倘缺乏这种艺术的生活,纯粹的知识与道德全是枯燥的法则的网。这网愈加繁多,人生愈加狭隘。即如前面所述,知识、道德、艺术,三者共相造成崇高的人格,一面偏废,就不健全。故学校中有知识科、教育科,同时必有艺术科。所以说:艺术教育,是人生很重大的一种教育,非局部的小知识、小技能的教授。

　　所谓艺术的生活,就是把创作艺术、鉴赏艺术的态度来应用在人生中,即教人在日常生活中看出艺术的情味来。对于一朵花,不专念其为果实的原因;对于一个月亮,不专念其为离地数千万里的星;对于一片风景,不专念其为某县某村的郊地;对于一只苹果,不要专念其为几个铜板一只的水果。这样,我们眼前的世界就广大而美丽了。在我们黄金时代,本来不曾提防到这世界里的东西是这样枯燥无味的,所以初见花的时候要抱它、吻它,初见月的时候要招呼它、礼拜它,哪晓它们只是无知的植物的生殖器与无情的岩石的大块。如今我们在艺术的世界中,即"美的世界"中,可以重番梦见我们的黄金时代的梦。倘能因艺术的修养,而得到了梦见这美玉的世界的眼,我们所见的世界,就处处美丽,我们的生活就处处滋润了。一茶一饭,我们都能尝到其真味;一草一木,我们都能领略其真趣;一举一动,我们都能感到其温暖的人生的情味。艺术教育,就是授人以这副眼睛,教人以这种看法的。所以说,艺术教育是人生的很广泛的教育,不是局部分小知识、小技能的教授。

要之,艺术教育是很重大很广泛的一种人的教育。所以如前所述,课程标准或各学校的学科细则等,在艺术科宗旨的项下,必用"涵养美感""陶冶身心""养成人格"一类的堂堂的话,原是十分正当、十分远大、十分认真的宗旨。

然而在目下的学校中,对于这正当远大的目的的手段,只是一小时的图画与一小时的音乐。一学校中,除了课程表上的"图画""音乐"几个字以外,别无艺术的香气了。似乎这一小时的图画与一小时的音乐,已能充分达到艺术科的教育的目了。但我很怀疑。我以为:(一)艺术教育——倘要切实地达到所定的目的——不是图画与音乐两种课业所能单独施行的;(二)况且学校中所实施的所谓图画、音乐,有许多是与艺术无关的工作。

一般学校之所以定图画、音乐为艺术科者,是因为图画、音乐易于养成人的艺术的趣味的原故。然而这只能说是"艺术科",不是"艺术教育"。现在一般学校,在"艺术科"项下用"艺术教育"的宗旨,即把艺术教育的责任全部卸在图画、音乐的肩上。倘艺术科果能完成代表艺术教育而奏圆满的效果,那当然是无所不可。然而图画、音乐只能说是"直接的艺术的教科",决计不能使艺术教育的全部通过了图画、音乐而达到其目的。何以言之?例如图画,教儿童鉴赏静物、鉴赏自然,不念其实用的、功利的方面,而专事吟味其美的方面,以养成其发现"美的世界"的能力;

教儿童描写这美,以养成其美的创作的能力。希望这能力能受用于其生活上,即希望其能用鉴赏自然、鉴赏绘画的眼光来鉴赏人生、世界,希望其能用像美的和平与爱的情感来对付人类,希望其能用像创造绘画的态度来创造其生活。这是"直接"用"艺术"来启发人的"艺术的"心眼,故可说是"直接的艺术科"。然而如前所说,艺术教育的范围是很广泛的,是及于日常生活的一茶一饭、一草一木、一举一动的。故不但学校中的各科,凡属人生的事——倘要完全地、认真地施行"艺术教育"——都应该时时处处"间接"地教以艺术方面的意义,先生——尤其是小学校的先生——应该时时处处留意指导儿童的美的感情的发达,与时时处处留意其道德品性的向上同样。然而在现今的学校中,这点是不行的。他们只有图画、音乐,除图画、音乐以外,——假定这图画、音乐的先生是真懂得艺术及艺术教育的——一校中全无艺术的香味与"爱"的面影。不美的校舍,丑恶的装饰,功利的先生,哪里去找寻"爱"的面影呢?故图画、音乐的不举真的教育效果,原是难怪的事。

请仔细想想看,人生之有赖于美的慰藉,艺术的滋润,是很多的。人生中无论何事,第一必须有"趣味",然后能欢喜地从事。这"趣味"就是艺术的。我不相信世间有全无"趣味"的机械似的人。劳动者歇在阴凉的绿阴下面的时候,口中也要不期地唱出山歌;农夫背了锄头回家时候,对于庄严灿烂的夕阳不免要驻足回头。何况于初出黄金时代的儿童?故先生对于儿童,实在可以时时处处利用其固有的"趣味",以抽发其艺术的感情,则教育的进行的道路必可平滑得多。国文、英文,自不必说,就是博物、理化、数学,岂仅属冷冰冰的机械的知识?艺术地看来,都是有丰富的温暖的人生的艺术的情味的,都是艺术教育的手段。艺术教育岂限于图画、音乐?今限于图画、音乐,而分立这二科为艺术科,使之独担艺术教育的责任,即使该二科的先生充分理解艺术与艺术教育,无奈只有二小时,且环境都无艺术的香气,众寡不敌,一曝十寒,其所奏的直接的艺术教育的效果也微乎其微了。

以上所说,"艺术教育不是图画、音乐两种课业所能单独施行",是假定这图画、音乐正确奏效的话。然而现今有的学校,所实施的所谓"图画、音乐",大都是与艺术无关系的、无意义的或卑鄙的东西。结果学校中全无"艺术教育"的一回事,却另外添了几种无意义的或卑鄙的怪现象,图画,请一个"会画"的教师;音乐,请一个"会唱"的教师;校长先生的能事已毕了。先生到校上课,教务长领导入教室,说几句介绍辞,跑出教室,关上门,教务长的能事也已毕了。至于设备,音乐教室中,一块黑板是当然有的,一只小风琴是特别的。图画可以用普通教室。学生个个空手端坐,似乎图画用具是不成问题的。叫他们拿出用具来,拍纸簿、道林纸、邮政局里用的或电车卖票用的铅笔。这上课完全是不诚意的。同时艺术科教师,也就被轻视。"艺术科教师",如果当作"艺术教育的教师"或"教儿童以艺术的教师"解说起来,是非常重要的人。且艺术科以外的其他各科中既然全无艺术的香味,全不负艺术教育的责任,而叫图画、音乐两科来共负"艺术科"的名称,那么,艺术的陶冶的责任应该是限于图画、音乐教师所负的了。然而试观现在的学校,似乎图画、音乐教师并不重要;不但如此,又似乎是最轻易的。图画、音乐二科在课程表上,犹之药方上的轻头药味,为凑成一个汤头的形式而附加的。国文、英文、数学,是切实有用的知识,所以最尊;至于画画与唱歌,在办学者,在学生,都似乎觉得是轻头功课。故其教师,薪水也比别科教师薄一点。别科要考试,图画、音乐不要考试;别科不及格要留级,图画、音乐不留级。在这种情形之下,分明艺术科教师是很不重要的。

　　所以办学者聘请艺术科教师,但以"会画""会唱"为选择的标准。其教师也以教学生"会画""会唱"为最高目的。故一旦请到了一个专门的"画家"来担任图画,似乎是最优待学生了。在"画家"的教师,也以为我是专门画家,教你们普通学校的中学生与小学生是绰绰有余的了,是委屈的了。于是教的时候,就以自己为模范,一味课以专门的技巧,似乎希望中学生小学生要个个像他一样地做了专门的画家才好。在这种教课之下,不知浪费了多少儿童与青年的努力!"画"是一事,"教画"又是一事。即"画家"与"图画教师"是不同的两种人,如前所述,依艺术教育的原理,图画科的目的不在作成几幅作品,即不在技巧的磨练,而在教以美的鉴赏力与创作力的,以养成其美的感情,使受用于其生活上。故但以"会唱""会画"为音乐图画教授的目的,是大错的见解,又是普通最易犯的误谬。

　　然而请真的专门的画家教图画,比较的是犹可的。因为画家终究是艺术家,虽然不谙熟教育与教授法,然其与教育家的相去还不很远。最可虑的,是充其"会画""会唱"的目标的极致,全无教养的戏子可为音乐教师,全无教养的漆匠司务可为图画教师了。

　　仅以"会画""会唱"为目的,上图画课就像广告画匠的教徒弟,上音乐课就像教鹦鹉。模写、擦笔肖像画,都可为图画的教材;小调、京调,都可为音乐的教材。然而普通中小学校的学生,是学做人而来的,不是要做画家与音乐家而来的,更不是学做广告画匠与戏子而来的!倘然毕业后真能做广告画匠与戏子,倒也可以吃饭;然他们每星期只有一小时的教练,恐怕不能修成画匠与戏子吧!这样看来,这种图画科与唱歌科是全然无用的徒功,是与教育完全没有关系的玩要。他们聚数十青年于一堂,堂皇地摇铃、上课、点名、批分,试问所赶何事?图画、音乐的上课,实在太滑稽了！做人，不一定要会画画，不一定要会唱歌。不画画，不唱歌，尽能做一个很好的"人"。"生活"是大艺术品。绘画与音乐是小艺术品，是生活的大艺术品的副产物。故必有艺术的生活者，方得有真的艺术的作品。从这意义着想，就可明白怎样才是真可称为"艺术科"的"图画"与"音乐"了。

要之，"艺术教育"与普通所谓"艺术科"，意义不是一致的。学校的艺术教育，是全般的教养，是应该融入各科的，不是可以机械地独立的，也不是所谓艺术科的图画与音乐所能代表全权的。即美的教育、情的教育，应该与道德的教育一样，在各科中用各种手段时时处处施行之，就中图画或音乐，仅属其各种手段之一，即直接用艺术品来施行艺术教育的一种手段而已。全般的艺术教育是"大艺术科"，图画、音乐是"小艺术科"。平素有大艺术科的教养，小艺术科的图画、音乐方得有真的意义。否则图画与音乐决不能独立而奏圆满的效果。这又可拿修身科来比方：艺术教育犹之训育的全部，图画、音乐犹是修身科中的礼法实习。今置全般的艺术教育于不问，而但授两小时的图画、音乐，犹之平素全不注重训育，对于学生的日常生活的行为、品性全然不问，而仅没一小时的作法，使在这一小时中做戏似的演习道德的礼仪，岂非无理之事？

怎样把艺术教育融入教育的全部中呢？就是最近德国教育学者Ernst Weber 的所谓"教育艺术"（Erziehungskunst）。他在一九二四年发表《艺术教育与教育艺术》一书。书中分理论与实例两部。理论部说明教育艺术的意义，实例部提示历史、地理等，各科教授的实例。Weber 的所谓"教育艺术"的主张的大意，可从下列的几段话中窥得。

"美的要求，包拥着全体的教育问题。这是与伦理的要求与论理的要求同样地从教育学的基础科学上派生的。这是前提，是全体的建筑物所立的基地。……"

"唯有能用孩子似的直感与孩子似的感情来体验，而能忘却自己为一个已经成熟的大人的人、能像孩子地游戏的人，能做教育的艺术家。……"

"我们要把教育，教授的教师的全活动，人间教育的全行为，当作近似于一种艺术活动、艺术行为的东西而着想。……"

"一切教育行为，倘要实行其充分地有价值的任务，应该不但取伦理的、论理的方向，必须又取美学的方向。……"

"有艺术的性质的科目，即文学、作文、唱歌、图画、体操、手工等科目，自不必说；就是读法、讲话法、书法、自述等非艺术的科目——倘要举教育学的效果——也必需那种艺术的加味。……"

该书的日译者相良德三的日译本的序言中，也有这样的一段话：

"现代艺术教育的先驱者的 Weber，在今日对于所谓艺术教育似乎已经不甚有兴味，不甚置重了。这在他这书的"序曲"（即理论部）中已经表示着。他以为今日的所谓艺术教育，只是就几种艺术的科目，例如图画、唱歌、作文等上所行的教育布局；别的大部分的科目，依然根据于兴味索然的、记忆偏重的教育法。Weber 对于这现状似已感到非常的不满意与教育的罪恶。据他所说，真的艺术教育，不是仅行于几种科目上的，是普施于小学校的全科目上，历史、地理、理科自不必说，即在算术、讲话法、读法、书法、手工、体操及其他一切科目上，也必普遍地施行。不然，全科目的学习必终于不能成为儿童的有生气的体验，不能收得真的效果。他在这画里，发表他的新意义的艺术教育、真意义的艺术教育，换言之，即教育艺术的主张。……"

聪明的读者,看了上揭几段话,早可会得所谓教育艺术的全部的意义,不必再读我的拙劣的译文了。

Weber 的教育艺术的主张,在今日未为定论,反对他的人也有。但在现代的艺术教育论坛上,他是最热心的一个倡导者。他的主张,乃根本于热诚的教育心而发。故在事实上或有难于实现之点,但其目标高远,论旨深广,实为现代艺术教育界之警钟。

关于儿童教育

丰子恺

一　儿童的大人化

卢骚的《爱米尔》的序文中说:"他们常在孩子中求大人,他们不想一想,未成大人时的孩子是什么样的一种人。"这话的意思是说:大人因不理解孩子,而强迫孩子照大人自己一样地做人。这是一般的儿童教育上的病根。

大人和孩子,分居两个不同的世界。所以不同者,是为了我们这世界里有不可超越的大自然的定理,有不可破犯的人为的规律,而在孩子的世界里没有这些羁纲。孩子要呼月亮出来,要天下雪;这便是因为他们不会懂得这世间的月有朔望,天有冬夏的原故。我们在这等时候,只能为他解说,想法移转他的注意,使他忘却刚才的要求,或者禁止他的要求。然后这是忘却,是被禁止,不是他们已经懂得朔望、冬夏的道理。我在这等时候,往往感到一种悲哀:我实在不愿意阻遏他的真挚热烈的欢喜和要求,然而现实如此,我又实在无法答允他的真挚热烈的要求。我对他只有抱歉我们的世界的狭窄、痉挛又不自由,无以应付他的需要。这真是千古的憾事,千古的悲哀!

　　如果强迫或希望孩子懂得大人的世界里的事,便是卢骚所说的"在孩子中求大人",那更是可悲哀的事了。例如据我所见的实例:有的父母教孩子储蓄金钱。有的父母称赞孩子会节省金钱。有的父母见孩子推让邻人给他的糖果,说他懂得礼仪而称赞他。有的父母因被孩子用手打了一下,视为乖伦,大怒而惩罚孩子。有的父母教孩子像大人一样地应酬,装大人一样的礼貌。有的父母称赞孩子的不噪而耐坐。——这等都是不自然的、不应该的;都是误解孩子、虐待孩子。因为金钱的效用、孝的伦理、谦让的礼貌,以及自己抑制的工夫,都是大人的世界里所有的事,在孩子的世界里是没有的。孩子的看法,与大人完全不同:在他们看来,金钱是一种浮雕的玩具,钱票是同香烟牌子一样的一种花纸。明明欢喜糖果,邻人给他,为什么假装不要? 他们不听父母话的时候,父母打他们;父母不听他们话的时候,他们也不妨打父母(打的一动作的意义,他们还没有明白。孩子的动作都是模仿大人的。如果大人不曾打骂过孩子,孩子决不会打骂别人)。又揖让进退,实在是一种虚饰的、装鬼脸之类的动作,他们看来如同一种演剧。游戏、运动,在他们是出于自动的、最幸福的生活;而不喧噪或耐住,在他们看来,是同被拘禁一样的。往往一般大人称赞孩子的会储钱,懂礼貌,不好动,说"这真是好孩子!"我只觉得这同弄猴子一样。把自己的孩子当作猴子,不是人世间最悲惨的现象吗?

　　猴子与人类的差别,大家都可以想到,是猴子不像人地有理性,猴子群不像人类社会地有组织,有道德,有法律。变戏法的人把猴子捉住,强迫他学人的态度。起初教练的时候,对猴子杀一只猫。即假作教猫,猫不会学,就把它一刀杀死,以警戒猴子。以后教练猴子,猴子就慑服而勉学人的举动了。这种现状,谁也知其为悲惨的;独不知人们的教练自己的孩子,正与做戏法的人教练猴子一样! 无理的威吓、体罚,在孩子看来,同猴子看杀猫一样。例如我所见闻,父母们教诫孩子时,常用种种威吓语,如"老虎来了!""拐子来了!"等语。这等话在大人听来,都晓是说说而已,然而全未阅世的孩子听了,是确信为真的! 试设身处地为他们着想,这种威吓何等有伤害他们的小心! 这全与杀猫给猴子看一样。凡此种种残酷的待遇,都由大人不理解孩子,而欲强迫孩子照大人一样做人而来。这种教练的结果,是养成许多残废——精神的废残——的儿童。大人像大人,小孩像小孩,是正当的、自然的状态。像小孩的大人,世间称之为"疯子",即残废者。然则,像大人的小孩,何独不是"疯子""残废者"呢? 世间有许多父母们在把自己的孩子养成"疯子""残废者"! 疯子的儿童,残废者的儿童,长起来,一定不会变健全的大人,一定不能为人类造福。

常常听人说述古今名人或伟人的传略,有许多人幼时是不轨的狡童,有的怎样会玩弄私塾先生,有的怎样会闹祸,有的怎样不肯用功……我想来这确有可信之处。玩弄私塾先生,闹祸,不肯用功,正是健全的儿童的表征。服从、忍耐、不闹祸,终日埋头用功,在大人或者可以做到,但这决不是儿童的常态。儿童而能循规蹈矩,终日埋头读书,真是为父母者的家门之不幸了。我每见这种残废的儿童,必感到浓烈的悲哀。有的孩子会代母亲敲打丫头。有的七岁已经缠足,挂下一双小脚,端坐在高大的太师椅子里。有的八岁还要人抱。有的九岁已经戴瓜皮帽穿长衫马褂。有的十二岁已会吸烟。世间被虐待的儿童不止我所见的几个。啊,悲惨的世界!

这种"儿童的大人化"的实例,据我所见,可分四种,即:儿童态度的大人化;儿童服装的大人化;玩具的现实化;家具的大人本位。今逐述之于下：

　　数年前我曾经在一个国民小学里教图画。我跑去上课的时候，许多七八岁的孩子在室外游戏，对我笑、叫、跳。忽然一个主任先生在后面喊骂着说，"先生来上课了，还不晓得进来对先生行礼？"于是孩子们像一群老鼠地钻进了教室去。最后我跨进教室的时候，看见孩子都已坐得很整齐。忽然一个尖小的声音叫"一——"，许多孩子像机器地一律站了起来。又听见这尖小的声音叫"二——"的时候，孩子们一齐向左右跨出一步，（因为两人合坐一长桌，在长桌前不便鞠躬，各向左右跨出一步，则前方已空，鞠躬时可无阻碍），像兵操一样。再来一个"三——"，大家深深地向黑板鞠一躬。这时候我正从教室后面走来，还没有走到讲桌近旁。我对于这种机械式的行礼，大为不快。我那时觉得孩子们个个变成木人头或机械的一部分。刚才对我笑、叫、跳的时候的真挚可爱的态度，现在已完全消灭，而变成了这个机械的、冷酷的、无情的、虚文的"一——二——三——"！这叫做"礼"？我实在不愿受你们这个"礼"，因为你们对我的敬礼，反而使我悲哀！

　　后来我又到一家人家去，家里的大人拉过一个三四岁的孩子来，用指推他的小头，说"叫声伯伯，鞠个躬！"那孩子像鹦鹉地喊出"伯伯"，对着我身旁的桌子脚像猴子地打了一躬，茫然地跑了开去，这回又使我回想起那小学校里的"一——二——三——"，又增加了我的不快。这是我所见的儿童态度大人化的一例。

　　我看报的时候，常常瞥见一个头极大而身极短小的时装女子，似乎是清导丸的广告画。这种目的在惹人注意的滑稽的广告，我觉得实在太恶劣，太不雅观，不应该每天堂堂地登在报纸上。不过药商专为引注意，报馆专为收得广告费，雅观不雅观向来不计，别人自然也不必顾问了。

可是我常常看见,总觉得讨厌。

不料这头极大而身体极短小的时装女子,近来我竟看到了实物。上海滩上所见的装束,前襟之短仅及脐部,下端浑圆如戏装的铁甲,两袖像两块三角板,裙子像斗篷,是极时髦的女装,穿的是极时髦的明星之类的女郎。不料现在这里装束竟不仅用于女郎,连七八岁的女孩也服用了。我常常看见,马路上有这样装束的母亲携着这样装束的女孩,望去宛如大型小型的两个母亲,而小型的更奇形可怕。

现在要先就服装的美恶谈一谈:这种服装,本来是适于大人而不适小孩的身体的。为什么原故呢? 因为大人身体长,头长与身长的比例大概是一比七或六;小孩的头很大,身躯很短,其长度比例七八岁的是一比五,五六岁的是一比四,二三岁的是一比三。这是绘画上的 figure drawing(人体描法)所实验得来的定规。根据这定规,可知大人头小而身体长,孩子头大而身体短。依照美学上或图案上的方法,身体长的,衣服不妨全身分作两段(例如马褂、长袍),可使全身各部的长短比例相差不致太远,即头部(头)、胸部(马褂)、腿部(长袍)各部大小长短互相近似,又互相不同。凡长袍马褂、旧式女装、西式女装、西式男装,都根据这个法则,把全身分为三部,使各部形状各异(多样),而又相差不远(统一),就合于美学上的所谓"多样的统一"的法则。这是东西不约而同的一般大人服装的原则。

至于小孩子呢,前面已经说过,头部比身部大约是一比五、一比四之数。这比例已均调和,即已经互相变化而差异又不太远,即已经适合"多样的统一"的法则了。所以小孩服装,宜乎用直统的长衣,下方露出一段脚胫,如一般的洋装。如果也照大人把全身分为三段,因为分得太琐碎,各部的比例过于近似,即"统一"太多而"变化"太小,就不好看了。所以我国寻常小孩的装束(即短衣裤),实在不及长袍下露脚胫的西洋装好看。以上是我对于服装美恶批判的根据。

现在把七八岁的小孩子装成同母亲一样,实在是很不合理的,硬做的"孩子的大人化"。试看孩子的很大的头与缩短的上衣,大小几乎同样,下面的裙子也不过略长一点,最下方又有琐碎的两点小脚,这是何等比例不恰好、何等乱杂、何等散漫无章的章法!

不但不美观,我对之实在生起一种非常的恶感:这望去明明是一个女郎,但这是残废的、奇形的、清导丸广告画中的女郎! 她的母亲携着她走,我不肯相信这一对是母亲与女孩,只觉得是一个大型妇人和一个小型妇人。她走近我身旁的时候,我觉得非常可怕,不期地起了一阵战栗,我似乎看见了做戏法里的矮人,不敢逼近她去。我打量这女孩的面貌,想象她包在这服装里的裸体的身材,其实是很美的女童的肉体,一定也有与画中的安琪儿一样美的曲线,一样美的肉色。这本是很可使我亲爱,很可使我接近的一个女孩子;但是现在包在这奇怪的服装内,不但我觉得可怕而不敢接近,恐怕有目的人,谁都要对她起恶感的——除了把她装成这般模样的人以外。

把她装成这般模样的人,大约是她的父母,居心用意何在呢? 这又不外乎出自"孩子的大人化"的心理。

与这奇形女孩配对的,有前述的戴瓜皮帽、穿小马褂和小大衫的七八岁的男孩,这种小型男子在中国到处常有,大都由大型男子——他的父亲——携着走路。这两人真是"佳偶"。这是我所见的儿童服装大人化的一例。

我曾寓居在火车站旁边,火车每天来往十几次,一小时以内,窗外总有一次火车经过。又车站上常有汽车来去。因此家里的小孩子,对于火车、汽车，印象特别深刻，每天的游戏，总离不了火车、汽车的模仿。譬如两只藤椅子连接起来，当作汽车，前面的开龙头，后面的坐汽车。又如积木，六面画，接长起来，一端高起一张，就当作火车，口中叫着"汪——汪——"在桌子边上开驶了。四岁的那个孩子，对于车的想象力更强。凡看见一长列而一端高起的形象，都想象作火车，口中叫起"汪"来。凡看见"乙"字形的形象，都想象作汽车，口中叫出"咕，咕，咕"来。甚至有一次四个人携手成横列，我在一端，三个小孩在他端，他们就想象我是火车龙头，他们是三辆客车。

我因为他们对火车、汽车这样憧憬，有一天到上海去，晚上就在永安公司买了铁叶制的一辆汽车、一个火车龙头和一部客车，回来给他们。我在途上预料，他们一定非常满足，而且可玩不少的时日了。哪晓得回家已经黄昏，给他们一弄，到就睡的时光，他们已经厌倦了。明晨我起来的时候，看见铁叶制的实形的小汽车、火车被委弃在桌子的一角，而孩子仍在桌子边上开驶他的积木的火车。

因了这事实，我恍然悟到现实化的玩具的失败。想象的世界是最广大的，尤其是在小孩子，阅世未深，想象的翅膀任意翱翔，毫无拘束，其世界尤为广大。故他对于积木堆成火车，可以在小小的每一张上想象出车窗，车梯，窗内的乘客，乘客中的母亲，母亲怀里的孩子，孩子身上的新衣服，新衣服上的蝴蝶花……无穷尽的兴味。如今买到了一辆照实形缩小而会走的铁叶制的小火车，现实毕露在眼前，况且设备远不及实物的完备，行走远不及实物的自由，贫乏、枯燥、毫无耐人寻味的地方，难怪他们不到一黄昏就要厌弃了。因为前者是"无限"，后者是"有限"；前者是"希望"，后者是"实行"。这虽然是我的孩子的实例，然而这个是人类共通的道理，所以我敢决定一般的孩子都有这种心理，即一般的孩子都不欢喜现实化的玩具。

　　玩具可以分作下列三类：

$$
玩具\begin{cases}
(1)运动玩具——小脚踏车、毽子、皮球…… \\
(2)玩赏玩具——摇鼓冬、氢气球、棋…… \\
(3)模拟玩具——人形、小火车……
\end{cases}
$$

　　其中第一种，目的在于运动练习。如小脚踏车、小汽车等，自然也含有模拟的分子，但注重运动，故不妨称之为运动玩具。第二种与第三种分类法似觉欠妥，因为一切模拟实物的玩具，是供玩赏的，都可叫作玩赏玩具。然我的意思，凡模拟实物的玩赏玩具，特别提出来，称之为模拟玩具。其不模拟实物的部分，称之为玩赏玩具。例如人形(这是日本名称，在中国有的叫做泥菩萨，有的叫做洋囝囝，然均不妥。不得已，暂时袭用日本名称)，是模拟人的形状的，小火车是模拟火车的形状的，虽然统是供玩赏之用的，但可特别称为模拟玩具。至于氢气球、摇鼓冬、吹叫子、六面画、菊花摺(一厚纸制的摺子，放开时每两板之间开一菊花)等，并非完全模仿实物，或世间没有同样的大型的实物，统名之曰玩赏玩具。玩具之中，模拟玩具居大多数，玩赏玩具与运动玩具次之。

　　模拟玩具最多，然良好者最少。有的质料不佳，有的形式不佳。而其重要的缺陷，在于形式的不佳，即形状过逼近于实物。因为过于逼近实物，就像前述地如数表出，不复留下任儿童想象的余地，而玩具的兴味就容易穷尽了。

　　我觉得所见的模拟玩具中，无论东西洋货或中国货，都有模拟太甚的缺陷。大人有火车，小孩有照样的小火车的玩具；大人有椅子，小孩有照样的小椅子的玩具;大人有大菜台,小孩有照样的小大菜台的玩具;甚至有银制的小船,黄杨木雕刻的小车,做得各都与实物一样,各件都不缺少。近来市上有技工极巧的冥器店,纸糊的面盆、热水壶、箱子、水烟筒,远望去光泽色彩全与真物一样。模拟太逼真的玩具,真同这等冥器一样。

做玩具或购玩具的人,第一要明白,这是玩具,是孩子们玩的玩具,不是实用的,也不是冥器。如果他明白了是儿童的玩具,他就应该再想儿童是什么样的人? 玩具对儿童有何效用? 儿童是什么样的人,在前面我也略略说过;玩具对于儿童有何效用,大致如下:

玩具无非是给儿童练习身心的发达的,所以一切玩具,在效用上说来,可分类如下:

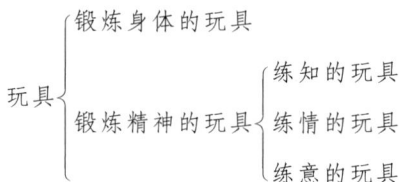

$$
\text{玩具}\begin{cases} \text{锻炼身体的玩具} \\ \text{锻炼精神的玩具}\begin{cases} \text{练知的玩具} \\ \text{练情的玩具} \\ \text{练意的玩具} \end{cases} \end{cases}
$$

锻炼身体的玩具,是运动玩具。练知的玩具与练情的玩具,是模拟玩具与玩赏玩具。练意的玩具,有属于运动的,如毽子、球等,有属于玩赏的,如棋等。

以上四种练习中,以练情为最复杂、最暧昧。因为练身体,目的专在给孩子以适宜的运动;练知,给以种种世间的知识;练意,养成其坚确向上的意志;至于练情,混统地说,养成其健全的感情,然而这"健全"二字,所包含太广,所指太泛,不易认定目标,不易指定目的。形色能给儿童的眼以很深的印象,声音能给儿童的耳以很大的影响,这等印象与影响,都能左右他的感情。所以广泛地说，一切玩具的形色声音，都于儿童的感情有影响。

"想象"，是儿童的一切感情之母。凡审美、同情、信仰、爱慕等，都因想象的发达而进步起来。所以制造玩具，须一面求形式的美好，一面给以引起想象的机会。即模拟玩具宜取大体的轮廓，大体的姿势，即不可如数如实地表出，而须任其一部分于儿童的想象。换言之，即宜用暗示的形式。

常见江北穷民之旅食于南方者，以卖简单的玩具为业。他们的材料很粗陋，不外乎泥、纸、竹、铁丝。形色也很简单，价也很廉，不过二三个铜板。然而我看见这种叫卖玩具的江北人，总留心选买。他们这种粗陋简单的玩具中，仅有许多价值极高的玩具，真是值得赞美，应该奖励的。例如旋动的鼓手、会叫的泥鸡、不倒翁、大阿福，比较起黄杨木制、银制、明角制的蠢笨的与实的坑具来，玩具的价值、美术的价值，都要高到数百倍呢！

蠢笨的、写实的玩具的造出与购买，也是因于"孩子的大人化"的心理。他们以为小人是"小形的大人"，所以该用小形的车、小形的船……

家庭生活的大人本位，是大人蔑视孩子的最明显的证据。例如家庭间的日常谈话，起居饮食，家具设备，都以大人自己为本位，孩子为附属，或竟不顾孩子。

第一，家庭间的日常谈话，是孩子所最苦的。大人们虽然有时理睬小孩，例如喊他"来洗脸"，禁止他"花采不得！"然在他都是冷酷的、命令的、干涉的。即使有似稍温暖的话，也都是断片的、非诚意的。例如偶然问他"你的糖好吃否？""今年几岁？"在大人是当作游戏，同他开了玩笑，讲不到一二句话，大人就舍弃不顾，管自己谈儿童所不懂的别的话了。

一般的家庭间,难得有一个大人肯费一刻钟工夫,同小孩子讨论一件小孩子的事,或为他们讲一节在他们有兴味的童话故事。

尤其是客人来时,那种客气的态度,客气的说话,更是小孩子所莫名其妙的了。当那时候,小孩子如要询问大人或恳托大人一点小孩子的事,就要遭大人的暗斥,或置之不理了。而且有的客人,与小孩子素不相识,却唐突地要来抱弄他,发出犬吠狼嗥似的怪声,对小孩子调笑。更有一种女客,硬要给他几个铜板或角子——在小孩子是无用的铜板或角子。

第二,家庭间的起居饮食,自然统是大人本位的。大人睡眠八小时,每天吃三餐,但小孩子是不足的。因此小孩要早睡或午睡,要吃小食。但是大人以为这是非正式的,往往不给他们规定时间、分量。小孩多疳积病,全是为了大人只顾规定自己的餐数,而不为小孩规定食的时间与分量,因而致病的。

第三,一般家庭间的家具设备,如房屋、门、梯、桌、椅、床、栏杆、杯、碗、筷、瓢,都照大人的身体的尺寸而造,自然不适合于孩子。孩子不能自由开门,不能自由上梯,不能自由在桌子上做事,椅子很不容易爬上,爬时又容易跌跤。孩子不能自然在栏杆上眺望,杯、碗、筷、瓢在孩子都太重、太大。也有专为小孩子置备几件用具的,然普通也不过摇篮、小凳而已。

且一家中陈设最好的房室,小孩子总是无分的。例如客堂、书斋,甚至禁止小孩子进去。摇篮、小凳所放的地方,只在廊下等处而已。据我所见,有多数的家庭只顾面子,而不讲究卧室内房等客人所不到的地方。例如厅堂,大都陈设得非常清洁、华丽;而入其卧室,就像猪栏一样,只要可睡,可坐,可放置物件,就好,全不讲究其形式。小孩子的住室,当然就在这猪栏里。这种虚饰的家庭,最不应该! 这实在是牺牲小孩子的幸福来装大人的面子! 大人在装面子,小孩在为大人偿价!

上述四端,即态度、服装、玩具、家具,是我所见到的儿童的大人化的实例。这种不自然的现象的来源,在于大人的世界与孩子的世界不相交通。大人不能理解儿童,视儿童为小形的大人,种种奇怪的现象,就从此而生。

我常想谋大人的世界与儿童的世界的交通。有一天,我第一次窥见了他们的世界。这是我同情于儿童苦的开始。

有一天,我正在编明日要用的讲义,我的四岁的孩子闯进房间里来,要我抱他到车站上去看火车。我因为这讲义很要紧,不答允他,他哭了。我对他说:"现在我要写字,明天再抱你去。"他哭着回答我说:"写字不好,看火车好呀!"我就放下笔,勉强抱他出去了。一到铁路旁边,他就眉开眼笑,手舞足蹈地欢喜,两点很大的泪珠还挂在两颊上。我笑不出,我心中挂念着明日的讲义,焦灼得很。但看了他那种彻底的欢喜,我又惊讶小孩子的心的奇怪。怕人的汽车,嘈杂的火车,漫漫的田野,不相干的路人,在我看来与我毫无关系,毫不发生兴味;在他眼中究竟如何美丽,而能破涕为笑呢? 我由惊讶而生疑问,由疑问而想探索,我想同他交换一双眼睛,来看看他所见的世界,然而用什么方法可以行呢?

终于我悟到了:我的看事物,刻刻不忘却事物对我的关系,不能清楚地看见真的事物。他的看事物,常常解除事物的一切关系,能清晰地看见事物的真态。所以在他是灿烂的世界,在我只觉得枯寂。犹之一块洋钱,在我看了立刻想起这是有效用的一块钱,是谁所有的,与我有何关系等事;而在他看了,只见一块浑圆闪白浮雕,何等美丽! 因为如此,对于现在这车站旁的风景,我与他所见各不相同了。我就学他一学看,我屏去因果理智的一切思虑,张开我的纯粹的眼睛来一看,果然飞驰的汽车,蜿蜒的火车,青青的田野,幢幢的行人,一个灿烂的世界! 我得到了孩子们的世界的钥了。

我得了这钥,以后就常常进他们的世界。才晓得他们的世界原来与"艺术的世界"相交通,与"宗教的世界"相毗连,所以这样地美丽而且幸福。

世间的大人们,你们是由儿童变成的,你们的"童心"不曾完全泯灭。你们应该时时召回自己的童心,亲身去看看儿童的世界,不要误解他们,虐待他们,摧残他们的美丽与幸福,而硬拉他们到这枯燥苦闷的大人的世界里来!

二 童心的培养

家里的孩子们常常突发一种使我惊异感动的说话或行为。我每每抛弃了书卷或停止了工作,费良久的时光来仔细吟味他们的说话或行为的意味,终于得到深的憧憬的启示。

有一天,一个孩子从我衣袋里拿了一块洋钱去玩,不久,他又找得了一条红线,拿了跑来,对我说:"给我在洋钱上凿一个洞,把线穿进去,挂在头颈里。"我记得了:他曾经艳羡一个客人胸前的金的鸡心,又艳羡他弟弟胸前的银锁片。现在这块袁世凯浮雕像的又新又亮的洋钱,的确很像他们的胸章。如果凿一个洞,把红线穿起来,挂在头颈里,的确是很好看的装饰品。这时候我正在编什么讲义,起初讨嫌他的累赘。然而听完了他的话一想,我不得不搁笔了。或惊佩他的发现,我惭愧我自己的被习惯所支配了的头脑,天天习见洋钱,而从来不曾认识洋钱的真面目,今天才被这孩子提醒了。我们平日讲起或看到洋钱,总是立刻想起这洋钱的来路、去处、效用及其他的旁的关系,有谁注意"洋钱"的本体呢? 孩子独能见到事物的本体。这是我所惊奇感动的一点。

他们在吃东西的时候,更多美丽的诗料流露出来。把一颗花生米劈分为两瓣,其附连着胚粒的一瓣,他们想象作一个"老头子"。如果把下端稍咬去一点,老头子就能立在凳子上了。有一次,他们叫我去看花生米老头子吃酒。我看见凳子上一支纸摺的小方桌,四周围着四个花生米老头子,神气真个个活现,我又惊佩他们的见识不置。一向我吃花生米,总是两颗三颗地塞进嘴里去,有谁高兴细看花生米的形状? 更有谁高兴把一颗花生米劈开来,看它的内部呢? 他们发现了,告诉我,我才晓得仔细玩赏。我觉得这想象真微妙! 缩头缩颈的姿势,伛偻的腰,长而硬的胡须,倘能加一支杖,宛如中国画里的点景人物了。

他们吃藕,用红线在藕片上的有规则的孔中穿出一朵花来,把藕片当作天然的教育玩具的穿线板。吃玉蜀黍,得了满握的金黄色的珠子。吃石榴,得了满握的通红的宝石。

他们的可惊的识力,何止这几点? 在平凡的日常生活中,他们能在处处发现丰富的趣味,时时作惊人的描写。

我于惊奇感动之余,仔细一想他们这种言语行为的内容意味,似乎觉得这不仅是家庭寻常的琐事,不仅是可以任其随时忘却的细故,而的确含着有一种很深大的人生的意味。觉得儿童的这一点心,是与艺术教育有关系的,是与儿童教育有关系的。这是人生最有价值的最高贵的心,极应该保护、培养,不应该听其泯灭。

这点心,怎样与艺术教育有关? 怎样与儿童教育有关? 何以应该培养? 我的所感如下:

　　儿童对于人生自然,另取一种特殊的态度。他们所见、所感、所思,都与我们不同,是人生自然的另一方面。这态度是什么性质的呢? 就是对于人生自然的"绝缘"(isolation)的看法。所谓绝缘,就是对一种事物的时候,解除事物在世间的一切关系、因果,而孤零地观看。使其事物之对于外物,像不良导体的玻璃的对于电流,断绝关系,所以名为绝缘。绝缘的时候,所看见的是孤独的、纯粹的事物的本体的"相"。我们大人在世间辛苦地生活,打算利害,巧运智谋,已久惯于世间的因果的网,久已疏忽了、启动了事物的这"相"。孩子们涉世不深,眼睛明净,故容易看出,容易道破。一旦被他们提醒,我们自然要惊异感动而憧憬了。

　　绝缘的眼,可以看出事物的本身的美,可以发现奇妙的比拟。上面所述诸例,要把洋钱作胸章,就是因绝缘而看出事物的本身的美;比花生米于老头子,就是因绝缘而发现奇妙的比拟。

　　上例所述的洋钱,是我们这世间的实生活上最重要的东西。因为人生都为生活,洋钱是可以维持生活的最重要的物质的一面的,因此人就视洋钱为间接的生命。孜孜为利的商人,世间的大多数的人,每天的奔走、奋斗,都是只为洋钱。要洋钱是为要生命。但要生命是为要什么,他们就不想了。他们这样没头于洋钱,萦心于洋钱,所以讲起或见了洋钱,就强烈地感动他们的心,立刻在他们心头唤起洋钱的一切关系物——生命、生活、衣、食、住、幸福……这样一来,洋钱的本身就被压抑在这等重大关系物之下,使人没有余暇顾及了。无论洋钱的铸造何等美,雕刻何等上品,但在他们的心目中只是奋斗竞逐的对象,拼命的冤家,或作福作威的手段。有注意洋钱钞票的花纹式样的,只为防铜洋钱、假钞票,是戒备的、审查的态度,不是欣赏的态度。只有小孩子,是欣赏的态度。他们不懂洋钱对于人生的作用,视洋钱为与山水草木花卉虫鸟一样的自然界的现象，与绘画雕刻一样的艺术品。实在，只有在这种心理之下，能看见"洋钱"的本身。大人即使有偶然的欣赏，但比起小孩子来，是不自然的、做作的了。小孩子所见的洋钱，是洋钱自己的独立的存在，不是作为事物的代价、贫富的标准的洋钱；是无用的洋钱，不是可以换物的洋钱。独立的存在的洋钱，无用的洋钱，便是"绝缘"的洋钱。对于食物、用品，小孩子的看法也都是用这"绝缘"的眼的。

这种态度，与艺术品的态度是一致的。画家描写一盆苹果的时候，决不生起苹果可吃或想吃的念头，只是观照苹果的绝缘的"相"。画中的路，是田野的静脉管，不是通世间的路。画中的人，是与自然物一样的一种存在，不是有意识的人。鉴赏者的态度也是如此。这才是真的创作与鉴赏。故美术学校的用裸体女子的模特儿，决不是像旧礼教维持者所非难的伤风败俗的。在画家的眼中——至少在描写的瞬间——模特儿是一个美的自然现象，不是一个有性的女孩。这便是"绝缘"的作用。把事物绝缘之后，其对世间、对我的关系切断了。事物所表示的是其独立的状态，我所见的是这事物的自己的"相"。无论诗人、画家，都须有这个心、这副眼睛。这简直就是小孩子的心、小孩子的眼睛！

这点心在人生何以可贵呢？这问题就是"艺术在人生何以可贵"，不是现在所能草草解答的了。但也不妨简单地说：

涉世艰辛的我们，在现实的世界、理智的世界、密布因果网的世界里，几乎要气闷得窒息了。我们在那里一定要找求一种慰安的东西，就是艺术。在艺术中，我们可以暂时放下我们的一切压迫与负担，解除我们平日处世的苦心，而作真的自己的生活，认识自己的奔放的生命。而进入于这艺术的世界，即美的世界里去的门，就是"绝缘"。就是不要在原因结果的关系之下观看世界，而当作一所大陈列室或大花园观看世界。这时候我们才看见美丽的艺术的世界了。

哲学地考察起来,"绝缘"的正是世界的"真相",即艺术的世界正是真的世界。譬如前述的一块洋钱,绝缘地看来,是浑圆的一块浮雕,这正是洋钱的真相。为什么呢? 因为它可以换几升米,换十二角钱,它可以致富,它是银制的,它是我所有的……等关系,都是它本身以外的东西,不是它自己。几升米、十二角钱、富、银、我……这等都是洋钱的关系物,哪里可说就是洋钱呢? 真的"洋钱",只有我们瞬间所见的浑圆的一块浮雕。

理智,可以用科学来代表。科学者所见的世界,是与艺术完全相反的因果的世界。譬如水的真相是什么? 科学者的解答是把水分析起来,变成氢与氧,说这就是水。艺术者的解答,倘是画家,就是把波状的水的瞬间的现象描出在画布上。然而照前面道理讲来,这氢与氧分明是两种别物,不过与水有关系而已,怎么可说就是水呢? 而波状的水的瞬间的现象,确是"水"自己的"真相"了。然而这是说科学的态度与艺术的态度,不是以艺术来诋毁科学。科学与艺术,同是要阐明宇宙的真相的,其途各异,其终点同归于哲学。但两者的态度,科学是理智的、钻研的、奋斗的,艺术是直观的、慰安的、享乐的,是明显的事实。我的意旨,就是说明现实的世间既逃不出理智、因果的网,我们的主观的态度应该能造出一个享乐的世界来,在那里可得到 refreshment,以恢复我们的元气,认识我们的生命。而这态度,就是小孩子的态度。

艺术教育就是教人这种做人的态度的,就是教人用像作画、看画的态度来对世界;换言之,就是教人绝缘的方法,就是教人学做小孩子。学做小孩子,就是培养小孩子的这点"童心",使长大以后永不泯灭。申说起来:我们在世间,倘只用理智的因果的头脑,所见的只是万人在争斗倾轧的修罗场,何等悲惨的世界!日落,月上,春去,秋来,只是催人老死的消息;山高,水长,都是阻人交通的障碍物;鸟只是可供食料的动物,花只是结果的原因或植物的生殖器。而且更有大者,在这样的态度的人世间,人与人相对都成生存竞争的敌手,都以利害相交接,人与人之间将永无交通,人世间将永无和平的幸福、"爱"的足迹了。故艺术教育就是和平的教育、爱的教育。

人类之初,天生成是和平的、爱的。故小孩子天生成有艺术的态度的基础。小孩子长大起来,涉世渐深,现实渐渐暴露,儿时所见的美丽的世界渐渐破产,这是可悲哀的事。等到成人以后,或者为各种"欲"所迷,或者为"物质"的困难所压迫,久而久之,以前所见的幸福的世界就一变而为苦恼的世界,全无半点"爱"的面影了,此后的生活,便是挣扎到死。这是世间最大多数的人的一致的步骤,且是眼前实际的状况何等可悲哀呢!避死是不可能的,但谋生前的和平与爱的欢喜,是可能的。世间教育儿童的人,父母、先生,切不可斥儿童的痴呆,切不可盼望儿童的像大人,切不可把儿童大人化(参看本卷第七第八两期《教育杂志》的我的文字),宁可保留、培养他们的一点痴呆,直到成人以后。

这痴呆就是童心。童心,在大人就是一种"趣味"。培养童心,就是涵养趣味。小孩子的生活,全是趣味本位的生活。他们为趣味而游戏,为趣味而忘寝食。在游戏中睡觉,在半夜里要起来游戏,是我家的小孩的常事;推想起来,世间的小孩一定大致相同。为趣味而出神的时候,常要做自己所做到的事或不可能的事,因而跌跤或受伤,也是我家的小孩子的常事。然这种全然以趣味为本位的生活,在我们大人自然不必,并且不可能。如果有全同小孩一样的大人,那是疯子了。然而小孩似的一点趣味,我们是可以有的。我所谓培养,就是做父母做小学先生的人,应该乘机助长,修正他们的对于事物的看法。助长其适宜者,修正其过分者。最是十岁左右,渐知人事的时光,是紧要的一个关头。母亲父亲的平时的态度,在这时期中被他们完全学得。故十三四岁小孩子,大都形式与内容完全是父母的化身。这是我所屡次遇见的实在情形。过了十三四岁以后,自己渐成为大人,眼界渐广,混入外来的印象,故内容即使不变,形式大都略有更动,不完全是父母的模仿了。然而要根本改造,已是不可能了。所以自七八岁至十三四岁的时期,是教育上最紧要的关头。

一般的父母、先生,总之,是以教孩子做大人为唯一的教育方针的,这便是大错。我常见有一个先生对七八岁的小孩子讲礼貌,起立、鞠躬、脱帽、缓步、低声、恭敬、谦虚……又有母亲存款于银行里,银行送一具精小的铜制的扑满,她就给五岁的孩子储藏角子。并且对我说这孩子已怎样懂得储钱,以为得意。又有一种客人,大都是女客,是助成这件事的。他们提了手帕子(里面包几样糕饼等礼物,我们的土语叫手帕子)来做客人,看见孩子又从身边摸出两只角子来赏给他,当他的父母亲面前,塞进他的小袋袋或小手手里,以为客气又阔气。我们乡间,凡稍上等的人家的客人来往,总有此习惯。因此小孩子无论两岁三岁,就知储蓄,有私产了。这种都是从小摧残他的童心。礼貌、储蓄,原非恶事,然而在人的广泛伟大的生命上看来,是最末梢的小事而已。孩提的时候教他,专心于这种末梢的小事,便是从小压倒他,叫他望下,叫他走小路。这是何种的教育?

然则所谓培养童心,应该用甚样的方法呢?总之,要处处离去因袭,不守传统,不顺环境,不照习惯,而培养其全新的、纯洁的"人"的心。对于世间事物,处处要教他用这个全新的纯洁的心来领受,或用这个全新的纯洁的心来批判选择而实行。

认识千古的大谜的宇宙与人生的,便是这个心。得到人生的最高的法悦的,便是这个心。这是儿童本来具有的心,不必父母与先生教他。只要父母与先生不去摧残它而培养它,就够了。

《西青散记》的作者史震林,在这书的自序中,有这样的话:

"余初生时,怖夫天之乍明乍暗,家人曰,昼夜也。怪夫人之乍有乍无,曰,生死也。教余别星,曰,孰箕斗;别禽,曰,孰鸟鹊;识所始也。生以长,乍明乍暗,乍有乍无者,渐不为异;间于纷纷混混时,自提其神于太虚而俯之,觉明暗有无之乍乍者,微可悲也。襁褓膳雌,家人曰,其子犹在。匍匐往视,双雏睨余,守其母羽。辍膳以悲,悲所始也。……"

我对这文章非常感动:原来人之初生,其心都是全新而纯洁,毫无恶习与陈见的迷障的。故对于昼夜生死,可怖可怪。这一点怖与怪,就是人类的宗教、艺术、哲学、科学的所由起。"生以长,乍明乍暗,乍有乍无者,渐不为异",便是蒙了世间的迷障,已有恶习与陈见了。"间于纷纷混混时,自提其神于太虚而俯之",是"童心"的失而复得。"辍膳以悲",于是发生关于宇宙的、生灵的、人生的大疑问了。人间的文化、宗教、艺术、哲学、科学,都是对于这个大疑问的解答。

儿童的年龄性质与玩具

关宽之

上篇　年龄与玩具

一　幼稚园时代的玩具

(一)幼儿期的儿童的身体

从四岁到六岁光景,普通称为幼儿期,即相当于幼稚园时代。在四岁以前的婴儿时代,体重与身幅的发育比身长的发育显著;但在幼儿时代,与前稍异,身长的发育比体重与身幅的发育显著。又在这时代,因为乳齿改生永久齿的原故,孩子的精神上略变为感情的,身体上也容易起故障。筋肉一天一天地精致起来;在四岁以前,要自己转运乘坐的车类,还嫌太早;到这时候,操纵简单的车类,就自己会乘坐了。补助筋也稍形发达,豆细工、折纸细工、黏土细工等也会做了。更进一步,简单的刺绣也会弄了。但对于绵密的作业,容易疲劳;对于粗大的学习,也不过继续十分钟或至多三十分钟就疲乏。对于游戏运动的爱好愈深,达于玩具使用的全盛时代。但对于像竞技等剧烈的运动,尚少抵抗力。

(二)幼儿期的儿童的精神

幼儿的精神生活,总之是本能与想象的生活。做梦样地度快乐的生活的,是这时代的儿童。以儿童比天使,正是指这时代而说的吧!在儿童的全时期中,这时代是最可爱的时代。像老人样地多皱而发赤的时代已经过去,烦母亲的手料理污物的时代已经过去。两颊像苹果地丰满,两眼像悬铃地清楚而又带湿润。对于人的说话,全不怀疑地相信;对于人人都全不警戒而亲近;说话的错误都表现出像梦的空想的世界;对于母亲的怀也渐渐离得开。倘然成人视儿童为"活的玩具",这时代是最惹成人的爱的时期。这是亚当、夏娃不曾出伊甸园的时代。是不曾吃过智慧果,人类的小聪明的批评心及疑惑心未曾出现的时代。是在美的世界里一任其天真烂漫的本能全然信仰宇宙人生的一切事象而逍遥着的时代。诗人所同声地赞咏的儿童,大多是指这时代。使福禄贝尔(Frobel)及裴斯泰洛齐(Pestalozzi)等教育家动心的,便是这时代的儿童。观察这时代的儿童的本能方面时,可知其自发的活动非常强盛。一种不可抑止的活动性,在一切方面极力使儿童动作。握物件、玩弄物件的把持本能,在这时代愈加发达起来,与自发的活动相联合。故其对于玩具的要求与爱好,达于极点。又三四岁时渐渐萌芽的好奇心,此时愈加展开,使常发异想天开的质问,兴高采烈地相信大人的回答。同时模仿本能也活跃起来,这模仿本能与戏剧本能相连结,凡惹起其兴味的,人世的无论何事都要模仿。歌谣本能也发现,唱歌样地说话或请愿;有什么大愿望请求母亲的时候,往往像唱歌地加以音节,有所想出,则又忽然回复普通言语的调子,这是儿童中常见的状态。在知的方面,联想很活泼,发现我们所想不到的事物的类似点。在想象,也有发动地组合事物之际所起的构成想象,也有听讲故事时所起的受动想象。在这时代这两种想象均达于全盛期。为了受动想象的旺盛,所以这时代的儿童最欢喜童话;又为了构成想象的旺盛,所以他们欢喜积木及排色板等构成玩具。上述的各种本能,想象及联想合并而显现于游戏中。游戏是儿童——尤其是婴儿及幼儿——的全生活,他们在游戏的时候回翔于想象的世界。故这全是天才的生活。幼稚园的保育,以游戏、讲话、手工、唱歌为主,便是明示这时代的心理的。在幼稚时代,同情心的根源也在玩偶游戏的时候渐渐发现。美的感情也渐渐萌芽,表出其欢喜美的事物的倾向,且对于音律有显著的兴味。像同情的"爱他心"及欢喜美或爱好音律的"美的感情",其隆盛期在于青春期;但这时候已具有其萌芽,随了经验、练习及一般精神作用的发达而渐次伸张起来,所以在这时候,对于这萌芽的培植已不可轻忽了。幼稚园时代的儿童,有爱听讲话,欢喜弄手工、细工,欢喜唱歌,热衷于游戏的倾向,正可利用这倾向以培养其同情心及美的感情。

(三)这时代的玩具的标准

自四岁到六岁的幼儿的身体与精神,大体如上述。这时代是玩具教育的中心时代,故对于玩具须特别注意,宜给以教育的而组织地选择的玩具。大概这时代须给以练习一切感觉及知觉的玩具。又要适应这时代的本能,宜给以练习模仿、戏曲本能及好奇心的玩具;要适应其知性,宜给以练习构成想象及受动想象的玩具;要适应其感情方面,宜给以涵养同情及美的感情的玩具;要适应其意志及身体方面,宜给以练习身体的操作运动的玩具。练习联想的玩具也是必要的。但现在以练习联想为主的玩具,差不多没有,所以只得在玩耍他种玩具时附带地练习。

这时代是幼稚园时代,想象及戏曲性,在游戏中活泼地动着,其要求玩具,最为切迫。故给与玩具,非充分注意不可,在家庭中,如父母能像学校教育地尽力为置办有秩序的教育的玩具,其实可收不亚于幼稚园的效果。但所给的玩具,宜取以练习这时期最活动的模仿性、戏曲性、好奇性、构成想象、受动想象为主,而兼能顾及一切感觉及知觉的练习,又能涵养同情心及美的感情,练习身体的操作运动者。

(四)这时代的玩具

练习幼稚园时代的一切感觉及知觉的玩具,于四岁前的婴儿时代的最后所用的刺激感觉、知觉及兴味的玩具以外,又可加用许多同种的别的玩具。但须以构造简单,无复杂的机械装置,且非铁叶制或玻璃制者为宜。但有发条装置的,多用铁叶制,则宜取其角及边光平而无危险性者。选择铁叶制玩具时,先须看外面的角的边的光平,次又须注意其里面有无这等不光平的地方。倘玩具破坏后里面露出锐利的尖角来,活泼地游戏的儿童或许要被触伤手足。故完全的玩具,是破坏后的残骸亦无玩具的缺点的。验过表里两方有无危险之后,第三事是检察其板与板或板与棒的接合点,或发条的起点,是否完固。如不完固,这玩具当日就可损坏。以上三条件如略略完全,这铁叶玩具就可安心购买了。不良玩具的多多产出,一则固由于商人的不道德,二则安然地购买这种不良玩具的父兄也有责任。使这种不良商品确立于社会的人,也是不良的人。

练习这时代最旺盛的模仿性及戏曲性的玩具,种类甚多。对于男儿,有木塞枪、喇叭、木马等军队游戏的玩具,假面具、木刀、木枪等戏曲的玩具。对于女儿,有厨房用具、小茶壶、茶杯、玩偶等。在这时代,还没有因男女性而严格区别其玩具的必要,混同也不妨。以性别区别玩具,在儿童学上原是不必要的;但从习俗略为区分,亦自不妨。除上述数种以外,模仿社会的实际生活的,有军舰、汽船、电车、船、汽车、人力车、火车及一切仿日用器具而制的种种玩具。

练习好奇心的玩具,例如猫头箱、魔术箱、花屏风、套球等。猫头箱,开盖即有猫头耸起,同时发猫叫声。魔术箱,如自来火匣,置小饼等于其中,关好,向左一侧,抽开时饼即不见,再关好,向右一侧,抽开时饼又出现。其装置是把抽斗分两层,左侧时里面有钩扣住内层,只抽出其外层,故不见饼;右侧时钩放却,又连内层抽出,饼即在内层中。花屏风是厚纸制数叠的屏风,握其一端而放开,各叠间即有红花开出;握其他端而从反对方向放开,各叠间即换开绿花。这很有刺激好奇心而养美的感情的效能。套球,由大而渐小的数个或十数个球壳,自内向外重叠套成,有作苹果形的。这玩具效能颇大,因为层层相套,使儿童的好奇心可以抽发不尽。且连开数回,手指的筋肉的支配力可资以练习。开完后再把它顺次地整合拢来,至末一层为止,可养成一种规矩的习惯。

练习构成想象,即发动的想象最有效果的,是幼稚园的恩物。这由积木、排色板、刺纸、织纸、刺绣、纸与铅笔、剪刀与色纸、豆细工与黏土细工的材料及用具、六球、三体等组成,包含着狭义的恩物与作物。关于恩物,容在后面详述。构成玩具于养成儿童的创造力一点上效果很大。例如儿童用积木巧练其匠心,或建房屋,或造火车,与成人的集合材料来制造同样地从事于作业。构成玩具有种种,如组合玩偶、组合家屋、组合牧场、组合军队、组合园林,即是其例。这等将来进步起来,可有比福禄贝尔恩物收得更大的效果的期望。现在幼稚园所用的福禄贝尔恩物,太少趣味,教育的目的过于露骨,有当改良的余地。还有蒙台梭利(Montessori)式教育,许尔亚的恩物的练习法,其教育思想的出发点与根本观念,关于其恩物与方法,仍不脱福禄贝尔的范型。福禄贝尔的时代,儿童学及儿童心理的发达,比起今日的儿童研究来非常幼稚。故当日所定的恩物,即使已经稍加改订,但仍拘因于原型,在今日决不是完善的恩物。蒙台梭利教具也是构成玩具之一种,但价贵而种类复杂,在普通的家庭及没有熟练的教育家的幼稚园,使用非常困难。并非玩具的玩法上的困难,是系统地教案地组合应用上的困难。

练习受动的想象的玩具,即关系于童话的多数的玩具。像八仙过海、端午竞渡的龙船及各种历史人物的偶像等便是其例。这等不是只供装饰之用的,要有关于这玩具的故事或国民的家庭祭典,方奏教育上的效果。儿童一旦听了关于这玩具的故事,以后见了就想起这故事,而活动其受动的想象。

想象是思想的源,又为同情心的根本,所以练习受动的想象的玩具,又有涵养同情心的效果。各种玩偶,都是可以引起儿童的同情心的,玩偶类大多数饰以美丽的衣服,这是用以涵养美的感情的。五色纸、画本、排色板、乐器、动物模型、花果模型等,都是练习美感的主要的玩具。这等玩具的色彩,务须用饱和的明亮的赤、青、黄、绿、紫、红、赭等,着色务须互近补色地配合,使之相映而调和。补色就是色彩圈(spectrum)上互相对向的两色。例如黄与紫、红与绿等便是。把补色接近配列时,能互相使他方的色彩鲜明。

幼稚园时代练习运动力即一般身体操作的,可给以自己可乘坐行动的车类玩具。但须择不十分复杂而易于操纵者。行进木马、单脚行进三轮车、幼稚园车、幼稚园马等,即是其例。沙场游戏的用具(刀铲等,用以取沙),堆沙也颇有价值。倘有经济余裕的家庭,大可特为这时代的儿童在庭隅辟一小沙场。沙场游戏的用具有金属制的、木制的、竹制的等。排列玩偶、建筑积木等用之于沙场游戏也有兴味。

(五)幼稚园的恩物

恩物,从 gift 一语译成,即父母为了要使儿童自己达到真理而当作玩具送给爱儿的恩赐物的意义。故恩物是教育地组织成的玩具。通俗以为恩物与玩具不同,恩物是一种教具。其实玩具是自然的教具,与恩物并无差异。不过恩物是把玩具教育地组织成的罢了。

普通幼稚园所用的恩物,是福禄贝尔式的,凡二十种。其中自第一恩物至第十恩物,特称为“恩物”,第十一恩物至第二十恩物,特称为“作业”。这特称的恩物,是狭义的。普通称的恩物,包含着狭义的恩物与作业。恩物中分为恩物与作业,是因其性质的差别而然的。即前者为材料,单当作材料玩的,不能使之变形。即不变材料的性质而使作种种排列与组织的。后者的所谓作业,是用儿童自己的力来下工夫,使之变形的游戏。故后者比前者,构成想象的活动较多。今将这二十种恩物说明于下:

第一恩物——是用毛丝或木棉制成的六个小球。其直径各一寸半,分赤、黄、青、绿、紫、赭六色。各球附有颜色相配的两条线。

第二恩物——由木制的球、立方体及圆柱三种成立。球的直径,立方体的一边,圆柱的直径,均一寸半。

第三恩物——由一寸立方的木头八块成立。合起来成为二寸立方体。即一种积木。

第四恩物——也是积木之一种,由八块长方形的木头成立。各木块长二寸,阔一寸,厚半寸。八块合起来,成为二寸的立方体。

第五恩物——也是积木,是把三寸见方的立方体木片分作同样大小的二十七个小立方体的。其中三个各分为二,使成为六个三角体,又三个立方体各分为四,合成十二个小三角体。

第六恩物——是更复杂的积木。把三寸见方的立方体木片分为二十七个立方体，其中三个纵等分为六个柱形，又六个横等分为十二个方形木片。

第七恩物——由种种形状的板组成。即正方形、正三角形、二等边直角三角形、二等边钝角三角形、不等边直角三角形的小板。板的两面涂彩色，全体的数不一定，即所谓排色板。

第八恩物——由细长而平的板组成。分二种，第一种是组板，只使把板组成种种花样而游戏。板长十寸，幅五分之二寸，厚六十一分之一寸。第二种是连板，各板的端用钉互相结合，恰好比孩子们携手作圆阵地首尾连结。钉可以自由拔除，故可组出种种形状来。

第九恩物——由箸、环、结纽及黑纽组成。箸有长短种种，用木、竹或金属制。使儿童像描画地作种种形状而游戏。环皆用金属制，有圆环、半圆环、四分之一环等数种。结纽是稍粗大的纽，长八寸，半白半赤。又有一种细纽，长二寸，赤色。并用石板与石笔。

第十恩物——是粒。用小的贝壳、玻璃球、小石子、豆及其他的植物的种子。以上的是狭义的恩物，以下的亦名作业。

第十一恩物——是刺子。即用针在纸面穿小孔，作种种形体。其材料为做底纸的白纸或色纸，针及刺台。

第十二恩物——是刺绣。即在纸上刺孔，用色线将孔连结的刺绣法。

第十三恩物——是画法。在石板上用石笔画，或在纸上用铅笔画。但石板上及纸上，划着格子，如工业上的设计用纸，或医生的体温表的台纸。不过因为用石笔在石板上画，有害于呼吸器，故以用纸为宜。

第十四恩物——是用剪刀剪色纸成种种形象，即所谓剪纸。但色彩背面须涂胶汁,因为在下项的作业上有这必要。

　　第十五恩物——是贴纸。即用上项所剪出的色纸粘贴于别的白纸或异色的台纸上。

　　第十六恩物——是织纸。即用纵横的色纸织出有花纹的片子。

　　第十七恩物——不是像上项的平面织,而用细长的色纸组织种形象。

　　第十八恩物——是折纸。即用方形、三角形、圆形的色纸来折成鹤、船、风车、帽等形象。

　　第十九恩物——是豆细工。即用细竹及豌豆来造成种事物的形状。在外国,以铁丝代细竹用,以软木、黏土、白垩等代豌豆用。但竹可以自由折断,比铁丝便利。别的材料,倒不限豌豆或大豆,用软木、黏土等亦可。也有剥脱黍壳的厚皮来着色的。

　　第二十恩物——是黏土细工。即捏黏土,用指头或篦型来制造种种事物。

　　以上为普通所用的福禄贝尔式的恩物,即由六球、三体,第一种至第四种的积木排板、组板及连板,箸与环与纽,粒的十种恩物,以及刺纸、刺绣、画法、剪纸、贴纸、织纸、组纸、豆细工,黏土细工的十种作业组成。

　　蒙台梭利的教具,比福禄贝尔的恩物更为分析的。即由下列的教具组成。

　　1.练习指的运动的教具——这是使指能作统一运动的练习,由八个框子组成。框中有八种方形的布,有附扣的,有附纽的,有附钩的,仿佛结带皮鞋,使儿童用指把这等结起来,解脱来,以练习指的运动。

　　2.辨别物的粗滑的教具——这种教具,是用手接触,使由其感觉识别物的粗滑,兼又练习触觉及知觉的。例如下举的第三,即为小形的橱,从上段的抽斗起顺次把种种物品放入,使闭目用手去摸索。其种类有三,即:第一,为一面贴砂纸,他面光滑的矩形板;第二,亦为矩形板唯其贴砂纸的部分与不贴的部分交互作阶段状;第三,为由七层组成的小橱,在其各抽斗中放入绢、绒、洋布、麻布等种种织物。最后的第三种,是由手所接触其质地与性状而辨别其物品的,可说是很有趣的考案。

3.依音响辨别事物的教具——这是很有趣的教具,即在一筒中放入种种的物品,每种一件,把筒摇荡,使由其音响辨别筒内的物品为何。放入筒内的物品,用次之六种:第一,米,麦,或如小麦等谷物;第二,亚麻仁;第三,沙;第四,比较的大的石;第五,砾石;第六,砂砾。

4.辨别物的重量的教具——使猜测重量的教具,用像樫一类的重木,像桐一类的轻木,作成同样大的四角形的板,使载板于掌上,以推测其重量。其有三种:第一种的一组计重约十二格兰姆[1],第二种约十八格兰姆,第三种约二十四格兰姆。在英国有测知更微细的重量的教具,即用的板的重量很轻,为半盎斯(ounce)的、四分之三盎斯的及一盎斯的三种。这等板的重量的互差甚少,故非充分练习感觉,不能辨别。

5.积木——积木有三种:第一是筑塔的,第二是筑广的阶段的,第三是筑长的阶段的。第一种是大大小小的立方体的没有底的箱。其最大者,边长十"生的",渐渐小起来,顺次减少一"生的"。第二种是面积相等而高低不同的许多木片,纵横都可构成广的阶段。第三种由细长木片组成,用以筑长的阶段。三种都有色彩。

6.辨别色彩的教具——为练习儿童对于色彩的感觉,即色觉。有彩色的卷丝。即在框中并卷着种色彩的线,结着色的名称与实物,使儿童

---

〔1〕　公制重量单位,即"克"。——编者注

记忆。

7. 型盘——有木型与纸型。型盘,即在板上刳出正方形、三角形、圆形、矩形、五角形、斜方形、梯形、椭圆形等块,使把刳出的块箝入原来的孔中。儿童将各种箝板依其形状而箝入原来的孔中,以资修养关于形体的知识,并练习感觉与知觉。板有三种,色觉也练习在内。三种者,即第一,板全部着色的,第二,仅于板外围着青色的,第三,仅画出板的轮廓的。用时,最初把箝板尽行拿出,使儿童张眼将箝板放入原来的孔内。次使闭眼,用手摸箝板形,以放入台板的孔内。有误错时,再使张开眼练习数回。

8. 辨别物的大小与轻重的教具——这很巧妙:先设一厚的台木,木上并列十个孔。另外有许多可以装入孔中的圆筒。筒的上端,附有握指的蒂。这圆筒有分三种:第一,圆筒重量相同,直径不同的。第二,重量不同,而直径相同的。第三,重量与直径均不同的。儿童练习时顺次换用这三种,辨别其重量与大小而装入孔中。

9. 练习画写运动的教具——这也是将板雕出种种形象的型盘。练习前述的型盘,熟达了用指模板的轮廓的技能之后,现在可用这教具,以铅笔或蜡笔学习描写其轮廓,更进而练习信的写法。

10. 辨别冷暖的教具——在几个薄的金属制的小钵中,注入温度不同的水,用寒暑表测验后,使儿童用手指伸入,辨别其冷暖。

11. 练习嗅觉的教具——练习鼻的感觉及知觉,使嗅各种的花的香气。

12. 练习味觉的教具——练习舌的感觉及知觉,使尝酸的、辣的、甘的、咸的各种液体。

像上所述,蒙台梭利的教具比福禄贝尔的恩物更为分析的。练习感觉,练习知性,故为偏于主知的。

　　恩物是把玩具教育地系统组织的。故比较起漫然地给予玩具来,自然可以普遍地练习各种精神能力及运动力。但是恩物有许多缺点,举二三例来说。第一,恩物过于抽象的,似乎是从几何学或数学中分出,不似玩具的为具体的。故易于缺乏趣味。第二,福禄贝尔的恩物,形与色是分别而教练的。但吾人日常所接触的万物,形与色必同时存在。故把它们分开,是不自然的。第三,把幼稚园时代看作教授的时期,系统地施行智育,是不可以的。这点在蒙台梭利的教具,尤其痛切地感到。第四,恩物过于露骨地表出教育的目的,有使儿童不欢喜的倾向。因为这原故,我们不可偏重恩物,应该并用普通的玩具。

(六)这时的玩具给予的注意

　　给幼儿玩具时,须注意下列数事:

　　1.给幼儿以练习一切感觉及知觉并一般身体操作的玩具以外,更须给以特为练习模仿性及戏曲本能、好奇心、构成想象及受动想象、同情心、美的感情的玩具。

　　2.练习运动力的玩具,宜选不须复杂地操纵,而自己能乘坐行动者。

　　3.这时代的玩具必特选教育地组织的。

　　4.儿童一般都是欢喜变化的,但这时期特甚。故宜按季节而略变换玩具的种类,又斟酌流行品,选其中之适于目的者与之。

　　5.玩具材料宜取坚牢者,固不待言。但运动用的,宜特别注意,避去铁叶制及玻璃制者,选用木制者等。

　　6.这时代的玩具,不但是装饰,须促其活动。凡有历史、故事或童话的背景的玩具,至少须讲述一次。这样方可有情操教育的效果。

7.给予解决的玩具,不如给予有组织工夫的玩具为宜。

8.须多给以社会的实际生活的缩小的,游戏用的玩具,使从游戏移向职务。玩具须择与人生的实务有联络者,不可取仅属骨董的。

9.坚牢、简单质朴而有效,永为玩具选择上的教育的注意。没有背景的含意,单为装饰的玩具,不宜取用。有挑发虚荣心的可虑的玩具,宜严格排斥。

二　学龄时代的玩具

(一)这时代的儿童的身体

自七岁至十四岁的九年间,称为少年少女时代,即学龄期,其大部分为小学校时代。这时代分为前后两期,即自七岁至十岁,与自十一岁至十五岁。这样,后期即为思春期即发情期,即自儿童时代转入青年时代的时期。但前期是小学校初年级时代,后期是小学校上级及中学校初年级时代。少年少女期之次,是青春期。青春期即自十六岁至二十岁之年。

在少年少女时代的前期,身幅及体重的增加比身长的增加为甚。这时期之末叶,运动器官很急速地发达,然内脏器官并不相伴而发达,将为人生一大危机,死亡率甚高。

到了少年少女时代的后期,身长的增加比体重及身幅的增加为甚,儿童的背显著地高起了。尤其是自十三岁至十五岁之间,为思春期即发情期,身体的发育颇急速,暂时不见,即长育得不认识了。在人生的长途上,身体发育最大的,为胎儿期,生后一年间次之,发育亦旺盛,以后渐次减小其急速之度,到了这发情期,又急速起来,在这里与生后的转瞬间的发育的山相对地再作成的高山。十六岁以后,至于成熟期,体重及身幅大加增长。发情与一般身体的成熟同样,女儿常比男儿早一年乃至半年。即女子比男子早熟。

(二)这时代的儿童的精神

以前是往往把现实与空想混同的想象时代,但到了少年少女时代的前期,渐渐因了知性的进步而现实化起来,对于前面的如花如梦的时代,渐渐变成现实的时代,而将入觉醒的时代了。即对于实物的观察力进步,知觉亦进步,增长种的观念,于机械的记忆,尤为一大进步。筋肉渐渐发达与意志渐渐发达的结果,注意稍能永续而集中了。推理的萌芽也渐渐伸展,而能着眼于想象界与现实界的差异。感情方面,喜怒哀乐的情绪成为土部,对于美的评判力也见几分的进步。崇拜理想人物的心旺盛起来,名誉心强起来,欢喜争斗与竞争,变成主我的,所有本能发达起来,其游戏显著地带着竞争的色彩。运动器官的发达,促成消极的自制力及积极的进取的意志的进步。运动极自由,筋肉渐精细,动作的活泼飞跃,无过于这时代了。相骂最多的时候,在生涯中是十岁左右,即入小学第四年的时代。这原也是为了争斗本能及竞争本能强烈地表现,愤怒的情绪发现,又变成了主我的缘故;但与筋肉的发达及相伴而起的积极意志的进步,也大有关系。

到了少年少女时代的后期,知觉、记忆、注意、推理等精神力愈加高起来,渐渐迫近于高等的智力作用开始活泼地活动的青春期的型。随了情绪的渐近于青春期,情操的萌芽的分化也出现了,这一直发达而成为青春期的纯粹的情操。与思春期的急速的发育现象相伴,开始集成而为真的意义上的宗教心。运动因了补助筋的发达而显著地精细起来。意志更加发达,到了青春期,自律道德也发现。这时代恰当于从他律道德移向自律道德的过渡期。入了青春期,在知性上有高等的推理活动,情操发达,骤成为热情的,如克己自制等最高等意,都发达了。

(三)自七岁至十岁间给予的玩具的标准

少年少女时代的前期的,即自七岁至十岁之间的身体及精神的特性,已如上述。然则这时代的玩具,也非适应这样的身心,而助成其发达的不可。即须给以练习观察力,促进知识,锻炼记忆力,促进推理,兼能培养发明创造力、教育同情心及美的感情,修练信念,磨练意志,练习运动力的玩具。所以玩具的范围,入了少年少女时代,几乎涉及全般;其材料也因为在某程度内儿童能自觉地预防危险,制限可以宽缓了。具体的例,容在第五项中说述。

(四)自十一岁至十五岁间给予的玩具的标准

少年少女时代的后期的,即自十一岁至十五岁之间的身体及精神的特性,如上所述,与前期无甚大差。即前期与后期的差异,不及前期与幼儿期的差异之大。只是身体及精神更加复杂,社交性渐渐发达,其末叶性的本身显著起来,与之相伴的感情也显现了。其他细微的差异,列举起来很多;但其总体是前期所发现的诸能力的延续。然则玩具也不妨用前期所给予的大部分。唯因身心的发达比前期稍复杂,故玩具也须添加几种更复杂的。例如添加理化玩具,多给以运动玩具及与手工联络而制作玩具的材料与用具。这时期所应练习的身心的特性,因了上述的理由,其纲目仍与前期无大差异。即须使练知觉、记忆、注意、推理,养发明创造力,养同情心与美的感情及信念,练意志,兼养勤劳的习惯,练运动力,以促筋肉的发达,且助全身的发育。如前所述,前期所举的玩具的大部分,在这时代也可用。故除不得已之外,避重复不举,而另取新应给予的玩具为实例,在第六项中列举着。

(五)自七岁至十岁间的玩具

这时期,须给以根基前面第三项中所说的标准的玩具。练习观察力的玩具,例如动植物标本及模型,要求儿童的精细的观察,故有效果。果实模型中也有很好的。这时期,搜集本能颇旺盛,铅笔的断段、贝类、邮票、香烟牌子、画明信片、铜笔头、矿石等,并无何种目的,只为趣味所驱,把它们多多地聚集起来。最初欢喜种类的多;后来就企图因大小色彩等而分类。即从自然的爱好家进而为科学者。他们的观察,对于这些搜集的物品精细地活动。所以给予这种搜集品,也是必要的。显微镜、十里镜等,于观察上有效用,使用时其观察力活动了。观察,普通是因注意而起作用的。故练习注意的玩具,与练习观察力的玩具是共通的。

投球、射的、投轮、打网球、测量用器等,使用时注意力活动,同时对于事物很明了地知觉。在一定的距离投球时,以距离的目测为必要。射的与投轮同类。测算距离而投物或放矢的时候,很可练习对于距离的知觉。用球板接住庭球,又把它打回去的时候,很可练习对于空间的知觉。故这等是练习注意,同时有练习知觉的,很有效果的玩具。

豆炮、空气枪、弓矢、投轮、打球、射的、投球、踢毽子、放风筝、风铃等,玩时要使之达一定的距离,或调节其方向,需要多大的注意。故这等是练习注意的玩具。

拼画(即六面画之类)要拼成已定的一幅画,故需要对于全画面的记忆。字母牌、动物牌等骨牌类的诸种游戏,也是同类的。这些是这时期练习记忆而用的。

练习这时期的推理的,如竹蜻蜓、数字牌、理化学应用玩具等,是适宜的。理化学应用玩具种类极多,现今流行的,铁叶制的、装发条机关的玩具,都是属于这类的。但这类玩具,在这时期给予的,其机关非比后期(十一岁至十五岁)给予的简单一点不可。磁石玩具、步行鸟、步行甲虫、滑冰玩偶、游泳玩偶、舞蹈玩偶、水上飞行机、走电车、机械蝶(步蝶)、飞鹰等,不遑枚举。其中如用电气行走的电车、火车之类,以在后期给予为宜。动力在于发条的玩具,可在这前期给予;但动力在于电气的,因为这时期的儿童还没有对于电气的知识,故宜到了后期给予。即电气装置的玩具,须在入学五六年以上,受理科(特是理化学)的教课的时候,或受过之后给予。在受这教课的时候给他,可使其学习功课的兴味增加,受过之后给他,可作为功课的温习,同时又可熟达地使用这玩具。由烧火酒制蒸气而发生动力的玩具,也宜于后期给予,在前期尚不适当。

给予木工器具、手工器具、雕刻器具、刺绣及裁缝玩具与其材料,掘土器具及玩具制作的材料与用具,以启发其发明创造力,也是这时代所必要的。

培养同情心的玩具,可给予饲育昆虫、动物、小鸟等的器具,而使之实际地饲养。这时期狩猎本能甚盛,对于动物与植物颇有兴味。往往探索雀巢,致将巢翻落,或偷偷地挨近蜻蜓、老蝉去捕捉。这种动物虐待,便是儿童对于动物大有兴味的一证。利用这点,可引导他,使向于动物爱护的方面而广培其同情心。故饲育动物的事,可使儿童自己去做。倘逢把小鸟饿死了的情形,便是使体验同情养成的教训的最好机会。所以玩具之中,欢迎这等饲养的用笼或槛。在美国,有于暑假中强制地使儿童饲一匹马的学校设施。这是使体验同情心及勤劳之念的最良的手段。动物玩具类、人物玩具类,也是养同情心的,亦可以给予。

这时期的英雄崇拜,主由一般社会或历史上的人物选其理由。故给以英雄的肖像、伟人的雕像、圣诞节用玩具、神像等,于信念养成上很有效果。但给予时,必告以关于这神像或肖像的故事。

这时期练习意志的玩具,以下列数种为适当:农具,是实际的,且是养成实行力上最可爱用的一种器具,对于都会的儿童,尤其应该奖励。即使狭小的庭院,总不致无可掘的余地吧?空气铳、豆炮,于练习注意力以外又可养进取之念。弓矢,也有同样的效果。豆囊,适用于女儿,练习时也要忍耐力。投轮,也适于这时期的儿童。给他们绳,使他们跳绳,给他们桶箍,使他们滚环,都很可练习意志。滚环于注意力及运动统制力的练习上也有效。这种简单的、废物利用的玩具,有值五六十元的贵玩具所远不能及的长处。其他毽子、皮球、风筝、风铃等,也都是练习意志的玩具,适用于这时期的儿童。

这时期辅助运动的玩具很多。农事、跳绳、滚铁环、拍球、放风筝、曳竹马及其他需要稍复杂的操纵的乘坐具等,皆是。这等不但辅助运动,又可练习注意,于意志锻炼上也大有效。练习意志与练习运动的玩具,普通大概是一致的。

(六)自十一岁至十五岁之间的玩具

这时期给予的玩具,可按照前面第五项的标准。练习知的玩具,大概须比前时期更复杂一点。双眼镜、乒乓、测量用具等,即是其例。

练习记忆的玩具,大概以前时期给予的为中心,而再给以类于前期更复杂一点的。

练习注意的玩具,可用空气枪、乒乓、双眼镜等。不过自然须取比前期更复杂的。这等玩具中,有跨于数种的效能的,故不得已而重复列举。

练习推理的玩具,可给以更复杂的理化学应用玩具、儿童用理化学实验器械、玩用数字、行军棋及其他类于前期而更复杂的玩具。这时期的理化学玩具,适当者如应用磁石的磁石蜻蜓、活动影戏机、往返汽车、飞行机、水上飞行机、自动投球、自动运搬车等。像行军棋,是少运动的室内游戏;但于练习推理,颇有效果。

培养发明创造力,以用智慧轮、智慧板、木工器具、手工器具、刺绣裁缝编物的用具及其材料、玩具制作的材料与用具等为宜。此外与前时期同。

培养同情心与美的感情,玩具与前期同。此外诸种乐器及绘画用玩具等,均可不限制其复杂程度及材料种类地给予。

培养信念的,与前时期所举相同,圣诞节用玩具、伟人肖像及雕像、宗教上的人物的肖像及雕像等均适宜。如前所述,给予此种玩具时,须告以关联的传记或故事,方始有效。

修养消极的自制及积极的进取的玩具,与前期同,即空气枪、农具、乒乓、木工用具、手工用具、儿童用击剑具等。

修养勤劳的习惯的玩具,与修养意志、注意等的玩具共通。即在这时代,可给予农具、木工用具、手工用具、园艺用具等。唯木工用具市上流行者都不适用。适用的须将实际的木工用具制成小形而廉价的以专供儿童用。玩具的价贵与价廉,与其效用不良而价廉,宁效用良而价贵。希望制造者一定要明白这个概念。效用已经充分发挥,而徒然施以无用的装饰,而昂其价,是不行的。这时候去其无用的装饰而使之廉价,方为有价廉的意义。倘减杀效用而廉其价,就没有制出这玩具的意义了。

这时期练习运动力的玩具,须给以比前时期更要复杂的操练的运动玩具。换言之,其复杂的程度,可取现今流行的玩具的最复杂者。自农具、乒乓、园艺用具,以至动植矿物采集的用具、儿童用武术用具,一切高等的,大概都可给予。

(七)儿童的手工与玩具

西洋有一句谚语说:"手是脑髓之母。"所谓手,就是实际地把主观当作运动而表现为客观的意思。试考察表示人的精神活动的经络的神经系统,凡从外界来的刺激,必先由末梢的感官受容。这刺激传达到中枢。到了中枢,这刺激变为反应。即中枢受了感官所容受的刺激的传达,而把对于这刺激的反应命令末梢的筋肉及腺,于是因反应而表现出运动来。故约言之,印象有欲终于表现的倾向。而这印象终于表现时,筋肉活动,屡屡反复,又不但现实的刺激,更因长期间连续的目的而反复其运动,运动就作为经验的手段而活动。在后精细的刺激,通过了感官,传达到中枢,中枢命令筋肉表现,其行动就循环不止。由于感官的、单纯的经验,即当作运动表现而不充分体验过的经验,当作精神的内容是薄弱的。但通过了感官的经验,是因筋肉而精细地反复检讨的,当作精神的内容是固确的。故曰:"手是脑髓之母。"换言之,即耳目的学问,要成了筋肉的体验,方始变为真的经验,因而使脑髓发达起来。手工,就是诉于筋肉而使经验变体验的手段。

儿童因手工而生种种的活动的想象。其制作的物品有直接关系于自己的生活,他就用多大的兴味寝食俱废地热衷于此了。在这热衷的时候,一切感觉与知觉活动着,好奇心涌着,观察力磨练着,记忆、推理等精神作用活动着。又因了他的作业而注意力、克己自制力、进取实行力也大大地锻炼着。要美丽地作成其制作品,又须考案其装饰,计划其形,商量其着色,因之得涵养美的感情。这样看来,手工在教育上有大的效果;然而现在还与体操、唱歌、图画一同被轻视着,这实在是谬之更甚了! 在偏重入学准备与知识教授的现代的"预备学校式的小学教育",原是以知识授与为主体的,故偏重他们所认为主要学科的国语、算术,而轻视造成"人"的体操、手工、图画、唱歌,原是必然而不得已的事。但这样大的社会问题,难道可以放掷了的么? 我们不是赞美艺术教育的人,但是这种思潮的兴起,不是明明要打破预备学校式的教育而造有人气的"人"么? 如其这样,我们可绝不踌躇地举起双手来赞美。话转入歧路了,总之,这样有效的手工材料,使儿童制作玩具最为适宜。玩具,在儿童是有兴味的,又是实用的,其材料也有木、布、土、纸、铁叶、竹、窑土、麦秆等多种,其品物也有玩偶、动物、器械、杂具等多种。故在家庭,也可利用废物,常常课儿童以家庭手工。

(八)这时代的给予玩具的注意

给玩具于少年少女,特别有下列数点要注意。一般的注意,前面已经说过了。

1.给予少年少女时代的前期,即自七岁至十岁的儿童的玩具,须是练观察力、知觉、记忆、注意、推理等知性,兼养发明创造力,陶冶同情心、美感等感情,且养信念,练意志,助运动的。

2.给予少年少女时代的后期,即自十一岁至十五岁的儿童的玩具,须取比前期的更复杂的。所当练习的身心诸作用,主要的为知觉、记忆、注意、推理、发明创造力、同情心、美的感情、信念、意志、勤劳的习惯、运动等。

3.青春期的玩具,以智的、可作组织的竞具的用具的娱乐具为主。

4.少年少女时代的玩具，一般以比前复杂而要工夫的，要练习及熟练的为主。可多给以理化学玩具、运动用具及与手工联络的玩具及其他材料。

5.坚牢、简单质朴、有效，三者常为玩具选择的必要条件。又玩具为社会的实际职务的缩小，故必具有移向职务的阶段。须与人生的实务联络，不可用骨董的。

6.挑发投机心的玩具，应该禁绝。例如因偶然的机运而战胜的玩具，应该避去。但相当地钻研智力须考虑而行的竞争玩具，不妨给予。

下篇　儿童的性质与玩具

一　人类的各种性质

人类的性质如其面,各人不同。换言之,即人有各种各样的个性。个性者,就是各个人所特有的性质。在个性之中,含着智能的差异、气质的差异、性格的差异。

智能就是智力。这智能的差异中,有量上面的差异与质上面的差异。现今有"智慧测验"(mental test)一种方法,根基于心理学的智识,能把个人的智能的量个别地又团体地测定。"智慧测验"时,课以若干的问题,而批判之,称之为精神年龄或智慧年龄。检查用的问题,不是试验知识的,而是以试验生来具有的智力为目的的。即不是检查他懂得了多少事物,而是检查他可以懂得什么样的事物。精神年龄,是对于生活年龄的名称。生活历年五岁,因精神发达迟缓而精神年龄还不上四岁的也有,因头脑聪明而已达七岁的也有。故人有历年龄(即生活年龄)与精神年龄二种年龄,两者一致时,即可为普通能力者的代表。在身体,也还有所谓生理年龄者,例如历年龄五岁的,体重应该若干,身长应该若干,骨的发达应该如何,有一定的标准。比较于这标准,发育迟的,即生理年龄少于历年龄;教育过于充分的,生理年龄就比历年龄多。在智慧测验,用历年龄除精神年龄乘百的积所得之数,称为智能指数。视这数的大小而定智能的多少。例如历年龄五岁,精神年龄七岁,则以百乘七,得七百,用五除之,答为百二十,即智能指数为百二十。这智能指数达百四十一以上者,为天才,或近于天才的。百二十一至百四十者,为最上智。百十一至百二十者为上智。九十一至百十者为常智,即平均智能,这是普通的。八十一至九十者,为劣等,或精神薄弱的人也有。七十一至八十者,为精神薄弱与劣等的境域,劣等的人也有,精神薄弱的人也有。七十以下为精神薄弱。而在精神薄弱之中,五十一至七十,为迟钝,即稍笨的人。二十一或二十六至五十,为愚痴,即半笨的人。二十或二十五以下,为白痴,即全笨的人。精神年龄比历年龄迟二岁以上者,为异常儿童,相当于白痴、愚痴或迟钝,即精神薄弱者。低能儿,就是迟钝及愚痴的总称,也有人视低能儿为更劣等的人的,但普通是迟钝与愚痴的总称。

以上已把智能的分量上的各个人的差异说过了。在智能的性质上也有个性。即就其注意、记忆、思考等各种精神作用上所见的。现在就直观及叙述的方面说:例如揭示一幅画,后来把它拿去,而使观者各叙述其在画中的所见,就依各人而有种种不同的型。有的把画中物分析开来,说有林,有农夫,有飞鸟,这叫做纯叙述型。其中也有说农夫在林下憩息,其上面有鸟飞着,把画所表出的意义综合为一的型,这叫做观察型。又有说农夫做完了半日的劳动,凉快地在那里休息,其上面有鸟缓缓地飞着,非常愉快,述画所表的感情的型,这叫做感情型。还有举出画中所表现的事物以外的,与之有关的别的知识来叙述的型,叫做博识型。这型的差异,在各种方面都有。在才能上,有手高的人、口高的人,便是个人的型的差异。

在性格也有个性。从意志的强弱上看来,有立志坚固的人,也有动摇的人。从意志的性质上看来,有性格不良的人,也有善良的人。对于智能缺陷的称为精神薄弱者,性格缺陷的称为精神低格者。

在气质也有个性。这所谓气质,主由于生理上而来,视生来的体质如何而定。但生来的气质,因了生后的生活上的种种后天的经验而或变强,或变弱,或生几分的变质。气质是根基于生来的体质的,故气质不能完全改造,与体质的不能根本改造同理。但因了教育、修养或身体的摄生,换言之,因了后天的经验,也可几分变更其性质,实际能因经验及境遇而变化。所以这先天的气质因后天的经验而变化,又两者结合而成的个性。我们在这里称为性质。先天的气质,例如到了世间之后,交际工夫进步起来,棱角磨平起来,用静坐来使躁急的性质平和起来,都可证明这气质得因后天的经验而变化。先天的气质中加以后天的经验而表现的个人的特色,就是现在所称为性质的。然而为个人的性质的基础的是气质,因此,个人的性质,因其气质而有其特有的色彩。(因为气质不能根本地全然变化)所以现在要说性质,非先说这气质不可。

气质因各个人而千差万别,但可归之于几种要素。气质的分类,是远古时代早已着手的。即西历纪元前约四百年,被称为"医学之父"的希腊学者许波克拉底斯(Hypocrates)曾经说,人体中有血液、黏液、黄胆汁、黑胆汁的四种液,因了其混合的成分的多少,而生气质的差别。这是气质分类的起源。其后到了距今二千年前,罗马的葛莱奴斯(Gallienus)说,对于前面的四种液体有四种气质,即:血液多的为多血质,黏液富的为黏液质,黄胆汁多的为胆液质,黑胆汁富的为忧郁质。忧郁质,今日俗称为神经质。但学问上的说法,神经质是病的忧郁质,不是正当状态的气质的名称。现在在专门的书里,似也有混用着的。这四种的分类,在今日的生理学上自然不承认人的血液、黏液与胆液有成分的多少,而生不同的气质,用医学来把最初的观念消灭了;但后来其内容改变为心理学的,故仅把其名称照古代沿用到今日。

内容改为心理学的以后,气质的差别如何呢? 多血质易于反应,易于冷却;即反应急速,而忽然变化。一般多血质的人,血的周转畅达,皮肤美丽,颊红色,颜色有活气,眼球常常转动而不安定,言语动作轻快敏捷,意气锐利,又为才子的。神经敏感的,一有事立即兴奋,但其气容易告罄而立即冷却。看来像烈火地热,忽然又像冷水地冷了。这种人适于做银行员、事务员、外交员,以其有快活轻妙的长所。

胆汁质易于反应于事物,而难冷却;即反应急速,而极不易变化。胆汁质的人筋骨发育,动作锐而重,有风采严正、眼光射人之概。强于名誉心,富于权势欲,好胜,好威压人、胁喝人,其动怒时很锐而深刻,说过之后,感情必受其支配。儿童中的大王,往往多属胆汁质。社会活动家中,多胆汁质的人。这种人适于为军人。

忧郁质不容易反应于事物,而难冷却;即反应迟缓,一次反应,即难变化。一般忧郁质的人神经系统发达,智力比别的气质优秀,身体多薄弱,又筋骨发达不著,易陷于睡眠不安。容貌常作思索的样子,多滑稽。举动动作谨慎,少轻躁,头脑明敏,思考力丰富,但实行力缺乏,不擅长身体的活动。适于为学者及艺术家。

黏液质不易反应于事物,而易冷却;即反应迟缓,而又立刻冷却的。一般黏液质的人血的运行不良而缓,颜貌上无活气,唇厚,神气常茫然,动作极缓。对于一切事物感觉迟钝,对世事甚冷淡,不装欢喜的面孔,也没有悲观的样子。即被人叱骂,似亦无所感觉;受人褒美,似亦不觉得快乐。缺乏进取之念,但忍耐力强。适于立于人上而统御大众。

从民族上说,日本人及法兰西人是多血质,德意志人是胆汁质,印度人是忧郁质,俄罗斯人是黏液质。从个人说,孔子的弟子子路及基督的弟子彼得洛是多血质,丰臣秀吉及 Kaiser 是胆汁质,Schiller、Plato、Beethoven 等是神经质,华盛顿及德川家康是黏液质。但实际人多是各气质混合着的。例如多血的忧郁质,便是有粗忽及轻躁的倾向的忧郁质者;黏液的胆汁质,便是做残忍的事而坦然不动的人。

以上四种气质(连混合质共五种),在形成社会上,占有非常有趣的位置。胆汁质活动,而从事于国防及殖产兴业等事。忧郁质主司思想界,从事于一国文化发达之事。多血质做事务家,立在人下面而敏捷地奔走或帮忙。黏液质立于这等一切之上,统一各要处,调和各等,使无破绽,或坚苦地勤俭贮蓄。这配合,在学校的运动场等处观察起来,更为有趣。在运动场中央闹着跑着的,是多血质的儿童;伴随了这些多血质的儿童而跑的,是胆液质的儿童;在运动场的一角围成一团而谈话,或在地上写字的,是忧郁质的儿童;对于闹着的儿童、在角里的儿童都不关心,两手叉在头后面,茫然地步着、立着,而作当面迎受六月的强光的表情的,是黏液质的儿童。

二　适应儿童性质的玩具的标准

就以上的各性质而欲助长其所长,矫正其所短,在玩具的种类上也多少可以着手。仅仅玩具,自然不能改变儿童的气质。但这可为方法之一种,是确然的。何以故呢?因为性质是境遇与经验影响于气质的结果,而玩具正是儿童的境遇,在幼儿尤其是给予主要的经验的。但自己的孩子属于何种气质,性质如何,要概观地综合起来下个结论,是困难的事。现在列举儿童性质中特别显著的特色于下。这在气质系统的鉴别上,也许可得便利。

(性质)	(当矫正的短处)	(当助长的长处)
多血质的性质	不定心不能永续	快活而爽达

胆汁质的性质	固执而缺乏同情	刚毅而富于实行力
忧郁质的性质	缺乏实行力	严正而富于思想力
黏液质的性质	对于事物无感觉	宽大而富于忍耐力

从上列的长处与短处上看来,为给予玩具的目标的,儿童的性质可分下列六种:第一,不定心的儿童,第二,不耐久的儿童,这二者是属于多血质的系统的儿童的短处;第三,固执的儿童,第四,无同情的儿童,这二者是属于胆汁质的系统的儿童的短处;第五,缺乏实行力的儿童,这是属于忧郁质的系统的儿童的短处;第六,对于事物无感觉,这是属于黏液质的系统的儿童的短处。

现在把适应这等性质而给予的玩具具体地说明在下面。

三 给予不定心的儿童的玩具

在前面也曾说过,我们的一切气质是先天的,是基因于生理上的。故要根本地把气质变化,决非教育的力所能及;也就是决非玩具的力所能及。虽然气质不能根本地改造,但可因后天的经验而使之稍稍变化而成为我们的性质。所以要使之变善几分,是可能的事。受教育的人与不受教育的人,其品性上、性质上有几分的差异,就是表示这改造不是全然无效的。这在玩具奏效果的时代,儿童,大都富于可能性。在改造的生涯中为最容易的时代。

教育不定心的儿童,不限于玩具的教育,一般的教育。第一,须养以定心而熟虑的习惯。第二,须使之能集中于一事。因为注意集中的时候,自然能限制轻浮的行动,使定心的时间长起来,这习惯驯熟起来。第三,须养其忍耐力。因为不定心的儿童的通性,是注意力转变活动,而缺乏延续静肃及注意事物的忍耐力的。以上三事,是不定心的儿童的教育法所应采取的根本条件,即教育的要点。

从这根本条件上出发,对不安心的儿童应该给予有什么样的教育的价值的玩具呢? 第一,须给予要用思考及熟虑的玩具。第二,须给予要用注意与忍耐来熟练的玩具。总之,须给予练注意力、养忍耐力的玩具。第三,须给予要费工夫组织起来玩耍的,即构成玩具。因为儿童玩耍构成玩具的时候,可用兴味使注意力集中,脱出了注意力的浮动及薄弱的忍耐力的支配,而熟乐于其中。

这种玩具是什么呢? 请举几个具体的例:第一,要思考与熟虑的玩具,有儿童用理化学实验器械、理化学应用玩具、数字排、军棋、六面画等;第二,养注意及忍耐的玩具,有毽子、射的、投轮、钓鱼玩具、弓矢、球等;第三,要费工夫组织起来玩耍的玩具中,有幼稚园恩物、组成玩偶、排色板、木工用具、农具、手工用具、刺绣、编物、裁缝用具及材料、玩具制作的玩具及材料等。对于不定心的儿童,可从上述的几类玩具中选取适于前述的年龄者给予之。从构造及作用的简单复杂不同的玩具中选取适于儿童的性质的玩具时候,常须顾虑其年龄,这是当然的条件,以后不复提及。这不限于不定心的儿童,对于以下所述各种性质的儿童,均要同样的注意。

四　给予不耐久的儿童的玩具

不定心的儿童,就是不解思索,而注意力不能于长时间内集中于一处的儿童。不耐久的儿童,也是不能集中其注意,即使集中,也没有持续下去的根气,做无论何事,没有完成时早已转向他事,即一种有头无尾的脾气。

对于不耐久的儿童的一般教育法,第一,必养其忍耐力。第二,必磨练其注意力。第三,必课以每日规定的课业,使习惯地养成完成事业的持续力。第四,为练习意志力的发达,须养其实行力。

根基了上述的教育上的要点而给予的玩具,第一,是需要持续,忍耐、注意而熟练的玩具。第二,是费工夫的构成玩具,使在兴味中自行养成其持续力。第三,是养成积极的意志力,即进取实行力的运动玩具。

试举具体的例:熟练玩具,有毽子、风筝、风铃、射的、投轮、豆囊等;构成玩具,有幼稚园恩物、组成家屋、组成牧场、组成火车、木工用具、农具、园艺用具、手工用具、编物、刺绣、裁缝用具及其材料、图案板等;练积极的意志力的运动玩具,有风筝、毽子、投轮、铁环、弓矢、跳绳、儿童用击剑用具、风铃、球、竹蜻蜓、空气枪、单脚三轮车、秋千、拮抗板、儿童用脚踏车、汽车等。

五　给予固执的儿童的玩具

固执的儿童,就是对于自我的意思不论是非地通过,对于他人的要求不论是非地拒绝,只有自己而没有别人的儿童。这种儿童大概是自恣的,且乏同情的,又易倾于残忍。

对于固执的儿童的一般的教育方针,第一,须以养其顺从的德为中心。而其补助法,是第二,须养其内省及反省的倾向。第三,须养其同情心。第四,须养其忍耐自抑时的苦痛的克己心。

给予固执的儿童的玩具的种类,第一,须取非依规则不能行的玩具,第二,须用锻炼想象及推理的玩具。第三,须用养同情心的。第四,须用磨练克己自制力,即消极的意志力的玩具。

具体的例,第一,非依规则不行的玩具,有军棋、乘坐玩具、乒乓、编物、刺绣及裁缝用具、剪纸等。第二,练想象及推理的玩具,有积水、组成玩偶、关于童话的玩具、数字牌及其他理化学应用玩具等。第三,养同情心的玩具,有玩偶类、猿、犬、兔、鸠、猫、马及其他动物类。第四,养忍耐自制力的玩具,如豆囊、投轮、球等。在幼儿及少年少女期的玩具中已说过,现在不复详述了。

六　给予无同情心的儿童的玩具

一切儿童、未开化人、半开化人及头脑发达程度低劣的文明人,大都不晓得:那样做使他人为难,非改为这样不可;或这样可以使他人感到便利;或推测他人的心事而寄其同情。例如愚鲁的仆役,大都没有一点因为天下雨而去迎接出外的主人,或因为天冷而去生火,或为主人晒衣服等念头。这原是缺乏联想、想象、思考的力的缘故。例如天下雨,他就于天下雨一事以外,不再浮起与这联络的别的念头;天冷,他就于自己感到冷以外,不再想起冷与别人的关系。这不是想象与联想的范围狭小之故,是因为没有同情心的刺激,故茫然不觉。这是从孩子时代以来教养不足之故,从一方面看来,这属可怜的人。

对于这等缺乏同情心的儿童的教育,其根本法则,第一,当然以养其同情心为中心问题。第二,须向其内省的倾向。第三,须使之周密地留心于事物。访问友人时听说了"今日很忙",还不晓得告辞的人,便是心思不周密的钝感者。第四,须养其自制力、忍耐、同情于他人时自己所受的苦痛的力。

根基于这根本的教育方法,玩具第一须给予有效于养同情心及美感者。第二须给予练习推理与想象的玩具。第三须给予练习观察力的玩具。第四须给予练习克己自制力的玩具。

试举相应于此的具体的例:第一、养同情及美感的玩具,有玩偶类、动物类、图画、手工类的玩具、乐器等。第二、练习想象及推理的玩具,有恩物、童话玩具、戏曲玩具、理化学玩具等。恩物是指说幼稚园的恩物及作业。童话玩具是指说与童话有关的玩具。戏曲玩具是假面具等演剧用具。理化用具如发条装置的玩具,应用化学作用的玩具。第三、练习注意及观察力的玩具,如动植物的标本、模型、显微镜、射的等。第四、养克己力的玩具,即如前面所举的投轮、豆囊等需要熟练的一切玩具。

七　给予缺乏实行力的儿童的玩具

缺乏实行力的原因有种种:有的是身体薄弱而不喜运动之故;有的是身体虽壮健而染了不良的习惯;有的生来是黏液质,一向对于事物无兴味之故;有的是想象与空想过强,在不曾实行之前其气早已移向他处之故——这些是其主要原因。特别是属于忧郁质系统的性质的儿童,空想的想象的计划非常好,而实行力缺乏。

对于实行力缺乏的儿童的一般教育的方针,第一,当然是养其实行力。第二,养其勤劳心。第三,使于每日一定时间实行有规律的课业。第四,唤起其好奇心,诱起其兴味。第五,磨练其筋肉,以旺盛其意志力。

适应这等教育的原则的玩具,第一,须给与练实行力的玩具。第二,须给予要费工夫的构成玩具。第三,须给予刺激好奇心的玩具。第四,须给予运动玩具。

第一,养实行力的玩具,有风筝、毽子、投轮、射的、铁环、跳绳、儿童用击剑具、风铃、球等。第二,构成玩具,如前述的恩物、手工用具及其材料、编物、刺绣、裁缝及其用具材料等。第三,练好奇心的玩具,有秘密箱、猫头箱(箱中藏有猫,开盖时猫头突起,并发叫声)魔术箱、理化学玩具中特别有兴味的发条装置玩具等。第四,运动玩具,即练意志的玩具,有木马、秋千、豆囊、跳绳、毽子、园艺用具、沙场游戏用具、乒乓、拮抗板、乘坐玩具等。玩具中有一种兼数种效用的,故有许多必须重复列举。

八　给予对于事物无感觉的儿童的玩具

对于事物无感觉的儿童,即对于一切事物都没有兴味的、感觉迟钝的儿童。黏液质的性质的儿童居其大多数。

对于事物无感觉的儿童的一般的教育的注意,第一须诱发其好奇心,增加其兴味。但这受动地发出的兴味,不是永续的,故尚有唤起发动的永续的兴味的必要。因此要第一项注意,即使之用自己的力来成就,而涌出自信与兴味来,这等儿童,能有一次用自己的力来解释了美术的问题,或用自己的力来造成功了一种手工品,就生出自信心来,对于别的事物也能自发地生出兴味来了。这兴味,正是使这儿童对于事物发生感兴的原动力。

要适应这教育上的原则,玩具第一,须取刺激好奇心的。第二,须取组织起来游戏的。第三,须取赌胜负的。第四,须取练习意志的运动玩具,以诱发其由运动而生的兴味。

　　第一的好奇玩具的实例,与上述的给予缺乏实行力的儿童的相同。第二的构成玩具的实例,在前面也已屡次列举了。第三的赌胜负的玩具,有骨牌类、棋类、球类等一切竞争玩具。第四的练习意志的运动玩具,也已在前面的不耐久的儿童项下说过了。

　　如上所述,为了矫正或制限各性质的短处,或助长其长处而造的玩具,种类很多。稍注意于这等玩具的选择,就能收得很大的效用。以上所述,不过是举其一例而已。此外,世间为父母者及为教师者如能一为关心,玩具必能更有效地活用于教育上。